중국문학
개론

본 연구는 2022년도 상명대학교 교내연구비를 지원받아 수행하였음.
(This research was supported by a 2022 Research Grant from Sangmyung University.)

중국문학 개론

시오노야 온 지음
조관희 옮김

學古房

4

/ 일러두기 /

1 이 책에 나오는 중국인들의 인명과 지명은 고대나 현대를 불문하고 모두 원음으로 표기하였다. 아울러 중국어의 한글 표기는 문화체육부 고시 제1995-8호 '외래어 표기법'에 의거하되, 여기에 부가되어 있는 일부 표기 세칙은 적용하지 않았다. 대표적인 것이 설면음 ji, qi, xi의 경우다. 이를테면, '浙江'과 '蔣介石'의 경우 '외래어 표기법'에 따르면 '저장', '장제스'로, 표기해야 하지만, 나는 이게 부당하다고 여겨 원음 그대로 인 '저쟝'과 '쟝졔스'로 표기하였다.

2 [] 표시를 한 것은 독자들의 이해를 돕기 위해 번역자가 임의로 추가한 것이다. 일본어 문장은 우리말과 달리 문장 자체가 길고 완곡하게 비틀어 쓰는 경우가 많다. 그래서 때에 따라서는 문장의 앞뒤를 바꾸거나 지나치게 긴 문장을 짧게 끊어주고 정리할 필요가 있다. 같은 맥락에서 원문에는 없지만 문맥상 필요에 따라 번역자가 임의로 추가해야 하는 경우도 있다.

3 각주는 모두 역자 주이다.

/ 차례 /

제1장 음운

제2장 문체

옮긴이의 말

우리나라의 일본 중국문학 연구는 상대적으로 미진한 편이다. 원래부터 일본의 한학 전통은 무시 못 할 수준이었으며, 근대화에 성공한 19세기 말 20세기 초에는 상대적으로 국력이 쇠미한 중국보다도 앞서 간 느낌마저 들 정도이다. 이후에도 일본의 중국문학 연구는 활발히 이루어져 세계적으로도 인정을 받고 있다. 하지만 유독 우리 학계에서는 일본의 중국문학 연구에 대한 관심이 소홀한 편이다. 그것은 일차적으로 언어적인 문제 때문이라 할 수 있다. 한국어를 제1언어로 삼고 있는 연구자가 학창 시절에는 영어에 몰입을 하다가 대학 이후에는 중국어에 매몰되는 경우가 대부분인지라 여기에 일본어라는 외국어를 추가하기가 어려운 게 사실이다. 그러다 보니 오히려 서구 학자들로부터 중시 받고 있는 일본의 중국문학 연구에 대해 우리는 너무도 무지한 지경에 놓이게 되었다.

옮긴이 역시 마찬가지였다. 어떻게 보면 중국 쪽 학자들이 쏟아내는 연구 성과들을 따라가기에도 버거운 형편에 일본까지 신경을 쓸 수 없었다는 게 솔직한 고백일 것이다. 그런 우물 안 개구리 같은 인식을 깰 수 있었던 게 약 10년 전 연구년으로 일본 교토대학에서 보냈던 1년 간의 시간이었다. 이때 비로소 일본어를 본격적으로 배우고 일본 현지의 분위기를 직접 느낄 수 있었다. 그때 일본어 공부 삼아 일본책의 번역을 시작했다. 하지만 그때 깨달은 것은 일본어가 그리 만만한 언어가 아니라는 사실이었다. 맞다. 한국 사람들은 일본어를 쉽게 본다. 주지하는 대로 그것은 일본어의 어순이 우리말과 비슷하고, 어휘 또한 공유하는 게 많기 때문이다. 그것은 그것대로 한국인이 일본어를 배우는 데 장점으로 작용하는 측면이 없지 않다. 그럼에도 우리에게 일본어는 문화와 감성이 다른 외국어임에는 틀림없고, 영어나 중국어와 다른 일본어만의 고유한 특성이 있기에 배우기 쉬운 언어는 절대 아니다. 당시 일본 책을 번역하다 마주하는 장벽은 상상외로 컸다. 그때마다 주위 사람들의 도움을 받아야 했다.

그렇게 어찌어찌 한 권의 책을 번역해냈고(이하라 히로시伊原 弘, 『중국 중세도시기행』, 학고방, 2012), 그 뒤로도 옮긴이의 일본어 공부는 단속적이나마 계속되었다. 최근에는 루쉰의 고대소설 연구와 연관해 일본 쪽 자료를 보다가 필연적으로 이 책의 저자인 시오노야 온과 마주하게 되었다. 사실 루쉰의 고대소설 연구는 앞서 말한 바와 같이 중국 쪽 자료에만 의존해 진행해왔던 터라 처음에는 일본 학자들과의 연관성을 미처 살피지 못했다. 그러다가 루쉰이 그의 대표작 가운데 하나로 꼽을 수 있는 『중국소설사략』을 쓸 때 가장 큰 영향을 받은 것이 바로 시오노야 온의 『지나문학개론강화支那文學槪論講話』이라는 사실을 알게 되었다. 그뿐만 아니라 루쉰이 정적들로부터 『사략』이 바로 시오노야 온의 저서를 표절한 것이라는 모함까지 받았다는 사실마저 접했다. 그런 일련의 과정은 옮긴이가 몇 편의 논문으로 정리한 바 있는데, 그러던 중 일을 벌인 김에 아예 이 책을 번역해야겠다는 생각이 들었던 것이다.

그렇게 이 책을 번역하기 시작했다. 역시 많은 문제가 있었다. 일본어 번역의 어려움 가운데 하나는 어미가 제대로 분석이 안 될 때가 많다는 것이다. 이것은 일본어 자체의 특성 때문이기도 하지만, 일본인들 특유의 글쓰기 습관 때문이기도 하다. 구체적인 사례를 여기서 예시할 필요는 없을 것이다. 다만 그때마다 상명대학교 일본어권지역학 전공 양동국 교수와 이한정 교수의 도움을 받았다. 이 두 사람의 적극적인 지지와 도움이 없었다면, 언감생심 옮긴이 혼자만의 힘으로는 번역을 끝낼 수 없었을 것이다. 일본어뿐 아니라 중국고대소설 전공인 옮긴이가 어찌 시와 사, 그리고 희곡에 이르는 방대한 분야의 내용을 모두 감당할 수 있었겠는가? 그 밖에도 여기서 일일이 밝힐 수 없는 수많은 동학들의 가르침을 받고서야 온전히 이 책의 번역을 끝낼 수 있었다. 이 자리를 빌어 그 모든 분들에게 고마운 뜻을 전한다.

앞서 말한 대로 이 책은 일본의 대표적인 중국문학자 가운데 한 사람인 시오노야 온鹽谷溫의 주저 『지나문학개론강화支那文學槪論講話』(다이닛뽄유벤카이大日本雄弁會, 1919)를 번역한 것이다. 하지만 우선 밝혀둘 것은 이 번역서가 참고한 것이 시오노야 온의 초간본이 아니라는 사실이다. 이 책은 초간본이 나온 뒤 나중에 『지나문학개론支那文學槪論』(弘道館 1946 - 1947년)이라는 이름으로 재출간되었다. 그리고 시오노야 온 사후인 1983년에 『중국문학개론中國文學槪論』(講談社, 1983)이라는 이름으로 면모를 일신해 최종적으로 출간되었다. 1983년에 간행된 고단샤講談社 본의 가장 큰 특징은 이 책이 처음 씌어졌을 당시의 고답적인 문장을 현대적인 문장으로 윤문을 한 것과 시의성이 떨어지거나 번다한 인용문을 대량으로 삭제한 것이다. 이렇듯 원서의 진면목을 훼손했다고 할 수 있을 정도로 크게 손을 본 데에 대해서는 약간의 논란이 있을 수 있으나, 전체적으로는 현대의 독자들이 읽기 수월하게 수정을 가했다는 점에서는 긍정적으로 볼 만한 점이 없지 않다는 게 옮긴이의 생각이다. 아무튼 이 번역서는 현대인의 감각에 맞게 대폭 수정한 1983년의 고단샤 본을 저본으로 삼았다.

한 가지 더 밝혀두어야 할 것은 여기서는 이 책의 제6장 소설 부분을 제외한 나머지 5장을 번역했다는 사실이다. 굳이 소설 부분을 제외한 것은 무엇보다 이 책의 소설 부분이 갖고 있는 독자적인 의의가 있기 때문이다. 곧 이 책의 제6장 소설 편은 그 자체로 독립적인 중국소설사가 되기에 충분하다. 그것도 중국에서 본격적인 중국소설사가 나오기 전에 씌어졌기에 중국 최초의 본격적인 소설사를 쓴 루쉰을 비롯한 중국의 소설사 연구자들에게 큰 영향을 주었다(자세한 것은 별도로 책으로 출간된 『중국소설개론』을 참고할 것). 그런 의의가 있기 때문에 옮긴이는 6장 소설 부분만큼은 고단샤 본에서 삭제된 인용문 등을 모두 살려 원래의 진면목을 회복시켰으며, 수많은 역주를 달아 세심하게 번역했다. 그러다 보니 분량이 늘어 나머지 다섯 개 장을 합한 것보다 많아졌다. 그런 까닭에 전체적인 분량이 많아졌을 뿐 아니라 각 장절 간의 전체적인 균형도 맞지 않게 되어 어쩔 수 없이 분권을 하게 되었다.

아울러 저자인 시오노야 온과 이 책이 갖고 있는 의의 등에 대해서는 옮긴이가 별도의 논문으로 발표한 것이 있어 이 번역서의 말미에 전재하였다. 그러므로 이 책의 전반적인 내용 등에 대해서는 해당 논문을 참고하면 될 것이다. 따라서 여기서는 간단하게 이 번역서가 참고한 원서에 대한 간단한 소개로 옮긴이의 말을 대신하고자 한다.

2022년 봄
옮긴이

학술문고에의 서문

시오노야 간鹽谷穀桓

이 책은 다이쇼大正 8년(1919년)에 다이닛뽄유벤카이大日本雄辯會(고
단샤講談社1)의 전신)에서 선친인 시오노야 온이 저술한 것이다.

당시 호평을 얻어 판을 거듭했던 듯하다. 그때 고단샤의 학술문고
가운데 한 책으로 채택하고 싶다는 신청이 있었다. 선친의 저서가 다
시 세상에 나오는 것은 나로서도 기쁜 일이라 기쁜 마음으로 흔쾌히
수락했다. 중국문학계에서 선친이 주로 공헌한 바는 희곡과 소설 방면
의 개척에 있다고 생각한다. 선친께서는 유학중(1906년~1912년) 박학
다식하다는 말을 들었던 예더후이葉德輝 선생으로부터 사곡詞曲을 전
수받았고, 귀국 후 계속 연구를 진행해 원곡元曲 연구 분야에서 크게
성취를 이루었다. 이와 동시에 중국문학 전반에 대한 연구를 세간에
발표해 그 평가를 물은 것이 바로 이『중국문학개론』(원제는『지나문

---

1) 고단샤講談社는 창업주인 노마 세이지野間清治(1878~1938년)에 의해 1909년
11월에 '다이닛뽄유벤카이大日本雄辯會'라는 이름으로 시작되었다. 처음에는
변론 잡지인『유벤雄辯』을 펴냈다. '고단샤講談社'라는 명칭은 그 이름대로 '고
단講談'에서 유래한 것으로,『고단구락부講談俱樂部』를 창간한 1911년부터 사용
했다. 고단샤는 전전戰前의 청소년들에게 큰 영향을 끼쳐 '사설 문부성'이라는
평을 들었다. '재미있고 유익한 것'을 모토로 대중잡지『킹キング』과『소년구락
부』등 여러 잡지와 서적을 출판했다.

학개론강화支那文學槪論講話』)이다. 이보다 앞서 중국문학사 등에서 희곡 소설 등을 다룬 것이 전무한 것은 아니지만, 이 방면의 학술적 저술로서는 본서가 최초라 해도 좋을 것이다.

당시 중국에서도 이런 류의 저술은 희소했기에 그곳 학자의 저술 중 본서에 힘입은 바가 적지 않다. 이것으로도 중국 학계에 큰 영향을 미쳤다는 것을 알 수 있을 것이다.

이상으로 이 책의 유래와 학술문고 간행에 관해 약간의 내용을 기술해 서문으로 삼고자 한다.

1982년 3월

14

서언

중국은 문학[의 연원이] 오래된 나라다. 4천년의 역사가 있고, 4백여 주州의 땅에 걸쳐 있으며, 인구가 많기로는 4억이라 부르댄다. 타이산泰山과 화산華山 우뚝하니 천년 두고 솟아있고, 창쟝長江과 황허黃河는 양양하니 만년 두고 흘러라. 천지의 정기 여기에 모여 삼대三代의 문화 일찍부터 열렸고, 한당漢唐의 치세에는 유가의 도리를 존숭하고 문교文敎를 장려하니, 뛰어난 인재 한림원翰林院에서 노닐며 풍월을 읊어 시부詩賦와 문장의 영화英華를 발휘하였고, 원명 이래로는 희곡과 소설이 발흥하여, 국민문학에 불후의 걸작을 내었으니, 그 중에서도 특히 한문漢文·당시唐詩·송사宋詞·원곡元曲을 들어 공전절후空前絶後가 되었다. 어떤 연유로 그런 성황을 이루었는가. 실제로 작가의 수, 작품의 양 또는 연대의 오래됨, 종류의 풍부함에 있어서 세계의 문학에서 이와 비견할 만한 것이 없다. 시험 삼아 중국의 신문을 보게 되면 누구라도 그 '문자의 나라' 다움에 놀라게 될 것이다. 이것을 요약하면 중국문학사는 종으로 문학의 발달 변천 [과정]을 강술한 것이고, 중국문학개론은 횡으로 문학의 성질과 종류를 설명한 것이다.

작년 여름 도쿄대학교 문과대학에서 제1회 하계 공개강연을 열었다. 나는 추천에 응하여 중국문학개론을 강연하였다. 유벤카이雄辯會의 사주인 노마野間 군은 나와 구면으로 그 때 필기한 것을 인쇄에 부칠 것을 청해왔다. 나는 흔쾌히 응낙했지만, 원래 이것은 겨우 6회의 강연에 지나지 않아, 도저히 그대로는 세상에 내놓을 수 없었다. 그런

까닭에 수정 증보하는 데 1년 반이 걸렸는데, 주로 희곡과 소설의 발
전을 서술하였고, 이로써 나는 중국문학계의 결함을 보완하고자 했다.
이에 따라 전반부와 후반부가 상세함과 소략함을 달리하기에 이르러
상하 두 편으로 나누게 되었다.

돌아보건대 예전에 대학에 다닐 때 모리 가이난森槐南2) 박사의 강의
에 참석해 사곡詞曲 수업을 들었고, 그 뒤 우역禹域[우임금의 땅, 곧
중국을 말함; 옮긴이]에 유학을 가서는 예더후이葉德輝3) 선생을 좇아

---

2) 모리 가이난森槐南(1863~1911년)은 메이지 시기 일본의 한시인漢詩人이자 관
료官僚이다. 나고야 출생으로 아버지 모리 슌도森春濤(1819~1889년) 역시 한
시인이고, 어머니인 모리 기요코森清子(1833~1872년)는 여류 가인이었다. 와
시쯔 기도鷲津毅堂(1825~1882년)와 미시마 츄슈三島中洲(1831~1919년)에게
사사했고, 추밀원樞密院 소속 도서료편집관図書寮編集官, 식부관式部官 등을 역
임했다. 도쿄제국대학에서 문과대학 강사로 중국문학을 가르치기도 했다. 메
이지 시대 한문학의 중심적인 존재였다. 산죠 사네토미三條実美, 이토 히로부미
伊藤博文 등 메이지정부의 요인들과 친밀하게 지냈다. 1909년 10월 안중근의
이토 히로부미 암살 사건 때 비서관으로 동행했다가 총탄에 맞아 경상을 입었
다. 약 1년 반 뒤에 49세의 나이로 사망했다.
3) 예더후이葉德輝(1864년~1927년)의 자는 환빈煥彬 또는 위수이漁水이고, 호는
시위안郋園, 즈산直山이다. 서명署名(작품 등에 쓰는 이름)은 주팅산민朱亭山民,
리러우주런麗廔主人, 예마쯔葉麻子이다. 본적은 장쑤江蘇 우 현吳縣(지금의 장쑤
江蘇 성 쑤저우蘇州 시)이었으나 아버지 예위춘葉雨村이 태평천국의 난을 피해
후난湖南의 창사長沙 샹탄湘潭으로 이주했다. 8세부터 사서四書인 『논어』, 『맹
자』, 『중용』, 『대학』과 『설문해자』, 『자치통감』 등을 익혔고, 17세에 웨루서원
嶽麓書院에서 공부했다. 광서光緒 11년인 1885년에 거인으로 뽑혔고, 7년 후에
진사에 급제하여 이부주사吏部主事를 지냈다. 벼슬을 그만두고 고향으로 돌아
온 뒤에는 학문에 전념하며 학생들을 가르치고 서적을 판각했다. 그는 판본목
록학版本目錄學에 정통하여 후난 창사에서 『관고당서목총각觀古堂書目叢刻』을
편찬하고, 『서림청화書林清話』, 『고금하시표古今夏時表』, 『원조비사元朝秘史』 등
을 판각했다. 광서 23년인 1897년에는 『헌금어평軒今語評』, 『장흥학기박의長興
學記駁義』를 편찬하여 18세기 중기 상주학파常州學派의 개조라고 일컫는 좡춘
위莊存與에 의해 시작된 청대清代 공양학의 금문경학今文經學을 비판하는 한편,

16

원곡의 소양을 쌓았다. 귀국 후에는 여기에 힘을 쏟았지만, 모리 박사
는 이미 돌아가셨고, 예 선생 또한 전란으로 향리에 몸을 피하고 있어
소식을 전하기 어려워 누구에게 의심나는 곳을 질문하고 가르침을 청
할지. 책을 덮고 붓을 던지고 탄식할 따름이었다. 향후 연찬의 공을
쌓아 희곡 소설의 당에 오르고, 겸하여 시부 문장의 방에 들어가 널리
그 정수에 통하고4) 그 오묘함을 깊이 궁구하여 중국문학개론을 완성
한 뒤 더욱 더 나아가 중국문학사를 편술하는 것이야말로 내 평생의
소원이다. 원고가 완성되매 책 끄트머리에 한 마디 붙인다.

　본 강화의 필기에 관해서는 다케다竹田 문학사文學士의 힘입은 바 크다는 사실을 여기에 부기하여 사의를 표한다.

1918년 12월 23일

변법개혁을 주장한 캉유웨이康有爲와 량치차오梁啓超를 신랄하게 비판했다. 정치사상이 매우 보수적이어서 스승인 왕셴첸王先謙과 더불어 유신변법維新變法을 반대하고 군주제 복귀를 주장했다. 1911년 신해혁명이 일어나자 남악南嶽인 후난 성 형산衡山의 사찰로 피신했다. 1915년에 후난성교육회 회장이 되었다. 이후 위안스카이袁世凱가 정권을 장악하고 황제가 되자 군주제에 찬성했다. 그러나 1927년 4월, 후난 농공상학農工商學 각계 단체가 창사에서 농민협회공심대회農民協會公審大會를 열고 그를 사형에 처했다. 저서로 『서림청화書林淸話』, 『서림여화書林餘話』, 『관고당서목觀古堂書目』, 『쌍매영암총서雙梅影闇叢書』, 『원총서園叢書』 등이 있다.

4) 이 문장은 "희곡 소설을 제대로 숙달하고, 겸하여 시부 문장을 깊이 통달해" 정도로 번역할 수 있다. 원래 일본어 표현으로 '당에 오르고 방에 들어간다堂にのぼり室にはいる'는 것이 있어 학문이나 기예 등이 차츰 진보해 그 심오함에 달한다는 의미가 있다. '당에 오른다堂にのぼる'는 것은 학덕이 공명정대한 단계에 이른다는 의미이고, '방에 들어간다室に入る'는 것은 더욱 정미精微하고 심오한 단계에 달한다는 의미이다. 이것과 함께 관용구 '당에 오르고 방에 들어가지 못했다堂に升りて室に入らず'는 표현도 널리 쓰이는데, 이것은 "학문이나 기예가 상당한 단계에 달해 있으나 아직 심오한 단계까지에 달하지는 못했다"는 의미이다.

중국문학개론 상편

제1장

음운

제1절 중국어의 특질

대저 중국어는 티벳어, 버마어, 샴(타이)어 등과 동일 계통에 속하며, 그 특징은 단음절 고립어(Monosyllabic-isolating Language)이다. 유명한 독일의 중국학자 가벨렌츠Gabelentz[1] 교수는 그의 저서 『한문 경위Chinesische Grammatik』[2]의 서론에서 일반적으로 인도차이나어의 세

---

[1] 한스 코논 폰 데어 가벨렌츠Hans Conon von der Gabelentz(1807~1874년)는 독일의 언어학자이자 민족학자이다. 특히 만주어 및 우랄알타이어족의 여러 언어에 대한 정통한 연구와 저서로 잘 알려져 있으며, 아들인 게오르크 폰 데어 가벨렌츠 또한 저명한 중국학자이다. 알텐부르크 출신이며, 라이프치히대학교와 괴팅겐대학교에서 경제학 및 법학, 동양 언어에 대해 공부했다. 이후 1830년 작센알텐부르크 공국의 공무원으로 일했으며, 1831년 지방 의회의 의원으로 당선되었다. 그 뒤 1848년 임시 의회 특사 역할을 맡았으며, 의회 해산 이후 작센알텐부르크 공국의 수상으로 선출되어 1849년까지 활동하였다. 1850년 에르푸르트 의회의 일원으로 합류했으며, 1874년 렘니츠에서 세상을 떠났다. 또한 생전 약 80종 이상의 언어를 연구했으며, 특히 그 중 중국티베트어족, 우랄알타이어족, 핀우그리아어파에 대해 많은 관심을 기울였다. 이외에 고트어로 작성된 울필라스의 성경을 라틴어로 번역하는 작업을 맡았으며, 고대 그리스어 풀이용 사전을 편찬하기도 했다.

[2] 제목 상으로는 『중국어 문법』으로 번역해야 하는데, 이 책의 저자 시오노야는 『한문 경위』로 번역했다.

가지 특질을 들면서 단음절, 고립어 외에 또 성조라고 기술했다.

제1항 고립어

일반적으로 세계 인류의 언어를 그 형태로 나누면 고립어, 교착어, 굴절어의 세 가지가 된다.

(1) 굴절어(Inflectional Language)

인도 유럽어가 여기에 속한다. 이 어족의 특성은 변화 굴절하는 것이다. 곧 개념을 나타내는 주요부를 어근으로 삼고, 품사의 종류, 문법의 관계에 따라 어두와 어미가 굴절하고, 어근 모음이 변화하는 것이다. 영어의 예를 들어 이야기하자면, to write(동사 원형3)), wrote(과거), written(과거분사), writing(현재 분사, 또는 동명사), writer(명사)와 같다.

(2) 교착어(Agglutinative Language)

교착어4)는 원어를 의역한 것이다. 또 첨가어라 부르는 학자도 있다. 곧 주요 어 이외에 독립적인 부속 어를 앞뒤에 첨가하여 문법상의 관계를 분명히 하는 것이다. 한 마디로 말해서 우랄·알타이어가 여기에 속하는데, 물론 그 가운데 얼마간의 작은 차이가 있다. 요컨대 일본어의 조사 류(테니와하テ·ニ·ヲ·ハ5))와 같은 것이 그 좋은 예이다.

---

3) 원문은 부정법不定法으로 인칭이나 수에 제한되지 않는 동사의 기본형을 가리킨다.

4) 원문은 '점착어粘著語'이나 여기서는 우리에게 익숙한 '교착어'로 번역했다.

5) 테니와하にをは[弖爾乎波·天爾遠波]는 일본어의 조사助詞나 조동사助動詞 류의 총칭으로, 넓은 뜻으로는 부사·활용어미·접사를 포함하며, 좁은 뜻으로는 조

(3) 고립어(Isolating Language)

곧 중국어가 여기에 속한다. 고립어라고 하는 것은 유럽어 같이 굴절 변화하지 않고, 또 일본어 같이 조사가 필요하지 않으며, 문장 안의 각각의 말들이 완전히 고립되어 있는 것을 말한다. 이하 중국어의 고립어라는 것에 대한 설명을 덧붙인다.

그러면 굴절도 하지 않고, 조사 류도 없는 중국어는 무엇으로 문법상의 관계를 나타내는가? 그것은 모든 문장 중에 각각의 단어의 위치에 의한다. 이를테면 대명사 '워我'로 보자면, 이것이 무슨 격case인가와 무관하게 형태도 음도 동일하다. 예를 들어 '가ガ'의 본음이 변화해서 '간ガン'이 된다든가 또는 '기ギ'가 된다든가 하는 일은 없는 것이다.

> 我讀書(나는 책을 읽는다)(ハ)제1격(주격)
> 讀我書(나의 책을 읽는다)(ガ)제2격(속격)
> 贈我書(나에게 책을 준다)(ニ)제3격(목적격)
> 我愛我(나는 나를 사랑한다)(ヲ)제4격(목적격)

그러나 실제로는 전치사 '어於 · 이以', 후치사 '자者 · 지之', 접속사 '이而 · 즉則', 종결어미 '야也. 의矣' 등의 어조사를 써서 문법 관계를 명시적으로 보여주는 경우가 많다. 이를테면, 아래 문장에서

> 兵者國之大事也(병은 국가의 대사이다)
> 五十有五而志於學(오십에 학문에 뜻을 두었다)
> 至則已去矣(이르면 이미 지나가버린 것이다)

'兵國大事'라고 써도 '병은 국가의 대사'라고 읽을 수 없는 것은 아

사만을 가리킨다.

니지만, '병국兵國의 대사大事'라고 읽을 수도 있기에, 아주 헷갈린다. 그런데 '자者·지之'의 두 어조사를 덧붙이면 제1격, 제2격의 관계가 명료해지고, 또 '야也'에도 연결되어 한층 더 의미가 분명해진다. 또 '어於' 자는 보통 제3격의 명사를 지배하고, '지학志學'이라 해도 물론 '배움에 뜻을 둔다'는 뜻은 통하지만, '어於'를 쓰면 의미 역시 명백해지고, 또 어조도 적절해진다. 다만 숙자熟字['명明'이나 '림林'과 같이 두 자 이상以上의 한자가 합쳐 한 뜻을 나타내는 글자; 옮긴이는 '지학志學'으로 쓴다. '이而·즉則'은 모두 접속사로 앞뒤의 문의文意를 이어주고, '의矣'는 '이已' 자와 호응해 과거의 의미를 나타내주니, 모두 이런 문법 [관계]를 뚜렷하게 해주고, 어조를 순통하게 해주기 위해 쓰는 어조사이다. 그러므로 앞서 들었던 '증아서贈我書'의 예에서도 이것이 제3격이 되는 것을 명확히 하기 위해서는 '증아이서贈我以書'나 '증서어아贈書於我'로 쓰는 것이 보통이다.

극단적으로 말하면 중국어에서는 홑말을 보고 곧바로 그 품사의 종류를 알기 어렵다. 이를테면, '상上' 자에 관해서 보자면,

上喜(상이 기뻐했다)　　명사 : (문장 속의 주어이기에)
上天(상천)　　　　　　형용사 : (천 자의 수식어이기에)
上馬(말에 오르다)　　　동사 : (술어가 되는 마 자를 지배하기에)

이밖에 '上有天(위에 하늘이 있다)'라고 말하면 위치를 나타내는 부사이고, '馬上'(On the horse)라고 말하면 후치사와 같이 쓰이는 것이다. 이와 같이 실제 품사의 종류는 각각의 단어의 문장 안에서 부류6)

---

6) 원어는 '部屬'으로 일본어에서의 '부속'은 "부문·부류로 나누어서 거기에 속하게 함; 또, 그 사람"을 의미한다.

에 의해 정해지는데, 이 부류는 주어이기도, 술어이기도, 목적어이기
도 한 것에 의해 문장 안에서의 위치가 저절로 정해지는 것이다. 그런
까닭에 류셰劉勰의 『문심조룡文心雕龍』에서는 다음과 같이 말했다.

> 말을 배치할 때는 [배치할] 자리가 있어야 하고, 말이 위치하는 바를 구
> 라고 한다.置言有位, 位言曰句.「장구편章句篇」

또 『마씨문통馬氏文通』에서도 다음과 같이 말했다.

> 무릇 글자가 서로 어우러져 사의가 이미 온전해진 것을 구라 한다.凡字
> 相配而辭意已全者, 曰句.(「계설界說」 12)

여기서 말하는 구는 Sentence의 의미이다[7]. 문장 가운데의 각각의
단어는 문법상의 부류에 의해 일정한 지위가 있어, 함부로 바꿀 수
없는 것이기에 따라서 그 위치는 극히 중요하다. 한 번 문장 중의 지위
를 잃어버리면 지리멸렬해서 전혀 문장의 이치를 이루지 못하게 된다.
이것은 훈독訓讀에 익숙한 우리 [일본인들]이 특히 주의해야 할 점이
다. 베를린대학 교수인 그루베Grube[8]는 오묘한 비유를 들어 한문법을

---

7) 실제로 현대 중국어 어법에서도 영어의 'sentence'를 '句'라 한다. 이것은 우리가
   같은 말을 '문장'으로 번역하는 것과 다르다. 일본어 원문 역시 모두 '구句'라
   하였으나, 번역문에서는 우리의 관습에 따라 '문장'으로 번역하였다.

8) 빌헬름 그루베Wilhelm Grube(1855~1908년)는 러시아 제국 출신의 독일 중국학
   자이자 언어학자이다. 특히 여진어 등 퉁구스어족의 여러 언어에 대한 정통한
   연구와 저서로 잘 알려져 있다. 상트페테르부르크 출신이며, 국립 상트페테르
   부르크대학교에서 우랄알타이어족 및 티베트어를 배운 뒤 1878년에 졸업하였
   다. 이후 라이프치히대학교에서 게오르크 폰 데어 가벨렌츠로부터 지도를 받
   은 뒤 1880년 박사 학위를 수료하였다. 그 뒤 1883년 베를린 민족학박물관
   관장 보좌관을 맡았으며, 동시에 1884년부터 베를린대학교 강사를 겸임하가다
   1892년부터 교수 자격을 취득하였다. 이후 부인과 함께 1897년부터 1899년까

설명하면서, "한문 가운데의 품사는 대수학에서의 미지수 x와 같아서 방정식을 풀어 x 값을 알 수 있는 것처럼 문장의 뜻을 해명한 뒤에야 품사의 종류를 정할 수 있다"고 말했다. 이를테면,

> 漢王解衣衣我, 推食食我[9](한왕은 옷을 벗어 나에게 입혀주고, 음식을 미루어 나에게 먹였다.)(『한서漢書』)

여기서 두 개의 '衣'와 '食' 자가 어떤 품사에 속하는지를 결정하려면 먼저 문장 속의 의미를 해석하고 그 부류를 명확히 하지 않으면 안 된다. 곧 앞의 두 글자는 '解'와 '推'의 목적어이기에 명사이고, 뒤의

지 중국에 체류하며 중국의 민속을 연구했으며, 1908년 베를린에서 세상을 떠났다.

9) 이 구절은 『사기史記』「회음후열전淮陰侯列傳」에 나온다. 그러므로 여기서 『한서』라 한 것은 잘못이다. 이것은 한漢나라의 한신韓信과 관련된 고사에서 유래되었다. 한신은 원래 초楚나라 샹위項羽 밑에 있었으나, 중용되지 않자 한漢나라 류방劉邦에게 귀순하였다. 류방은 한신을 대장군으로 중용하였다. 한신이 류방의 명을 받아 제齊나라를 공격하자, 제나라는 초나라에 구원을 요청하였다. 샹위는 부하 장수 룽쥐龍且에게 20만 대군을 이끌고 제나라를 돕게 하였다. 한신은 이를 대파하고 제왕齊王에 봉하여졌다. 한신의 능력에 두려움을 느낀 샹위는 우써武涉라는 세객說客을 보내어 한신으로 하여금 한나라로부터 독립하여 초·한·제의 세 나라로 천하를 삼분하자고 제안하였다. 그러자 한신은 이렇게 말하며 거절하였다.
"내가 항왕(샹위)을 섬길 때는 낭중郎中에 불과하여 창을 들고 문지기 노릇을 하였소. 내 계책이 받아들여지지 않았으므로 초나라를 배반하고 한나라에 귀순한 것이오. 한왕(류방)은 내게 장군의 인수印綬를 내리고 수만의 병력을 맡겼으며, 자기 옷을 벗어 내게 입혀 주고 자기 밥을 나누어 주었으며, 내 계책을 받아들였으므로 내가 여기까지 이를 수 있었던 것이오漢王授我上將軍印, 予我數萬衆, 解衣衣我, 推食食我, 言聽計用, 故吾得以至於此. 무릇 남이 나를 깊이 신뢰하는데 내가 그를 배신하는 것은 상서롭지 못한 일이니 설령 죽더라도 뜻을 바꿀 수는 없소."

두 글자는 술어이기에 동사로 쓰이고 있다는 것을 알 수 있기 때문이다. 아래의 예도 마찬가지이다.

> 求之與, 抑與之與(듣기를 구하시는 겁니까? 아니면 다른 사람들이 선생님께 알려 드리는 겁니까?)『논어』(하나는 동사이고, 다른 하나는 종결어미이다.)
>
> 訟獄者, 不之堯之子而之舜(재판을 받으려는 사람들도 요임금의 아들에게 가지 않고 순에게 갔다.)『맹자』(하나는 동사이고, 다른 하나는 후치사)
>
> 陛下不善將兵, 而善將將(폐하께서는 많은 병사를 거느릴 수는 없지만, 장수는 잘 거느리십니다.)『사기』(위는 동사, 아래는 명사)

그러니까 한문에서는 문법에 의해 문장의 뜻을 풀이하지 않고, 문장의 뜻에 통한 뒤에 문법을 풀이할 수 있기 때문에 이것을 다른 나라 문법 연구에 비교할 때에는 본말을 전도시켜야만 한다.

시험 삼아 고립어와 교착어, 굴절어를 도식으로 나타내면 아래와 같다.

○ ○ ○ ○ ……고립어
○ + ○ + ○ ……교착어
o+ +o o+ o+ ……굴절어

그러나 유럽의 학자들은 고립어를 언어발달사상 최하급에 두고, 교착어를 그 다음으로 두고, 유럽어인 굴절어는 교착어보다 한 걸음 나아간 것으로 멋대로 최상급에 두고 있다. 교착어의 부속부附屬部는 여전히 독립되어 있는데, 굴절어가 되면 독립성을 잃고 어근에 부속되어 굴절이 되기 때문이다. 이를테면 일본어의 조사에 관해서 너는, 너를, 나는, 나를, (君ハkimiwa, 君ヲkimio, 僕ハbokuwa, 僕ヲbokuo)이라고 해야 하는 것을 줄여서, Kimya, Kimyo, bokā, bokō로 발음할 때는 이미 조사(テ·ニ·ヲ·ハ)의 독립성을 잃고 굴절된 것이라고 하는 사람도 있다. 그렇지만 시험 삼아 생각해 보면, 영어와 같은 것은 유럽어 중 가장 굴절이 간단한 것이기 때문에(관사의 종류, 명사의 성이나 격, 형용사의 굴절 등이 프랑스, 독일어보다 훨씬 간단하게 되어 있다. 특히 그리스나 라틴의 고대어에 비교할 때는 더욱 그러하다), 또는 이것이 고립어에 가까워지고 있다고 해도 무방할 정도라 중국어와 유사한 점이 적지 않다. 그렇다면 반드시 고립어를 최하급의 단어라 말하는 것은 당치 않은 것이라 생각한다.

말이 나온 김에 서양에 물든 학자는 걸핏하면 한자를 야만시하여 매우 불편한 마음이 든다고 여기는데, 사실 한자 만큼 품위가 있고 실용적인 것은 없다. 한자를 써야만 강의 필기도 할 수 있는데, 표음문자로는 도저히 [거기에] 부응할 수 없다. 세간에서는 노트라는 제도를 비난하는데, 일본이기에 가능한 일이고, 서양의 학생 같으면 노트 필기하는 것은 속기술을 사용하지 않는 한 불가능한 것이다. 오늘날 같이 비행기로 적의 상황을 정탐하고 공중에서 종잇조각을 던져 보고하는 긴급한 경우에는 장황한 알파벳이나 [일본어의] 가나 등은 쓰는 쪽이나 읽는 쪽이나 시간이 걸리는 데다 헷갈리는 것은 견딜 재간이 없다. [그런 긴급한 경우는] 아무래도 쓰는 데 간단 명쾌하고, 읽어서 일목요연한 한자를 쓰기 마련이다. 어찌 알겠는가 서양인이 한자를 채용할 날이 오지 않으리란 법은 없으리라.

제2항 단음절어

단음절어Monosyllabic Language는 복음절어Disyllabic or Polysyllabic Language에 대한 호칭으로 한 마디로 하나의 음절one syllable로 이루어진 모든

것을 말한다. 다음절disyllable, polysyllable 글자는 절대로 없다. 우리 일본의 음독에 의한 후츠쿠치키フックチキ의 어미는 본래 중국어에서는 k, p, t로 끝나는 입성자(촉음)이다.[10] 그래서 '국國'이라는 글자는 가나로는 '고쿠コク'라고 써도 실제 발음은 Ko-ku라는 두 음절 음이 아니라 Kok이라는 하나의 음절로 된 음이다. 곧 국가國家, 적국敵國, 발달發達, 일주一州, 습개拾箇[열 개라는 뜻; 옮긴이]에서 국, 적, 발, 일, 습의 발음은 후츠쿠치키フックチキ의 입성자 발음이다.

중국어는 단철음單綴音이라는 것 말고도 어두에 cl, dr, sp, str 등과 같은 중자음重子音도 없고, 어미의 자음도 고작 m, n, ng 세 가지뿐이기 때문에 자음의 종류가 아주 적다. 현대 베이징 관화는 글자의 음字音이 가장 간단한데, 대략 4백 여 개에 지나지 않는다(영국 공사로 유명한 토머스 웨이드Thomas Wade[11]의 『어음자이집語音自邇集』에서는 4

---

10) 한국어 한자음의 경우 입성자는 '-ㄹ, -ㄱ, -ㅂ'으로 끝나는 것으로 이것은 중국어의 '-t, -k, -p'에 상응한다.

11) 토머스 프랜시스 웨이드Sir Thomas Francis Wade(1818~1895년)는 영국의 외교관이자 중국학자로, 웨이드식 표기법이라고 불리는 만다린 중국어의 로마자 표기법을 고안하기도 했다. 웨이드의 중국식 이름은 웨이퉈마威妥瑪이다. 웨이드는 왕실 스코틀랜드 연대 제3대대(일명 블랙워치) 소속의 웨이드 소령과 그 아내인 아일랜드 출신의 앤 스미드(Anne Smythe)의 아들로 런던에서 태어나 해로우스쿨을 졸업하고 케임브리지대학교 트리니티칼리지에서 수학했다. 1838년 아버지의 권유로 제81보병연대의 장교가 되었다가 1839년에 제42보병연대로 옮겨 이탈리아어와 근대 그리스어를 연구했다. 1841년에는 제98보병연대로 옮겨 청나라로 진군, 1842년에 홍콩에 상륙했다. 양쯔 강 일대에서 벌어진 제1차 아편 전쟁 전역에 종군해 전쟝鎭江과 난징을 공략하는 전투에 참여했다. 1845년에는 홍콩 대법원에서 광둥어를 번역하는 임무를 부여받고, 1846년에는 무역 감독관 존 프랜시스 데이비스의 중국어 보조 서기가 되었다. 1852년에 상하이 주재 부영사가 되었다. 1866년, 웨이드는 청나라 관리들에게 산채로 살을 회 떠 죽이는 끔찍한 사형 방법인 능지처참형을 폐지할 것을 권고했다. 1876년 치푸 조약 체결에 참여하기도 했다. 40년 이상 일했던 중국 주재 영국

백 2십 류로 나누고 있다). 그리고 글자 음의 종류가 가장 풍부한 푸저우福州 방언을 보더라도 8백 음 정도를 헤아릴 뿐이다. 그 웃대上代라 할지라도 이것과 큰 차이가 없다. 『강희자전』에는 대략 4만 자가 실려 있다. 원래 그 가운데는 고자古字도 있고, 방언도 있으며, 보통은 쓰이지 않는 글자도 많이 있는데, 오늘날 통용되는 글자라 해도 여전히 1만 자를 밑돈다.

겨우 8백 내지 4백 종의 음을 갖고 4만 내지 1만 자를 발음하려고 하니까 아무래도 다수의 동음이자가 나오는 것을 면하기 어렵다. 그렇다고 해서 어떻게든 동음인 말을 구별하는 방법이 없는 것은 아니다. 여기서 사성四聲이 나온 것이다. 사성이라는 것은 소리의 고저의 조절법으로, 영어의 액센트accent와 같다. 이를테면 梨lí, 李lǐ, 栗lì와 같은 것이다. lí라는 한 가지 음으로 똑같이 세 가지 과일을 구별하지 않으면 안 되기 때문에, 사성을 극히 엄격하게 언명言明하지 않으면 안 된다는 것을 미루어 알 수 있다. 실제로 베이징에서 중국의 호텔 보이에게 의자椅子yǐzi를 달라고 했더니, 비누胰子yízi[원래는 돼지의 췌장을 말하지만 여기서는 비누를 가리킨다; 옮긴이]를 가져왔다는 [등과 같은] 우스갯소리가 많이 있다. 우리는 일본어의 억양에 익숙해 있어서 중국어의 사성에 구애받지 않는 점이 있어서 낭패를 본 경우라 하겠다.

베이징 관화의 예를 들어 이야기하자면, 이 4백 음을 사성으로 나누면 1천 6백 종의 음성을 구별할 수 있게 되는데, 그러나 실제로 통용되는 음은 그 4분의 3에 지나지 않는다. 이 4백 음 1천 2백 개의 소리로 우주간의 삼라만상으로부터 여러 가지 인간의 사상과 감정을 명료하게 말로 표현한다는 것은 실제로 지난한 일이다. 시험 삼아 시중에서 통용되는 중국 발음자전을 보면, 가장 다수의 어휘를 갖고 있는 Shih 라는 한 가지 음에 80자가 실려 있는데, 이것을 사성으로 나누어 보면 상평 15자(師, 獅, 詩, 虱, 屍, 失 등), 하평 17자(十, 時, 石, 實, 食, 識 등), 상성 10자(史, 使, 始, 失 등), 거성12) 38자(事, 世, 是, 市, 士, 飾, 式, 試, 勢, 誓, 示, 氏 등)를 헤아리고 있다. [이보다] 심한 예를 들어보면, 『일청불자전一淸佛字典』에 남방음 shi에 239자가 있어, 평성 54, 상성 40, 거성 79, 입성 66자가 있다. 이것은 문자로 써서 나타내야만 분명하게 변별이 될 터인데, 구설口舌에 올려서야 어떻게 그 뜻을 분명히 드러내 보일 수 있겠는가? 또 사성은 한 글자 한 글자에 관해서라면 명확하게 구별할 수 있지만, 다수의 글자를 연이어서 말하는 경우에는 아주 쉽게 혼란스러워지기에 도저히 구분할 수 없게 된다. 여기서 숙어熟語가 나오는 것이다. 앞서 기술한 梨, 李, 栗를 사성으로 구별하는 것 말고도 속어로 鳳梨, 李, 栗子라는 숙어로 읽는 것이다.13) [양자를] 비교한다면 성조로 구별하는 것보다 한층 더 분명해진다. 애당초 숙어가 생겨난 것은 실로 오래된 것으로, 『시경』이나 『서경』에서 보이는 숙자熟字의 풍부하면서도 굉려宏麗한 것을 생각하면, 그 기원의

---

12) 현재 표준말로 쓰이고 있는 베이징 관화의 경우, 이상의 상평과 하평, 상성, 거성은 현재는 제1성, 2성, 3성, 사성이라는 용어로 대신하고 있다.

13) 우리말에서의 '숙어'는 1. 익숙해진 말이라는 의미 이외에 2. 두 개 이상의 단어로 이루어져 있으면서 그 단어들의 의미만으로는 전체의 의미를 알 수 없는, 특수한 의미를 나타내는 어구語句를 가리킨다. 이를테면, '발이 넓다'는 '사교적이어서 아는 사람이 많다.'를 뜻하는 것 따위가 그것이다. 그런데 여기서는 이런 본래의 의미보다는 동음이의가 많은 단음절어 단어를 복음절화해서 혼란을 피한다는 의미에서 '숙어'라는 표현을 쓴 것이다.

오래됨을 쉽게 상상할 수 있다. 『시경』의 첫머리 제1의 "관관저구關關雎鳩"의 '관관關關'은 겹침 말重言이고, "요조숙녀窈窕淑女"의 '요조窈窕'는 첩운疊韻[운이 겹치는 것]이며, "참치행채參差荇菜"의 '참치'는 쌍성雙聲[초성이 겹치는 것]이다. "말에 휘파람새, 대나무에 호랑이うまにう ぐいす、たけにとら" 또는 "(보지도 듣지도 않아) 전혀 모름, 일면식도 없음みずしらず"이라는 말에서와 같이 일본어에서도 쌍성과 첩운의 숙어는 장단이 제대로 맞는다. 하물며 단음으로서 사성을 갖고 있는 중국어의 경우는 한층 더 가락이 어울리게 들린다. 이렇듯 쌍성, 첩운의 숙자를 교묘하게 사용한 것을 보면, 『시경』의 수사법이 얼마나 발달했는지가 충분히 증명될 것이다. 숙어는 후세에 점점 더 성행해서 현재의 중국어에서는 명사, 동사, 형용사 같은 것들은 대체로 두 글자 [이상의] 숙어로 이루어져 있다. 이를테면, '황제皇帝', '붕우朋友', '부친父親', '아우老弟', '금金子', '꽃花兒', '돌石頭', '좋아한다喜歡', '알고 있다知道', '이해한다明白'와 같은 것들이다. 그러니까 실제로 중국어는 이미 본래의 단음절의 경계를 벗어나 복음절어로 나아가고 있는 중이라고 해도 무방하다.

이상 중국어의 단음절로 된 고립적인 특성이 문학에 미친 영향은 다음과 같다.

1. 간결하다.
2. 대화하기에 적당하다.
3. 음운의 어울림

중국어는 발음이 많아 유창한 것 이외에도 사성으로 고저를 나누었으며, 게다가 쌍성과 첩운의 숙어를 즐겨 쓰는 까닭에 특히 음운의 어우러짐을 느끼게 된다.

이를테면,

月落烏啼霜滿天yuèluòwūtíshuāngmǎntiān[14]

이렇게 되는 까닭에 이것을 가어歌語Singing Language라고도 하는 것이다. 필경 중국 시문이 특히 격조格調와 절주節奏를 중시하는 것은 이런 특성에 기인한 것이다.

제2절 사성 및 106운

제1항 사성

대저 사성은 앞서 말한 바와 같이 글자 음을 구별하기 위한 필요성 때문에 나온 것이기에 그 기원은 아주 오래되었다. 다만 웃대上代의 성조가 과연 어떤 소리였는지는 쉽게 알기 어렵지만, 아무튼 성조의 장단과 지속遲速, 경중의 구별이 있다는 것은 명확하다. 후세로 내려가면서 소리의 구별이 점차 복잡해져갔다. 또 각 지방의 방언이 평시의 교류나 전시의 이전에 의해 점차 뒤섞였을 뿐 아니라 여기에 위진魏晉 이래로 융적戎狄이 내지로 들어와 잡거雜居하는 일이 많아져 중원의 음운에 대 혼란이 초래되었다. 때마침 불교 경전의 번역과 함께 천축天竺의 성명학聲明學이 전래되어 한족의 음운을 정돈할 필요가 일어나 학자들의 연구가 점차 시작되었다. 수당의 『경적지經籍志』에는 다음과

---

14) 중당의 시인 장지張繼의 유명한 시 '풍교야박楓橋夜泊'의 한 구절이다. 시의 전문은 다음과 같다. "달 지고 까마귀 울며 서리는 가득한데, 강가의 단풍과 고깃배의 불 시름에 졸며 바라보네. 고소성 밖 한산사의 한밤중 종소리 이 나그네의 배에까지 들려오네.月落烏啼霜滿天 江楓漁火對愁眠 姑蘇城外寒山寺 夜半鍾聲到客船."

같은 서목이 보인다.

> 위魏의 리덩李登, 『성류聲類』
> 진晉의 뤼징呂靜, 『운집韻集』

내려가서 제齊와 양梁나라 시기에 이르면, 사성의 설이 성행하여, 시문을 지을 때 음운의 해조諧調를 존숭하게 되어 [이에 관한] 저서도 많이 나왔다.

> 저우융周顒, 『사성절운四聲切韻』
> 선웨沈約, 『사성보四聲譜』
> 왕빈王斌, 『사성론四聲論』

이 중에서도 특히 선웨가 가장 유명한데, 『사성보』를 짓고 나서 스스로 입신入神의 [경지에 드는] 작품이라 칭하며 득의만만했다. 이로부터 사성은 선웨가 주가 되어 그를 사성의 원조라 칭하기에 이르렀다. [하지만] 이들 저서들은 모두 오늘날에는 전해지지 않고 있는데, 당송대의 시에서 쓰이고 있는 사성은 곧 선웨의 설에 기반한 것이라고 해도 좋을 것이다.

이른바 사성은 평, 상, 거, 입을 말한다. 『강희자전』에 그 발성법을 설명하면서 다음과 같이 기술해놓았다.

> 평성平聲: 平道莫低昻(평탄하게 말하고 높낮이가 없다)
> 상성上聲: 高呼猛烈强(높이 소리 내어 맹렬하고 강하다)
> 거성去聲: 分明哀遠道(분명하되 애달프고 멀게 말한다)
> 입성入聲: 短促急收藏(짧고 촉급하게 말하고 거두어들인다)

곧 평성은 평탄하게 발성하는데, 이것을 영어의 예를 들어 말하자면

액센트가 없는 것이다. 상성은 말끝의 어조를 올리는 것으로 어미에
액센트가 있는 것이고, 거성은 말끝의 어조를 올리는 음이되 어두에
액센트가 있는 것이다. 이를테면 깜짝 놀랐을 때 발하는 '오아'라는
외마디 소리는 상성에 가깝고, 탄식할 때 발하는 '오아'는 거성에 가깝
다. 그런데 입성은 촉음, 곧 음의 끝을 삼켜버리는 것으로, 성운학 상으
로 말하자면, k, p, t의 어미를 가진 발음이다. 이상의 사성 가운데 평성
만이 평평하게 완만한 발음으로 액센트가 없기 때문에 평성이라 하고,
기타 상, 서, 입 삼성은 어두나 어미 어느 쪽이든 액센트를 갖고 있기
에 이것을 측성仄聲이라 한다. '측仄'은 '측側'의 의미로 '기운다'는 뜻
을 갖고 있어 평의 반대이다. 바로 근체시에서 쓰이는 '평측'이 바로
이것이다.

에드킨스15)는 자신의 저서 『베이징 관화 문전文典』(Edkins, Man-

---

15) 조셉 에드킨스Joseph Edkins(중국어 이름 아이웨써艾約瑟, 1823~1905년)는 영국
인이며 런던 선교회 소속으로 1848년 상하이에 도착 후, 1905년 상하이에서
생을 마감하기까지 톈진, 베이징 등지에서 활동하며 중국에서의 선교활동에
힘썼다. 뿐만 아니라 중국의 종교, 언어와 관련한 다양한 저서를 저술하고
번역서를 출간했다. 그가 펴낸 저서는 다음과 같다.
A Grammar of Colloquial Chinese as exhibited in the Shanghai Dialect (1852,
상하이 방언에 나타난 중국어 구어 문법)
*A grammar of the Chinese colloquial language commonly called the Mandarin
Dialect*(1857, 1864 관화로 불리는 중국어 구어 문법. 또는 '베이징 방언 문법
서')
*Progressive Lessons in the Chinese Spoken Language: with lists of common words
and phrase, and appendix containing the laws of tones in the Peking Dialect*
(1862, 중국어 구어에 대한 혁신적 교과: 상용 단어, 구의 목록과 베이징 방언의
성조 규칙 부록 첨부, 또는 베이징 방언 어휘집)
A Vocabulary of Shanghai Dialect (1869, 상하이 방언 어휘집)
*China's Place in Philology: An attempt to show that the languages of Europe
and Asia have a common Origin* (1871, 언어학에서 중국의 위치: 유럽의 언어와

darin Grammar, 1864)에서 상대上代에는 평성과 입성만 있었는데, 상성은 기원전 1천 년(주나라 초기)에 나왔고, 거성은 205년(삼국시대 말)부터, 하평은 1,300년(원대)부터 비롯되었다고 기술했다. 상성과 거성의 기원에 관해서는 어떤 책에 근거했는지를 명확히 하지 않았는데, 하평이 원대에 일어났다는 것은 [일반적인] 정론이다. 원대에 이르러 호어胡語의 영향으로 중원의 음운은 그로 인해 입성이 사라지고, 이와 동시에 평성에 음과 양의 구분이 생겨났다. 명대의 왕스전王世貞의『예원치언藝苑卮言』에 다음과 같이 기술되어 있다.

> 창장長江 이북에서는 점차 호어에 물들고, 시시각각으로 채입되어 선웨의 사성이 끝내 그 하나를 잃게 되었다.[16]

원대의 사성의 자례字例는 저우더칭周德淸의 『중원음운中原音韻』에 상세하다. 명청대를 거쳐 현재까지 이어오는 베이징 관화도 대체로는 저우더칭의 운에 의한 것이다. 다만 평성의 음양을 바꾸어 상평上平·하평下平이라 하고, 사성을 상평, 하평, 상성, 거성으로 나누었다. 그리고 입성은 하평, 상, 거 세 성조에 흡수되어버렸다. 상평 하나만이

아시아의 언어가 공통된 기원을 가지고 있음을 증명하기 위한 시도)
Introduction to the Study of the Chinese Characters (1876, 중국문자 개론)
Evolution of the Chinese Language: As Exemplifying the origin and growth of human speech (1888, 중국어의 진화: 인류 언어의 기원과 성장의 예)
이 가운데 시오노야가 언급한 『베이징 관화 문전文典』은 A grammar of the Chinese colloquial language commonly called the Mandarin Dialect(1857, 1864 관화로 불리는 중국어 구어 문법. 또는 '베이징 방언 문법서')을 가리킨다. 조셉 에드킨스의 저작에 대한 상세한 소개는 김혜영, 「Joseph Edkins의 중국어 연구에 대한 기초적 고찰」(『중국문학』 89권, 한국중국어문학회, 2016)을 참고할 것.
16) 원문은 다음과 같다. "大江以北, 漸染胡語, 時時採入, 而沈約四聲, 遂闕其一."

예전 그대로 순수한 평성이다. 이 발음법은 입성이 없어졌을 뿐 상평, 상, 거의 세 성조는 앞서의 사성과 큰 차이가 없다. 다만 하평이라는 한 가지 소리가 새로 부가되었을 따름이다. 이 성조는 가볍고 높게, 마찬가지로 말끝을 올리는 발음인데, 상성과 같이 느슨하고 강한 것은 없다. 그루베 교수는 독일어에서 예를 들어 베이징 관화의 사성을 설명했다.

> 상평: Der gleiche Ton(수평의 어조).
> 하평: Der rasch steigende Ton. Wie?(재빨리 올리는 어조. 왜?)
> 상성: Der langsam steigende Ton. nun!(완만한 어조. 지금)
> 거성: Der fallende Ton Ja.(Antwort)(하강하는 어조. 네.)(대답)

그렇기에 똑같은 사성이라도 베이징 관화의 사성은 당연하게도 선웨의 사성과 다르기 때문에 결코 혼동되지 않는다.

베이징 관화의 사성은 전술한 대로이지만, 중국 각지의 방언의 성조는 매우 다양하다. 시험 삼아 베를린 동양어학교 교수 아렌트 씨의 기록에 의하면 다음과 같은데, 그러나 실제로 어떻게 발음하는지는 알 수 없다.(Arendt: *Nordchinesische Umgangssprache*.[화북 지방의 구어] 1891)

> 난징南京 5성五聲 상평, 하평, 상성, 거성, 입성
> 커쟈客家 6성六聲 상평, 하평, 상성, 거성, 상입, 하입(광둥廣東 쟈잉저우嘉應州)
> 샤먼廈門 7성七聲 상평, 하평, 상성, 상거, 하거, 상입, 하입
> 산터우汕頭 8성八聲 상평, 하평, 상성, 상거, 중거, 하거, 상입, 하입
> 이곳本地 9성九聲 상평, 하평, 상상, 하상, 상거, 하거, 상입, 중입, 하입(광둥 지방)

제2항 106운

선웨의『사성보』를 필두로 수당대의『경적지』에 보이는 옛 운서는 모두 없어져 오늘날까지 전하지 않기에 당시에 운목韻目을 어느 정도로 나누었는지는 알 수 없는데, 수나라의 루파옌陸法言 등이『절운切韻』을 찬술했을 때는 206으로 분류했다. 이것은 물론 선웨의 사성을 따른 것이다. 다만 선웨는 남조 사람이라 남방 음을 위주로 했고, 루파옌은 남북의 운을 정했기 때문에 약간의 차이가 있다.

후당後唐 천보 말년에 천저우陳州 사마司馬 쑨몐孫恤이 이것을 정정하고 고쳐서『당운唐韻』이라 하였다. 송대의 대중상부大中祥符17) 원년(1008년)에 이것을 다시 수정 증보해『대송중수광운大宋重修廣韻』으로 개명했다.『절운』과『당운』두 책은 전해지지 않지만, 이 206운의 분목은『광운』에 의해 엿볼 수 있다. 인종仁宗 경우景祐(1034~1038년) 연간에 딩두丁度 등이 명을 받고 다시『집운集韻』을 편찬했는데, 동시에『예부운략禮部韻略』을 찬술해 오직 과시科試18) 용으로만 제공해 운의 통용을 허락했다. 여기서 당 이래의 구법이 일변했지만, 아직 병합에는 이르지 못했다.

그런데 금나라 정대正大 6년(1230년), 핑수이平水(금의 현, 지금의 산시 성山西省 쟝저우絳州 인근)의 왕원위王文鬱에 이르러 구운舊韻의 2, 3부가 통용되는 것을 합쳐서 1부로 만들어 결국 206운을 고쳐 107운으로 만들었다. 남송 말(이종理宗 순우淳祐 12년[1252년]) 류위안劉淵이 이 책을 얻어 중간하고,『임자예부운략壬子禮部韻略』이라 하여 과시科

---

17) 대중상부大中祥符(1008~1016년)는 송나라 진종眞宗의 세 번째 연호이다.
18) 과시科試는 명청대 학교제도의 하나이다. 향시鄕試를 보기 전에 각 성의 학정學政이 소속 부주府州를 돌며 시험을 치는 것을 말한다. 부시鄕試에 참가하는 생원들은 이 시험에 통과해야 한다.

試용으로 썼다. 이른바 평수운平水韻이 바로 이것이다. 뒤에 원 대덕大德 연간에 인스푸陰時夫[19] 형제가 『운부군옥韻府群玉』을 편찬할 때 상성 '증拯'의 한 운을 제거해 106운으로 고쳤다. 곧 평성 30부를 나누어 상평, 하평으로 하고, 상성, 29, 거성 30, 입성 17부로 만든 것이다. 이것이 현행의 시운詩韻이다.

그 뒤 명 태조는 옛부터 내려오는 운은 원래 강좌江左[창장의 동쪽이라는 의미로 현재의 장쑤 성江蘇省 일대를 가리킨다; 옮긴이]에서 일어난 것이라 정음正音을 많이 잃어버렸다 하여 쑹롄宋濂 등에게 명을 내려 이것을 바로잡으라 하니, 사성을 아울러 76부(평, 상, 거 각 22, 입성 10부)로 하고, 『홍무정운洪武正韻』이라 명명해 천하에 반포했는데, 결국 세간에서는 통행되지 않았다. 오늘날까지 시에서 쓰이는 운은 모두 평수운이다. 평수운은 이미 당의 운이 아닌지라, 당시를 배우면서 이것에 의거하는 것은 불가하다는 의론도 있는데, 당대의 운서는 앞서 말한 대로 전하지 않기에 어쩔 수 없다.

그것보다도 오늘날 시를 지을 때 송운宋韻을 받드는 것이 더 우스운 이야기다. 애써서 평수운의 사성으로 지어도 이것을 오늘의 음으로 읽는 것은 평측이 다르기 때문에 실제로 노래하더라도 가락이 맞지

---

19) 인스푸陰時夫(생졸년 미상)는 이름이 유위幼遇 또는 스위時遇이고 스푸時夫는 자이다. 원나라 초기 장시江西 펑신奉新 출신이다. 쥐더러우聚德樓에서 30년 간 거하며 아버지 인잉멍陰應夢(1224~1314년)의 지도 아래 『운부군옥韻府群玉』을 편찬했다. 그의 형인 유다幼達는 여기에 주를 달았다. 인스푸는 "평수운平水韻"을 확정했는데, 원래 107개 운이었던 것을 나중에 하나를 병합해 106운이 되었다. 원대 이래로 모두 이 책을 따랐다. 링즈룽淩稚隆이 『운부군옥』을 모방해 『오거운서五車韻瑞』를 지었고, 청 강희 연간에 장팅위張廷玉 등이 황제의 뜻을 받들어 『패문운부佩文韻府』를 편찬할 때 『운부군옥』와 『오거운서』를 대량으로 참고했다.

않는 것은 당연한 것이다.

그렇다고는 해도 『홍무정운』 같은 것도, 당시에 이미 통행이 되지 않았기 때문에, 이제 와서 [새삼스레] 현행음으로 시를 지을 수도 없고, 실제로 오늘날의 작시는 당송의 고문학古文學으로서 그 전형을 떠받드는 데 지나지 않는다. 그러니까 우리가 시를 배우는 것과 마찬가지로 중국인들도 운서를 보지 않으면 시를 지을 수 없다. 그런데도 현행음으로 당시를 읽고, 리바이李白의 시는 리듬이 좋다고 하는 등의 말을 하는 것은 뭐라고 해야 할까? 하물며 우리가 훈독을 하고 시의 격조를 논하는 것은 말도 안 되는 것이다.

206운과 106운의 분합分合과 사성 배당의 상황을 표로 나타내면 별지와 같다.(제1표)

제1표

		평성	상성	거성	입성	
통용		東——東 冬鍾——冬 江——江	董——董 腫——腫 講——講	送——送 宋用——宋 絳——絳	屋——屋 沃燭——沃 覺——覺	ng-k
통용	통용	支脂之—支 微——微	紙旨止—紙 尾——尾	寘至志—寘 未——未		
		魚——魚 虞模——虞	語——語 麌姥——麌	禦——禦 遇暮——遇		
		齊——齊 佳皆——佳 灰哈——灰	薺——薺 蟹駭——蟹 賄海——賄	霽祭——霽 泰——泰 卦怪夬—卦 隊代廢—隊		
통용		眞諄臻—眞 文殷——文 元魂痕—元 寒歡——寒 刪山——刪 先仙——先	軫準—軫 吻隱—吻 阮混很—阮 旱緩—旱 潸產—潸 銑獮—銑	震稕—震 問焮—問 願恩恨—願 翰換—翰 諫襉—諫 霰線—霰	質術櫛—質 物迄—物 月沒—月 曷末—曷 黠鎋—黠 屑薛—屑	n-t

	평성	상성	거성	입성	
통용	蕭宵──蕭 肴──肴 豪──豪	篠小──篠 巧──巧 晧──晧	嘯笑──嘯 效──效 號──號		
통용	歌戈──歌 麻──麻	哿果──哿 馬──馬	箇過──箇 禡──禡		
獨用	陽唐──陽	養蕩──養	漾宕──漾	藥鐸──藥	ng-k
통용	庚耕淸──庚 靑──靑 蒸登──蒸	梗耿靜──梗 迥──迥 拯等──㢣	映諍勁──映 徑證嶝──徑	陌麥昔──陌 錫──錫 職德──職	
獨用	尤侯幽──尤	有厚黝──有	宥候幼──宥		
통용	侵──侵 覃談──覃 鹽添嚴──鹽 鹹銜凡──鹹	寢──寢 感敢──感 琰忝儼──琰 豏檻範──豏	沁──沁 勘闞──勘 豔桥釅──豔 陷鑑梵──陷	緝──緝 合盍──合 葉帖業──葉 洽狎乏──洽	m-p
	唐韻 57部 宋韻 30部	唐韻 57部 宋韻 29部	唐韻 60部 宋韻 30部	唐韻 34部 宋韻 17部	
	합계	唐韻 206운 (『예부운략』에 의거) 宋韻 107부 (『평수운』 106韻)			

고운통古韻通

평성 ○東·冬·江(통용)○支·微·齊·佳·灰(통용)○魚·廬(통용)○眞·文·元·寒·刪·先(통용)○蕭·肴·豪(통용)○歌·麻(통용)○陽(독용)○庚·靑·蒸(통용)○尤(독용)○侵·覃·鹽·鹹(통용)(상성·거성·입성은 이에 준하지 않는다)

위의 표 가운데 m, n, ng의 운미가 있는 것을 '금성운金聲韻'이라 칭하고, 그렇지 않은 것을 석성운石聲韻이라 한다. 그런데 입성은 보다시피 금성운에만 속해 있다. 요컨대 순음脣音 m이 똑같은 순음 p가 되고 설음舌音 n이 t가 되며, 아음牙音 ng가 k로 변환되는 것이다(다만 원대에 입성이 소멸되어 다른 삼성으로 섞여 들어간 뒤에는 오히려 반대로 석성운에 속한다. 이것은 입성이 그 어미인 k, p, t를 잃어버렸기 때문이다. 이것은 『중원음운』을 보면 곧 알 수 있다.)

동東이라 하고, 동冬이라 한 것은 그 부에 속한 동성동운同聲同韻의 글자를 대표하는 것으로 든 것이다. 그러니까 이것을 이론적으로 말하자면, '東—董—送'부에 속하는 글자는 이를테면, Chung, kung, lung, Sung, Tung, Yung와 같이 모두 ung의 운미를 갖는데, '東'은 그 가운데 평성이고, '董'은 상성, '送'은 거성이며, 그리고 '屋' 부는 그 입성으로 ng가 k로 변한 것이다. 그런데 실제로는 반드시 그런 것은 아니다. 일본의 글자 음은 이미 똑같지 않은데, 이것을 베이징 관화의 발음으로 보자면 '中'은 똑같이 Chung이지만, '風'은 Feng이고, '窮'은 Chiung으로 '東' 부 중에서 분명하게 ung, eng, iung의 세 운을 구별할 수 있다. 이하 '冬', '江' 등은 모두 두세 가지 운이 뒤섞여 있다. 이것은 선웨 등이 처음 운보를 만들었을 때는 없었던 것이리라. 볼피첼리Volpicelli 씨의 『중국어 음운학Chinese Phonology』[20)에서는 『광운廣韻』 206운의 발음을 연구해 이것을 로마자에 적용시켰는데, 참고를 위해 별표에 올린다(제2표). 그러나 실제로 어떻게 발음하는지는 쉽게 구별할 수 없다. 그럼에도 206운 내지 106운 중에는 비슷한 운이 포함되어 있다. 106운은 이미

---

20) 구체적인 서지사항은 다음과 같다. Zenone Volpicelli, *Chinese phonology. An attempt to discover the sounds of the ancient language and to recover the lost rhymes of China* (Shanghai: Printed at the China Gazette Office 1896) 아울러 제노네 볼피첼리는 구한말 대한제국 주재 러시아 외교관으로 그의 저서에서는 블라디미르라는 가명을 사용하기도 했다. 제노네 볼피첼리라는 이름 또한 본명이 아닌 필명으로 추측된다. 1899년는 『Russia on the Pacific and the Siberian railway』라는 책도 출판했다. 『차이나 리뷰 China Review』에는 런던의 왕립아시아학회 중국 부문 명예사서로 소개되기도 하였으나 자세한 이력은 찾기 어렵다. 볼피첼리는 『구한말 러시아 외교관의 눈으로 본 청일전쟁』이라는 책에서 청일전쟁이 저 먼 아시아 구석에서 발생한 가벼운 분쟁이 아니라 인류사에 큰 영향을 미친 중대 사건이라고 평가한다. 이 전쟁을 통해 그동안 아시아의 맹주였던 중국의 시대가 가고 대신 서구문명을 급속히 받아들인 일본이 새롭게 강대국으로 등장했다는 것이다. 그리고 중국도 일본처럼 서양문명을 수용해야만 암흑에서 하루 빨리 벗어날 수 있을 것이라고 주장했다.

206운 중의 통용운을 합친 것인데, 106운 가운데 또 '東·冬 ·江'의 세 운은 비슷하기 때문에 이것을 통운通韻이라 칭하고 고시를 지을 때에는 동일한 운으로 취급한다. 통운은 청대 사오창형邵長衡의 『고금운략古今韻略』에 상세히 나와 있다. 이에 덧붙여 상평이라 하고, 하평이라 해도 똑같이 평성으로 결코 사성 상으로는 서로 어긋나지 않는다. 평성운에 속하는 글자가 많기 때문에 편의상 이것을 2부로 나누고 '1東'부터 '15刪'까지를 상평이라 부르고, '1先'부터 '15鹹'까지를 하평이라 부른다. 마치 『맹자』의 「양혜왕梁惠王 장구 상, 양혜왕 장구 하」라 부르는 것과 똑같다. 베이징 관화의 사성의 상평·하평과는 당연히 다른 것이다.

제2표

	광운		광운		광운		광운
	평상거입		평상거입		평상거입		평상거입
ung—	東董送屋	ai—	皆駭	én—	痕狠恨	(uang)?-	耕耿諍麥
(ung)?—	冬 宋沃		夬	on—	寒旱翰曷	eng—	清靜勁昔
	腫	uoi—	灰賄隊	uon—	桓緩換末	ing—	青迥徑錫
üng—	鍾用燭		代	uan—	刪潸諫黠	éng	蒸拯證職
aang—	江講絳覺	oi—	咍海	an—	山產襉鎋	éng	登等嶝德
Ĭ—	支紙寘		廢	in—	先銑霰屑	eu—	尤有宥
éi—	脂旨至	én—	眞質	en—	仙獮線薛	ou—	侯厚候
ei—	之止志		軫震	io—	蕭篠嘯	iu —	幽黝幼
uéi—	微尾未	uén—	諄術	eo—	宵小笑	ém—	侵寢沁緝
ü—	魚語禦		準稕	ao—	肴巧效	om—	覃感勘合
(ü)?—	虞麌暮	ān—	臻櫛	oo—	豪晧號	(uom)?-	談敢闞盍
u—	薺	uén—	文吻問物	o—	歌哿箇	em—	鹽琰豔葉
	齊薺	Ĭn—	殷隱焮迄	uo—	戈過果	im—	添忝㮇帖
ī—	祭	uen—	元阮願	a—	麻馬禡	am ┌	鹹豏陷洽
	泰		月	eang—	陽養漾藥	│ *1	銜檻鑑業
ui—	佳蟹	uén—	魂混慁	cang—	唐蕩宕鐸	em ┘	嚴儼釅狎
	卦		沒	ang—	庚硬映陌	uem	凡範梵乏
	怪						

*1 이 세 그룹에서는 똑같은 라인에서 e와 a 모음을 발견히듯이, 글자들이 뒤섞여 있는 듯하다.
N.B 의심스러운 형태들이 팔호 안에 놓여져 있다.

이상은 오로지 시운에 관해 서술한 것인데, 사곡에서 쓰이는 운은 이것과 다르다. 원대 중엽, 저우더칭은 『중원음운』을 편찬하면서, 당시 통행되던 운을 위주로 19부로 나누고 입성을 다른 세 개의 성으로 배분하였고, 또 평성을 음과 양 두 가지로 나누었다. 곧 19부를 평음, 평양, 상성, 거성의 사성으로 구분한 것이다. 이것이 원곡에서 쓰였던 운이다.

○東鍾 ○江陽 ○支思 ○齊微 ○魚模 ○皆來 ○眞文
○寒山 ○桓歡 ○先天 ○蕭豪 ○歌戈 ○家麻 ○車遮
○庚靑 ○尤侯 ○侵尋 개구운開口韻 ○監鹹 앞과 같음 ○廉纖 앞과 같음

이에 의하면 '侵尋·監鹹·廉纖'의 3부는 아직 m 운미를 갖고 있다는 것을 알 수 있다. 『흠정곡보』에서는 "북곡은 마땅히 『중원음운』을 따라야 하고, 남곡은 마땅히 『홍무정운』을 따라야 한다"고 했는데, 『홍무정운』은 통행이 되지 않아 실제로는 남북곡 모두 『중원음운』에 의거했다. 다만 남곡에서는 입성운이 남아 있었기에, 이것만큼은 『홍무정운』에 의한 것이다.

사詞의 운으로는 『사림운석詞林韻釋』(사학총서詞學叢書)라는 책이 있다. 소흥紹興 2년 녹비헌菉斐軒 간본이라고 했는데, 사실은 남송 대의 것은 아니고 아마도 원명 교체기에 나온 것일 것이다. 역시 19부로 나누었고, 여기에 올려진 것은 『중원음운』과 똑같다. 그밖에 『사학詞學』(사학전서詞學全書), 『사림정운詞林正韻』 두 책이 있다. 모두 똑같이 19부로 나누었는데, 그 가운데 입성 운이 5부 있다. 아마도 사에서는 입성을 구별했기 때문이리라. 하지만 기타 14부는 평측으로 나누었고, 측성은 상성과 거성이 통용되었다.

제2장

문체

제1절 총론

문장은 그 조사措辭[시가나 문장 또는 말에 있어서, 문자의 용법과 사구辭句의 배치; 옮긴이]에 따라 산문Prose과 운문Verse 두 가지로 나눌 수 있다. 또 작자의 태도, 곧 저작 의도의 시점에 의해 주관적과 객관적, 그리고 두 가지가 합쳐진 것, 세 가지로 나눌 수 있다. 그러므로 형식을 날줄로 삼고, 내용을 씨줄로 삼아 분류하면 아래와 같다.

	주관적	객관적	주관적 객관적
산문	의론문	기사문	소설
운문	서정시	서사시	희곡

의론문과 서정시는 자신의 사상 감정을 토로한 것으로 주관문主觀文, 주관시主觀詩라 할 수 있고, 기사문과 서사시는 인물 사건에 관해 그 성질과 상태, 동작, 시말 등을 묘사한 것으로 전적으로 객관적인 것이다. 또 소설과 희곡의 경우에는 혹은 자기의 사상(주관)을 사실(객관)적으로 묘사하거나, 혹은 실제로 일어난 일(객관)을 임의로 개조해 자기의 사상(주관)을 서술한 것이기에 이것을 주관적 객관, 또는 객관적 주관이라고 부를 수 있다. 그렇다면 시가와 문장은 그 내용에 의해

자연스럽게 기사記事와 논설의 구분이 있어, 또는 이것을 주관적으로 진술하거나 혹은 오로지 객관적으로 기술해야 하는데, 서사 중에 의론을 끼워 넣기도 하고, 의론 중에 서사를 넣기도 함으로써 시부와 문장을 쓸 때 종횡으로 변화하는 흥취를 살릴 수 있게 되는 것이다. 대저 운용의 묘는 한 가지 마음에 있다고 말한 바와 같이, 순전한 주관문이나 순전한 객관문은 실제로는 아주 적은 것이다. 사실에 근거하지 않은 의론은 밀랍을 씹는 것처럼 몰취미한 것이고, 또 감상感想이 섞여 있지 않은 기사記事는 죽은 사람같이 전혀 생기가 없다. 어찌 이것을 문장이라 부를 수 있겠는가. 묘처는 양자의 균형 있는 조화에 있는 것이다.

이제 고금의 문체를 대별하자면 의론체와 기사체라는 두 가지에 지나지 않는데, 그 중에는 또 몇 가지 작은 구분이 있다. 그런데 이들 여러 문체는 모두 멀리는 『오경五經』에서 배태한 것이라는 게 만사에 상고적인 중국인들의 의견이나. 이제 『문심조룡』[「종경宗經」 제3]에서는 다음과 같이 풀이하고 있다.

> 논, 설, 사, 서는 곧 『역경』이 그 머리를 통괄하고
> 조, 책, 장, 주는 곧 『서경』에서 그 근원이 시작되고
> 부, 송, 가, 찬은 곧 『시경』에서 그 근본을 세우고
> 명, 뢰, 잠, 축은 곧 『예기』에서 그 단서를 총괄하고
> 기, 전, 명, 격은 곧 『춘추』를 뿌리로 삼는다(「종경宗經」제3)[1]

북제北齊의 옌즈투이顔之推의 『안씨가훈顔氏家訓』에서도 이것과 똑

---

1) 원문은 다음과 같다. "論說辭序, 則『易』統其首, 詔策章奏, 則『書』發其源., 賦頌歌贊, 則『詩』立其本, 銘誄箴祝, 則『禮』總其端., 紀, 傳, 銘, 檄, 則『春秋』爲根." (「宗經」第三)

같은 설이 기술되어 있다. 그러므로 옛사람의 문장을 지을 때 누구라도 경서에 의거하지 않는 이가 없었다. 쩡궈판曾國藩의 『경사백가잡초經史百家雜鈔』의 간편簡編에서 각각의 문체의 앞머리에 경사經史의 문장을 인용해놓은 것 역시 이것에 의한 것이다. 하지만 당 이전은 문장의 체별體別이 아직까지는 많지 않았다. 당송팔대가(한위韓愈, 류쭝위안柳宗元, 어우양슈歐陽修, 쑤쉰蘇洵, 쑤스蘇軾, 쑤처蘇轍, 쩡궁曾鞏, 왕안스王安石)가 나오고 나서야 차츰 문장의 체제가 정비되었다.

물론 한, 류, 어우, 쑤라고 해도 그들이 배운 것은 진한秦漢 이전의 것이었기에, 고문을 논한다면 반드시 진한으로 거슬러 올라가지 않으면 안 된다. 이것을 집에 비유하면 진한은 집 안이고, 당송팔대가는 그 문에 해당한다. 집으로 들어가더라도 문을 통하지 않고 느닷없이 집 안으로 나아갈 수는 없다. 그렇기에 후세에 문장을 배운다는 것은 모두 당송 팔가를 통해 입문하는 것이다. [그렇게 보자면] 명대의 리판룽李攀龍과 왕스전王世貞이나 일본의 부츠 소라이物徂徠[2] 일파와 같이 고문을 지을 때 당송을 제쳐두고 곧바로 진한으로 거슬러 올라가려는 것은 그 순서와 차례가 잘못된 것이라고 해야 할 것이다.

중국에서 가장 오래된 문집은 『문선』이다. 이 『문선』에서는 시문의 체재를 37류로 나누었는데, 대단히 조악하고 엉성하다. 후대로 내려갈수록 문체를 나누는 것이 더욱 더 많아져 쓸데없이 그 명목이 증가했다. 명의 우너吳訥의 『문장변체文章辨體』에서는 약 50류로 나누었고, 쉬스청徐師曾의 『문체명변文體明辨』에서는 백여 체로 나누었다(다만 두

---

2) 부츠 소라이는 곧 오규 소라이荻生徂徠(1666~1728년)이다. 오규 소라이는 에도江戶 중기의 유학자儒學者이자 사상가·문헌학자이다. 소라이는 그의 호이고, 본래의 이름은 오규 나베마츠荻生雙松이며, 본성本姓은 모노노베物部이다. 자는 시게노리茂卿이며 통칭은 소고에몬總右衛門이다.

책 모두 시체詩體를 합산했다). 오늘날 시문의 체재를 논한 것은 이
두 책에 의거한 것이 많은데, 이들의 분류는 필경은 시문의 제목을
보고 피상적으로 관찰한 것에 지나지 않는다. 자세하게 그 내용을 따
져볼 때는 백여 체 가운데 그 명목을 달리하더라도 그 성질이 서로
일치하고 거의 구별하기 어려운 것이 많다. 그래서 마오치링毛奇齡[3]），
주이쭌朱彝尊[4]）와 같은 이들은 이 설을 취하지 않았다. 이것이 오늘날
일반적으로 통행되고 있는 설이다.

---

3) 마오치링毛奇齡(1623~1713, 혹은 1716년)은 청나라 초기의 문인화가이다. 이
   름은 선蟮이고, 자는 다커大可, 호는 시허西河, 추칭初晴, 츄칭秋晴, 치위齊於 등이
   있다. 저쟝 성浙江省 샤오산蕭山 사람이다. 박식하고 고증에 뛰어나 경經, 사史
   외에 지리, 음악에도 통달했고, 고문古文을 특히 잘하였다. 강희18년(1679년),
   박학홍사과博學鴻詞科에 천거되어 한림원검토翰林院檢討, 사관찬수관史館纂修官
   이 되었다. 태생이 오만하여 관에 적합하지 못하여 강희 24년에 퇴관하고,
   시후西湖 호반에 은거했다. 산수, 인물, 난 등의 소품을 그렸다. 저서에 『서하집
   西河集』 및 기타가 있다.
4) 주이쭌朱彝尊(1629~1709년)은 저쟝 성浙江省 슈수이秀水 사람으로, 자는 시창
   錫鬯이고, 호는 주퇴竹垞 또는 싱스行十, 샤오창루댜오위스小長蘆釣魚師, 진펑팅
   장金風亭長이다. 젊어서 명나라가 망한 것을 애통하게 여기면서 왕조의 회복에
   뜻을 두었다. 얼마 뒤 천하를 떠돌면서 명성이 점점 높아가자 강희康熙 18년
   (1679년) 박학홍사과博學鴻詞科에 선발되었다. 검토檢討에 임명된 뒤 일강기거
   주관日講起居注官 등을 지냈다. 고학古學에 힘써 금석고증金石考證 및 고문시사
   古文詩詞에 밝았다. 『명사明史』 편찬에 참여했고, 『문원文苑』과 『영주도고록瀛洲
   道古錄』, 『일하구문日下舊聞』 등을 편찬했으며, 『오대사五代史』에 주를 달기도
   했다.
   경학 관련 저술로는 한漢나라 때부터 명나라 때까지의 경설經說을 모두 수집하
   여 편찬한 『경의고經義考』가 있는데, 존存, 일佚, 궐闕, 미견未見 등으로 자료마
   다 주석을 달아 목록학의 발전에 크게 공헌했다. 시문詩文과 사詞에도 일가를
   이루어, 시는 왕스전王士禎과 이름을 나란히 했고, 사는 천웨이쑹陳維崧과 함께
   '주진朱陳'으로 불렸다. 그 밖의 저서에 슈수이秀水 지방의 장고掌故를 기록한
   『화록禾錄』, 염정鹽政을 기록한 『차록嵯錄』 및 『폭서정집曝書亭集』, 『명시종明詩
   綜』, 『사종詞綜』 등이 있다.

○논변류論辨類 ○서발류序跋類 ○주의류奏議類 ○서설류書說類 ○증서류贈序類 ○애제류哀祭類 ○조령류詔令類 ○전장류傳狀類 ○비지류碑誌類 ○잡기류雜記類 ○잠명류箴銘類 ○송찬류頌贊類 ○사부류辭賦類

'논변류'5)는 논문으로, 논論·설說·변辨·해解와 같이 명제命題가 있

---

5) 논변류는 논설문論說文이다. 오늘날의 논문이나 비평과 성격이 통한다. 즉 사물이나 현상을 면밀히 관찰하고 그 속에 감추어진 이치를 추구하며, 사건의 본질을 인식하여 그 시비를 분변하여 밝히는 것을 목적으로 한다. 논변류를 세분하면, 논論·변辨·난難·의議·설說·해설·원原·대對·문問·유喩 등이 있다.

'논論'은 논리적이면서 체계성을 가진 글을 이르는데, 그 내용은 보편성을 띠면서 독자의 공감을 얻어야 한다. 『논어論語』는 그 대표적인 글이지만, 책의 이름이므로 이 문체와는 무관하다. '논'은 논리를 펴는 글이기 때문에 원칙적으로 시비를 가리는 '변辨'과는 구분된다.

'변辨'은 판별한다는 뜻이니, 시비를 가리고 진위를 밝힐 때 쓰는 문체이다. 대표작으로는 류종위안柳宗元의 「논어변論語辨」, 한위韓愈의 「휘변諱辨」 등이 있다.

'난難'은 논란論難 또는 힐책詰責의 뜻이다. 즉 이치에 맞지 않을 때 의리를 세워 논란한다는 것이다. 『한비자』의 편명에서 비롯되었다.

'의議'는 정도를 들어 이치를 분석하거나, 정사를 논하되 정으로 밝히는 것이다. 그러므로 옛날의 옳은 사례로 오늘의 잘못을 밝힐 수도 있고, 근원을 찾아 말류末流의 잘못을 바로잡을 수도 있다. 따라서 번거로운 논리보다 분명한 사리로 펴내야 한다.

'설說'은 '논論'과 큰 차이는 없다. 다만 '설'은 '논'보다는 자신의 의사를 좀 더 자세하고 여유 있게 표현하기 때문에 문체가 유연하고 사실적 느낌을 가지게 한다. '논'이 직유적이고 간결하게 쓰였다면 '설'은 우의寓意적이며 만연적인 표현을 많이 쓴다. 한위의 「사설師說」, 류종위안의 「포사자설捕蛇者說」 등이 대표적인 작품이다.

'해解'는 의혹을 풀고 착각을 바로 잡는다는 뜻이다. 또는 해설이라는 뜻이 있다. 양숑揚雄의 「해조解嘲」를 비롯하여 한위의 「획린해獲麟解」와 「진학해進學解」 등이 유명하다.

'원原'은 본원적인 사실을 추론한다는 뜻으로 한위의 '5원' 즉 「원도原道」, 「원성原性」, 「원훼原毀」, 「원인原人」, 「원귀原鬼」에서 시작되었다. 문체는 억양과 곡절을 되풀이하면서 근원을 찾고 깊이를 천명한다.

는 것은 모두 여기에 속한다. '서발류'6)는 주로 책의 서와 발 그리고 후기後記 류이다. '주의류'7)는 아래에서 위로 보고하는 것으로, 표表

'대對'와 '문問'은 어떤 주제를 설정하면서 묻는 데 대한 대답의 형식을 띤다. 그러므로 문답식의 문장이 된다. 한위의 「대우문對禹問」은 바로 이 두 가지 형태를 하나로 묶은 것이다. 이에 비해 '문'은 대와는 달리 문답이 한 번만 이루어진다. 즉 물음에 역점을 두기 때문에 그 물음이 상당히 논리적이다. 이에 대한 답을 하는 것이다.

'유喩'는 어떤 사실에 대해서 상세히 나열하면서 그에서 오는 공과를 말하여 경계하는 것이다.

6) 서발류는 시문집의 앞이나 뒤에 붙이는 서발문序跋文이다. 서발은 시문집의 내용에 대해 기본적이고도 개괄적인 해명을 하여 이론적, 비평적인 성격을 지닌다. 따라서 문예비평이나 미학의 자료가 된다. 여기서 '서'는 '제題'와, '발'은 '제후題後'와 동의어로 보기도 하는데, '증서류贈序類'의 '서'와 '서발류'의 '서'의 중복을 피하기 위해 '서발류'를 '제발류題跋類'라고 칭하기도 한다. 한편으로 서화書畵에 제발題跋이 붙여지는 경우가 있다.

'서序'는 자의字義가 '펴낸다緒(또는 敍)'는 뜻이니, 실상을 펴내서 풀어 보인다는 뜻이다. 차제次第라고 푸는 것도 사물을 질서 있게 풀어나간다는 의미이다. 시문집서의 시초는 『시경詩經』이나 『서경書經』의 서라 하겠다. 당시에 '서'는 각 편의 편찬적 연기緣起 같은 것을 서술하였으나, 후대에는 시문집의 내용적 가치의 서술에 치중하게 되었다. 리바이李白의 「춘야연도리원서春夜宴桃李園序」, 왕시즈王羲之의 「난정집서蘭亭集序」 등이 대표적인 작품이다.

'발跋'은 자의字義가 '발뒤꿈치'라는 뜻이다. 따라서 책이나 글의 뒤에 쓴다는 뜻이다. '발'은 '서'와 유사하지만, 약간의 차이가 있다. 일반적으로 '서'는 자세하고 '발'은 '서'를 보충하기 위한 성격을 띠며 간단하다. 대표적인 작품으로는 구양수의 「당한유반곡시서발미唐韓愈盤穀詩序跋尾」 등이 대표적인 작품이다.

7) '주의'는 제왕에게 글을 올려 정사를 논하는 문체이다. 문장의 내용 면에서는 실상 논변체와 그다지 구별되지 않는다. 다만 글을 보내는 대상이 제왕이므로, 내용에서부터 격식과 어휘구사에 이르기까지 모두 중후, 간요簡要, 명절明切이 요구된다. '주의류'를 세분하면, '주奏, 소疏, 의議, 표表, 전箋, 계啓, 장狀' 등이 있다.

'주奏'는 자의字義가 '나아간다進'는 뜻이니, 아랫사람의 심정을 윗사람에게 진상進上한다는 뜻이었다. 원래는 '상서上書'라는 말로 통일되던 것이 진나라 초기부터 '주奏'라고 하게 되었다고 한다. 내용에 따라 임금의 은혜에 감사의

·소疏·상서上書 류이고, '조령류'8)는 그 반대로 위에서 아래로 내려

정을 표시하는 것을 '장章', 어떤 일의 사실을 윗사람에게 밝혀 고하는 일(실정을 진술하는 것)을 '표表', 정무를 제왕에게 아뢰는 것을 '주奏'로 구분하기도 한다. 리쓰李斯의 「상시황서上始皇書」 등이 대표적인 작품이다.

'소疏'는 자의가 '소통한다通'는 뜻이니, 자신의 말을 진술하여 시비를 소통시킨다는 뜻이다. 제왕에게 올리는 글을 '상서上書'라 하고, 제후에게 올리는 글을 '상소上疏'라 한다고 하나 역시 뚜렷한 구별은 없다.

'의議'는 자의가 '상의한다議'는 뜻이니, 정치를 강의하고 대책을 하는 문장이다. '의'체 문장 중에는 어떤 일에 대하여 상이한 의견을 표시하는 것을 '박의駁議'라고 한다. 천쯔양陳子昻의 「박복수의駁復讐議」 등이 대표적인 작품이다.

'표表'는 자의가 '표명한다標' 뜻이니, 자기의 심정을 명백히 표명해서 임금에게 알린다는 뜻이다. 주거량諸葛亮의 「출사표出師表」, 리미李密의 「진정표陳情表」 등이 대표적인 작품이다.

'전箋'은 표와 거의 같은 형태의 것이다.

'계啓'는 자의가 '열다'의 뜻이니, 자신의 생각을 개진하는 것이다. 그래서 이것은 일반적으로 편지글의 형태가 되어 서두에서 '모계某啓'식으로 아무개는 내 생각을 열어 개진한다는 식이 된다.

'장狀'은 '간찰簡剳'이라는 뜻이니, 원래 서신의 왕래를 말하는 것이다. 이것이 임금이나 또는 관료 사이에 올리는 글이 되기도 한다. 문체는 '소疏'는 산문체가 많은데, '장狀'은 변문체가 많다.

8) '주의奏議'가 아래에서 위로 올리는 글이라면, '조령詔令'은 위에서 아래로 내려오는 글이다. 조령은 제왕이 신하에게 내리는 명령문 즉 제왕의 통고문서通告文書이다. 제왕의 말은 법도에서 나와서 사람을 규제하는 것이라는 의미에서 보면 제왕의 명령문은 일종의 제서制書라 할 수 있다. 따라서 진시황 때에 '명命'을 '제制'로, '령슈'을 '조詔'로 고쳤다고 한다. '조령류'는 다음과 같이 세분할 수 있으니, '고誥·서誓·명命·조詔·제制·유諭·책策·비답批答' 등이 그것이다.

'고誥'는 임금이 신하에게 부탁하는 글이고, '서誓'는 왕이 신하에게 약속하는 글이다.

'명命'은 '명령한다'는 뜻이다. '명'과 '령'은 약간 차이가 있다. 일반적으로 '명'은 주로 성문화된 법령 제도를 가리키는 것으로 변할 수 없는 것을 말하고, '령'은 구두 명령을 가리키는 것으로 사리에 따라 변할 수 있는 것을 말한다. 단 이 구분은 결코 엄격한 것은 아니다.

'조詔'는 한대 이후부터 특히 천자에게만 쓰이던 명령문으로 조령류의 대표적

보내는 것이고, '설서류'는 동년배가 서로 보고하는 것이고, '증서류'⁹⁾
는 "군자가 사람에게 주는 것은 말로써 한다"¹⁰⁾는 뜻에 근거한 것으로,
송별할 때 등의 경우에 상대방에게 주는 것으로 당대에 처음 만들어졌

인 문체이다. 여기에는 산문체와 변문체가 있다.

'제制'는 제도적 명령이라는 의미가 된다. 여기에는 약간의 구별이 있으니, 즉 '칙敕'은 주군州郡과 같은 하부 기관에 내리는 명령이고, '조詔'는 조정 관원에게 하는 것이고, '제制'는 사명赦命 시행에 관한 것이고, '책策'은 왕후나 세자 등을 책봉하는 글이다.

'유諭'는 '일깨우다'라는 뜻으로 천자가 제후에게 일깨워 타이르는 글이다. 후대에는 고관이 그 소속된 하부 관리에게 이르는 글로 쓰이게 되었다.

'비답批答'은 신하가 올린 '주'나 '소'에 대한 임금의 의견을 답으로 내리는 것이다. 왕이 내린 글이라는 의미에서는 '조·제'와 같으나, 이는 임금의 답서라는 면에서 원래 '조·제'와는 구별되는 것이다.

9) '증서'는 이별에 임하여 증언贈言하며 지어주는 것인데, 통상적으로 '서序'라고 칭한다. 당나라 초기에 문단에서는 친척이나 친구와 이별할 때 연회를 베풀어 전별하면서 술을 마시고 시를 지어 권질卷帙을 이룬 뒤에, '서序'를 지어, 작가, 유래 등을 설명하였는데, 그러한 '서'를 '시서詩序'라고 한다. 또 축수하기 위해 지은 것을 '수서壽序'라고 한다. 증서의 내용으로는 보통, 증서를 받는 사람과 작가와의 관계·우의, 상대방에 대한 기대·권면·관심 등을 기술한다. 그러나 이러한 것들에 국한되는 것이 아니라 일반적인 이별의 정한을 서술하는 이외에, 이상과 포부를 펴고 정치를 의론하고 현실의 폐해를 공격하여, 내용이 광범위하고 형식이 다양하며, 표현수법도 상당히 자유롭고 융통성이 있다. '서발序跋'의 '서'와 구별하기 위하여 표제에는 보통 「送□□□序」나 「贈□□□序」라고 쓴다. 증시가 있을 때에는 시를 위하여 서를 지어 「送□□□詩序」라고 한다. 한위의 「송맹동야서送孟東野序」, 류쫑위안의 「송영국범명부시서送寧國範明府詩序」 등이 대표적인 작품이다.

10) 이 말은 원래 쿵쯔孔子가 라오쯔老子를 만나고 헤어질 때 라오쯔가 쿵쯔에게 한 말에서 나온 것이다. 라오쯔가 원래 했던 말은 다음과 같다. "내가 들으니 부귀한 자는 사람을 전송할 때 재물로써 하고, 어진 자는 사람을 전송할 때 말로써 한다고 합니다. 나는 부귀하지 못하나 인자仁者라고 자처하기를 좋아하니 다음 말로써 그대를 전송하겠습니다……吾聞富貴者送人以財, 仁人者送人以言. 吾不能富貴, 竊仁人之號, 送子以言……"(『사기史記』「공자세가孔子世家」)

는데, 원래는 서계書啓로부터 나온 것이다. '전장류'11)는 어떤 사람의 사적을 기록한 것으로 또는 사물을 전하는 것도 있다. '비지류'12)는 비문이나 묘지墓誌 류인데, 묘지는 본래 묘 안에 묻는 것이고, 묘 위에

---

11) '전傳'은 서사문敍事文) 중에서 가장 중요한 형식의 하나다. '전傳'은 기전체의 역사 서술방식에서 비롯된 것으로 사람들의 사적을 적어서 후세에 전하려는 데 목적이 있다. 『사기史記』의 「열전列傳」이 그 대표적인 예이다. 모든 정사에는 열전이 있다. 그러던 것이 문인들이 사람들의 덕행이나 사적을 드러내는 수단으로 이용되게 되었다. 위의 것이 사전史傳이라면 뒤의 것은 가전家傳이라 할 것이다. 또한 자서전과 같은 탁전托傳(자전이면서 다른 인물에 가탁한 것)이 있으니, 타오위안밍陶淵明의 「오류선생전五柳先生傳」과 같은 것이 그것이다. 다시 풍자나 풍유의 목적에 이용되는 우화적 가전假傳(의인전)이 있으니, 한위의 「모영전毛穎傳」과 같은 것이다.

'장狀'은 행장行狀이라고도 하는데, 이것은 죽은 이에 대한 실록이다. '장'은 원 뜻이 '모양'이다. 그러니까 죽은 이의 모습을 보는 듯한 글로 나타내는 것이다. 그 가계, 이름, 생년월일, 관직이나 행적 등을 소상하게 쓰는 것이다. 따라서 행장이야말로 가장 사실에 의거해야 하며, 그 사실을 객관적으로 냉철하게 서술하여 불필요한 논평과 같은 것이 개재될 수 없다.

12) 비지류는 어떤 사적이나 인물의 행적을 기록하여 후대에 전하자는 뜻에서 금석金石에 새겨서 넣는 글로 '금석문金石文'이라고도 한다. 내용상으로는 어떤 사실에 대한 서술을 주로 하는 것이다. 그러므로 서사체가 이 비지류의 정체이다. 그러나 때로는 논설체로 하는 경우가 있으나 이는 변체變體이다.

'비碑'는 사람의 공덕을 찬송하며 돌에 새기는 글이다. 묘소에 세우는 것은 후세에 비롯된 것이며, 예전에는 살아 있는 사람의 덕을 칭송한 것이 많았다. 또, 비문은 죽은 이만이 아니고, 산천山川·성지城址·궁실宮室·신묘神廟 등 기타 기념의 목적으로 씌어지기도 하였다. 비문의 형식은 명문銘文 앞에 서문이 있어 비의 사유, 사적 등을 서술하고, 그 다음에 명銘을 쓰는 것이 상식이다. 비문은 산문 형식인 반면에 '명銘'은 운문으로 쓴다. 비문만 있는 것을 '비碑'라 하고 명까지 있는 것을 비명碑銘이라 한다.

'지誌'는 기록한다는 뜻이다. '묘지墓誌'는 죽은 이의 행장을 간략히 적어서 무덤 옆에 묻었던 데서 비롯한 것이다. 그러므로 죽은 이의 세계世系, 성명, 생졸연월, 관직, 자손들의 대략을 기록한다. 한위의 「남해신묘비南海神廟碑」, 「이원빈묘명李元賓墓銘」 등이 대표적인 작품이다.

있는 것은 묘표墓表, 묘비墓碑, 신도비神道碑 등이라 하고, 여기에 명銘이 있는 것은 묘지명墓誌銘, 묘비명墓碑銘, 신도비명神道碑銘이라 한다. 당대에 이르러 많이 갖춰졌다. '잡기류'13)도 당대에 처음 나왔는데, 『문선』에는 기記라는 문체는 없고, 예전에는 부賦(「삼도부三都賦」), 비碑(「두타사비문頭陀寺碑文」), 서(「등왕각서滕王閣序」)와 같은 부류였다. 사묘祠廟의 기, 정각亭閣의 기, 산수유기 등이 있는데, 산수유기는 류쭝위안이 가장 뛰어나다. 이하 4류는 모두 운문체를 쓰고 있다. '잠명'14)은 스스

---

13) 잡기류는 전장류와 비지류를 제외한 일체의 기사문紀事文을 말한다. 사건이나 사물에 대한 객관적 사항을 묘사하는 글로 매우 다양하다. 산수를 유람하고 그 자연 경물과 여행에서 얻은 견문, 자연에서 받은 감동 등을 기록하는 '산수유기山水遊記', 서화의 내용이나 기물의 모양 및 그 예술적 특징을 기록하는 '서화잡물기書畵雜物記'와 인물과 그에 얽힌 사건을 서술하는 '인물잡기人物雜記' 등이 있다.
   '기記'는 '기사記事'의 뜻으로 사물에 대한 사실을 객관적으로 기록하는 글이다. 이 글은 주관석인 삼성이나 논리적 구성이 배제된 것이 특징이다. 류쭝위안의 「산수유기山水遊記」 등이 대표적인 작품이다.
   '지志'는 '기록한다'는 뜻이다. '지'는 '기記'와 비슷한 문체이나 '기'보다는 사물의 유래, 사건의 사적史的 배경을 서술하는 경우가 많다. 한위의 「유자후묘지명柳子厚墓志銘」 등이 대표적인 작품이다.

14) '잠箴'과 '명銘'은 다 훈계를 목적으로 하기 때문에 사람들이 조석으로 외워 반성할 수 있는 자료로 삼는다. 그러므로 아주 짧은 글로 이루어져 있으면서도 촌철살인의 묘방을 유지하는 것이다. 잠은 순전히 과오를 미리 막을 목적으로 하기 때문에 대개 문체가 절박하고, 명은 칭찬의 뜻을 겸하기 때문에 대개 문체가 부드럽다.
   '잠箴'은 원래 '대나무로 만든 '침針'이라는 뜻이다. 침이 질병을 치료하듯 잘못되기 쉬운 습관을 경계하려는 글이다. 그러므로 '경계警戒'와 '풍자諷刺'의 의미가 담겨 있다. 이와 같은 '잠문箴文'은 자신을 절제하는 경우와 다른 사람을 깨우치는 경우가 있는데 전자를 '사잠私箴'이라 하고 후자를 '관잠官箴'이라고 부른다.
   '명銘'은 '새긴다'는 뜻으로 신변에 있는 기물器物에 스스로 경계로 삼을 만한 글을 새겨두고 항상 보고 각성하는 자료로 삼기 위한 것이다. 그러나 때로는

로 경계하는 바의 뜻을 서술한 것이고, '송찬'¹⁵⁾은 어떤 사람의 공덕을 찬미하는 바이고, '애제'¹⁶⁾는 어떤 사람의 죽음을 애도하며 신에게 제를 드리는 것인데, '사부'¹⁷⁾는 취위안屈原의 『초사楚辭』에서 나온 것으

남의 공덕을 칭송하는 경우도 있다. 스스로 경계를 삼든, 남을 칭송하든 그 글들은 대개 제기祭器나 동종銅鐘 등에 새겨지는 것이 대부분이었다. 류위시劉 禹錫의 「누실명陋室銘」 등이 대표적인 작품이다.

15) 송찬은 어떤 사람이나 사건에 대해 예찬하고 칭송하는 글이다. 『시경』의 송頌 에서 유래하였으며, 대개 4언구 운문을 쓴다.

'송頌'은 글자 그대로 '성스러운 덕을 칭송한다'는 뜻이 담겨 있다. 주로 종묘의 시로서 귀신을 흠향하게 하는 것이니, 성스러운 덕을 칭송하고, 그 공을 펴내어 자손들에게는 효성을 일깨워 주고 신하들에게는 공경하는 마음을 갖게 하는 것이다. '송'은 원래 '정체'와 '변체變體'가 있다. 성덕을 신에게 고하는 것이 정체이니, 『시경』에서의 「상송商頌」이 그것이고, 단순히 성덕聖德만을 기리는 것이 변체이니, 「노송魯頌」이 바로 그것이다. 원래 '송'은 운문의 일종이나 『시 경』 이후 산문에로 점점 변하였다. 한위의 「백이송伯夷頌」, 류링劉伶의 「주덕송 酒德頌」 등이 유명하다.

'찬讚'은 '찬贊'으로 쓰이며 '좋은 점을 찬양한다'는 뜻이 담겨있다. '찬'은 '송' 과 마찬가지로 신에게 고하는 제사를 하면서 그 덕을 기리는 데 사용하는 글이면서 '송'보다는 간결하면서도 적실한 표현을 하는 것이다.

16) 애제는 '애사哀詞'와 '제문祭文'을 말하는데, '애사'는 죽은 이에 대한 슬픔을 나타내는 글이고, '제문'은 신명神明에 대한 기도와 제사를 받드는 글이다. 죽은 이를 애도하는 글에는 '애사'와 '뇌사誄詞'가 있는데, '애사'가 죽은 이에 대한 비애를 나타내는 글이라면, '뇌사'는 죽은 이에 대한 덕행을 서술하는 글이다. '애사'나 '뇌사'의 형식은 서문이 앞에 있고 뒤에 본문을 두는 것이 상식이다. 여기서 서문은 산문이지만 본문은 모두 운문으로 되어 있다.

신명에 대한 기도와 제사를 받드는 글에는 '제문'과 '축사祝辭'가 있다. '제문'과 '축사'는 공손함과 슬픔, 정성과 공경의 뜻을 담는 것이 가장 중요한 요건이 된다. 그러나 후대에 내려오면서 '제문'은 다만 애석의 뜻만 담게 되고, '축사' 는 경하敬賀의 뜻만 갖게 되었다. '제문'과 '축사'의 형식에는 산문도 있고 운문 도 있는데 본문은 4언체가 정체이다. 한위의 「제십이랑문祭十二郎文」 등이 대 표적인 작품이다.

17) '초사楚辭'와 '한부漢賦'라는 각각 특색이 있으면서도 서로 밀접한 관계에 있는 두 가지 문체를 아울러 '사부'라고 불렀다. '사'는 서정적이며 감상적인 내용을

로 장황하게 서술하고 부연하는 것을 일삼는 운문의 한 문체이다.

이상 13류는 제대로 요령을 터득한 분류이다. 쩡궈판은 11문門으로 나누었는데(『경사백사잡초』), 이것과 큰 차이는 없다. 그럼에도 용필用筆의 착상으로 대별하면, 결국은 의론체와 기사체 두 가지에 지나지 않는다. 이를테면, 논변, 주의, 서설, 증서, 조령, 잠명, 애제와 같은 것은 성질상 주관적인 것이기에 의론체에 속하고, 이에 반해 전장, 비지, 잡기, 송찬과 같은 것은 성질상 객관적이라 기사체에 속한다. 기타 서발, 사부와 같은 것은 작자의 심사에 따라 혹은 주관적으로 진술해도

담고 있기 때문에 서사적인 '부'와 구별하여 사용하기도 하지만 한漢 이후 '사'와 '부'가 함께 쓰여 같은 장르로 보기도 한다. '사'와 '부'는 산문과 시가의 사이에 위치하는 문체이지만, 산문과 밀접한 관계가 있고, 산문에 끼친 영향이 크며 그 가운데 허다한 명작들이 줄곧 산문으로 간주되어 감상, 연구되어 왔으므로 산문으로 분류한다.

'사'라는 말은 취위안屈原의 「초사楚辭」에서 연유한 명칭으로 시와 산문의 중간적 형태를 띠고 있다. '사'는 화려한 사조로 사물을 그려내고 상상력을 발휘하면서 감정을 풀어 보이는 특징을 가지고 있다. 취위안의 「어부사漁父辭」, 한 무제의 「추풍사秋風辭」, 타오위안밍의 「귀거래사歸去來辭」 등이 유명하다. '사'의 체제는 시적인 대우對偶를 사용하는 특징이 있으며, 대체로 4언구, 6언구, 7언구로 구성되어 있으며 구句의 가운데 '혜兮'자를 삽입하는 경우가 많다. '부賦'는 『시경』 '육의六義' 중에서는 '부'를 시 창작의 한 방법으로 보았으며, 『한서예문지漢書藝文志』에서는 '노래하지 않고 읊는 것不歌而誦謂之賦'이라 정의하였다. 류셰劉勰는 그의 『문심조룡文心雕龍』에서 '부'는 '포장과 같은 글賦者鋪也'이라고 하였다. 일반적으로 '부'는 기교와 수사가 중심이 된 형식주의적 문장으로 전고典故를 많이 사용하고, 내용은 유희적이면서 풍자적 성격을 강하게 띠고 있다. 또 체제상으로 구송口誦은 할 수는 있으나 음악에 맞추어 가창할 수 없다는 특징도 있다. 그러면서도 때로는 서정적인 요소도 없지 않은 특징이 있다. 쑤스蘇軾의 「적벽부赤壁賦」 어우양슈歐陽修의 「추성부秋聲賦」 등이 있다. 부가 사와 다른 점은 부가 문채文彩를 깔고 서술하여 바깥으로는 품물을 형용하고 안으로는 사상 감정을 묘사한다는 사실이다. 「초사」는 『시경』보다 산문 요소가 많고, 부는 「초사」보다 산문성이 강하다.

되고, 객관적으로 기술해도 된다. 또 의론문, 기사문이라고는 해도 앞서 기술한 바와 같이 실제로는 기사 중에 감상이 덧붙여지고, 의론하는 사이에 서사가 끼어들어 그렇게 함으로써 문장이 단조롭게 흘러가지 않고 변화가 풍부해지고 흥취가 많아졌던 것이다. 시간 관계상 이하에서 특히 '사부류'와 '변체문'에 관해 약간 서술해 보고자 한다.

제2절 사부류

제1항 초사

초사는 초나라 문학이다. 고대 한족의 문명은 먼저 황허 연안에서 퍼졌으며, 이른바 중원의 땅(황허 유역)은 일찍이 문교文敎가 열렸는데, 남방의 양쯔 강揚子江 유역은 왕의 교화가 늦게 미쳤다. 그런 까닭에 『시경』의 15국 풍 중에는 초풍, 곧 초나라 가요는 보이지 않는다. 그 문학이 시작된 것은 실제로는 전국시대에 시성詩星 취위안屈原부터이다.

대저 초나라의 선조 위슝鬻雄은 주 문왕의 사師라 칭해졌고, 그가 지은 『육자鬻子』 22편이 『한서漢書』 「예문지藝文志」 도가 중에 들어 있고, 또 같은 책 소설가 부에 「육자설鬻子說」 19편의 편목이 보인다. 다만 오늘날 전하는 『육자』라는 책은 후대 사람의 위작으로 아마도 소설 「육자설」의 잔편을 보철補綴한 것인 듯하다. 아무튼 육자는 주나라 초기의 도사로 저서가 있었던 것은 확실하다. 그의 아들 슝이雄繹는 성왕成王 때 형만荊蠻의 땅에 봉해져, 단양丹陽(지금의 후난 성湖南省 이창 부宜昌府 구이저우歸州 스구이 현秭歸縣)에 있었는데, 춘추시대 무왕武王에 이르러 비로소 강대해졌고, 문왕 때 잉郢(지금의 후베이 성 징저우 부荊州府)으로 도읍을 옮겼다. 성왕은 제 환공, 진 문공과 중원에서

쟁패했고, 장왕莊王에 이르러 오패 가운데 하나가 되매 초나라는 무왕 이래로 눈에 띄게 강대해졌다.

장왕부터 취위안에 이르기까지 대략 3백년, 그 사이 국력의 발전에 발맞춰 문화도 크게 진전되었다. 무릇 사물이 일어나는 데에는 여러 가지 원인이 있다. 『초사』와 같이 웅대하고 굉려宏麗한 문학이 갑자기 나오는 것은 아니다. 필연적으로 육자가 수백 년 전에 뿌린 씨앗이 오랫동안 배태되고 숙성되어 문교文教가 차츰 열리고, 취위안, 쑹위宋玉 같은 대문호의 손에 의해 큰 성취를 이룬 것임에 틀림없다. 애석하게도 옛날 역사가 없어지고 빠진 것이 있어 문헌의 증거가 부족해 취위안의 선배들의 사전師傳을 소상히 알 수 없는 것은 대단히 유감스러운 일이다.

내가 일찍이 추楚와 수蜀 지방을 유력遊歷할 때, 이창宜昌부터 강을 거슬러 올라가 구이저우歸州 스구이 현柿歸縣에 갔던 적이 있었다. 현성縣城의 문에는 '초 대부 취위안 고리楚大夫屈原故裏', '한 소군 왕챵漢昭君 王嬙故裏'라는 두 개의 비석이 세워져 있고, 성 밖에는 취위안 사당屈公祠과 쑹위宋玉 고택 등의 고적故蹟도 있었는데, 아무튼 계곡과 산이 서로 다가서고, 단애절벽과 거센 격류가 우레 소리 같이 울리는 산협山峽 중의 궁벽한 마을이었다. 이런 벽지에서 희대의 문호와 절세가인이 나왔다는 것은 실로 불가사의하기 짝이 없는 일이었다. 그러나 빼어난 산수와 맑은 기는 반드시 위인을 낳는다고 하였나니, 취위안의 숭고한 인격과 그 굉려한 문사, 또는 왕자오쥔王昭君의 경국지색의 미모는 그 요람지인 파협巴峽의 산천에 기대고 있는 바 아주 크다 하겠다.

취위안의 이름은 핑平으로, 원래는 초의 왕족(무왕의 아들 샤瑕의 후예)이었다. 회왕懷王에게 입사入仕해 좌도左徒가 되었는데, 학식이 풍부하고 의지가 굳은 사람으로, 정치에 밝고 문사에도 능숙했다. [그는]

입조하면 왕과 국사를 상의하여 명을 내렸고, 조정 밖에서는 빈객을 응대해 왕의 신임을 크게 얻었다. 그런데 동렬의 소인배[상관대부上官大夫를 가리킨다; 옮긴이]의 질투로 참소를 당해 왕이 노해 취위안을 멀리하고 폄적했다. 그 뒤 회왕은 기만책에 속아 진으로 가서 [감금당하고] 그 아들 경양왕頃襄王이 세워졌는데, [취위안은] 또 다시 참소를 당해 멀리 강남으로 추방되었다. 취위안은 다정다감한 열혈남아였기 때문에 폄적을 당했어도 늘 초나라를 그리워하고, 회왕에게 마음을 두었다. 왕이 한 번 깨달아 다시 한 번 속俗을 바꾸기를 갈망해 걱정 근심으로 깊이 사유하여, 『이소離騷』 등의 작품을 지어, 반복해서 임금을 그리워하는 뜻을 서술하였다. 그런데 회왕이 진나라에 머문 지 3년이 되어 객사하자, 들판 밖에 있는 9년([『구장九章』]「애영哀郢」편에 "이제 9년이 되었어도 돌아가지 못하네"라는 말이 있다), 회왕이 죽은 그 해에 구뤄汨羅에 몸을 던져 죽었다. 쇼쿠산진蜀山人[18]의 교카狂歌[에도 후기에 유행한 풍자와 익살을 주로 한 단가短歌; 옮긴이]에서 다음과 같이 말했다.

　　죽지 않아도 좋으련만 구뤄에 몸을 던졌고(또는 죽지 않아도 좋으련만 몸을 던졌고),
　　굳이 취위안이라는 사람은 말했다.[19]

---

18) 쇼쿠산진蜀山人(1749~1823년)은 에도江戶 후기의 문인, 교카시狂歌師로, 본명은 오다 나오지로大田直次郎, 호는 난뽀南畝, 교카엔杏花園, 요모노아카라四方赤良 등인데, 쇼쿠산진蜀山人은 만년의 호이다.

19) 이 교카 구절의 함의는 자못 복잡하고 심오한 데가 있다. 곧 취위안의 고사에 일본어 특유의 어감을 더해 중의적인 시 구절을 만든 것이다. 그래서 어쩔 수 없이 부가적인 설명을 덧붙여야 한다. 먼저 일본어 원문은 다음과 같다.
"死なずともよかるべきらに
へんくつげんと人はいふなり"

취위안의 맑은 인격으로서는 도저히 죽을 수밖에 없다는 것이다.

취위안의 작품은 『한서』「예문지」에 25편으로 되어 있는데, 지금 전하는 것은 『이소』 1편, 『구가九歌』 11편, 『천문天問』 1편, 『구장九章』 9편, 『원유遠遊』 1편, 『복거蔔居』 1편, 『어부漁父』 1편으로 맞춰져 있다. 그러나 이 가운데 『복거』와 『어부』 두 편은 원작이 아니라는 설도 있다. 『이소』에 관해서는 『사기』에서 "근심스러운 일을 만났다猶離憂也"[『사기』「취위안屈原・쟈이賈生열전」]라 풀이하고 있어 '리離' 자의 풀이가 없다. 이에 왕이王逸는 "이별이다"라고 했고, 잉사오應劭는 "이별을 만난 것"이라 풀이했는데, 두 설 모두 찬성하는 이들이 있다. 서양의 학자는 일반적으로 후자를 좇아 "슬픔에 빠져Fallen into sorrow"라는 식으로 번역했는데, 그러나 '이별의 우수'라고 풀이하는 쪽이 직절하고 명쾌하다고 생각한다. 그 문사에 관해 『사기』에서는 다음과 같이 평했다.

취핑屈平['핑'은 취위안의 이름; 옮긴이]이 『이소』를 지은 것은 대저 원망스러움으로부터 나온 것이다. [『시경』의] 「국풍國風」은 사랑을 읊은 것이면서도 음탕함에 이르지 않았고, 「소아小雅」는 원망과 질책하는 [정서를 노래한 것이지만] 반란의 마음을 담은 것은 아니었다. 『이소』와 같은 시가는 위의 두 가지 것을 다 겸하였다고 할 수 있다.[『사기』「취위안屈原・쟈이賈生

──────────

여기서 "べきら"는 동사의 연용형으로 "~할 텐데"라는 의미이면서 동시에 "구뤄汨羅"의 일본어 음역이 된다. 그런데 일본어 원문에는 여기에 방점이 찍혀 있어 이것이 고유명사라는 사실과 중의적인 의미가 담겨 있음을 동시에 나타내고 있다. 그러니까 번역은 마땅히 "죽지 않아도 좋으련만 구뤄에 몸을 던졌고,"라고 해야 하지만, 동시에 "죽지 않아도 좋으련만 몸을 던졌고"라고도 읽을 수 있다. 여기서 또 두 번째 구의 첫 번째 글자 "へん偏"으로 이어져 '굳이'라는 의미가 살게 된다. "구츠겐くつげん"은 '취위안屈原'의 일본어 음역이다. 그러나 바로 앞의 'へん偏'과 '屈'이 합쳐져 '헨구츠偏屈へんくつ' 곧 "편벽되게"라는 의미가 중첩이 되게 된다. 이 교카는 이처럼 고사성어와 일본어의 어감이 절묘하게 어우러져 중의적인 느낌을 잘 살리고 있다.

열전」]

요컨대 [이 작품은] 충신이 임금을 생각하고, 나라를 걱정하는 뜨거운 눈물과 뜨거운 피가 응고되어 나온 것이다.

이것을 요약하면 『초사』는 시의 육의六義로 말하자면 부賦체에 속하는데, 비흥比興의 뜻에 의해 비유를 하되, 착한 새善鳥와 향초로서 충정忠貞의 덕을 삼고, 악한 새惡禽와 악취가 나는 것들로 참소하고 아첨하는 행위를 빗댔으며, 임금을 미인에 비유하고, 또 많은 신화와 전설을 끌어다 소재로 삼았다. 그런 까닭에 그 풍부한 상상과 교묘한 비유, 게다가 국면의 웅대함은 『시경』 삼백편의 공연히 정해진 법도를 중히 여겨 온유돈후로만 일관하는 것에 비할 바가 아니고, 유원幽遠한 착상과 기이한 문사, 웅대한 편장 등은 시로서는 북방의 고시보다 훨씬 윗길이다. 『논어』에서는 『시(경)』를 읽으면 조수초목鳥獸草木의 이름을 많이 알게 된다고 했는데, 『초사』의 천연물天然物에는 도저히 미치지 못한다(『모시초목조수충어발毛詩草木鳥獸蟲魚跋』 2권, 같은 책 고증 1권에 대해 『이소초목소離騷草木疏』 4권과 같은 책의 변증辨證 4권이 있다). 실제로 『초사』를 한번 읽으면 꿈에 나비로 변해 방초芳草의 정원에서 노니는 듯, 혹은 봉황에 올라타고 비룡을 부려 허공에 의지해 하늘로 오르는 듯한 생각이 든다. 반드시 『장자』의 문장과 병행해서 읽어야 한다.

그 시식詩式을 고찰해 보면 '혜兮' 자는 해석하지 않는데, 장구의 장단은 자유롭고, 운율의 느슨함은 『시경』이 사언으로 정제된 것과는 취향이 크게 다르다. 이를테면, 「상부인湘夫人」(『구가』)의 첫 번째 장과 같이 구법의 장단이 가지런하지 않다.

帝子[20]降兮北渚, 目眇眇兮愁予.　　상부인께서 북쪽 물가에 내리시니, 눈
　　　　　　　　　　　　　　　　　이 아찔하며 근심에 차는도다.
嫋嫋兮秋風, 洞庭波兮木葉下.　　한들한들 가을바람이 이니 둥팅 호의
　　　　　　　　　　　　　　　　　물결이 일고 나뭇잎 지는도다.

그 뿐만 아니라 [『초사』에 실린 작품들은] 어느 것이나 하나로 정리
된 장편으로, 『시경』과 같이 두세 장으로 된 짧은 시의 점층법으로써
이루어진 것과는 크게 다르다. 이소와 같은 것은 전편 14절 17장으로
이루어진 대작이다.

그 뒤 쑹위宋玉, 징춰景差 등이 모두 사부를 잘 지어, 그 넓고 웅장함
과 우러르고 아름다움博閎瞻麗을 다했다. 그렇긴 해도 취위안의 점잖게
응대하는 말從容辭令을 배우긴 했지만, 그 골간이 되는 풍자의 뜻을
담은 의미는 잃어버렸다. 이를테면 취위안이 미인에 대해 노래한 것은
임금을 비유한 것이었는데, 쑹위의 『고당부高唐賦』, 『신녀부神女賦』,
『등도자호색부登徒子好色賦』 같은 것의 경우는 붓을 나해 미인 그 사체
를 묘사하려고 노력한 것으로, 결국 쓰마샹루司馬相如의 『미인부美人
賦』나 차오즈曹植의 『낙신부洛神賦』 등의 단초를 열었던 것이다. 그런
의미에서 『초사』는 후대의 연애문학이나 신선소설의 남상이라고 말해
도 좋겠다.

제2항 부賦

부는 고시의 한 유파라든가(『문선』「양도부서兩都賦序」), 또는 노래
하지 않고 읊조리는 것(『한서』「예문지」)이라고 하는데, 원래 『시경』에

---

20) 여기서 '제자帝子'는 요 임금의 딸인 상부인을 가리킨다. 고대에는 '자'가 남녀
　　통용이었다.

서 부는 육의(부·비·흥·풍·아·송)의 하나로, 부·비·흥은 시의 체
재이다. 비와 흥은 오로지 경물로 인해 느껴진 바를 비유적으로 이끌
어다가 지은 것인데, 부체賦體는 사상과 감정을 직접적으로 서술한 것
이다. 그런 까닭에 주시朱熹는 『시경집주』에서 이것을 "사물을 상세히
서술하면서 직접 말한 것敷陳其事而直言之者也"이라 풀이하였다.

　　주나라 왕실이 동쪽으로 옮긴 뒤에는 왕의 정사가 행해지지 않고,
예악이 무너져 시를 노래하는 것이 점차 사라졌고, 춘추시대에는 열국
의 대부가 왕래하며 연회석상에서 절충을 시도할 때, 고시의 한 장을
읊어 완곡하게 자기가 말하려는 의도를 풀어내는 게 유행했다. 이것을
"시를 부한다賦詩"고 하였다. 『좌전』에서 "무엇무엇을 부한다"는 것이
이것이다('기보圻父를 부한다賦圻父'.21) '홍안鴻雁의 졸장卒章을 부한다
賦鴻雁之卒章'22)와 같은 류). 그 의미를 취해 반구班固는 앞서와 같이
설명했다. 과연 부는 고시의 일체이고, 또 확실히 노래하지 않았다.
그러나 그 원류를 거슬러 올라가면 전적으로 『초사』에서 나온 것이다.
그러므로 '『초사』는 부의 원조'라고 말해도 좋을 것이다. 『문심조룡』
에서도 다음과 같이 기술했다.

　　　부는 펼친다는 뜻으로
　　　문채를 펼쳐서

---

21) 『좌전』 양공襄公 16년 조에 나오는 말이다. 여기서 '기보'는 『시경』「소아」편의
'홍안鴻雁·기보圻父'에 나온다. 이 시는 오랫동안 외지에 있는 병사가 자신의
처지를 불평하는 내용인데, 『좌전』에서는 남을 위해 일했는데 그 사람이 도와
주지 않았다는 것을 비유적으로 서술한 것이다.
22) 이것 역시 『좌전』 양공襄公 16년 조에 나오는 말이다. 『시경』「소아」편의 '홍안
鴻雁' 편의 졸장 그러니까 마지막 장은 '무양無羊'으로, 목축의 번창을 노래하여
군주를 칭송한 것이다.

사물을 체현하고 뜻을 묘사하는 것이다.

......

그런 즉 부는

시인에게서 명을 받아

초사에서 영역을 확대한 것이다.(『문심조룡』「전부편詮賦篇」)23)

취위안의 작품은 왕이王逸의 서에서도 말한 대로, 오로지 시에 의해 흥興을 취하고, 즐겨 비유를 써서 이루어진 것이라, 부라고는 해도 육의를 겸해서 이것을 내놓은 것이다. 그 무리인 쑹위 등이 지은 것은 '인유비흥引喩比興'의 뜻을 잃고 단지 사실을 서술하고 경물을 묘사하는 것에만 힘써 순전한 부체賦體가 되어버리고 말았다. 그런 까닭에 『문장연기文章緣起』에서는 "부는 초의 대부 쑹위가 지은 것"이라 하였고, 그의 작품 중에서는 「풍부風賦」와 「고당부高唐賦」 등이 유명하다.

한대에 이르러 쟈이賈誼, 메이청枚乘, 쓰마샹루司馬相如 등이 모두 즐겨 부를 지었는데, 특히 쓰마샹루 같은 경우는 앞 다투어 과장되게 아름답고 웅장한侈麗閎衍 문사를 펼치고, 눈부시게 찬란하고 어지럽게 빛나는絢爛眩曜 [묘를] 다해 결국 풍유諷諭의 뜻을 몰각해 버렸다. 혹은 천자의 어원禦苑의 광대함, 조수의 번성함, 사냥의 장관을 서술하거나, 혹은 신선의 기이한 자취, 미인의 아리따움을 묘사하고, 설사 그 뜻은 풍간하는 데 있으되 이른바 아름답게 치장한 부는 백을 권하고 하나를 간하여, 마치 정위鄭衛의 성聲[음란하고 방탕한 음악이나 품위가 낮은 글; 옮긴이]을 내달리고 나서, 곡이 끝난 뒤 우아한 곡을 연주하는 것과 같아서, 누구라도 그 웅장하고 화려하며 아리따운 재미에만 정신을

---

23) 원문은 다음과 같다. "賦者鋪也. 鋪采摛文, 體物寫志也.......然則賦也者, 受命於詩人, 拓宇於楚辭也."(『文心雕龍』「詮賦篇」)

빼앗겨 마지막 부분의 교훈을 기탁한 일절一節에는 귀를 기울이는 자
가 없었다. 그런 까닭에 오히려 주군의 교만함과 사치스러운 욕망을
증가시킬 따름이었다. 실제로 한 무제는 쓰마샹루의 『대인부大人賦』를
읽고 표표히 구름을 타고 천지간을 노니는 듯한 느낌이 들었다고 했
고, 또 샹루는 『미인부』를 지어 자신의 호색을 꾸짖으려 했지만 끝내
고칠 수 없었다24)고 했다. 그래서 양슝揚雄은 다음과 같이 말했다.

> 시인의 부는 아름다워도 법도가 있으나, 사인辭人의 부는 아름답되 도리
> 에 어긋난다. 만약 공자의 문에 부를 쓴다면, 쟈이는 당에 오르고 샹루는
> 방에 들어간 것25)과 같다. 그 쓸모없음을 어찌하겠는가.(『법언法言』「오자吾
> 子」)26)

다만 양슝이 의미하는 바의 시인은 『시경』의 작자이고, 사인의 부는
『초사』를 가리키는데, 오히려 이것으로 『초사』와 한인漢人의 부를 비
교한 것으로 봐도 무방하다. 양슝은 또 부를 벌레를 새기고 전각을
하는 것雕蟲篆刻과 같은 하찮은 기예라고 배척했는데(혹자가 물었다.
"이녁은 어려서 부를 좋아했습니까?" [내가] 답했다. "그렇습니다. 어
린아이가 벌레를 새기고 전각을 하는 것이지요." 그리고 또 말했다.
"헌헌장부가 할 일은 아닙니다."27)), 이것은 그 폐해를 지적한 것이다.

---

24) 원문은 다음과 같다. "乃作美人賦. 欲以自刺而終不能改."(劉歆, 『西京雜記』)
卷二)

25) 원문의 '당에 오르고, 방에 들어간 것升堂·入室"은 원래 『논어論語』「선진先進」
편에 나오는 말이다. "유의 학문은 당에는 올랐으나, 아직 방에는 들어가지
아니하였다.由也升堂矣, 未入於室也." 이 말은 학문이나 기예 등이 스승의 경지에
이르러 조예가 높고 깊어진 것을 가리키는 것이다.

26) 원문은 다음과 같다. "詩人之賦麗以則, 辭人之賦麗以淫. 如孔氏之門用賦也,
則賈誼升堂·相如入室矣. 如其不用何.(『法言』「吾子」)"

27) 원문은 다음과 같다. "或問, 吾子少而好賦. 曰, 然. 童子雕蟲篆刻. 俄而曰, 壯夫

그렇긴 해도 부 역시도 중국문학의 하나의 특색인 것만은 확실하다. 쓰마샹루는 누군가의 물음에 다음과 같이 답했다.

　　채색 비단 끈을 조합하여 무늬를 삼고, 비단 수를 나열하여 바탕을 삼으며, 날줄 한 올과 씨줄 한 올을 교차시키고 궁宮 한 음과 상商 한 음을 갈마들이는 것, 이것이 부의 자취이네. 부 작가의 마음은 우주를 포괄하고 인물을 총람하는데, 이것은 마음속으로는 체득할 수 있어도 [말로는] 전할 수 없는 것이네.28)

진晉의 루지陸機 또한 시와 부를 비교하며 아래와 같이 기술했다.

　　시는 감정에 따라 생겨나니 [문사가] 아름다워야 하고, 부는 사물을 묘사하니 [언어가] 맑고 밝아야 한다.(『문부文賦』)29)

'감정에 따른다는 것緣情'은 '지志'를 말하고 '사물을 묘사한다는 것體物'은 일을 풀어낸다는 뜻으로 주관적인 것과 객관적인 것이 다르다는 것이다. 요약하면 부의 특성은 '펼치고 늘어놓는鋪張' 것이다. 그 높고 크며 아득히 먼 상상을 운용하고, 현란하게 눈을 놀라게 할 만한 아름다운 문사를 나란히 하며, 옥 소리 같고 맑고 밝은 멋진 구절을 늘어놓아, 글자 하나의 교묘함을 다투고, 운 하나의 기이함을 겨룬다. 큰 것을 말하자면 우주를 포괄하고 고금을 총람하며, 세세한 것을 논하자면 만물을 유형별로 품별하여 형상을 묘사하는 바는 진실로 외관

不爲也."(『法言』「吾子」)

28) 원문은 다음과 같다. "相如曰合綦組以成文. 列錦繡而爲質. 一經一緯. 一宮一商. 此賦之跡也. 賦家之心. 苞括宇宙總覽人物. 斯乃得之於內. 不可得而傳覽. 乃作合組歌列錦賦而退. 終身不復敢言作賦之心矣."(『西京雜記』卷二) 번역문은 유흠(김장환 역), 『서경잡기』, 예문서원, 1998년. 131쪽.

29) 원문은 다음과 같다. "詩緣情而綺靡, 賦體物而瀏亮.(『文賦』)"

을 내보이고 사령辭令을 즐기는 것이 극히 과장된 한족의 국민성과
잘 맞아떨어진다.

특히 한자가 상형象形의 고체古體를 갖고 있는 까닭에 교묘하게 편
방을 같이 하는 문자를 배열할 때는 눈부시게 아름다운 것이 마치 비
단 수를 열고 그림을 대하는 듯한 느낌이 있다. 세간에서 중국문학을
두고 눈으로 보는 문학이라고 하는 것은 결국 이 때문이다. 후한의
장형張衡의 「남도부南都賦」에서 산과 나무, 대나무, 시내, 물벌레, 새
등을 열거하고 있는 대목 같은 것이 그 좋은 예로, 마치 식물원이나
동물원에서 노니는 것 같다. 또한 숙자熟字로 이루어진 책을 펼쳐내는
것 같다. 다만 음독音讀하는 것조차 어렵기 때문에 도저히 인쇄에 부칠
수 없다.

『문선』의 부의 목록을 보면, 경도京都, 교사郊祀, 경자耕耤, 전렵畋獵,
기행紀行, 유람遊覽, 궁전宮殿, 강해江海, 물색物色(「풍부風賦」, 「운부雲
賦」와 같은 류), 조수鳥獸, 지志(「한거부閑居賦」와 같은 류), 논문論文, 음
악音樂, 정情(「신녀부神女賦」와 같은 류)의 14종으로 나누었는데, 혹은
사건을 서술하고 혹은 감정을 풀어냈으며, 혹은 이치를 설파하는 등
구비되지 않은 것이 없다. 곧 후세의 기記 체(산수유기, 누각기, 사묘기
祠廟記, 학기學記 등)가 그것이다. 『문체명변』에서는 고금의 연혁에 의
해 부체를 아래와 같이 4품으로 나누었다.

1. 고부古賦(양한)

양한의 부는 화려하고 음란하지만 아직 고의古意는 잃지 않았다.
[여기서] 고의라는 것은 무엇인가? 곧 감정에서 일어나 예의에서 그치
는 것[發乎情, 止乎禮]을 말한다.

2. 배부俳賦(육조)

육조는 원래 상문尚文의 시대였다. 판웨潘嶽와 루지陸機의 무리가 수사修辭의 기교를 중히 여긴 이래로 육조의 부는 문사를 많이 숭상하이 감정을 잃어버렸다. 그러므로 현란한 문자를 배열하였을 뿐 읽는 이로 하여금 감정이 북받치게 하는 활력과 흥취는 없다.

3. 율부律賦(당)

선웨沈約의 사성팔병四聲八病에서 시작되었는데, 쉬링徐陵과 위신庾信은 대구對句에 얽매여, 당 이후에는 과장科場의 운韻에 한정해 취사取士하는 부가 되었다. 단지 평측의 어우러짐과 대우의 정교함이 극에 달하고, 감정과 문사는 방치한 채 논하지 않았다. 완전히 틀에 박혀 내용 여하는 따지지도 않아, 부의 본의에 맞지 않는다.

4. 문부文賦(송)

송은 문장의 전성시대였기에 송나라 사람들은 산문을 짓는 방법으로 부를 지어 오로지 사고를 서술하고 이치를 설명할 뿐 자구에 구속되지 않았다. 그러므로 이것을 읽어도 노래를 읊조리는 듯한 여운이 없다. 어우양슈歐陽修의 『추성부秋聲賦』와 쑤스蘇軾의 『적벽부赤壁賦』 등이 그 예이다. 한대의 부와 비교하면 마치 산문을 읽는 것과 같다. 아마도 『초사』의 「복거卜居」나 「어부漁父」 같은 것을 따라한 듯한데, 도저히 부의 정체正體는 아니다.

제3절 변체문騈體文

진한 이전의 문장을 고문이라 한다. 이것은 오로지 의미를 명쾌하게 전달하는 것을 위주로 해, 자구나 성률의 구속을 받지 않는 자유자재의 산문이다. 당송 팔가가 조술祖述한 바 또한 이 문체이다. 그런 까닭에 일반적으로 중국 본토를 필두로 일본이나 조선 등지에서 통행되는 한문은 모두 고문이라고 해도 무방하다(달리 시문時文이라는 명칭도 있고, 혹은 제예문制藝文, 혹은 관문서 신문체官文書新聞體 등을 지칭하기도 하는데, 여기서는 서술하지 않겠다).

대저 변체문은 고문체와 반대로 성률聲律을 맞추고 대어對語를 배열하는 운문의 한 종류로 그 뿐만 아니라 즐겨 4자·6자의 구를 쓰기 때문에 혹은 사륙문四六文이나 사륙변려四六騈儷라고도 한다. 고문은 원래부터 웅대하고 강건한 천지간의 대문장인데, 사륙문 또한 사람의 소리의 자연스러움에 의거한 굉려宏麗하고 유창한 우주간의 아름다운 문사文辭이다. 거대한 우주간의 삼라만상을 보더라도 [조물주의] 조화造化로 형상이 부여됨에 짝을 이루는 것이 많다. 천지도 그렇고, 음양도 그렇고, 남녀도 그렇고, 모두 한 쌍이다. 곧 짝패는 자연계의 대법칙인 것이다. 따라서 인간의 사상과 감정도 대우對偶를 좋아하기 때문에, 미술 작품도 즐겨 대칭을 사용하고, 문사의 수식 또한 대어對語를 중시한다. 그 뿐 아니라 중국어는 고립어이기 때문에, 각각의 말은 전적으로 고립되어 있어, 조사도 없고, 문법상의 관계사도 꼭 필요하지 않다. 그 위에 단음절어이기 때문에, 하나의 말은 일음一音 일자一字로 이루어져 있고, 또 숙자熟字를 많이 써서, 대부분의 명사나 동사, 형용사는 두 글자를 연용한다. 그런 까닭에 자구를 가지런히 하여 짝패를 취하는 것은 가장 좋은 조합이다. 이를테면,

天地　花落　落花　山間之明月
山川　鳥啼　啼鳥　江上之清風

이와 같은 것은 도저히 일본어나 유럽의 언어에서는 불가능한 것이다. 그 위에 사성을 갖고 있기 때문에 평측을 나누고 가락을 맞춘 것이 귀에 잘 전해지고, 또 그 문자는 상형의 고체를 보유하고 있기 때문에, 송백松柏, 강하江河, 화초花草, 파사婆娑와 같이 편방을 같이 하는 동형의 글자를 배열한 것이 눈에도 매우 아름답게 느껴진다. 그 예는 앞서의 「남도부」의 경우에도 분명하다. 그리고 사륙四六은 본래 인간의 소리가 자연스럽게 내는 것으로 중국어에서는 가장 적당한 수사법이기 때문에, 사륙변체문이 중국에서 일어난 것은 당연한 것이라 하지 않을 수 없다. 과연 중국은 문학의 나라이기 때문에 수사법도 일찍부터 시작되어 사륙 조調의 변려의 구가 고서에서 적지 않게 보인다.『시경』은 [원래부터] 운문이기에 차치하고라도 다른 경서 중에서도 한두 개의 예를 찾아보면 다음과 같다.

> 詩言志 歌永言(시는 뜻을 읊은 것이요, 노래는 말을 길게 늘인 것이요)
> 百姓不親, 五品不遜(백성들은 서로 화친하지 않으며, 오품이 겸손하지 않다.).(『서경』「순전舜典」)
> 滿招損, 謙受益(교만하면 손해를 부르고, 겸손하면 이익을 부른다.)
> 罪疑惟輕, 功疑惟重(의심스러운 죄는 가벼이 하시고, 의심스러운 공은 중히 하셨다.)(『서경』「대우모大禹謨」)
> 同聲相應, 同氣相求(같은 종류의 사물은 서로 감응하고, 마음 맞는 사람은 저절로 한데 모인다.)
> 水流濕, 火就燥, 雲從龍, 風從虎.(물은 습한 데로 흐르고, 불은 건조한 곳으로 나아간다. 구름은 용을 따르고, 바람은 호랑이를 따른다.)(『주역·건·문언周易·乾·文言』

모든 문사를 짝패로 삼고 성조를 조화롭게 하며, 그 사이사이에 압운이 된 구마저 있다. 이것을 요약하면 선진제자의 문장은 기력의 강건함과 종횡 무진한 의론을 장기로 삼았기에, 원래부터 수사에 공들이

는 데 집중한 것은 아니었지만, 『논어』의 온아溫雅함, 『도덕경』의 고고
高古함, 『맹자』의 명쾌함, 『장자』의 변환變幻, 『좌전』의 전려典麗함, 『한
비자』의 산뜻하고 심오함峭深 등 모두가 자연스럽게 한 가지 특색을
띠게 되었다. 그러나 그런 가운데서도 사의를 운용해 문사를 수식한
흔적이 있는 것은 감출 수 없다. 이를테면,

> 君子, 喩於義, 小人, 喩於利(군자는 의에 밝고 소인은 이에 밝다.)(『논어』「이
> 인裏仁」)
> 三軍可奪帥也, 匹夫不可奪志也.(한 나라의 군대가 그 장수를 빼앗길 수는
> 있어도, 사나이가 자기 뜻을 빼앗길 수는 없는 노릇이다.)(『논
> 어』「자한子罕」)
> 大器晚成, 大音希聲.(큰 그릇은 이루어짐이 없고, 큰 소리는 들리지 않는
> 다.)(『노자』)
> 無名天地之始, 有名萬物之母(이름이 없는 것은 천지의 시작이요, 이름이 있
> 는 것은 만물의 어미이다.)(『노자』)
> 或勞心, 或勞力, 勞心者, 治人, 勞力者, 治於人.(어떤 사람은 정신노동을 하
> 고, 어떤 사람은 육체노동을 한다. 정신노동을 하는 사람은
> 남을 다스리고, 육체노동을 하는 사람은 남에게 다스림을 법
> 이다.)(『맹자』「등문공 상」)
> 魚, 我所欲也; 熊掌, 亦我所欲也.(물고기도 내가 먹고 싶은 것이고, 곰 발바
> 닥 또한 내가 먹고 싶은 것이다.)(『맹자』「고자 상」)
> 鷦鷯巢於深林, 不過一枝, 偃鼠飮河, 不過滿腹(뱁새가 깊은 숲속에 집을 짓
> 되 나뭇가지 하나면 족하고, 두더지가 황하의 물을 마신다 해
> 도 배만 채우면 그뿐이다.)(『장자』「소요유」)
> 布帛尋常, 庸人不釋; 鑠金百溢, 盜蹠不掇(하찮은 베나 비단은 평범한 사람
> 은 내버려두지 않으나, 좋은 황금 백 일은 도척도 훔쳐가지
> 않는다.)(『한비자』「오두五蠹」)
> 君子務知大者, 遠者, 小人務知小者, 近者.(군자는 원대한 것을 알고자 힘쓰
> 고, 소인은 비근한 것을 알고자 힘쓴다.)(『좌전』「양공襄公 31
> 년」)

이상과 같이 제자의 문장 가운데 이미 짝을 이루는 구儷句를 지적하자면 실제로 이와 같은데, 아직 소박하고 중후한 기운을 잃지 않았다. 진晉의 뤼샹呂相이 진秦과 절교하는 「절진서絶秦書」30)와 웨이樂毅가 연燕의 혜왕惠王에게 보낸 「보연왕서報燕王書」31) 같은 것은 짝을 이루는 구를 쓴 것이 대단히 많고, 내려와서 진秦의 리쓰李斯의 「간축객서諫逐客書」에 이르러서는 오로지 화려한 문사로 점철해 고인의 풍을 점차 잃게 되었다는 소리를 들었다. 한대는 사상이 공허하고 결핍된 시대로 일반적으로 서사적인 경향을 띠고 있는데, 특히 진술하고 늘어놓는敷

---

30) 뤼샹呂相(？~기원전 570년)은 춘추시기 정치인이다. 웨이魏 씨와 뤼呂 씨는 웨이처우魏犨의 손자이자, 웨이치魏錡의 아들이다. 화위안華元이 진晉과 초楚를 오가며 이병弭兵을 한 뒤, 진晉의 여공厲公은 진秦을 토벌하기로 했다. 주 간왕周簡王 8년(기원전 578년) 여공은 뤼샹呂相(또는 웨이샹魏相)을 사자로 파견하여 정식으로 진秦과 절교할 것을 선포했다. 이때 뤼샹이 지은 것이 『절진서絶秦書』인데, 문장이 화려하고 아름다우며 문사가 격앙되어 명문으로 일컬어졌다.

31) 웨이樂毅는 전국시대의 대표적인 명장 중 한 사람으로 손꼽히는 인물로, 연燕의 소왕昭王을 도와 조趙·초楚·한韓·위魏 연합군을 이끌고 제齊를 징벌하여 거莒와 즉묵卽墨을 제외한 70여 성을 함락시켜 제나라를 멸망 직전에 이르게 하였다. 그러나 연 소왕이 죽고 그 아들인 혜왕이 즉위한 뒤 제나라 측의 이간책으로 실각하자 조나라로 망명하여 그곳에서 말년을 보냈다. 그 뒤 제나라는 연나라를 공격해 70여 성을 모두 회복하였다. 이에 연 혜왕은 웨이에게 사람을 보내 사죄하는 한편 웨이에게 연으로 돌아오라고 했다. 이에 웨이는 연 혜왕에게 편지를 보냈는데, 이것이 「보연왕서報燕王書」이다. 그 간략한 내용은 다음과 같다. "화를 당하지 않고 공을 세워 선왕의 뜻을 밝히는 것이 신臣의 가장 큰 소망이고, 치욕과 비방을 당해 선왕의 명성을 추락시키는 것이 신臣의 가장 큰 두려움입니다. 예측하지 못한 죄를 당했는데 요행을 바라는 것은 의리상 감히 할 수 없습니다. 듣건대, 군자는 친구와 절교할 때 그의 악담을 늘어놓지 않으며, 충신이 떠날 때는 그 임금의 이름을 더럽히지 않는다고 합니다. 신이 비록 우둔하나 자주 군자들에게 들은 바가 있습니다. 임금을 가까이 모시고 있는 친한 좌우 대신들의 말만 듣고 소원한 사람의 행동을 살피지 못할까 염려되어 감히 서신으로 답하오니 임금께서는 유념하시기를 바랍니다."

張 것을 일삼고, 화려한 문사를 위주로 한 부賦가 유행했으며, 문장을 지음에 내용보다도 오히려 외형에 중점을 두기에 이르렀다. 이를테면, 쩌우양鄒陽의「옥중상양왕서獄中上梁王書」같은 것이나 또 메이청枚乘, 쓰마샹루司馬相如 등의 작품과 같은 것들은 즐겨 고사를 열거하고 우구偶句를 쓰는 것이 점점 더 많아졌다.

양슝揚雄은 만년에 그 폐단을 바로잡을 뜻이 있어 짐짓 어렵고 오묘한艱奧 문사를 사용했는데, 요컨대 이 또한 문장의 궁극이라고는 할수 없다. 후한에 접어들면 문기文氣가 한층 더 부진해져 반구班固의 사필史筆도 도저히 쓰마첸의 적수가 못 되었다. 그밖에 장형張衡, 차이융蔡邕 등은 모두 부에 뛰어나 그 문장은 오로지 화려하고 풍부함을 지향하고 사륙 대우의 경향이 점점 많아졌기 때문에, 마침내 사람들의 뜻에 차지 않았다. 류쭝위안柳宗元도 문장이 동한에 이르러 이미 쇠했다고 했다.

이른바 '팔대의 쇠衰'는 여기서 시작된 바이다. '팔대의 쇠'의 '쇠'는 저 쑤스蘇軾의「조주한문공묘비潮州韓文公廟碑」에서 "문풍은 팔대의 쇠미함을 일으키고文起八代之衰"라고 한 것이다. 팔대는 한위육조漢魏六朝를 개술槪述한 것이다. 말나온 김에 이야기하자면, 문학상으로 진한秦漢으로 연결될 때는 서한을 가리키고, 한위漢魏로 이어질 때는 동한을 가리킨다. 서한과 동한은 문장이 크게 다르다. 또 육조는 역사에서는 난징을 도읍으로 삼고, 강남 지역 절반을 차지했던 오吳, 진晉(동진東晉), 송宋, 제齊, 양梁, 진陳을 말하는데, 문학에서는 위진부터 남북조를 거쳐 수에 이르기까지를 개술한 것이다. 곧 한과 당 사이를 가리키는 것이다. 위를 육조의 주인으로 두는 것은 예샤鄴下(예鄴는 위의 수도로, 지금의 허난 성河南省 창더 부昌德府)의 사풍詞風이 화려함을 숭상하이 이미 육조의 섬약한 기풍을 열었기 때문이다.

위의 진사왕陳思王(차오즈曹植, 차오차오曹操의 아들)이 광세曠世의 일재逸才로써 오로지 우려偶儷한 문장을 주창하고부터 예샤의 칠자의 무리가 다투어 이에 화창하니 그 뒤 쇠퇴하여 진에 이르러는 루지陸機와 판웨潘嶽 등이 즐겨 이것을 모방하여, 결국 육조의 사륙이 횡류하는 시대가 나타나게 되었다. 남도南渡한 뒤로는 문기文氣가 날로 비루하고 약해졌는데, 제齊와 양梁 시기에는 성운의 학이 열렸기에 문체가 점점 더 농염하고 화려하며 부미浮靡해졌고, 진陳에 이르러는 그 극에 달했다. 이 같이 사륙이 왕성한 중에도 그런 풍조에 물들지 않고 올연히 시류를 넘어섰던 것으로 주거량諸葛亮, 천서우陳壽, 두위杜預, 타오위안밍陶淵明 등이 있어 고문의 명맥은 버텨내어 결국 끊어지지 않았다. 사물이 궁하면 통한다는 도리로 진陳의 말기에 야오차姚察가 박학하고 식견이 넓다博學洽聞고 하여 명을 받고 『양서梁書』를 편찬했는데(당唐이 되어 그 아들 야오쓰롄姚思廉에 의해 완성되었다), 오로지 산문으로 단행單行만을 써서 굳세고 예리한 필치勁氣銳筆로 명쾌하게 의미를 전달하는 것을 지향해 사륙을 늘어놓은 육조의 섬약한 여습餘習을 단연코 일소했다.

이보다 앞서 북조에서는 서위西魏의 위원타이宇文泰가 일찍부터 유술儒術을 존숭하고 시문時文의 섬욕纖縟함을 근심해 그 폐해를 바꾸고자 그 신하인 쑤춰蘇綽으로 하여금 『주서周書』「대고大誥」를 모방해 조서詔書를 짓게 해 이것을 군신들에게 내보이고 지금부터 문장은 모두 이런 문체로 할 것을 명했다. 그 문장은 심히 삼엄하고 당시 [문장의] 폐단에 잘 들어맞아 여기에 이르러 사륙은 주저앉기에 이르렀다. 그리고 수隋의 리어李諤도 다시 상서를 올려 사륙의 폐단을 통박했다. 그 일절[「상수고조혁문화서上隋高祖革文華書」]에서 이렇게 아뢰었다.

강좌의 제와 양은 그 폐단이 더욱 성행하여 귀한 자나 미천한 자, 현명한 자나 우매한 자 가릴 것 없이 오로지 사부를 읊조리는 데만 힘썼습니다. 이에 의리義理는 내버려두고 신기함만을 표방하며, 허무한 것을 찾아 나서고 미세한 것만을 좇아, 운 하나의 기이함을 겨루고, 글자 하나의 교묘함만을 다투었습니다. 쌓여가는 작품들은 모두 달과 이슬의 모습을 넘어서지 않고, 서안에 쌓이고 상자를 가득채운 것은 오로지 바람과 구름의 묘사일 뿐이었습니다.(『수서隋書』「리어 열전李諤列傳」)[32]

사륙을 배척하면서도 [정작] 자신도 사륙을 쓴 것을 보면, 그 풍습이 쉽게 벗어날 수 없는 것이었음을 알 수 있다. 그리하여 점점 의식 있는 문사들이 사륙을 꺼리고 싫어하게 되는 경향은 마침내 이에 이르러 명백해졌다. 이들 제자諸子들은 실로 당대 고문 부흥의 기운을 개창한 이들이라 해야 할 것이다.

그렇지만 당대 초기에는 여전히 변려문이 성행했다. 저 초당사걸(왕보王勃, 양중楊炯, 루자오린盧照隣, 뤄빈왕駱賓王)의 작품은 모두 이 문체이다. 왕보의 『등왕각서滕王閣序』와 뤄빈왕의 『토무격서』 중 아래와 같은 것이 극히 유명하다.

落霞與孤鶩齊飛　저녁노을은 짝 잃은 기러기와 나란히 날고
秋水共長天一色　가을 물빛은 높은 하늘과 한 가지 색이네

潦水盡而寒潭淸　길에 고인 빗물은 다 마르고 차가운 못물은 맑은데
煙光凝而暮山紫　안개는 피어 저문 산은 자색으로 빛나네(『등왕각서滕王閣序』)

---

32) 원문은 다음과 같다. "江左齊梁, 其弊彌甚, 貴賤賢愚, 唯務吟詠, 遂復遺理存異, 尋虛逐微, 競一韻之奇, 爭一字之巧. 連篇累牘, 不出月露之形; 積案盈箱, 唯是風雲之狀.(『隋書』「李諤列傳」)"

一抔之土未乾　　선제 묘지의 흙이 아직 마르지도 않았는데
六尺之孤何託　　어리신 중종을 장차 누구에게 맡긴다는 말인가(「위서
　　　　　　　　경업토무조격爲徐敬業討武曌檄」)

그 뒤 천쯔양陳子昻이 나와 복고의 선구가 되고, 한위韓愈, 류중위안
柳宗元이 나오기에 이르러서는 마침내 천하가 고문을 중히 여겨야 한
다는 것을 알게 되었다. 그러나 당말이 되면 문장은 다시 쇠해 오대五
代부터 송에 걸쳐 사륙이 다시 유행했는데, 유명한 판중옌範仲淹의 「악
양루기」 같은 것도 전기체傳奇體의 비난을 면치 못했다. 그런데 인스루
尹師魯가 나와 고문의 선성이 되고, 뒤이어 어우양슈歐陽修와 삼 쑤三蘇,
쩡궁曾鞏, 왕안스王安石의 무리가 일어나자 마침내 고문이 천하에 통행
되기에 이르렀다. 그런 까닭에 후세의 고문을 논한 것은 당송 팔대가
를 조종祖宗으로 삼지 않는 자가 없었다.

청의 동성파桐城派 문사 역시 주로 존숭한 것은 어우양슈와 쩡궁이
었다. 이에 이르러서는 실로 문장은 불후不朽의 성사盛事였다. 다만 한
위의 문장에서는 려구儷句를 즐겨 썼는데(「진학해進學解」, 「샹양에서
보낸 편지與於襄陽書」 같은 것), 이것은 이른바 쌍관雙關 문법(서로 대
를 이루는 문구를 나란히 늘어놓아 한 편의 문장의 골간이 되게 하는
것)[33]으로, 의거한 바는 『맹자』에 있다. 다만 이 변체문에서 다른 것은

---

33) "권호종(2006)은 쌍관어란 영어로는 'pun', 또는 'paronomasia'라고 하는데,
이는 라틴어 'paronomazein'에서 나왔으며, '다른 이름으로 부르다'는 뜻이며,
'쌍관어'라는 말을 우리말로 옮긴다면, '동음이의어同音異義語'라고 할 수 있을
것이고, 쌍관어 수사기법은 일종의 '중의법重意法'에 해당한다고 한다. 쌍관어
와 쌍관어 수사기법을 구분하여 설명하고 있다. 그러나 이런 의미론적 범주에
대한 보다 엄밀한 구분이 필요해 보인다. 대체로 쌍관은 크게 '諧音雙關'과
'意味雙關'으로 분류된다. 그 가운데 해음쌍관은 동음이의어를 해당되며 의미
쌍관은 다의관계에 해당된다. 동음이의어(homonymy)란 소리 형태와 철자가

사상을 중시하고 공연히 형식에 구애받지 않았다는 점이다. 이상은 먼저 사륙의 기원부터 한위 육조 당송을 통해 변체문이 성행하고 쇠미해 간 [과정의] 일단이다.

이것을 요약하면 사륙은 수사상의 미문의 한 문체이고, 처음부터 물러나야 하는 것은 아니지만, 만 가지 사상을 자유롭게 발휘할 수 있어야 할 자유로운 산문을 버리고, 오로지 구속이 많은 사륙변려체에만 의지하게 되면, 결국 그 남용의 폐단을 감내할 수 없게 된다. 문장의 뜻을 해치고, 외형와 내용의 조화가 결여되며, 아름답기만 하고 실은 없으며, 심지어 주지主旨가 관철되지도 않아, 결국 무엇을 말하고 있는지 전혀 알 수 없게 되어 버렸다. 그렇게 되면 마땅히 그 폐해가 크다고 할 것이다. 하지만 그 장점은 그대로 존중하지 않으면 안 된다. 원의 천이청陳繹曾은 『문장구야文章歐冶』에서 다음과 같이 기술했다.

우연히 동일하지만 의미가 서로 다른 어휘소들을 뜻하는 의미론적 범주이며, 하나의 어휘소가 의미전이를 통해 연관된 몇 개의 의미를 가지는 것을 다의관계(polysemy)라고 한다. 동음이의어를 활용하는 해음 쌍관과 계열관계 속에서의 의미전이를 통해 구성된 다의관계를 활용하는 의미 쌍관의 구체적인 예는 아래와 같다.

(1) 楊柳青青江水平, 聞郎江上唱歌聲. 東邊日出西邊雨, 道是無晴還有晴 <竹枝詞> 劉禹錫
버드나무 푸르고 강물은 잔잔한데, 강위로 들려오는 그대의 노랫소리.
동쪽으로 해가 뜨는데 서쪽에는 아직도 비가오니, 흐린 날이라 하기도 그렇고 맑은 날이라 하기도 그런 날.
(1)은 중국의 어문교과서에서 해음쌍관의 대표적인 용례로 인용되는 시구이다. 이 시는 전체적으로 무정한 듯 유정한 남녀 사이의 복잡한 심정을 표현한 것인데, 마지막 구의 無晴(맑지 않음)과 有晴(맑음)은 표면적으로는 날씨와 관련된 의미이지만 여기에 비슷한 음인 無情(무심함)과 有情(그리움)이라는 추상적 의미가 중첩되어 복합적인 의미를 표현하고 있는 것이다."(이승훈, 「인지언어학 방법론을 통한 중국어 수사법 雙關의 의미 구성과정 분석」, 『수사학』 28호, 2017년, 108~109쪽)

　　사륙이 일어난 것은 그 유래가 오래되었다. 전典·모謨·서誓·명命으로부터 이미 윤색이 가해져 낭독에 편하니, 그 말은 사륙으로 되어 있어 소리가 어우러지고, 문사가 짝을 이루어 일시에 그 편함을 취해, 독자는 문장이 난삽함에 빠질 걱정이 없고, 청자는 잘 못 들어 의혹에 빠질 일이 없을 따름이다.(『문장구야』「사륙부설四六附說」)[34]

　　전典·모謨·서誓·명命에 훈訓과 고誥를 더해 '서書의 6체'라 칭하고, 여기서는 『서경』의 것을 말했기에 '힐굴오아詰屈聱牙'[35]는 거칠게 귀에 거슬리는 구음口音이다. 곧 사륙의 쓰임은 자구를 정제하고, 대우를 사용하고, 평측을 조절함으로써 낭독에 편하고 청자로 하여금 귀에 거슬리는 느낌이 없도록 힘쓰는 것이다. 그런 까닭에 조詔·칙勅·표전表箋 류는 지금도 여전히 사륙을 쓰는 것이 정식이고, 기타 서序·발跋·척독尺牘 등에서도 공들여 사륙을 쓰는 것도 있다. 그러나 사륙은 구말에서 평측을 서로 취할 뿐(平一仄, 仄一平, 平一仄, 仄一平) 압운이 필요하지 않은데, 잠명箴銘 류, 송찬頌贊 류, 애제哀祭 류는 일반적으로 압운하는 것을 정칙正則으로 삼고, 운이 없는 것은 변체이다.

　　대저 변체문은 일본인이 가장 못 하는 것이다. 중국인은 어려서부터 여구儷句에 익숙하지만, 일본인은 전혀 배운 적이 없고, 또 평측과 용운은 일본인의 귀에는 들어본 적이 없기에 [못 하는 것은] 당연한 일이다. 시험 삼아 사륙 문장도文章圖에 의해 그 예를 들어 참고로 삼고자 한다.

---

34) 원문은 다음과 같다. "四六之興, 其來尙矣. 自典謨誓命, 已加潤色, 以便宣讀. 四六其語, 諧協其聲, 偶儷其辭, 凡以取便一時, 使讀者無聱牙之患, 聽者無詰曲之疑耳.(『文章歐冶』「四六附說」)"
35) '길굴오아佶屈聱牙'라고도 하며, 문장이 읽기 어렵고 이해하기 어려운 글을 말한다.

누실명陋室銘 류위시劉禹錫

山不在高 有仙則图 산이 높지 않아도 신선이 있으면 이름이 나고

水不在深 有龍則圖 물이 깊지 않아도 용이 있으면 신령스럽네.

斯是陋室 惟吾德图 이곳은 비록 누추한 방이지만 오직 나의 덕으로 향기가 나네.

苔痕上階綠 草色入簾圖 이끼는 뜨락에 올라 푸르고 풀빛은 주렴에 들어 푸르도다

談笑有鴻儒 往來無白团 담소하는 이에는 큰 선비가 있고 왕래하는 이에는 무식한 이 없으니,

可以調素琴 閱金圖 거문고를 타고 불경 살펴볼 수 있어라

無絲竹之亂耳 無案牘之勞图 음악이 귀를 어지럽히는 일 없으며 관청의 서류로 몸을 수고롭게 하는 일 없어서

南陽諸葛廬 西蜀子雲圖 남양 제갈량의 초가집이나 서촉 양자운의 정자와 같도다.

孔子雲 何陋之有 공자도 말씀하기를 "군자가 거한다면 무슨 누추함이 있겠는가" 하였네.

(□ 안의 글자는 압운 구)

춘야연도리원서春夜宴桃李園序 리바이李白

夫 대저

天地者 萬物之逆旅 하늘과 땅은 만물이 잠시 쉬어 가는 곳

光陰者 百代之過客 시간은 백대를 두고 지나가는 길손

而 그러나

浮生若夢 爲歡幾何 꿈같이 덧없는 인생,… 즐거움이 있다면 얼마나 있을꼬

古人 옛사람들

秉燭夜遊 良有以也 촛불 밝혀가며 밤새 놀았거늘, 거기에는 그럴 만한 까닭이 있었네

況 하물며

陽春召我以煙景 大塊 假我以文章 따뜻한 봄날은 안개 낀 경치로 나를 부르고, 대지는 나에게 문장을 빌려주었음에랴.

會桃李之芳園 序天倫之樂事 복숭아 꽃 오얏꽃 핀 향기로운 뜰에 모여 형제의 즐거운 일을 (글로) 펴니

群季俊秀 皆爲惠連 여러 아우는 빼어나서 모두 혜련이 되었는데

吾人詠歌 獨慙康樂 나의 영가는 홀로 강락에게 부끄럽구나.

幽賞未已 高談轉淸 그윽한 완상이 아직 끝나지 않아 고상한 이야기는 더
욱 맑아지고

開瓊筵以坐花 飛羽觴而醉月 옥같은 잔치를 벌여 꽃에 앉고 술잔을 날리
며 달에 취하니

不有佳作 何伸雅懷 좋은 시가 아니면 어찌 고상한 회포를 펴리요

如詩不成 罰依金穀酒數 만약 시가 이루어지지 아니하면 벌은 금곡의 술
잔 수에 따르리라.

(밑줄 친 것은 평성, 이탤릭체는 측성)

제3장 ●

시식詩式

제1절 총론

　대저 시가는 산문과 달리 음율의 조화를 가장 떠받드는 것이기에, 일정한 규칙이 없으면 안 된다. 그러나 그 규칙, 곧 시식詩式은 두 말할 것 없이 각 나라의 언어의 특성에 근거한다. 이를테면 서양의 시는 meter(운율)를 정돈하고, 와카和歌1)와 같이 단순히 자수를 헤아리는 것과 같은 것도 있다. 대저 단음절에 고립어인 중국어에 맞아떨어지는 규칙은 다음과 같은 것들이 있다.

> 1. 구수句數에 한정이 있다.
> 2. 1구의 자수를 가지런히 한다.
> 3. 구 가운데 각각의 글자의 평측을 조절한다.
> 4. 구 말미에 압운을 한다.

　그리하여 이 원칙에 의해 고체, 근체, 오언, 칠언 등의 시식이 나온 것이다.

---

1) 일본 고유 형식의 시로, 장가長歌와 단가短歌, 선두가旋頭歌 등의 총칭이다. 그 중에서도 5·7·5·7·7의 5구 31음의 단시를 가리킨다.

어느 시대라고 시가가 없고, 어느 나라라고 무악舞樂이 없겠는가. 시가의 발생은 실로 오랜 옛날이라고 해야 할 것이다. 어쩌면 시가는 인간의 감정의 자연스러운 발로로, 반드시 무악과 수반되어 발생한 것이다. 그러므로 [『예기禮記』의] 「악기樂記」에서는 "시는 뜻을 말한 것이고, 가는 그 소리를 읊은 것이며, 무는 그 모습을 움직인 것이다詩言其志也. 歌, 詠其聲也. 舞, 動其容也"라고 하여 삼자의 관계를 서술하였다. 또 『서경』의 「순전舜典」이나 『시경』의 「대서」에서도 다음과 같이 말했다.

> 시는 뜻을 말한 것이고, 노래를 말을 길게 늘여 읊조린 것이다. 소리는 가락을 따라야 하고, 음률은 소리가 조화를 이루어야 한다.(「순전」)2)

> 시란 뜻 가는 바라. 마음 두는 것이 뜻이 되고 말하면 시가 된다. 정이 [우리의 마음] 속에서 움직이면 말로 그 형체를 드러내고, 말로 부족한 까닭에 탄식하고, 탄식으로 부족하여 길게 노래하고, 길게 노래 부르는 것도 부족하여, 저도 모르게 손들어 춤추고 발 구르는 것이라.(「시서詩序」)3)

곧 경물景物에 감응하여 희로애락의 감정이 그 안에서 움직이며 운율을 갖춘 말의 형식을 빌려 밖으로 표출한 것이 시이고, 이른바 시에 가락을 붙여 그것을 노래하고 노래할 때는 악기와 어우러져 노래의 흥이 고조되고 손뼉을 치고 발을 구르며 손발을 움직여 춤을 추기에 이르는 것이다. 이것이 갈라지는 것은 한대 이후다.

곧 상대上代에는 사성의 구별이 명확하지 않았고, 그 시식도 사언이

---

2) 원문은 다음과 같다. "詩言志, 歌永言. 聲依永, 律和聲"(「舜典」)
3) 원문은 다음과 같다. "詩者志之所之也, 在心爲志, 發言爲詩. 情動於中而形於言, 言之不足, 故嗟歎之, 嗟歎之不足, 故永歌之, 永歌之不足, 不知手之舞之足之蹈之也.(「詩序」)"

었는데, 한대에 이르러 오언과 칠언의 신체시가 나오고, 육조를 거치며 차츰 발달해 대구법이 일어나고, 성운학도 열렸다. 당대에 이르면 시법이 한층 더 엄밀해져 근체율시의 도식이 정해지고 종래의 시의 면목을 일신했다. 이로부터 일정한 평측도에 의한 율시와 절구를 근체라 하고, 이에 따르지 않는 것을 고체, 혹은 고시라 하였다. 고체와 근체 중 주된 것을 들어보면 대체로 다음의 표와 같다.

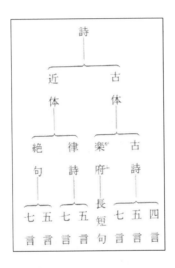

제2절 고체

제1항 사언고시

사언은 상고시대의 시식이다. 정확한 출전을 갖고 있는 고시를 들어보면, 우선 『서경』「익직益稷」편에 실려 있는 순舜과 가오야오皋陶의 일종의 월령가를 꼽지 않을 수 없다.

股肱喜哉, 元首起哉, 百工熙哉. 신하들이 즐거우면, 통치자는 융성하고, 모든 관리들도 화락하여 지리라.(「익직益稷」)

元首明哉, 股肱良哉, 庶事康哉. 통치자가 명철하면, 신하들이 어질어지고,
여러 일이 편안해 지리라.(「익직益稷」)

元首叢脞哉, 股肱惰哉, 萬事墮哉. 통치자가 게을러지면, 신하들이 게을러져
서, 모든 일에 실패할 것이다.(「익직益稷」)

위와 같이 4언에 3장으로 이루어지고, 매장의 주부의 명사는 동일하
며 술부의 동사와 형용사만 변화해 이른바 점층법을 쓰고, 또 매구
압운의 형식을 취해 군신이 서로 경계하고 서로 덕을 칭송하고 선善을
책망하는 바, 그 뜻이 대단히 돈후하고 그 문사 또한 간고簡古하여,
진정 상고시대의 작품이라 생각된다. 세간에 상고의 작품으로 전하는
「격양가擊壤歌」(『제왕세기帝王世紀』)와 『남풍가南風歌』(『공자가어孔子家
語』) 같은 것은 출전이 이미 확실치 않을 뿐 아니라 전자는 노장의
사상에 가깝고, 후자는 초성楚聲의 구절을 읽는 듯해 모두 당우唐虞4)의
작품으로 믿을 수 없다. 아래로 내려와서 은대의 시로 나중에 전해진
것은 극히 드물다. 그런데 주대로 내려오면 시의 기운이 활발하게 일
어나 그 풍골이 쟁그렁거리고風骨珊珊, 신운이 멀고 어렴풋하여神韻縹
緲, 백대의 시법이 여기에 그 연원淵源을 두기에 이르렀다. 그리하여
그 시들은 모두 『시경』에 모아 놓았다. 그렇기에 상대의 시집으로 정
확한 것은 『시경』 삼백 편을 밀지 않을 수 없다. 『사기』에서는 고시가
3천이 있던 것을 쿵쯔孔子가 산거刪去하여 311편(이 가운데 6편은 제목
만 있다)으로 만들었다고 하였다. 뭐가 됐든 3천이라는 것은 개산概算
한 것이다. 당우부터 하와 은 2대, 약 1천 년 넘는 시간이 지나면서

---

4) 당우唐虞는 도당 씨陶唐氏와 유우 씨有虞氏. 곧 요와 순의 시대를 함께 이르는
말로 중국 사상의 이상적 태평시대로 치는 시기이다.

문명의 진보에 따라 시가가 많이 나왔다는 것은 의심할 여지가 없다. 원래 삼백 편의 시같이 격조와 형식이 모두 정비된 시가 하루아침에 나온 것은 아니다. 순과 가오야오의 간단한 월령가부터 찬연한 「관저關雎」의 시에 이르기까지 그 사이에는 수많은 진보와 발달이 있었을 것이다. 그런 까닭에 그 수라고 해도 결코 삼천까지는 아니었겠지만, 상고시대의 것이라서 원래 기록할 방법도 갖추어지지 않았고, 여기에 또 속요 류 또한 많이 있었기 때문에, 그 결과 새로 생겨난 만큼 줄어든 것도 있어, 쿵쯔의 시대까지 완전히 보존된 것은 그 수가 삼백 정도에 지나지 않았던 것이리라. 그래서 대충 삼백이라 했던 것이고, 실제로 시삼백은 당시의 성어成語였다.

이제 『시경』 삼백 편 안에서 상송商頌 5편을 제외하면, 남는 것은 모두 주대의 작품이다. 위로는 문왕과 무왕부터 아래로는 춘추시기에 이르기까지, 그 지역은 황허 유역(중원 제후의 나라)을 경계로, 남방의 초 땅에는 미치지 못하고, 또 그 작자도 대부분 알 수 없다. 시는 당대의 악장樂章으로, 풍風·아雅·송頌의 세 가지로 나뉜다. '풍'은 곧 '15국의 국풍國風'으로 속요이다(주남周南, 소남召南, 패邶, 용鄘, 위衛, 왕王, 정鄭, 제齊, 위魏, 당唐, 진秦, 진陳, 회檜, 조曹, 빈豳). '아'는 '대아大雅'와 '소아小雅'의 구별이 있는데, 한 마디로 조정의 악장이다. '송'은 교묘郊廟의 제사에서 쓰이는 악장이다. 곧 풍아송 삼백 편의 시는 모두 악기에 맞춰 노래하는 것이다. 『좌전』(양공29년)에 오吳의 공자 지자季劄가 노나라에 와서 주나라의 음악을 들었다는 것도 실려 있고, 또 『논어』에도 다음과 같은 말이 있다.

> "공자가 말했다. '내가 위나라에서 노나라로 돌아간 뒤에 음악이 바로잡히고, 「아」와 「송」이 제각기 자기 자리를 찾았노라.'"(『논어』 「자한」)5)

이것으로 보자면 시와 음악은 서로 떨어져 있는 게 아니었는데, 한 대 이후에 이것이 나뉘어졌다.(뒤의 악부樂府 대목을 참고할 것)

대저 『시경』에 실려 있는 시의 정체는 사언이다.

關關雎鳩, 在河之洲	끼룩끼룩 물수리는 황하의 섬에서 우네.
窈窕淑女, 君子好逑	요조숙녀는 군자의 좋은 짝이네.
參差荇菜, 左右流之	올망졸망 마름 풀을 이리저리 헤치며 찾네.
窈窕淑女, 寤寐求之	요조숙녀를 자나 깨나 구하네.
求之不得, 寤寐思服	구해도 찾지 못해 자나 깨나 생각하네.
悠哉悠哉, 輾轉反側	생각하고 생각하니 잠 못 자며 뒤척이네.

(『시경』「관저」)

이것이 곧 『시경』의 개권開卷 첫 번째 국풍 「주남」의 시이다. 학구적 인 해석을 떠나 읽으면 남녀 간의 연애의 감정을 서술한 속요에 지나 지 않는다. 자못 솔직하고 순박한 것이, 이른바 '즐기되 지나치지 않고 樂而不淫', '생각에 삿됨이 없는思無邪' 뜻이 그 사이에 잘 드러나 있다. 게다가 '관관關關'은 중언重言이고 '요조窈窕'는 첩운이며, '참치參差'는 쌍성이고, '구지求之'는 첩구疊句법이다. 이렇듯 자세히 관찰하면 수사 로도 여러 가지 기교가 가해져, "신하들이 즐거우면股肱喜哉" 등과는 천양지차이다. 다음으로 「소아」의 예를 들어본다.

呦呦鹿鳴, 食野之蘋.	저기 사슴이 짝을 불러 우는 소리. 들에서 어린 쑥 잎을 뜯는도다
我有嘉賓, 鼓瑟吹笙.	나에게 아름다운 손님이 있어, 거문고를 뜯고 피 리를 부놋다.

---

5) 원문은 다음과 같다. "子曰, 吾自衛反魯然後, 樂正, 雅頌, 各得其所." (『論語』 「子罕」)"

吹笙鼓簧, 承筐是將.　　피리를 불고 황을 두드리며, 광우리에 받쳐 폐백
　　　　　　　　　　　　을 드리노니

人之好我, 示我周行.　　세상에서 가장 나를 좋아하는 이여. 바르고 큰 길
　　　　　　　　　　　　보여주시네.

(『시경』「소아小雅 녹명鹿鳴」)

伐木丁丁, 鳥鳴嚶嚶.　　쩡쩡 산울림 나무 찍는 소리. 새도 울어 구슬이
　　　　　　　　　　　　부서지는 소리

出自幽谷, 遷於喬木.　　아늑한 골짜기에서 날아 나와 높은 나뭇가지에
　　　　　　　　　　　　앉는도다.

嚶其鳴矣, 求其有聲.　　구슬 굴리듯 한낮을 울어, 그 소리 제 짝을 부르
　　　　　　　　　　　　는 것이러니.

相彼鳥矣, 猶求友聲.　　새 같은 미물의 짐승들도 저렇듯 서로 벗을 찾거늘.

矧伊人矣, 不求友生.　　하물며 우리 사람들로야, 친구를 구차지 않을까
　　　　　　　　　　　　보냐.

神之聽之, 終和且平.　　신령님이 들으시고 감응하시어, 마침내 친하고
　　　　　　　　　　　　또 화평하도다.

(『시경』「소아小雅 벌목伐木」)

위의 「녹명」 편은 천자가 군신을 향응할 때 사용하는 악가樂歌이고, 「벌목」 편은 옛 친구를 [위해] 잔치를 벌일 때의 악가이다. 진정 시인이 온유돈후의 뜻을 제대로 따라 지은 것이다. 다른 것도 있다.

桃之夭夭, 灼灼其華.　　밋밋한 복사나무, 환하게 꽃 피었네.
之子於歸, 宜其室家.　　이 처녀 시집가면 시집살이 잘도 할레.
　……

桃之夭夭, 其葉蓁蓁.　　밋밋한 복사나무, 잎사귀도 싱싱하네.
之子於歸, 宜其家人.　　이 처녀 시집가면, 훌륭한 아내 될레.

(『시경』「주남周南 도요桃夭」)

燕燕於飛, 差池其羽.
之子於歸, 遠送於野.
瞻望弗及, 泣涕如雨.

제비가 제비가 날으네. 깃을 번득이면서
그녀가 돌아갈 제. 멀리 들로 보내네.
바라보다 바라보다 보이지 않아, 눈물이 비 오
듯 하네.

(『시경』「패풍邶風 연연燕燕」)

昔我往矣, 楊柳依依.
今我來思, 雨雪霏霏.
行道遲遲, 載渴載飢.

我心傷悲, 莫知我哀.

옛날 내가 갔을 적엔, 버들잎이 파릇파릇.
지금 우리가 또 와 보니, 비와 눈이 보슬보슬.
터벅터벅 가는 길 길기도 한데, 배는 고프고
목이 말라라.
내 마음 이리 처량하건만, 이 설움 알아 줄 이
없네.

(『시경』「소아小雅 채미采薇」)

이렇듯 경景과 정情이 나란하고, 여운이 가늘게 이어지는 것이, 후대
의 시인이 도저히 미칠 수 없는 바이다. 그 뿐 아니라 압운의 방식도
다양하고 격구隔句의 운 이외에도 매구 운을 쓴 것도 있고, 운을 바꾼
것도 있어 매우 자유롭다. 또 수사법도 크게 발달해 중언과 쌍성, 첩운
의 숙자熟字를 즐겨 사용하고, 첩구疊句와 대구, 격구대隔句對를 쓰고
있는 것도 있다. 그런 까닭에 『시경』 삼백 편을 자세히 연구하면, 백대
의 시법이 여기에서 연원한 것임을 알 수 있다. 그런데 고운의 연구는
청나라 유학자에 이르러 크게 열렸다. 구옌우顧炎武는 이것을 10부로
나누고 쟝융江永은 13부로, 돤위차이段玉裁는 17부로 분류했다.

대저 사언은 삼백 편을 통한 정체인데, 그 밖에 삼언, 오언, 잡언
등의 체도 있다. 그러나 다음과 같은 것들은 예외이다.

螽斯羽, 詵詵兮.
宜爾子孫, 振振兮.

메뚜기 떼 지어 나니
네 자손이 번창하리로다.

(『시경』「주남周南 종사螽斯」)

誰謂雀無角, 何以穿我屋.	누가 참새에 뿔이 없다던고, 어째서 내 집 지붕은 뚫었노.
誰謂女無家. 何以速我獄.	누가 그대에게 집이 없다던고, 어째서 나를 옥에다 가두려 하노.
雖速我獄, 室家不足.	아무리 나를 가두어 놓으려 한대도, 시집은 만족하지 못하옵네.

(『시경』「소남召南 행로行露」)

殷其雷, 在南山之陽.	은은한 천둥 소리. 남산 남녘에 있네.
何斯違斯, 莫敢或遑.	그대 한 번 떠나시더니, 그리고 겨를이 없으신가.
振振金子, 歸哉歸哉.	미쁘신 미쁘신 님이여, 돌아오소라. 돌아오소라.

(『시경』「소남召南 은기뢰殷其雷」)

爰采唐矣, 沫之鄕矣.	새삼 캐러 간다고, 매沫 고을에 갔었네.
雲誰之思, 美孟薑矣.	그 누구를 생각하고 갔노, 어여쁜 강 씨네 집 큰 애기지.
期我乎桑中, 要我乎上宮,	뽕나무 밭에서 나를 만나자 하고 상궁上宮에서 나를 맞고
送我乎淇之上矣.	기수 위에서 나를 보내 주네.

(『시경』「용풍鄘風 상중桑中」)

춘추시대 후기로 접어들면 주 왕실이 점차 쇠미해져 시를 채집하는 일도 중지되었고, 전국시대로 내려가면 전쟁이 빈발하는 지경에 이르러, 시를 노래하는 소리가 [전쟁터의] 북 소리에 압도되어, 시는 사라지고 음악은 폐지되었다. 그러나 여러 책에서 산견되는 당시의 속요의 경우 원래부터 사언체가 많았다.

甌窶滿篝, 汙邪滿車,	고지대의 밭에서도 [농사가 잘 되어] 수확이 광주리에 가득하고, 저지대의 밭에서도 [농사가 잘 되어] 수확이 수레게 가득하게 해주소서.
五穀蕃熟, 穰穰滿家	오곡이 번성하여 잘 익어서 집안에 가득하게 하여 주소서.

(『사기』「골계열전滑稽列傳」)

天下熙熙, 皆爲利來	천하의 사람들이 즐거운 모습으로 모두 이익을 위해 왔다가
天下攘攘, 皆爲利往	어지럽게 뒤얽혀 모두 이익을 위해 간다.

(『사기』「화식열전貨殖列傳」)

楚雖三戶, 亡秦必楚	초가 비록 성씨가 셋이나, 진을 망하게 하는 것은 반드시 초일 것이다.

(『사기』「샹위 본기項羽本紀」)

寧爲雞口, 無爲牛後	차라리 닭 대가리가 될지언정, 소 꼬리는 되지 않겠다.

(『전국책』「한책韓策」)

한나라 초기 고조의 「홍곡가鴻鵠歌」, 당산부인唐山夫人의 「안세방중가安世房中歌」, 웨이멍韋孟의 「풍간시諷諫詩」, 둥팡쉬東方朔의 「시자시試子詩」 등은 모두 사언의 형식을 취하고 있다. 양梁의 런팡任昉의 『문장연기文章緣起』에서는 "사언시는 전한 초왕의 부傅인 웨이멍이 초의 이왕夷王 마오戊를 간하는 시"라고 기술했다. 대저 그 서사와 포사布詞가 자연스레 일체가 되어 한위 이후의 사법이 되었기 때문이다. 그러나 무제 때가 되어 오언의 신체시가 나오고 나서 사언은 점차 쇠퇴하였다. 다만 악부에서는 여전히 사언체가 행해졌는데, 특히 위 무제[차오차오曹操]가 사언시에 가장 뛰어나, 삼백 편 이외에 스스로 기향奇響을 들은 것으로 칭해졌다.

제2항 오언고시

오언시와 칠언시는 한대에 일어난 신체시다. 멀리 그 연원을 찾아보면 『시경』 중에 오언과 칠언의 구가 없는 것은 아니지만, 온전히 오언, 칠언으로 한 장을 이루고 있는 것은 없다. 오히려 남방의 『초사』 중에는 오언, 칠언의 곡조가 많이 보인다. 이를테면, 앞서도 인용한 바,

帝子降兮北渚, 目眇眇兮愁予. 상부인께서 북쪽 물가에 내리시니, 눈이 아찔하며 근심에 차는도다.

嫋嫋兮秋風, 洞庭波兮木葉下 한들한들 가을바람이 이니 둥팅 호의 물결이 일고 나뭇잎 지는도다.

「상부인湘夫人」(『구가』)

이와 같은 것이다. 초한지제의 영웅은 남방에서 많이 나왔기에 일시에 초성楚聲이 크게 유행하였다. 한이 천하를 통일하고 예악제도를 정하자 문학에서도 북방의 고시와 남방의 『초사』가 병용되고 여기에 수정이 가해진 오언, 칠언의 신체시가 나왔다. 사언의 시는 상2 하2로, 지나치게 정제整齊되어 변화가 부족한 아쉬움이 있었다. 오언의 경우에는 상2 하3이고, 칠언의 경우에는 상4 하3으로 물살이 거세게 흘러가는 듯한流宕 흥취가 대단히 많이 있다. 게다가 사언은 글자 수가 적어, 사상이 점점 복잡해짐에 따라, 이것을 표현함에 있어 글자 수가 부족한 답답함을 느낄 뿐 아니라, 이미 전대에 충분히 숙성했기에, 인간의 감정의 새롭고 기발함을 좇아 결국 오언과 칠언의 신체시가 유행하기에 이르렀던 것이다. 다만 칠언 이상은 유창流暢함을 잃고, 거기에 사람의 성량의 제한도 있는 까닭에, 노래하기에는 너무 길다는 혐의가 있다.

이것이 곧 칠언 이상의 신체新體가 나오지 않은 이유가 될 것이다.

대저『문장연기』등에서는 오언시는 쑤우蘇武와 리링李陵에서 비롯되었다고 하였고, 후세에도 이것을 신봉했지만, 과연 [그들이 지었다는 오언시가] 그들의 원작인지도 의문이다. 게다가 그 이전에 이미 메이청枚乘과 리옌녠李延年 등이 오언을 지어『옥대신영玉臺新詠』에 실려 있었다.『문선』에 있는 유명한 고시 19수는 시의 어머니라 칭해지는데, 모두 작자를 알 수 없다. 그 중에는『옥대신영』에 메이청이 지은 것이라고 명기된 것이 있다. 이것을 요약하면 오언시는 한 무제 때 창시되었다고 해도 좋을 것이라 생각한다. 무제 때는 한나라가 일떠세워지고 바야흐로 백년의 문물제도가 찬연하게 갖추어졌다. 여기에 새롭게 외국과의 교통도 열려 인도와 그리스의 문명을 수입되었으며, 특히 악부를 설치해 신성新聲이 일어났을 때였기에, 그 성세를 틈타 유려한 곡조의 청려한 오언의 신체시가 생겨난 것은 당연한 것이었다. 여기에 호악胡樂의 영향 등도 있었을 것이다. 이보다 뒤인 한위육조를 관통해 오언이 시의 정체였다.『문체명변』에서는 오언시를 다음과 같이 논했다.

> 한대의 쑤우와 리링에 이르러 비로소 하나의 편을 이루었다. 이것을 이어받아 한과 위에서 크게 발전해, 진과 송에서 성행하다가 진과 수에 이르러서는 옛 곡조가 끊어졌다.(『문체명변』「오언고시 상」)6)

또『문심조룡』에서는 이렇게 말했다.

---

6) 원문은 다음과 같다. "逮漢蘇李, 始以成篇. 嗣是汪洋於漢魏, 汗漫於晉宋, 至於陳隋而古調絶矣.(『文體明辨』「五言古詩 上」)"

대저 사언은 정통의 시형으로 우아, 풍윤을 근본으로 하고, 오언시는 통속적인 시형으로 청신, 화려를 근본으로 한다. 이 두 개의 시형에 있어서 형식과 내용의 상이한 작용은 다름 아닌 시인의 재능에 달린 것이다.7)

시험 삼아 『문선』과 『옥대신영』에서 몇 수를 들어 참고하도록 한다.

行行重行行, 與君生別離.	가고 가고 또 가고 가시니, 그대와 생이별을 하였네라.
相去萬餘裏, 各在天一涯.	서로 만여 리나 떨어져, 각기 하늘 한쪽 끝에 있는 듯.
道路阻且長, 會面安可知.	길은 험하고 머니, 만나 볼 날 어찌 알 수 있으리.
胡馬依北風, 越鳥巢南枝.	호마는 북풍에 의지하고, 월조는 남쪽 가지에 둥지를 튼다는데,
相去日已遠, 衣帶日已緩.	서로 떨어진지 하도 오래되어, 옷과 허리끈조차 이미 헐거워졌네.
浮雲蔽白日, 遊子不顧返.	뜬 구름 백일을 가렸기로, 나그네는 돌아오지 않네.
思君令人老, 歲月忽已晩.	그대 생각에 늙어만 가고 세월은 문득 저물어 가노라.
棄捐勿復道, 努力加餐飯.	저버린다 해도 더 이상 말하지 않으려니, 그저 밥이나 잘 드시길.
迢迢牽牛星, 皎皎河漢女.	멀고 아득한 견우성, 밝고 밝은 직녀성
纖纖擢素手, 劄劄弄機杼.	섬섬옥수를 내밀어, 찰카닥 찰카닥 베틀에 북을 던지며
終日不成章, 泣涕零如雨.	종일토록 무늬를 넣지 못하며, 눈물 비 오듯 흘린다.

---

7) 원문은 다음과 같다. "若夫四言正體. 則雅潤爲本; 五言流調, 則淸麗居宗, 華實異用, 惟才所安."(『文心雕龍』)

河漢淸且淺, 相去復幾許.　　은하수는 맑고도 얕은데, 두 사람 사이는 얼마나 떨어져 있는가?

盈盈一水間, 脈脈不得語.　　찰랑찰랑 물 한 가닥이지만, 말똥말똥 말을 하지 못한다.

(『고시 19수』)

시 네 수詩四首 쑤우蘇武

結髮爲夫妻, 恩愛兩不疑.　　그대와 머리 묶고 부부가 되었네라. 우리 둘 은혜와 사랑 의심치 않았지.

歡娛在今夕, 嬿婉及良時.　　오늘 밤 환락과 즐거움, 얼마나 아름다운 시간이런가.

征夫懷遠路, 起視夜何其.　　나는 먼길 떠나야 하니, 일어나 보니 한밤중 몇 시나 되었나.

參辰皆已沒, 去去從此辭.　　별은 모두 이미 졌고, 이제 가야 하니 이별일세.

行役在戰場, 相見未有期.　　전장에 행역을 나가면, 다시 볼 날 기약 없어,

握手一長嘆, 淚爲生別滋.　　손 잡고 장탄식하니, 생이별에 눈물짓네.

努力愛春華, 莫忘歡樂時.　　봄날의 영화 힘써 사랑할지니, 즐거웠던 시절 잊지나 말게.

生當復來歸, 死當長相思.　　살아 있다면 다시 돌아올 것이고, 내 죽더라도 오래 기억해주소.

(그 세번째 「이별하는 처에게 남김留別妻」)

쑤우에게 주는 시 세 수與蘇武詩三首 리링李陵

攜手上河梁, 遊子暮何之.　　손잡고 강가의 다리 위 오르니, 나그네 황혼 무렵 어디로 가는고

徘徊蹊路側, 悢悢不得辭.　　길 가 배회하며 한스러워 이별의 말도 못하네

行人難久留, 各言長相思.　　길 떠나는 이 오래 머물기 어려워, 각자 긴 그리움 늘어놓네.

安知非日月, 弦望自有時.　　어찌 알겠는가. 달이 아니면 차고 이지러짐에 때가 있는 것을

努力崇明德, 皓首以爲期.　　우리 서로 험한 꼴 보이지 말고, 늙더라도 서
　　　　　　　　　　　　　　로 만날 날 기약하세나.

　　　　　　　　　　　　　　　　　(그 세 번째【其三】)

제3항 칠언고시

　칠언고시도 초성楚聲에서 비롯되었다. 초한지제에 샹위項羽의「해하
가垓下歌」, [한] 고조 {류방}의「대풍가」(뒤에 나옴)는 모두 칠언이다.
이것들은 실제로 한대 칠언시의 남상이다. 기타 무제의「추풍사秋風
辭」,「호자가瓠子歌」와 오손공주의「비수가悲愁歌」등은 모두 칠언으로
초성楚聲을 띠고 있다.

　비수가悲愁歌
　　(『한서』「서역전」에서 원봉元封 중에 강도왕江都王 류젠柳建의 딸 시쥔細君
　을 보내 공주로 삼고, 이로써 우쏜烏孫의 쿤모昆莫의 처가 되었는데, 쿤모가
　나이가 많고 언어가 통하지 않으매 공주가 이를 슬퍼해 스스로 노래를 지은
　것이다.)

　吾家嫁我兮天一方, 遠托異國兮烏孫王.　우리 집에서는 나를 시집보내 하늘
　　　　　　　　　　　　끝 닿은 곳, 먼 이국 땅 오손 왕에게 의탁하네.
　穹廬爲室兮氈爲牆, 以肉爲食兮酪漿.　파오를 집으로, 양탄자를 담장으로 삼
　　　　　　　　　　　　네. 고기 먹고 짐승 젖 마시네
　居常土思兮心內傷, 願爲黃鵠兮歸故鄉　여기 살며 고향 그리다 마음 상하노
　　　　　　　　　　　　니. 원컨대 한 마리 학이 되어 고향으로 돌아갈거나.

　『문장연기』등에서는 칠언시는 무제의 백량柏梁 연구連句의 시에서
비롯되었다고 했는데, 백량대 연구의 시는 확실하게 위작이다. 한대에
는 그 예가 적고, 겨우 후한 장헝張衡의「사수시四愁詩」가 있는 정도이
다. 이것 또한 『초사』를 따라 지은 것이다.

我所思兮在太山.	내가 그리는 [미인은] 태산에 있어.
欲往從之梁父艱	그리 가서 그를 좇고 싶으나 [태산 아래 작은 산인] 양부가 험난하네.
側身東望涕沾翰	몸 기울여 동쪽 바라보매 눈물이 옷소매 적시누나.
美人贈我金錯刀	미인이 내게 금착도를 보내니
何以報之英瓊瑤	어찌 보답할까. 내겐 아름다운 옥구슬 있건만
路遠莫致倚逍遙	길이 멀어 보낼 길 없으니 하릴 없이 거닐어 볼 뿐
何爲懷憂心煩勞.	어쩔거나 가슴 속 우울하니 마음만 번거롭네.

　　한위 육조를 관통해 오언이 유행했기에 칠언시는 겨우 악부가행에 사용되었을 따름이다. 위 문제[차오피曹丕]의 「연가행燕歌行」, 천린陳琳의 「음마장성굴행飮馬長城窟行」, 진晉의 푸쉬안傅玄의 「거요요편車遙遙篇」, 무명씨의 「백저무가시白紵舞歌詩」, 「룽상가隴上歌」, 송宋의 바오자오鮑照의 「행로난行路難」, 「백저무가사白紵舞歌辭」를 대신한 양 무제의 「동비백로가東飛伯勞歌」와 같은 것은 모두 걸작이다. 그런데 나는 특히 후뤼진斛律金의 「칙륵가勅勒歌」의 자연스럽고 고고함을 사랑한다.

칙륵가勅勒歌

敕勒川, 陰山下.	칙륵천, 음산 아래
天似穹廬, 籠蓋四野.	하늘은 파오 같이 사방 들녘을 뒤덮고,
天蒼蒼, 野茫茫.	하늘은 푸르고 들판은 아득하다.
風吹草低見牛羊	바람 불어 풀이 누우니 소와 양이 보이네.

　　당에 이르면 오언시가 점차 쇠퇴하고 칠언시가 크게 성행하게 된다. 초당사걸이라 칭해지는 왕보王勃, 양중楊炯, 루자오린盧照鄰, 뤄빈왕駱賓王은 완곡하고 유창하고 아름다움婉轉流麗을 근본으로 삼았고, 성당의 리바이李白와 두푸杜甫 두 대가는 종으로 횡으로 극히 거침이 없었으며逸宕縱橫, 중당의 한위韓愈와 바이쥐이白居易는 각각 그 나름의 큰

붓을 휘둘러 당의 칠언시는 공전의 성황을 드러내 보였다. 근체 율시
는 새롭게 당대에 일어났는데, 호걸지사는 그런 시류를 타지 않고 고
풍을 배우는 데 힘쓰고, 율조律調에 구속됨이 없이 자유롭게 종횡으로
재필才筆을 휘둘러 웅심호탕雄深豪宕한 대작에 힘을 썼다. 이것이야말
로 리바이나 두푸, 한위, 바이쥐이가 대가라 칭해졌던 이유이다.

　그렇기에 당대 사람들의 고시는 당연하게도 육조 이전의 고시와 그
취향을 달리했다. 곧 육조의 고시는 근체 율시의 도식이 아직 정해지
기 이전의 작품인데, 당대 사람들의 고시는 율시의 도식이 정비된 뒤
의 것이라서 힘써 율조에 빠지는 것을 피했다. 시험 삼아 근체 율시의
법칙과 다른 주된 점을 들어보면 다음과 같다.

　1. 구수句數에 제한이 없다.
　2. 율조를 피한다.
　3. 압운법이 다양하다.
　4. 환운이 허용된다.
　5. 통운이 허용된다.

　압운, 환운법은 고시 운범韻範에 소상하고, 통운은 앞의 표에서 밝혀
두었다. 환운 격은 사걸이 즐겨 사용했는데, 거의 고시의 통칙通則이
되었다. 또 '하나의 운으로 끝까지 가는 것一韻到底格'도 있다. 두푸와
한위 두 대가가 이것을 많이 사용했는데, 평운의 경우와 측운의 경우
가 있다. 환운 격과 측운의 도저到底 격은 율시의 압운법과 전혀 다르
기에, 구 안에서의 평측은 율시의 평측에 따라도 상관이 없지만, 평운
의 도저 격에서는 압운법이 율시와 비슷하기에 그 평측은 율조에 빠지
는 것을 피해야 한다. 리바이의 「산중문답」 시의 예에 관해서 보면,

問餘何*事棲碧*山	묻노니, 왜 푸른 산에 사는가
笑而不*答心*自閑	웃으며 답하지 않지만 마음은 저절로 한가롭네.
桃花流*水杳然*去	복숭아꽃 물 따라 아득히 흘러가니,
*別有天地*非*人*間	이곳은 인간세계가 아닌 별천지라네.

위와 같이 네 번째 글자는 통해서 측자를 쓰고, 압운구의 다섯 번째 글자를 평으로 하고, 측자 구의 다섯 번째 글자는 측으로 하며, 또 네 번째 구를 평삼련平三連[한시의 절구나 율시에서 뒤의 세 글자가 평성으로 이어진 것. 변격變格이라 하여 기피하였지만, 당시唐詩에는 이것을 지키지 않은 시구도 있음; 옮긴이]으로 하는 것 같은 것은 전혀 율시, 절구의 법칙에 맞지 않는다.

제3절 근체

제1항 율시

시는 본래 노래를 읊조리는 것詠歌이다. 한대 이후에는 완전히 악부와 갈라져 노래로 읊조리지 않게 되었는데, 율어律語를 쓰고 있는 이상 성률을 존중하지 않을 이유가 없다. 그런 까닭에 시인은 특히 의도하는 바를 수사법을 써서 여러 가지로 머리를 짜내고 공을 들인다. 한위漢魏의 시는 오로지 질質을 숭상했는데, 육조에 이르면 화華를 크게 중시하게 되니, 진晉의 루지陸機와 판웨潘嶽가 나와 일변하여 배우排偶의 단초를 열었고, 송의 셰링윈謝靈運, 옌옌녠顔延年과 제齊의 셰탸오謝朓에 이르러 재변, 삼변하여 려구儷句가 점점 더 많아졌다. 『시수詩藪』에서는 다음과 같이 기술했다.

[육조시기] 진과 송의 교체기에 고금의 시의 도리가 크게 한계를 보였다. 위가 한을 계승한 뒤 비록 점차 화미함을 숭상하긴 했으나, 순박한 여풍은 희미하나마 아직 남아 있었다.……루지陸機와 판웨潘嶽에 이르러 일변하며 배우排偶가 열렸으며, 셰링윈謝靈運과 리옌녠李延年에 이르러 다시 한 번 변하여 배우가 성했다. 셰탸오謝朓에 이르게 되면 세 번째 변하여 배우가 더욱 정교해지고 순박함은 더욱 사라져 한대의 도리가 다하였다.[8]

이제 그 예를 하나 둘 들어보면 셰링윈의 시에 다음과 같은 것이 유명하다.

「스닝의 들녘을 지나며過始寧墅」
白雲抱幽石　　흰구름 그윽한 산속의 돌을 뒤덮고
綠筱媚淸漣　　푸른 조릿대 아름답고 맑고 끼끗하다.

「연못 위 누각에 올라登池上樓」
池塘生春草　　연못에 봄풀이 나니
園柳變鳴禽　　정원의 버드나무 가지 위 우짖는 새도 바뀌었네.

셰탸오의 「입조곡入朝曲」에 이르면, 거의 려구로 이루어져 있다.

「입조곡入朝曲」 셰탸오謝朓
江南佳麗地 金陵帝王州　　강남의 아름다운 땅, 금릉은 제왕의 도읍
逶迤帶綠水 迢遞起朱樓　　구불구불 녹수가 둘러 있고, 높은 산봉우리
　　　　　　　　　　　　사이 붉은 누각 언뜻언뜻
飛甍夾馳道 垂楊蔭禦溝　　날아갈 듯 용마루 사이로 치도가 놓여 있고,
　　　　　　　　　　　　늘어진 버들은 궁궐 도랑에 그늘 드리우네.

---

8) 원문은 다음과 같다. "晉宋之交, 古今詩道之大限乎. 魏承漢後, 雖浸尚華靡, 而淳樸餘風, 隱約尚在……士衡安仁一變而排偶開矣. 靈運延年再變而排偶盛矣. 玄暉三變而排偶愈工, 淳樸愈散, 漢道盡矣."

凝笳翼高蓋, 疊鼓送華軸　늘어진 피리소리 수레 덮개 위로 나르고, 둔 중한 북소리 화려한 수레를 보내네.

獻納雲臺表, 功名良可收　운대에 올린 표가 받아들여지면 공명을 얻을 수 있으리.

　제齊와 양梁에 걸친 시기에는 사성에 대한 논의가 크게 일어 선웨沈約 등이 시의 팔병을 논하고 시를 지을 때는 평측을 정비해야 한다고 말했다. 진陳의 쉬링徐陵과 북주北周의 위신庾信에 이르러는 체제가 점차 엄격해져 당시의 선구가 되었다. 따라서 그 중에는 그 평측이 당시와 거의 구별하기 어려운 것도 있다.

「영회시를 본떠서擬詠懷」 위신庾信
제26其二十六

蕭條亭障遠, 凄慘風塵多　멀리 있는 정자 쓸쓸하니, 이 풍진 세상사 얼마나 처참한가.

關門臨白狄, 城影入黃河　문을 닫으매 오랑캐 임하고, 성의 그림자 황허에 들어가네.

秋風別蘇武, 寒水送荆軻　가을바람 쑤우蘇武와 이별하고, 차가운 강물은 징커荆軻를 보내네.

誰言氣蓋世, 晨起帳中歌　뉘라서 기개세를 말하는가? 새벽이 일어나 휘장 안에서 노래하놋다.

　당대에 이르러 성율과 대우법은 점차 엄격함이 더해졌는데, 선취안치沈佺期, 쑹즈원宋之問 등은 마침내 각고의 노력으로 성세聲勢를 안정시켜, 오 칠언 팔구의 시식을 정하고, 율시라는 명칭을 만들었다. 여기서 평측의 도식이 온전히 정해졌다. 그런 까닭에 후대에는 이 두 사람을 율시의 비조라 칭한다.

　다음에 오언 측기식을 제시한다.

정격(측기)　　춘망春望　　두푸杜甫

기련 起聯	●●○○●	國破山河在, 나라는 엉망이지만 산천은 그대로인데
	○○●●○	城春草木深. 봄이 되니 성의 초목이 무성하네.
함련 頷聯	○○○●●	感時花濺淚, 시절을 생각하니 꽃이 나의 눈물 흩뿌리게 하고,
	●●●○○	恨別鳥驚心. 이별의 한은 새마저 나의 마음을 놀라게 하는구나.
경련 頸聯	●●○○●	烽火連三月, 봉화불(전쟁) 석 달 동안 계속되니
	○○●●○	家書抵萬金. 집안의 소식은 만금보다 값지도다.
미련 尾聯	○○○●●	白頭搔更短, 흰머리를 긁으니 또 짧아지고,
	●●●○○	渾欲不勝簪. [남은 머리를] 다 모아도 비녀도 꽂지 못하겠구나.

평성　침운侵韻

위의 도식에서 첫 번째 구 두 번째 글자를 측성으로 썼기 때문에 측기라 하는데, 같은 글자를 평성으로 쓰면 평기라 한다. 그런데 오언에서는 측기를 정격으로 하고, 평기를 편격偏格이라 한다. 칠언은 그 반대로 평기가 정격이고, 측기는 편격이다.

편격(평기)　　등악양루登嶽陽樓　　두푸杜甫

기련 起聯	○○○●●	昔聞洞庭水, 예부터 동정호는 들어 왔었지만
	●●●○○	今上嶽陽樓. 이제 그 악양루에 오르니
함련 頷聯	●●○○●	吳楚東南坼, 오와 초 땅은 동남으로 탁 트였고,
	○○●●○	乾坤日夜浮. 하늘과 땅은 밤낮으로 물에 떠 있구나.
경련 頸聯	○○○●●	親朋無一字, 친척과 벗은 편지 한 장 없고,
	●●●○○	老病有孤舟. 늙어 병 든 몸 외로운 배로 떠돌다니.
미련 尾聯	●●○○●	戎馬關山北, 고향 산 북녘은 아직 난리판이라,
	○○●●○	憑軒涕泗流. 난간에 기대어 눈물만 흘리네

평성　우운尤韻

칠언율시는 전적으로 당대 사람들의 창안이다. 오언과 달리 첫 번째 구는 압운하는 것을 통칙通則으로 한다. 다만 압운하지 않는 경우는 이것을 '후미오토시踏落'[9]라 하고, 변조變調라 해둔다. 이것은 칠언절 구에서도 똑같다. 아래에 칠언율시 평기와 측기의 도식을 제시한다.

정격(평기)　　야망野望　　두푸杜甫

기련	○○●●●○○	西山白雪三城戍,	눈 덮인 서산에 삼성의 방비 삼엄하고
起聯	●●○○●●○	南浦淸江萬裏橋.	성 남쪽 강물 위로 만리교 걸려 있네
함련	●●○○○●●	海內風塵諸弟隔,	나라 안 전쟁 통에 형제들과 떨어져 있어
頷聯	○○●●●○○	天涯涕淚一身遙.	외로운 몸 되어 세상 끝에서 눈물 짓네
경련	○○●●○○●	惟將遲暮供多病,	나이 들어가면서 몸에 병만 느는데
頸聯	●●○○○●○	未有涓埃答聖朝.	나라와 백성 위해 보답한 게 없네
미련	●●○○●●●	跨馬出郊時極目,	말 타고 밖으로 나가 먼 곳 볼 때마다
尾聯	○○●●●○○	不堪人事日蕭條	산다는 게 쓸쓸해서 견딜 수 없네

평성　소운蕭韻

편격(측기)　　촉상蜀相　　두푸杜甫

기련	●●○○○●○	丞相祠堂何處尋?	승상의 사당은 어느 곳에서 찾나
起聯	○○●●●○○	錦官城外柏森森.	금관성 밖 빽빽한 잣나무 숲
함련	○○●●○○●	映階碧草自春色,	섬돌 옆 푸른 풀에 봄빛 짙고
頷聯	●●○○○●●	隔葉黃鸝空好音.	나무 사이 꾀꼬리 울음 홀로 맑다
경련	●●○○○●●	三顧頻煩天下計,	삼고초려는 천하를 위한 계책
頸聯	○○●●●○○	兩朝開濟老臣心.	두 조정 열어 보좌한 늙은 신하의 마음
미련	○○●●○○●	出師未捷身先死,	출전하여 승리하지 못한 몸이 먼저 죽으니
尾聯	●●○○●●○	長使英雄淚滿襟.	후세 영웅들의 눈물이 옷깃에 가득하구나

평성　침운侵韻

　여기서 율시의 규칙의 대강을 간추려서 말하자면 얼추 다음과 같다.

---

9) '후미오토시踏落'는 칠언절구나 칠언율시의 첫 번째 구 말에 운을 쓰지 않는 것이나 그와 같은 시를 말하는데, 이 용어는 일본에서만 쓰는 것이다.

(1) 이사부동二四不同, 이륙대二六對

조구造句법은 오언에서는 상이上二, 하삼下三이고, 칠언에서는 상사上四, 하삼下三으로, 사는 곧 이二·이二로 이루어져 있다. 두 글자의 숙자熟字는 첫 번째 자보다 두 번째 자 쪽이 중하고, 세 글자로 구를 이루는 경우는 가운데 글자가 중하기 때문에, 그래서 한 구절 가운데 2, 4, 6의 평측을 중히 여기는 것이다. 곧 오언에서는 이사부동이 되고, 칠언에서는 다시 이륙대가 더해진 것이다. 따라서 1과 3의 평측은 비교적 가볍고, 고평孤平[제4자의 평이 측과 측 사이에 끼인 것; 옮긴이]이 되지 않는 한 마음대로 해도 좋다. 다만 압운구의 제5자는 측이 되어야 하는 것을 원칙으로 하기에, ○●○로 하는 것은 예외다. 그러나 이것은 많이 보는 예로, 月落烏啼霜滿天(달 지고 까마귀 울며 서리는 가득한데)과 같은 것이다. 또 측자구의 ○●●를 ●○●로 바꾸는 것도 허용된다. 이를테면 宮女如花滿春殿(꽃 같은 궁녀가 춘전에 가득하다) 같은 것이다. 그러나 ○○●를 ●○●로 하는 것은 이륙대의 법칙에는 벗어나지 않지만, 이쪽이 오히려 규칙에 어긋난다. 春潮帶雨晩來急, 野渡無人舟自橫(봄의 조수가 비를 띠고 저녁에 급히 오고, 들판을 건너니 사람은 없고 배 홀로 가로 놓여 있네)와 같이 ●○●이 되면 다음 구에서 ○●○으로 이어져 음률의 어울림에 고심하게 된다. 앞서 두푸 시의 自春色·空好音의 조구법이 이것과 동일한데, 모리 가이난도 그의 저서 『작시법』에서 이것을 논급했다.

(2) 점법粘法10)

첫 번째 구의 제2자가 평이면 두 번째 구의 제2자는 반드시 측이고, 다음으로 세 번째 구의 제2자는 측이고 네 번째 구의 제2자는 평으로 이어받는다. 곧 다음과 같다.

1X○
2X●
3X●
4X○
이것은 점粘이지만,
1X○(●)
2X○(●)
또는
1X○
2X●
3X○
4X●

와 같은 것은 모두 불점不粘이다. 이것을 요체拗體라 한다. 고시의 평운도저격의 평측이 율조에 빠지는 것을 피하는 것은 특히 이 점불점粘不粘의 법칙에 주의하고 또 압운구의 제5자도 평으로 하도록 되어 있다.

(3) 압운법

오언에서는 2, 4, 6, 8의 격구隔句에, 칠언에서는 여기에 제1구에서도

---

10) 오언율시에서 각 구의 2자와 4자, 칠언율시에서 2·4·6자가 각 연마다 평측이 달라야 한다. 이것을 '반법反法'이라 한다. 각 구의 2·4·6자들은 2구와 3구, 4구와 5구, 6구와 7구에 있어 같은 평측의 글자를 쓴다. 이것을 '점법粘法'이라 한다.

동일운을 압운하는 것이 원칙이다. 운은 평운이다. 그래서 오언의 제1 구에서 압운하고, 칠언의 제1구에서 압운하지 않는 것은 변조變調이다. 오언절구에서는 측운을 사용하는 예가 적지 않은데, 율시에서는 없다.

(4) 전련과 후련

첫 번째 두 번째 두 구를 기련起聯 또는 기구起句라 하고, 세 번째, 네 번째는 함련頷聯 또는 전련前聯이라 하고, 다섯 번째, 여섯 번째를 경련頸聯 또는 후련後聯이라 하고, 일곱 번째, 여덟 번째를 미련尾聯 또 는 결련結聯이라 한다. 기련에서 먼저 한 수의 지의旨意를 드러내고, 함련에서 이것을 계승하며, 경련에서 앞서의 지의를 돌려서 아래로 말을 전하면, 미련에서 전체의 뜻을 종합해 매조지하기 때문에, 절구 의 기승전결법과 똑같다(절구 조를 참조할 것). 그래서 기와 미 두 연 은 반드시 대구를 쓸 필요가 없는데, 전련과 후련은 반드시 대구를 쓰지 않으면 안 된다. 이것은 율시에서 극히 중요한 것이다. 대구는 이를테면, 문의 쌍선雙扇(두 짝 문)과 같고, 수레의 두 바퀴와 같이 정 확하게 자구를 좌우 대칭으로 배열하는 것이다. 실로 이거야말로 단음 절에 고립어인 중국어로서는 가장 적당한 수사법이다. 이를테면

> 氣蒸雲夢澤, 波撼嶽陽城. 운몽택은 수증기 뿜어내고, 파도는 저 악양성 그 림자 흔들고 있네.(명하오란孟浩然, 「동정호에 임하여臨洞庭」)

여기에서 대구는 '氣기와 '파波'가 명사고, '증蒸'과 '감撼'은 동사이 며, 또 '운몽택雲夢澤'과 '악양성嶽陽城'은 모두 고유명사로, 정확하게 서로 대를 이루고 있는 데다 평측이 서로 갈마들며 배열되어 있어 한 점의 간극도 없이, 그 뜻은 웅대하고 그 곡조는 엄정하니, 실로 당시 중의 유수한 명구이다. 또 바이쥐이白居易의 아래와 같은 시는 가장

인구에 회자되는 대구이다.

三五夜中新月色, 二千裏外故人心. 깊은 밤, 새로 떠오른 달빛은 이천 리 밖
에 떨어진 친구 그리는 마음이라. (「팔월 보름날 밤에 홀로 번을 서며 달을
보고 원구를 생각하다八月十五日夜禁中獨直對月憶元九」)

'三五夜'와 '二千裏'가 대가 되고, 이어서 '中'과 '外'가 대조가 되며,
또 '新月色'과 '故人心'은 '新'과 '故'가 제대로 대를 이룬다. 자못 평이
하니 아무런 어려움도 없는 듯한 곳에 사실은 작자의 비상한 고심이
있기 때문에 과연 '한 번 읊으면서 세 번 감탄하는一誦三歎' 묘미를 느
끼게 된다.

(5) 동일한 글자를 쓰지 말 것

오언율시 40자, 칠언율시 56자 가운데 동일한 글자를 반복해서는
안 된다. 다만 여기는 몇 개의 예외도 있다. 추이하오崔顥의 「황학루黃
鶴樓」 시에서, "昔人已乘黃鶴去, 此地空餘黃鶴樓. 黃鶴一去不復返, 白
雲千載空悠悠(옛사람 황학을 타고 날아가 버리고, 이곳엔 황학루만 남
았구나. 황학은 한 번 가고 돌아오지 않으니, 흰 구름만 천 년을 멀리
떠가네.)"와 같은 것이 있고, 또 이것을 배운 리바이李白의 「봉황대鳳凰
臺」 시에서 "鳳凰臺上鳳凰遊, 鳳去臺空江自流.(봉황대鳳凰臺 위에 봉
황새 노닐었다더니, 봉황새 떠나가 누대는 비었는데 강물만 절로 흐르
누나)"와 같은 것은 '황학'와 '봉황'의 글자를 첩용하고 있는데, 여기서
또 금기시해야 할 것은 '고평'과 '하삼련下三聯'이다.

(6) 고평孤平

고평은 ●○●●과 같이 상하의 측자 사이에 평성이 하나 끼어 있는

것이다. 그러나 이것은 상당히 많은 위례違例이다.

(7) 하삼련下三聯

아래 세 글자에 전평全平, 또는 전측全仄을 쓰는 것으로 극히 적은 예외이다. 이를테면 앞서의 "黃鶴一去不復返, 白雲千載空悠悠"나, 또 왕웨이王維의 「술을 따라 페이디에게 주다酌酒與裵迪」의 후련, "草色全經細雨濕 花枝欲動春風寒(풀빛은 가랑비라도 내려야 젖게 마련이고, 꽃가지 움 트려는데 봄바람은 아직 차갑네.)"같은 것들인데, 이것은 모두 요체拗體의 시이다.

율시는 위와 같이 극히 엄격한 규칙에 의한 것이다. 그러나 도식에 따르지 않은 예도 적지 않다. 이것을 요체라 하는데 변격이다. 그 일례를 들어보면 앞서의 왕웨이의 시와 같이 점법粘法이 도식에 맞지 않는다.

酌酒與裵迪(술을 따라 페이디에게 주다) 왕웨이王維
酌酒與君君自寬　　그대에게 술 한 잔 권하노니 마음 편히 지니시게
人情飜覆似波瀾　　세상 인정 뒤집어지는 것 출렁이는 파도와 같아
白首相知猶按劍　　오래도록 사귀어 온 사이에도 경계심 여전하고
朱門先達笑彈冠　　먼저 높이 되면 자기를 따르던 자 비웃는다네.
草色全經細雨濕　　풀빛은 가랑비라도 내려야 젖게 마련이고
花枝欲動春風寒　　꽃가지 움이 트려는데 봄바람은 아직 차갑네.
世事浮雲何足問　　세상일 뜬구름만 같으니 물어 무엇 하랴.
不如高臥且加餐　　조용히 지내며 맛있는 것 맘껏 먹느니만 못하다네

또 왕보王勃의 「등왕각滕王閣」 시와 같은 것은 얼핏 읽으면 율시 같은 느낌인데, 자세히 보면 점법이나 압운, 대구 등이 규칙에 맞지 않는다.

등왕각滕王閣 왕보王勃
滕王高閣臨江渚　　등왕의 높은 누각 강가에 임했네.

佩玉鳴鸞罷歌舞	패옥 소리 울리는 수레를 타고 오니 가무는 끝이 났다.
畫棟朝飛南浦雲	아침에는 화려한 기둥에 남포의 구름 날아오고,
珠簾暮卷西山雨	저녁 무렵 주렴으로 서산의 비가 밀려오네.
閑雲潭影日悠悠	한가로운 구름 연못 위 그림자지고 한적한 일상
物換星移幾度秋	사물이 바뀌고 별자리 옮겨가니 몇 번의 가을을 보냈는가.
閣中帝子今何在	누각 안의 등왕은 지금 어디에?
檻外長江空自流	난간 밖 장강은 하릴없이 흘러만 가네.

이것은 [사실은] 칠언고시이다.

덧붙여 율시와 절구의 격조에 대한 상세한 것은 나카이 치쿠산中井竹山의 『시율조詩律兆』에서 예를 들어 설명해놓았다. 실례에 대해서 보자면 정식으로 도식 그대로의 것은 격조가 까다로운 『당시선』에서도 어지간히 쉽게 찾아볼 수 있다. 약간의 예외가 허용되는 규칙이 마련되어 있다. 시성詩聖으로 우러르고, 법도가 삼엄한 것으로 이름 높은 두푸杜甫의 시에서조차 수많은 위례違例를 면치 못한다. 리바이李白 이하는 더더욱 그러하다. 그러나 [두푸나 리바이 같은] 대가는 그런 것에 구애받지 않지만, 초학자로 시를 짓는 이라면 함부로 그런 예외를 흉내 내서는 안 된다. 대구는 일본인들에게는 가장 익숙치 않은 것이긴 하지만, 시를 지을 때 중히 여겨야 할 것은 연聯이다. 실제로 근체율시는 당시의 정화精華로, 두푸, 왕웨이를 필두로 여러 대가가 가장 힘을 들인 것이다. 만약 시를 배운다면 율시를 짓지 않으면 안 된다. 힘든 만큼 또 더 한층 취미가 심화된다.

[부록] 배율

배율은 혹은 장율長律이라고도 하는데, 율시를 늘여놓은 체이다. 대우를 가지런히 하고, 평측을 점粘하며, 배치를 순서 있게 하고 수미가 관통하는 것이 필요하다. 평측은 사구일점四句一粘으로, 배열해서 100 운韻에 이르는 것도 상관없는데, 대체로 6운 12구나 8운 16구이다. 오언배율은 당나라 때 과장科場에서 취사取士하는 제도였다. 1, 2구를 기련, 3, 4구를 함련, 5, 6구를 경련, 7, 8구를 복련腹聯, 구, 10구를 후련이라 하고, 만약 아직 다 끝난 게 아니라면, 그 연에 두 구나 네 구를 보충해도 상관없다. 끝의 두 구를 미련尾聯이라 한다. 6운이든, 8운이든, 12운이든 그 법에 있어서 차이는 없다. 정情, 경景, 사事를 써서 기결起結, 포서鋪敍, 전절轉折, 전척展拓을 잘 안배해서 두중미대頭重尾大의 폐단이 되지 않게 하는 게 필요하다. 칠언배율은 그 예가 매우 적다. 상세한 것은 주인산朱飲山의 『천금보千金譜』에 기술되어 있다. 이와 연관해 기시다 긴코岸田吟香가 훈점訓點한 『시법찬론詩法纂論』은 『천금보』의 초록이다.

비서 차오졘이 일본으로 돌아감을 환송함送秘書晁監還日本 왕웨이王維

積水不可極, 安知滄海東	물 깊은 바다 끝을 알 수 없으니, 어찌 푸른 바다 동녘을 알 수가 있으리.
九州何處遠, 萬裏若乘空	구주는 어느 곳이 먼가, 만 리 먼 길 허공을 타고 가는 듯.
向國唯看日, 歸帆但信風	일본으로 향함에 해를 보고 갈 뿐, 돌아가는 배 바람에 의지할 뿐.
鰲身映天黑, 魚眼射波紅	대해의 거북 하늘에 비추어 검고, 고기의 눈 파도에 비쳐 붉네.
鄕樹扶桑外, 主人孤島中	고향의 수목은 부상 밖에 있고, 그대는 바다 위 고도에 있도다.
別離方異域, 音信若爲通	이별하니 곧 이역 땅이라. 소식은 어찌 전할꼬

비서 차오졘은 곧 아베노 나카마로阿倍仲麻呂[11]이다. 나카마로가 유학생이 되어 당으로 건너가 마침내 당에서 입사入仕해 이름을 죠코朝

衡로 바꾸고 비서감의 관직에 올랐다. [이 시는] 나중에 견당사를 따라 귀국 할 때 왕웨이王維가 준 시이다. 그런데 나카마로가 태풍을 만나 안남安南에서 표류하다 다시 당에서 입사해 하릴없이 미키사 산三笠山 이라는 유명한 시12)를 남기고, 당나라 땅의 귀신이 된 것은 천추의 한이 될 만한 일이다.

제2항 오언절구

절구 또한 당대의 신체시로 율시의 법칙에 따른 오, 칠언의 단시이 다. 『문체명변』에서는 다음과 같이 기술했다.

당나라 초기에 성운聲韻과 기세를 안정시키고 조화롭게 하면서 절구[라 는 형태]가 정해졌다. '절絶'이라는 말은 '절截'의 뜻이다. 곧 율시에서 그것 을 끊어낸截 것이다. 그러므로 무릇 뒤의 두 구절이 대가 되는 것은 앞의 네 구절을 끊어낸 것이고, 앞 두 구절의 대가 되는 것은 뒤의 네 구절을 끊어낸 것이다. 전편이 모두 대가 되는 것은 가운데 네 구절을 끊어낸 것이 다. 모두 대를 이루지 않는 것은 수미 네 구절을 끊어낸 것이다. 그런 까닭 에 당대 사람의 절구는 모두 율시라 칭한다.13)

---

11) 아베노 나카마로阿倍仲麻呂(698~770년)는 나라시대奈良時代의 견당유학생遣唐 留學生으로 중국명은 죠만仲満 后에 죠코우晃衡/朝衡라 하였다. 성은 아손朝臣으 로 스쿠이 다자이수이築紫大宰帥의 손자이자, 중무대보中務大輔・아베후나모리 阿倍船守의 장남이며, 동생은 아베오비마로阿部帯麻呂이다. 당에서 과거에 합격 하여 당조에서 여러 관직을 역임하고 고관에 올랐는데 일본으로 돌아오지 못하고 당에서 죽었다.

12) 이 노래는 『금석물어집今昔物語集』과 『고금집古今集』 등에 채록되었는데, 후자 의 「후서後序」에 의하면 귀국하기 위해 밍저우明州(현재의 닝보寧波)까지 온 나카마로가 송별의 연회에서 읊은 노래라고 한다.
翹首望東天, 神馳奈良邊 머리를 들어 동쪽 하늘을 바라보니, 마음은 내달려 나라 의 주변
三笠山頂上, 思又皎月圓 미키사사산의 정상, 생각하니 또다시 밝게 빛나는 둥근달

이 절구라는 것을 풀이해 율시를 끊어낸 것이라고 했다. 도식적으로 말하자면, 아주 타당한 의론이지만, 역사상의 발전을 무시한 그릇된 견해이다. 율시가 일어나기 전, 한위 육조 이래로 이미 오, 칠언 사구의 단시가 있었다. 이치카와 간사이市河寬齋는 그의 저서 『담당시선談唐詩選』 중에서 절구의 의미를 이야기하며 연구聯句로부터 끊어낸 것이라고 논했다. 곧 연구의 전편으로부터 각각의 사람이 지은 사구만을 절취截取해 자신의 집集 안에 넣은 것이라 단정했다. 그러나 이것 또한 견강부회의 설이다. 아마도 우리가 하이카이俳諧[유머러스한 와카和歌의 한 형식; 옮긴이]의 발구發口로부터 생각해낸 것이리라. 우노 시로宇野士朗는 일구일절一句一絶의 의미로 풀이했다. 이것은 타오위안밍陶淵明의 다음의 시와 연관해 말한 것이다.

春水滿四澤	봄 물은 사방의 못에 가득하고
夏雲多奇峯	여름 구름은 기이한 봉우리에 가득하네.
秋月揚明輝	가을 달은 밝은 빛을 드날리고
冬嶺秀孤松	겨울 산엔 외로운 소나무가 빼어나도다.

대저 오언절구는 한위의 소악부小樂府로부터 변화한 것이다. 그 초기에는 은어隱語를 쓰고, 해의諧意를 기탁하며, 연애를 기술한 것에 지나지 않았다. 『옥대신영玉臺新詠』에는 고절구古絶句 4수가 수록되어 있다. 그 첫 번째는 다음과 같다.

槁砧今何在	고침은 지금 어디에 있나?
山上復有山	산 위에 또 산이 있으니

---

13) 원문은 다음과 같다. "唐初穩順聲勢, 定爲絶句, 絶之爲言, 截也. 卽律詩而截之也. 故凡後兩句對者, 是截前四句, 前兩句對者, 是截後四句, 全篇皆對者, 是截中四句, 皆不對者, 是截首尾四句, 故唐人絶句, 皆稱律詩."

何當大刀頭　　어느 것이든 큰 칼의 머리가 되어야 하리
破鏡飛上天　　깨진 거울 하늘로 날아가네.

　이 시는 매 구에 은어를 사용하고 있다. '고침橋砧'은 '짚橋'을 자르
는 '모탕[나무를 패거나 자를 때에 받쳐 놓는 나무토막; 옮긴이]'으로,
자르는 것은 쇠이기에 '도끼鈇'의 의미를 연상시키고, 그 위에 ''도끼
부鈇'는 '지아비 부夫'와 동음이기 때문에, '고침'은 곧 '지아비'라는 뜻
을 가탁한 것이다. '산 위에 산이 있다'는 것은 '출出' 자이다. [그래서]
앞 두 구절은 지아비의 부재를 말하고 있다. '큰 칼의 머리大刀頭'에는
'고리環'가 [달려] 있다. '환環'은 '환還'과 동음의 가차자로 '돌아온다'
는 뜻으로 쓰였다. '깨진 거울破鏡'은 이지러진 달과 같다. 그러므로
뒤의 두 구절은 '우리 지아비는 이번 달 10일에 돌아온다는 뜻으로
연결된다.14) 결국 남녀가 서로 그리워 하는 정을 서술한 속요에 지나
지 않는데, 극히 질박하고 현실적인 데 묘미가 있다. 네 수 모두 한대
의 작품으로 후세의 오언절구의 남상이다. 다만 당시에는 아직 절구라
는 이름은 없었다. 그런 까닭에 『옥대신영』의 선자인 진陳의 쉬링徐陵
이 고절구라는 제명을 쓴 것이다.
　육조에 이르면 이런 류의 단시가 점차 많아졌다. 이를테면, 진晉의
쑨춰孫綽의 「정인벽옥가情人碧玉歌」 같은 것이 있다.

碧玉破瓜時　　푸른 구슬이 외를 깨칠 때

---

14) 이 시를 풀이한 대로 번역하면 다음과 같다.
　　서방님은 지금 어디 있나?
　　출타하셨네.
　　언제 돌아오시나?
　　열흘이 되면 오신다네.

郎爲情顚倒　　　님은 마음을 쏟아 사랑을 한다
感郎君不羞　　　낭군에게 마음을 느껴 부끄러워하지 않고
廻身就郎抱　　　몸을 돌려 님의 품에 안겼네

또 왕셴즈王獻之의 「정인도엽가情人桃葉歌」 같은 것도 그러하다.

桃葉復桃葉, 渡江不用楫　도엽이여 도엽이여, 강 건널 때 노 젓지 말게
但渡無所苦, 我自迎接汝　다만 건널 때 수고로움 없게 내 스스로 그대
　　　　　　　　　　　를 영접하리

특히 「자야오가子夜吳歌」(『악부시집樂府詩集』「청상곡사淸商曲辭」에 속함)가 크게 유행하였다. 자야는 진晉나라 때의 여자 이름으로 우吳 땅의 사람이었다. 처음 이것을 지은 것이 자못 애절하여 사람의 마음을 움직이니, 극히 당시 유행에 들어맞았기에, 후대 사람들이 이에 화답해 다시 사시四時의 행락行樂의 노래를 지으니, 이것을 「자야사시가子夜四時歌」라 하였다. 이것들은 모두 연가戀歌로 여기에도 역시 은어를 사용한 것이 있다. 먼저 일본의 오이와케부시追分節[15], 이소부시磯節[16]의 그런데 '봄은 기쁘구나きて春ははいれしや' 류이다.

春林花多媚, 春鳥意多哀.　봄 숲은 꽃이 아름답고, 봄 새는 애닯은 뜻이
　　　　　　　　　　　　많고녀
春風復多情, 吹我羅裳開.　춘풍은 다시 다정하게 불어 내 비단 치마 열

---

15) 오이와케부시는 일본 민요의 하나로, 본래 나카센도中山道의 오이와케追分(현재의 나가노 현長野県 남부의 지명) 역참에서 불렀던 애조를 띤 마부의 노래로, 후에 각지에 전해져 변화했다.
16) 이소부시는 이바라키 현의 태평양 연안 지역의 민요로, 원래 뱃노래船歌였는데, 뒤에 오오아라이大洗, 나가미나토那珂湊 지방의 자시키우타座敷歌(술자리에서 부르는 노래)로서 전국에 유행했다.

어제끼네.

(「자야사시가·춘가子夜四時歌·春歌」)

靑荷蓋綠水, 芙蓉發紅鮮.　　　푸른 연잎 녹수를 뒤덮고, 부용꽃은 선홍색
　　　　　　　　　　　　　　　　꽃을 피우네.

下有並根藕, 上生同心蓮.　　　그 아래로 연 뿌리 열고, 위로는 동심련[17]일세.

(「자야사시가·하가子夜四時歌·夏歌」)

憐歡好情懷, 移居作鄕裏.　　　내 그대 그리는 마음, 이사 가서 이웃이 되고
　　　　　　　　　　　　　　　　싶네.

桐樹生門前, 出入見梧子.　　　문 앞에 오동나무 심어놓으면, 오가며 나를
　　　　　　　　　　　　　　　　보리니.

(「자야사시가·추가子夜四時歌·秋歌」)

淵冰厚三尺, 素雪覆千裏.　　　연못 얼음 세 자 두께로 얼고, 흰 눈 천리를
　　　　　　　　　　　　　　　　뒤덮었네.

我心如松柏, 君情復何似.　　　내 마음 송백과 같으니, 그대의 정은 무엇에
　　　　　　　　　　　　　　　　비길까.

(「자야사시가·동가子夜四時歌·冬歌」)

위의 예에서 '연蓮'은 '연戀'과 통하고, '오자梧子'는 '오자吾子'의 가
차자이다. 아래로 내려와서 제齊와 양梁의 시기에는 명가의 작품도 적
지 않다. 다음에 그 유명한 작품을 들어보겠다.

옥계원玉階怨　　제齊　　셰탸오謝朓

夕殿下珠簾, 流螢飛復息.　　　저녁 무렵 전각에 주렴 드리우니, 떠다니는
　　　　　　　　　　　　　　　　반딧불이 날아와 쉬네.

---

17) 동심련同心蓮은 연꽃의 일종으로, '합환련合歡蓮'이라고도 한다. '연蓮'이 '연戀'
　　과 해음諧音이라 남녀 간의 연정을 비유적으로 말하기도 한다.

長夜縫羅衣, 思君此何極.　　긴 밤 비단옷 바느질하니, 그대 향한 그리움
　　　　　　　　　　　　끝이 없네.

야야곡夜夜曲　　양梁　　간문제簡文帝[18]
愁人夜獨傷, 滅燭臥蘭房　　근심에 휩싸여 야밤에 홀로 애끊네. 촛불 끄
　　　　　　　　　　　　고 향기로운 방에 누우니
只恐多情月, 旋來照妾床.　　다만 두려운 것은 저 다정한 달이 첩의 침상
　　　　　　　　　　　　을 휘돌며 비추는 것

이별시別詩 두 수二首 그 첫 번째其一　　판윈範雲
洛陽城東西, 長作經時別.　　뤄양 성 동서로 오랜 시간 이별하였네.
昔去雪如花, 今來花似雪.　　지난 번 가실 때는 눈이 꽃처럼 내리더니, 이
　　　　　　　　　　　　제 오실 때는 꽃이 눈처럼 내리네.

상송相送　　허쉰何遜
客心已百念, 孤遊重千裏.　　나그네 마음은 이미 오랜 그리움. 외로이 천
　　　　　　　　　　　　리 타향 떠도네.
江暗雨欲來, 浪白風初起.　　강은 어두울 녘 비 오려는데, 바람에 흰 파도
　　　　　　　　　　　　일어나네.

　위와 같이 격조格調는 거의 당의 절구와 다르지 않다. 그러나 당시에
는 평측이 아직 가지런하지 않고, 점법粘法 역시 아직 정해지지 않아,
당이 이르러 성운학이 열리고 율시의 법식이 정해지고 나서야 오, 칠
언절구의 체제도 이에 확립되었다. 다음에 오언절구의 평측도를 제시
한다.

　정격(측기)　　추포가秋浦歌 17수十七首　　리바이李白
　기●●○○●　　　　白髮三千丈 흰머리 삼천 길,

────────────

18)『전당시全唐詩』26권에는 당唐의 톈어田娥가 지은 것으로 나온다.

승○○●●○   緣愁似個長 근심 때문에 길어진 듯
전○○○●●   不知明鏡裏 모를레라 밝은 거울 안
결●●●○○韻   何處得秋霜 어디서 가을 서리 얻었을꼬

편격(평기)   전가춘망田家春望   가오스高適
기○○○●●   出門何所見 문을 나서니 뵈는 것 없고
승●●●○○   春色滿平蕪 춘색만 잡초 무성한 들판에 가득
전●●○○●   可嘆無知己 지기가 없음을 한탄하노라.
결○○●●○韻   高陽一酒徒 고양의 술꾼만 한 사람

위와 같은데, 첫 번째 구에 압운하고, 또 측운을 쓴 것은 변조이다.

이수이에서 송별하다於易水送人   뤄빈왕駱賓王
此地別燕丹, 壯士髮沖冠.   여기서 연단과 이별하니 장사의 두발은 관을 뚫었네.

昔時人已沒, 今日水猶寒.   그 옛날 사람 이미 없고, 지금은 물만 여전히 차네.

춘효春曉   멍하오란孟浩然
春眠不覺曉, 處處聞啼鳥   봄 잠에 빠져 새벽 온 줄 모르고, 곳곳에 새 우는 소리 들리네.
夜來風雨聲, 花落知多少   밤에 비바람 소리 이어지더니, 꽃은 얼마나 떨어졌을꼬.

위의 두 예는 모두 요체拗體이다.

대저 기승전결의 작법은 율시의 조에서 기술했는데, 기련, 함련, 경련, 미련과 다를 바 없다. 이것에 관해서는 유명한 소화笑話가 있다. 예전에 어떤 사람이 산요山陽19) 선생에게 절구의 작법을 문의했던 바,

---

19) 라이산요賴山陽(1781~1832년)는 오사카大阪에서 태어난 에도시대 후기의 역

다음과 같은 속요를 끌어다 기승전결법을 설명했다고 한다.

大阪本町絲屋の娘　　　오사카 혼마치 실 가게의 아가씨
姉は十六妹は十四　　　언니는 열여섯, 동생은 열넷
諸國諸大名は弓矢で殺す　여러 구니의 여러 다이묘는 화살로 죽이고
絲屋の娘は眼で殺す　　실 가게 아가씨는 눈으로 죽인다.

　곧 첫 번째 구의 "大阪本町絲屋の娘오사카 혼마치 실 가게의 아가씨"
는 이 노래의 발단이다. 두 번째 구는 실 가게 아가씨를 받아서 "姉は十
六妹は十四언니는 열여섯, 동생은 열넷"이라고 세세하게 설명을 덧붙인
것이다. 세 번째 구에서 실 가게 아가씨와 조금도 관계가 없는 여러
구니의 여러 다이묘를 끌어온 데다 화살로 죽인다고 하는 것은 완전히
사람들의 예상을 벗어난 것으로, 아주 의외인 듯하지만 실제로는 그렇
지 않다. 그 의미는 네 번째 구에 연결되어 "絲屋の娘は眼で殺す실 가
게 아가씨는 눈으로 죽인다"라고 하여 직접 앞 구절의 말을 받으면서,
동시에 첫 번째 구와 두 번째 구의 실 가게 아가씨를 주목하면서 전체
의 뜻을 매듭짓는다. 이것이 전·결 법이다. 이것을 요약하면, 첫 번째
구에서 말을 꺼내고, 두 번째 구에서 이어받고, 세 번째 구에서 의미를
전환시키고, 네 번째 구에서 전체를 매조지하는 것이 기승전결법이다.
그런데 이것은 자연의 법칙이다. 첫 번째, 두 번째 구에서 동일한 의미
를 서술하면, 세 번째 구에 이르러서는 기세를 돌려 다른 뜻을 서술하
지 않으면 안 된다. 그런데 애써서 전구轉句에서 잘 전환시켜도, 중요
한 결구가 제대로 받아주지 못하면, 어떻든지 간에 뜬금없게 되어 아

사가, 사상가, 문인이다. 아명은 히사다로久太郎이고, 본명은 노보루襄이다. 주
요 저서로 『일본외사日本外史』가 있는데, 막부 말기幕末의 존왕양이 운동에 영
향을 주었고, 일본사의 베스트셀러가 되었다.

래로 이어지지 않는데다가 전체를 거두지 못한다. 이것이 결구가 가장 어려운 까닭이다.

伊勢は津でもつ	이세는 츠 항구가 있어서 참배객이 많고,
津は伊勢でもつ	츠 항구는 이세신궁 참배객으로 번영한다.
尾張名古屋は	오와리, 나고야는
城でもつ	성이 지켜주고 있어 번영한다.[20]

또

阪は照る照る	언덕 아래는 햇살이 빛난다.
鈴鹿は曇る	스즈카 언덕은 흐리다.
あいの土山	그 맞은편의 츠치야마는
雨が降る	비가 내린다.[21]

위와 같은 것들은 기승전결법에 잘 맞아떨어질 뿐 아니라 그 압운법조차도 칠언절구 그대로이다. 만약 네 번째 구에서 다섯 번째 글자에 '아라'나 '사사' 같은 박자를 더한다면 그대로 일본어 칠언절구가 될 것이다.

제3항 칠언절구
칠언절구 또한 육조의 악부에서 나온 것이다. 다만 한위육조는 오언

20) 에도시대의 유명한 속요. "이세는~ 번영한다"에 보통 "오와리 나고야~"가 이어진다. 앞의 'もつ'는 '가지다持つ'의 의미이고, 나고야 쪽은 '보호하다, 지켜주다保つ'의 의미이다.
21) 역시 에도시대의 속요로, 여행자들이 츠치야마의 날씨가 변덕스러움을 노래로 부른 것이다.

의 세계이기에, 칠언은 오언보다 훨씬 뒤떨어졌다. 『시수詩藪』에서는 다음과 같이 기술했다.

> 『품휘品彙』에서 말하는 「협슬가」, 「오서곡」, 「원가행」은 절구의 시조이다. 내가 「오서곡」 네 편을 고찰하건대, 편마다 두 개의 운을 쓰고 있으니, 바로 샹위項羽의 「해하가垓下歌」 격으로, 당대 사람들 역시 이것을 많이 배웠다. 쟝충江總의 「원시怨詩」 졸장은 모두 대를 이루어 끝맺었으니, 절구의 정체가 아니다. 「협슬가」만큼은 음률이 조화롭지 않기는 하나, 체제는 실로 조화로우니 당의 절구는 모두 여기에서 왔다. 하지만 육조에는 이를 계승한 것이 특히 적다.[22]

「오서곡烏棲曲」은 『악부시집』에서 「청상곡사淸商曲辭」「서곡가西曲歌」에 속한다. 「서곡가」는 징荊, 잉郢, 덩鄧 지방의 유행가로 오늘날로 말하면 후베이湖北 서쪽 경계이다. 강남 지방의 오가吳歌와는 노래의 리듬이 다르다. 「오서곡」은 『옥대신영玉臺新詠』에 양梁의 간문제簡文帝의 것이 네 수, 양梁의 원제元帝의 것이 네 수, 양梁의 샤오쯔셴蕭子顯의 것이 세 수, 진陳의 쉬링徐陵의 것이 한 수 실려 있다. 그 중 간문제의 것 한 수를 들어본다.

青牛丹轂七香車	검은 소 붉은 바퀴 화려한 수레
可憐今夜宿倡家	가련토다. 오늘 밤 창가[23]에서 유숙하리
倡家高樹烏欲棲	창가의 높은 나무에 까마귀 깃들려 하네
羅帷翠被任君低	비단 휘장 비췻빛 이불 그대 위해 늘어져 있나니.

---

22) 원문은 다음과 같다. "品彙謂挾瑟歌, 烏棲曲, 怨歌行, 為絕句之祖. 餘攷烏棲曲四篇, 篇用二韻, 正項王垓下格, 唐人亦多學此, 江總怨詩卒章, 俱作對結, 非絕句正體也. 惟挾瑟歌, 雖音律未諧, 而體裁實協, 唐絕句鹹所自來, 然六朝殊少繼者."

23) 여기서 '창가倡家'는 고대에 음악과 가무에 종사하는 이들을 가리킨다.

여기서 '거車'와 '가家'는 같은 운이고, '서棲'와 '저低'는 다른 운으로 이구二句 환운법을 쓰고 있다. 양梁의 선웨沈約의 「춘일백저곡春日白紵曲」도 마찬가지다.

> 蘭葉參差桃半紅　　난초 잎 어슷비슷 복사꽃 반 붉고
> 飛芳舞縠戲春風　　흩날리는 꽃잎은 어지러이 봄바람 희롱하네
> ……
> 翡翠羣飛飛不息　　물총새 떼 지어 날아 쉼 없이 날아가네.
> 願在雲間長比翼　　원하노니 구름 사이로 길게 날갯짓 하려무나.

그런데 진陳의 쟝충江總의 「원시怨詩」(『악부시집』「상화가사相和歌辭」「초조곡楚調曲」)와 북제北齊 웨이서우魏收의 「협슬가挾瑟歌」(『악부시집』「상화가사」「잡가요사雜歌謠辭」)에 이르면, 첫 번째 구, 두 번째 구와 네 번째 구에 같은 운을 압운했다.

> 春風宛轉入曲房　　봄바람 완연하니 방안에 돌아들어
> 兼送小苑百花香　　오는 김에 작은 정원 갖가지 꽃 향기 보내오네.
> 白馬金鞍去未返　　백마에 금빛 안장 [탄 이는] 가고난 뒤 돌아오지 않고
> 紅妝玉筯下成行　　붉게 화장하고 두 줄기 눈물 흘리네.

평측 자체는 조화를 이루지 못하지만, 근체의 격조에 가깝다. 덧붙여 기타 제의 탕후이슈湯惠休의 「가사인歌思引」, 양梁 무제의 「백저곡白紵曲」, 양梁의 간문제, 원제와 샤오쯔셴의 「춘별春別」 등은 모두 칠언사구인데 세 번째 구에 압운했다.

> 秋寒依依風過河　　가을 한기 한들한들 바람은 강을 건너오고
> 白露蕭蕭洞庭波　　이슬은 쓸쓸히 동정호 파도 일고
> 思君末光光已滅　　그대의 은총을 그리나니 그 빛은 이미 사위고

眇眇悲望如思何　　아득히 서글픈 소망 생각한들 어이하리.

翻鶯度燕雙比翼　　멋대로 날아가는 꾀꼬리 제비는 쌍쌍이 날개를 견주고
楊柳千條共一色　　천 가닥 버드나무 한 가지 색일러라
但看陌上攜手歸　　두렁 길 손잡고 돌아가는 것 보네
誰能對此空相憶　　누가 이에 대고 공연한 추억에 잠기나.

그렇다면 칠언은 오언처럼 그리 멀리까지 거슬러 올라가지는 않고 대체로 제와 양에 이르러 비로소 일어난 것이다. 때마침 육조의 시운을 만났기에 세상에 널리 행하여지지는 못했고, 따라서 진陳과 수隋의 명가의 작품 중에도 많이 보이지 않는다. 그러나 수나라 말기 무명씨의 작품에 이르러서는 다음과 같이 점법粘法도 잘 정비되어 완연한 당풍唐風이다.

楊柳青青著地垂　　수양버들 파릇파릇 땅에 드리우고
楊花漫漫攪天飛　　버들꽃 자욱이 하늘로 휘날리네.
柳條折盡花飛盡　　버들가지도 다 꺾고 버들꽃 다 날려갔네.
借問行人歸不歸　　묻노니 가버린 사람은 돌아올지 말지.

왕웨이王維의 "春草年年綠 王孫歸不歸(봄 오면 풀이야 해마다 푸르건만, 한번 간 그대 돌아올지 어떨지"[24])와 같은 구는 완전히 이 시를 답습한 것이다. 그리하여 점차 당이 되어 성율을 비절比切하고, 평측을 안정시키고 조화롭게 하니 비로소 칠언절구의 법칙이 확립되었던 것이다. 이에 『시수詩藪』에서는 또 다음과 같이 기술했다.

---

24) 왕웨이의 「송별」 앞 두 구절은 다음과 같다.
"山中相送罷, 日暮掩柴扉(그대를 보내고 홀로 돌아와 사립문 닫노니 해가 기운다."

칠언의 잡가는 「해하가」에서 시작되어 양과 진나라로 내려오게 되면 작
자가 티끌처럼 많아졌다. 네 번째 구 가운데 두 개의 운이 서로 화합하여
전환됨이 이미 급박하니 음조는 아직 펴지지 않았다. 당의 여러 작가에 이
르면 일변하여 율려가 명쾌해지고 구의 격도 온순해지니, 말은 근체에 절반
정도 가까워졌고, 의미심장한 것은 그것을 넘어섰다. 박자는 가행보다 촉급
하고 영탄함의 유장함은 그것보다 배가 되었으니 드디어 백대가 지나도
변하지 않는 하나의 체를 이루었다.25)

대저 칠언절구의 도식은 율시와 똑같다.

정격(평기) 아침에 보디청을 떠나며早發白帝城 리바이李白
기○○●●○○ 朝辭白帝彩雲間 아침에 채색 구름 사이로 보디청과 이별
하고
승●●○○●● 千裏江陵一日還 천릿길 강릉을 하루 만에 돌아왔다
전●●○○啼不住 兩岸猿聲啼不住 양 언덕에 원숭이 울음소리 그치지 않는데
결○○●●○○ 輕舟已過萬重山 가벼운 배는 이미 만 겹의 산을 지났다네.
평성, 산운珊韻

편격(측기) 둥다와 이별하며別董大 가오스高適
기●●○○●● 千裏黃雲白日曛 천리가 먹구름 한낮인데도 어둡고
승○○●●○○ 北風吹雁雪紛紛 북풍에 기러기 날며 눈발 흩날리네.
전○○●●○○ 莫愁前路無知己 앞길에 친구 없다 걱정 말게나
결●●○○●○ 天下誰人不識君 천하의 뉘라서 그대 몰라볼까.
평성, 문운文韻

칠언절구에 측운을 압운한 것은 극히 드문 일인데, 첫 번째 구에서

25) 원문은 다음과 같다. "七言雜歌始於垓下, 梁陳以降, 作者坌然, 第四句之中,
二韻互葉, 轉換既迫, 音調未舒, 至唐諸子一變而律呂鏗鏗, 句格穩順, 語半於近
體而意味深長過之, 節促於歌行而詠嘆悠永倍之, 遂為百代不易之體."

압운하지 않은 것은 후미오토시踏落라 하여 일반적으로 허용된다. 이를테면 다음과 같다.

9월 9일 [중양절에] 산동의 형제 그리며九月九日憶山東兄弟 왕웨이王維

獨在異鄉爲異客　홀로 타향 땅 외로운 나그네 되어
每逢佳節倍思親　명절 맞을 때마다 가족 생각 더 사무쳐
遙知兄弟登高處　멀리 고향 형제들 높은 곳에 올라
遍揷茱萸少一人　수유 꽂고 놀다 한 사람 비었다 하겠네

　　　　　　　　　　　　　평성, 진운眞韻

첫 번째 구의 글자는 후미오토시이다. 또 같은 왕웨이의 '웨이청 곡渭城曲'은 요체이다.

위안얼을 안시로 보내며 送元二使安西 왕웨이王維
渭城朝雨浥輕塵,　웨이청(양관) 아침 비가 옅은 먼지 씻어 내니
客舍青青柳色新.　객사 버들잎은 새 빛으로 푸르러라
勸君更進一杯酒,　권하노니 그대, 한 잔 더 받으시오
西出陽關無故人.　서쪽 양관 나가면 아는 이도 없을 터.

　　　　　　　　　　　　　평성, 진운

이것을 요약하면 칠언절구는 당대의 신체시이고, 게다가 오로지 이것을 관현管絃에 걸어 노래한 것이기에, 자연스럽게 고화청려高華淸麗하고 유조완전流調宛轉함을 마루로 삼았는데, 특히 딱 부러지게 말하지 않는 것半含半吐과 신비로운 운神韻의 표묘縹緲함을 귀히 여겼다. 그런 까닭에 선더첸沈德潛의 평에서도 다음과 같이 기술했다.

칠언절구는 말이 가깝고 감정은 멀어, 삼키고 내뱉는 것을 드러내지 않는 것을 위주로 한다. 다만 눈앞의 경물, 입으로 내뱉는 말을 하되 현 바깥의

음과 맛 이외의 맛이 있어 사람들로 하여금 신비롭고 아득함을 느끼게 하는데, 리바이李白가 그러하다.(『설시수어說詩晬語』)26)

실제로 눈앞의 경물과 입으로 내뱉는 말을 하되 거기에 현 바깥의음과 맛 이외의 맛이 있는 게 리바이의 장기다. 리바이의 속세를 벗어남飄逸과 왕창링王昌齡의 그윽하고 아름다움優婉은 모두 칠언절구의 신품神品이라 일컬어진다. 이 당시야말로 중국문학의 정화이고, 여기에더해 칠언절구는 당시 중의 정수인 것이다. 구름 같고 비 같은 작품들중에 누구의 어떤 시편을 압권이라 해야 할지는 극히 흥미로운 문제로, 많은 이가 추구하려 했던 바이다. 선더첸의 『설시수어』에 다음과같이 기술되어 있다.

　리판룽李攀龍27)은 왕창링의 "진나라 때 떴던 밝은 달秦時明月"을 밀었고,왕스전王世貞28)은 "향기로운 포도주葡萄美酒"를 압권으로 밀었으며, 청대의

---

26) 원문은 다음과 같다. "七言絕句, 以語近情遙, 含吐不露爲主。只眼前景, 口頭語, 而有弦外音味外味, 使人神遠 太白有焉。(『說詩晬語』)"
27) 리판룽李攀龍(1514~1570년)은 자가 위린於鱗이고. 호는 창밍滄溟이며, 산둥 성山東省 리청歷城 출신이다. 어려서부터 시문詩文에 치우쳐 미쳤다는 소리를 들었고, 커서도 관직을 사임, 백설루白雪樓에서 은거하며 방문객을 사절하는 등대범하고 오만하다는 평을 들었다. 더욱이 리멍양李夢陽 · 허징밍何景明을 경모하였으며, 리멍양과 허징밍을 중심으로 한 홍치칠자弘治七子(이른바 전칠자前七子)의 '복고설復古說'을 계승하였다. 그는 왕스전王世貞 · 셰전謝榛 · 쉬중싱徐中行 · 양유위梁有譽 등과 더불어 '고문사설古文辭說'을 제창하며, 진秦 · 한漢의 고문古文을 모범으로 삼고, 한 · 위魏 · 성당盛唐의 시의 격조를 중시하였다. 다른한편으로 송宋 · 원元의 시를 배척하고, 리바이李白 · 두푸杜甫를 추앙하고, 위안전元稹 · 바이쥐이白居易를 배격하였다. 그의 문장은 힘차고 수사학에 뛰어났지만 난해難解하고, 시는 격조가 높지만 지나치게 모방하였다는 평을 들었다.저서에는 『이창명선생전집李滄溟先生全集』(30권), 『고금시산古今詩刪』(34권)이있다.

왕스전王士禎29)은 다음과 같이 말했다. "굳이 압권을 구한다면, 왕웨이의
웨이청渭城, 리바이의 백제성, 왕창링의 '새벽에 비 들고 나서니奉帚平明', 왕
즈환의 황하는 멀리 흐르고黃河遠上 정도가 어지간하다. 당말에도 이 네 작

---

28) 왕스전王世貞(1526~1590년)은 자가 위안메이元美이고, 호는 펑저우鳳州, 예저
우산런弇州山人으로, 쟝쑤 성江蘇省 타이창太倉 출신이다. 1547년 진사가 되어
형부刑部의 관리가 되었으나, 강직한 성격 때문에 당시의 재상 옌충嚴崙의 뜻을
거역하였다. 1560년 옌충이 구실을 만들어 계료총독 薊遼總督의 지위에 있던
그의 아버지 왕위王忬를 죽이자, 벼슬을 그만두고 아버지의 무고함을 주장하여
8연간이나 노력한 끝에 명예를 회복시켰다. 그 뒤 다시 지방관에 복귀하였고,
난징南京의 형부상서刑部尙書를 마지막으로 관직에서 물러났다. 젊을 때부터
문명이 높아 가정칠재자嘉靖七才子(이른바 후질자後七子)의 한 사람으로 손꼽혔
고, 학식은 그 중에서도 제1인자였다. 후칠자의 맹주격인 리판룽李攀龍과 함께
이왕李王이라 불려 명대 후기 고문사古文辭파의 지도자가 되었으며, 리판룽이
죽은 뒤에는 그 지위를 독점하였다. 격조를 소중히 여기는 의고주의擬古主義를
주장하였으나, 리판룽이 진한秦漢의 글과 성당盛唐 이전의 시만을 그대로 모방
한 데 비하여 왕스전 상당히 유연한 태도를 취하였다. 만년에는 당나라의 바이
쥐이白居易·한위韓愈·류쭝위안柳宗元, 송宋나라의 쑤스蘇軾 등의 작품에도 심
취하였다. 그는 『엄산당별집嚴山堂別集』 등 많은 역사 관계 논문을 남겼다. 『엄
주산인사부고弇州山人四部考』(174권), 『속고續稿』(207권)는 그의 전집이며, 문학
·예술론은 『예원치언藝苑卮言』에 수록되어 있다.

29) 왕스전王士禎(1634년~1711년)은 산둥山東 지난 부濟南府 신청新城 사람으로,
자는 이상貽上 또는 쯔전子眞이고, 호는 롼팅阮亭이며, 만호晚號는 위양산런漁洋
山人이고, 시호는 문간이다. 원래 이름이 옹정제의 이름과 같아 스정士正이라
고쳤는데, 건륭제가 스전士禎이라는 이름을 하사했다. 순치順治 15년(1658년)
진사가 되어 양저우 부 추관(揚州府推官에 임명되었다. 강희康熙 연간에 예부
주사禮部主事와 한림원시강翰林院侍講을 역임했고, 관직은 형부상서刑部尙書까
지 올랐다. 폐태자廢太子와 창화唱和했는데, 43년(1704년) 이 일로 혁직革職되었
다. 시에 있어서 일대정종一代定宗이란 칭송을 들었다. 청나라 시풍을 확립한
사람이자 대표적인 시인으로, 신운설神韻說을 주창하여 50여 년 동안 시단을
이끌었다. 문장 또한 자못 우아하고 잘 갖추어져 있다. 저서에 『대경당집帶經堂
集』 92권이 있고, 명작을 정선한 『어양산인정화록漁洋山人精華錄』 12권이 있다.
수필에 『지북우담池北偶談』 26권과 『거이록居易錄』 34권, 『향조필기香祖筆記』
12권 등이 있다.

품을 뛰어넘는 것은 없다." 리판룽과 왕스전은 기를 위주로 했고, 청대의 왕스전은 신神을 위주로 하였으니 각자 그 나름의 견해가 있다. 내가 이르노니, 리이李益의 "회락봉 앞回樂峰前", 류중위안의 "파액산 앞破額山前", 류위시劉禹錫의 "산은 고도를 에워싸고山圍故國", 두무杜牧의 "몽롱한 물안개 차가운 백사장煙籠寒水", 정구鄭穀의 "양자강 나루에揚子江頭"의 기상이 약간 빼어나 역시 접무30)를 감당할 만하다.31)

위에서 웨이청渭城과 보디청白帝城은 앞서 인용한 바 있어 생략하고, 나머지 걸작을 제시해 칠언절구의 묘미를 설파하고자 한다. 그러나 이것은 신회神會해야만 하는 것으로 입으로 말해서는 안 되고, 말하더라도 리理에 흐른다. 학자가 잘 읽고 맛을 음미한다면 짐작하고도 남음이 있다. 요약하면 기상氣象, 풍신風神, 격조格調를 위주로 하되, 쓸데없이 화려한 구절을 나열하고 고사를 인용하는 것 같은 것은 대저 말단의 기예일 따름이다. 그 절창이라 일컬어지는 시편을 읽으면, 별다른 어려움 없이 술술 넘어가는 곳에 말로 표현할 수 없는 묘미가 있다. 우리 같은 사람이라 할지라도 조금 시를 배우면 그런 기도를 [통해] 이를 수 있을 것처럼 생각하지만 그것이 오히려 어렵다. 함부로 기이한 글자와 어려운 구절을 농하고, 고사를 첩용해 세상을 현혹시키는 것은 식자가 취할 바는 아니다.

---

30) '접무'는 대략 다음과 같은 의미를 갖고 있다. 1. 당시의 품급品級, 2. 길에 족적이 앞뒤로 서로 이어져 있는 것으로 천천히 걷는 것을 형용한다. 3. 서로 계승해 나아간다. 4. 계승. 여기서는 1. 당시의 품급을 말하는 듯하다.

31) 원문은 다음과 같다. "李滄溟推王昌齡"秦時明月"爲壓卷, 王鳳洲推王朝"蒲萄美酒"爲壓卷, 本朝王阮亭則 云: "必求壓卷, 王維之渭城, 李白之白帝, 王昌齡之奉帚平明, 王之渙之黃河遠上 其庶幾乎? 而終唐之世, 亦無出四章之右者矣。" 滄溟, 鳳洲主氣, 阮亭主神, 各自有見. 愚謂:李益之"回樂峰前", 柳宗元之"破額山前", 劉禹錫之"山圍故國", 杜牧之"煙籠寒水", 鄭穀之"揚子江頭", 氣象稍殊, 亦埒接武."

양주사涼州詞 왕한王翰

葡萄美酒夜光杯	야광 잔에 가득 담긴 향기로운 포도주
欲飮琵琶馬上催	마시려니 비파 소리 말을 재촉하네
醉臥沙場君莫笑	내 취해서 사막에 쓰러져도 그대여 비웃지 말게
古來征戰幾人回	예로부터 전쟁 나가 몇 사람이나 [살아] 돌아왔나.

변새를 나가出塞 왕창링王昌齡

秦時明月漢時關	진 나라 때 떴던 밝은 달, 한나라 때에도 있던 초소
萬裏長征人未還	만리 먼 곳 원정 나간 사람은 아직 돌아오지 않았고,
但使龍城飛將在	오직 용성의 비장군이라던 그런 용장이 계신다면
不敎胡馬度陰山	오랑캐 [군사의] 말 음산을 넘어서게 하지는 않았을 것을

장신궁 어느 여인의 원망長信怨 왕창링王昌齡

奉帚平明金殿開	새벽에 비 들고 나서니 궁전 문이 열리네
且將團扇暫徘徊	둥글부채 들고 함께 거닐고 싶어라
玉顔不及寒鴉色	옥 같은 얼굴이 까마귀에 미치지 못하다니
猶帶昭陽日影來	까마귀는 오히려 소양궁 해를 업고 오는데

출새出塞/양주사涼州詞 왕즈환王之渙

黃河遠上白雲間	황하는 멀리 흰 구름 사이로 흐르고
一片孤城萬仞山	한 조각 외로운 성 만 길 산 위에 섰네
羌笛何須怨楊柳	강족의 피리소리 어찌 그리 한이 많은지
春風不度玉門關	봄바람 옥문관을 넘지도 못하는데

한밤중 수항성에 올라 피리 소리 듣는다夜上受降城聞笛 리이李益

回樂峰前沙似雪	회락봉 앞 모래는 눈처럼 희고
受降城外月如霜	수항성 밖 달은 서릿발처럼 차다.
不知何處吹蘆管	어디선가 갈대피리 소리 들려오는데
一夜征人盡望鄕	밤이 새도록 출정한 군인들 고향을 바라본다.

조 시어사의 상현을 지나며에 수답하여酬曹侍禦過象縣見寄　류쭝위안柳宗元
破額山前碧玉流　　파액산 앞에 벽옥 같은 물 흘러
騷人遙駐木蘭舟　　시인들은 멀리 목란의 배를 탔도다.
春風無限瀟湘意　　봄바람에 끝없는 소상 생각
欲采蘋花不自由　　마름을 캐려고 해도 마음대로 못한다.

금릉5제 · 석두성金陵五題 · 石頭城　류위시劉禹錫
山圍故國周遭在　　산은 [버려진] 고도를 에워싸고
潮打空城寂寞回　　조수는 적막한 비어있는 성을 때리고
淮水東邊舊時月　　회수 동쪽에 예전과 다를 바 없는 달
夜深還過女牆來　　야심한 밤 그 옛날 황궁을 지나네.

진회에서 묵다泊秦淮　두무杜牧
煙籠寒水月籠沙　　몽롱한 물안개 차가운 백사장 위에 휘영청 밝은 달
夜泊秦淮近酒家　　밤 깊어 진회나루 가까운 주막에 배를 대니.
商女不知亡國恨　　춤과 노래 파는 상녀들 나라 망하는 줄도 모르고
隔江猶唱後庭花　　자즈러이 부르는 망국의 노랫가락이 강을 건너 애
　　　　　　　　　　처로이 들리네.

회수 위에서 벗과　이별하다淮上別故人　정구鄭穀
揚子江頭楊柳春　　양자강 나루에 버드나무 움트는 봄
楊花愁殺渡江人　　버들개지는 강 건너는 이를 시름에 젖게 하네
數聲風笛離亭晚　　바람결에 몇 자락 피리소리 저물녘 정자에 들리는데
君向瀟湘我向秦　　그대는 소상으로 나는 장안으로 떠나네

제4장

악부와 전사塡詞

제1절 악부

악부는 악장樂章이다. 『문심조룡』에서는 "시는 음악의 정신이며, 악곡은 음악의 몸체詩爲樂心, 聲爲樂體"라고 하였다. 곧 [『서경』] 「순전舜典」에서 "시는 뜻을 읊은 것이요, 노래는 말을 길게 늘인 것이요詩言志歌永言"라 한 것은 같은 뜻이다. 시가의 기원을 고찰해 보면 시는 곧 노래하는 것으로, 음악과는 뗄 수 없는 관계를 맺고 있다. 중국의 음악으로 극히 오래된 것은 천궁天宮의 「구주악九奏樂」과 갈천 씨의 「팔규악八闋樂」이라는 이름이 『문심조룡』에 보인다.[1] 전자는 『사기』에 나오고, 후자는 『여씨춘추』에 나온다. 균천은 천상의 무악舞樂이다. 또 갈천 씨의 음악은 "세 사람이 소꼬리를 잡고 발을 내디디며 팔규를 노래했다昔葛天氏之樂, 三人操牛尾投足以歌八闋"고 말하면, 물론 무도의 악장樂章이고, 노래와 음악과 춤은 떨어질 수 없는 것이다. 기타 황제黃帝의 음악은 「함지鹹池」라 하고, 제곡帝嚳의 음악을 「육영六英」이라 한다.

---

1) 원문은 다음과 같다. "천궁天宮의 「구주악九奏樂」은 상제의 음악이고, 갈천 씨의 「팔규악八闋樂」은 삼황시대의 음악이다.鈞天九奏, 旣其上帝; 葛天八闋, 爰乃皇時"(『文心雕龍』「樂府」)

이들 고악古樂은 모두 믿을 수 없는 것들인데, 황제의 악사 링룬伶綸은 쿤룬 산崑崙山의 대나무를 취해 12율을 제정하고, 순임금은 쿠이夔에게 명하여 음악을 맡아보게 하여 8음을 정비하고, 자신도 노래를 지어 곡을 제도했다. 쿵쯔孔子도 순의 음악 소韶를 칭하여 아름다움을 다했다고 찬탄했을 정도였기에(쿵쯔가 소라는 음악에 대해 말했다. "더할 나위 없이 아름답고 더할 나위 없이 좋도다." 또 무에 대해서도 말씀하셨다. "지극히 아름답기는 하나 더할 나위없이 좋지는 않다." 『논어』「팔일」2)) 당우唐虞부터 삼대를 거치며 음악이 점차 성했던 것은 의심의 여지가 없다.

그런데 실제로 『시경』은 상대의 시집이고 악장이다. 그 시의 분과를 보매, 풍은 여러 나라의 음악이고, 아는 조정의 음악이며, 송은 종묘의 음악으로 모두 관현악기에 걸어 노래했다는 것은 앞서도 기술했던 바이다. 『좌전』(양공 29년)에 오의 공자 지자季剳가 노나라로 놀러왔을 때 열다섯 나라의 음악을 듣고 그 국세를 평한 것이 실려 있는 것으로 춘추시대에 이미 시를 노래한 악보가 전해졌던 것으로 보인다. 대저 같은 책에 당시 제후와 대부가 초빙하는 문답을 나누는 잔치를 벌일 때, 고시의 장구를 부賦하여 자신의 뜻을 비유적으로 간하는 것이 유행했다고 하는 것이 기록된 것을 보면, 당시 이미 시를 입으로 낭송하는 풍조가 시작되었다는 것을 상상할 수 있다.

그 뒤 주나라 왕실이 쇠미해지고 전국시대가 되어 병마가 분주히 나다닐 즈음에 이르러는 악기에 노래하는 소리가 [전투에 임하는] 북소리에 압도되어 결국 시는 사라지고 음악도 폐지되었다. 그런데 전국시대 중엽, 초사라는 신체시가 남방에서 일어났다. 원래 초나라는 형

---

2) 원문은 다음과 같다. "子謂韶, 盡美矣, 又盡善也. 謂武, 盡美矣, 未盡善也."

만荊蠻의 땅으로 문화가 중원 땅보다 뒤처졌기에, 『시경』 중에는 초풍楚風이라는 것이 실려 있지 않다. 취위안屈原과 쑹위宋玉 등이 출현하면서 비로소 초나라의 문학이 싹을 틔웠던 것이다. 취위안의 작품 25편 중 「이소」, 「구장」과 같은 것은 뜻을 노래한 것으로, 이것은 가창하지 않았고, 「구가」와 같은 것은 곧 제사에 쓰인 가사歌辭였기에 이것을 악률에 걸어 가창했던 것이다. 왕이王逸은 『초사 주』에서 다음과 같이 기술했다.

> 「구가」는 취위안이 지은 것으로 옛날 초나라 남쪽 잉郢 읍, 위안수이沅水 와 샹수이湘水 사이에서는 그 풍속이 귀신을 믿고 제사 드리는 것을 좋아했는데, 그 제사는 반드시 가악歌樂과 고무鼓舞를 지음으로써 여러 귀신들을 즐겁게 했다. 취위안이 쫓겨나 그 땅에서 숨어 지냈는데, 우울함을 품고 병독에 고통 받으며, 근심어린 생각이 끓어올라 울혈이 맺히매, 밖에 나가 속인들의 제사의 예와, 가무의 악, 그리고 그 가사의 비루함을 보고 그로 인해 「구가」의 곡을 지었다.[3]

이와 같으니, '뜻을 읊은' 시와 '말을 길게 늘인' 노래로 나뉘게 된 것이다. 그래서 『시수詩藪』에 다음과 같이 기술되어 있다.

> 대저 시삼백 편은 교묘郊廟에 올려 현악기에 맞춰 노래했으니, 시는 곧 악부요, 악부는 곧 시였다. 마치 병兵을 농農에 기탁하는 듯 아직까지는 별개의 것이 아니었다. 시가 없어지자 음악도 폐하였다. 취위안과 쑹위의 대에 [다시] 흥하여 구가 등을 음악에 배향하니 구장 등을 지음으로써 [가슴속에 맺힌] 감정을 풀어냈다. [그렇게 함으로써] 정해진 길이 점차 시작되

---

3) 원문은 다음과 같다. "「九歌」者, 屈原之所作也. 昔楚國南郢之邑, 沅, 湘之間, 其俗信鬼而好祠. 其祠, 必作歌樂鼓舞以樂諸神. 屈原放逐, 竄伏其域, 懷憂苦毒, 愁思沸鬱. 出見俗人祭祀之禮, 歌舞之樂, 其詞鄙陋. 因爲作「九歌」之曲,"

어, 한대의 교사가 19장과 고시 19수에 이르게 되면, 서로 한데 쓰이지 않게 되니, 시와 악부의 문류가 비로소 나뉘었으나, 그 체식은 아직 그리 먼 것은 아니었다.4)

대저 한나라가 흥하니 악가樂家에 제制 씨가 있어, 대대로 태악太樂의 관직에 있었고, 또 수쑨퉁叔孫通은 진秦의 악인樂人에 관해 새롭게 종묘의 악을 지었다. 모두 북방 고시의 흐름을 이어받은 것이다. 그런데 한 고조는 펑豊과 파이沛 지방의 사이에서 일어나 본래 초나라 사람이었기에, 초성楚聲을 좋아해, 스스로 「대풍가大風歌」를 지었다. 『사기』에서는 "술에 취해 고조가 축築을 두드리며 스스로 시가를 짓고, 아이들에게 모두 따라 부르게 하더니, 이윽고 흥에 겨워 일어나 춤을 췄다"고 했다. 「대풍가」의 기상이 웅대한 것은 샹위項羽의 「해하가垓下歌」가 비장한 것과 병칭될 만하다.

해하가

力拔山兮氣蓋世	힘은 산을 뽑을 수 있고, 기개는 세상을 덮을 만한데
時不利兮騅不逝	때가 불리하여, 오추마가 나아가지 않는구나.
騅不逝兮可奈何	오추마가 달리지 않으니, 이를 어찌할 것인가
虞兮虞兮奈若何	우희야, 우희야, 그대를 어찌해야 하는가?

(二句 환운)

대풍가

大風起兮雲飛揚	대풍이 일어나 구름을 날렸도다.
威加海內兮歸故鄕	천하에 위엄을 떨치고 고향으로 왔도다!
安得猛士兮守四方	이에 맹사를 얻어서 사방을 지키리라!

---

4) 원문은 다음과 같다. "抑三百篇薦郊廟被絃歌, 詩即樂府, 樂府即詩, 猶兵寓於農, 未嘗二也. 詩亡樂廢. 屈宋代興九歌等篇, 以侑樂九章等作以抒情. 途轍漸兆, 至漢郊祀歌十九章, 古詩十九首, 不相為用, 詩與樂府門類始分然, 厥體未甚遠也."

고조를 좇아 일어난 한의 공신들은 초나라 사람들이 많았기에, 한초에는 초성이 크게 유행하였다. 무제의 「추풍사秋風辭」와 「호자가瓠子歌」, 그리고 또 오손공주烏孫公主의 「비수가悲愁歌」 같은 것은 모두 『초사』를 답습한 것이다. 혜제 때 샤허우콴夏侯寬을 악관으로 삼고 악률을 맡아보게 했는데, 구악만을 익힐 뿐 달리 고치거나 더한 것은 없었다. 무제에 이르러는 한나라가 일어난 지 꼭 백년으로 바깥으로는 만이蠻夷를 정복해 위세를 해외에 떨치고, 안으로는 여러 제도가 점차 정비되어 태평지세가 출현했기에, 마침내 교만과 사치 그리고 안일함驕奢淫佚에 흘러 뜻을 성색聲色에 한껏 맡겼다. 새로운 악부樂府(음악을 담당하는 관청)를 세워 널리 제齊와 초楚, 조趙, 대代 지방의 가요를 모으고, 리옌녠李延年5)을 협률도위協律都尉에 임명하고 쓰마샹루司馬相如 등 수십 명을 천거해, 시장詩章을 짓게 하고 율려를 논하고 악률을 조화롭게 하며 한껏 고취하는 풍조가 일어나니 실로 태평한 시대의 성사盛事

---

5) 리옌녠李延年(?~?)은 전한 중기의 환관이자 음악 관료로, 중산국 사람이다. 이사장군貳師將軍 리광리李廣利의 형으로, 누이동생이 무제의 측실이 된 덕분에 무제의 총애를 받았다. 리옌녠은 본래 부모·형제 자매와 함께 창倡(고대에 노래와 춤을 추던 사람)이었는데, 법을 어겨 궁형을 받은 뒤 구중狗中(황제의 사냥개를 담당한 관청)에서 일을 보았다. 한편 평양공주가 무제에게 리옌녠의 누이동생이 춤을 잘 춘다고 하였고, 무제는 그녀를 보고 내심 마음에 들어 하였다. 그녀가 영항으로 들어온 후, 곧 무제는 리옌녠을 불러들여 지위를 높여 주었다. 리옌녠은 노래도 잘 부르고 새로운 운율을 만들었다. 당시 무제는 마침 천지신명에 대한 제사를 일으키고, 음악에 어울리는 시를 지어 연주하고 노래를 부르려 하였다. 리옌녠은 무제의 뜻을 받들어 새로운 음악과 시를 짓고 연주를 하였다. 누이동생 또한 무제의 사랑을 받아 창읍애왕昌邑哀王 류보劉髆를 낳았고, 리옌녠은 2천 석의 인수를 받고 협률도위라 불렸다. 또 무제와 함께 기거하며 매우 총애를 받아 존귀해졌다. 그러나 세월이 지나면서 리옌녠은 점점 궁녀와 사통하였으며, 궁궐을 드나드는 태도가 교만하고 방자해졌다. 또한 누이동생마저 죽은 후로는 무제의 총애가 식어 결국 처형되었다.

였다. 그런데 무제는 아악雅樂을 싫어하고 신성新聲을 애호해 리옌녠은 그의 뜻에 따라 만성曼聲으로 율을 조화롭게 하고, 쓰마샹루 등은 소체騷體를 노래로 만들어 신기함을 다투고 염려艷麗함을 과시하였기에, 그 음악은 이미 구악舊樂이 아닌 게 되어 버려 전아하고 우미한 풍을 잃어 버리기에 이르렀다.

시험 삼아 「리옌녠의 노래李延年歌」를 인용해 보겠다. 자못 도발적이었기에 무제는 이 노래를 듣고 크게 탄식하였다. 이에 평양平陽공주는 리옌녠의 여동생을 천거했다. 황제는 그를 불러 보니 춤을 아름답게 잘 추어 그로 인해 [황제의] 총애를 받았다. 이 사람이 유명한 리 부인이다. 이것으로 당시 악부의 상황의 일단을 엿볼 수 있다.

> 한서에 이르기를 옌녠은 천성이 음율을 알고 가무를 잘해 무제가 그를 사랑했다.……옌녠이 일어나 춤을 추며 노래를 불렀다.…… 황제가 탄식을 하며 말했다. 세상에 어찌 이런 사람이 있단 말인가? 평양공주가 그 틈을 타 옌녠에게 여동생이 있다고 말했다. 황제가 그를 불러 보니 실제로 아리땁고 춤을 잘 췄다. 그리하여 황제의 은총을 입었다.[6]

「리옌녠의 노래李延年歌」
北方有佳人。絶世而獨立。
一顧傾人城。再顧傾人國。
寧不知傾城與傾國。佳人難再得。
북쪽에 아리따운 이 있으니, 절세의 미인으로 홀로 우뚝하네.
한 번 돌아보면 성이 기울고, 다시 돌아보면 나라가 기우네.

---

6) 전체 원문은 다음과 같다. "延年性知音, 善歌舞, 武帝愛之。每爲新聲變曲, 聞者莫不感動。延年侍上起舞, 歌曰:「北方有佳人, 絶世而獨立, 一顧傾人城, 再顧傾人國。寧不知傾城與傾國, 佳人難再得!」上嘆息曰:「善!世豈有此人乎?」平陽主因言延年有女弟, 上乃召見之, 實妙麗善舞。由是得幸"(『漢書』)

성이 기울고 나라가 기우는 것은 알 바 아니러니. 아리따운 이 다시 얻기
어렵나니

그리하여 악부에서 제정된 노래의 체를 곧바로 악부라 부르게 되었
다. 이로부터 시와 악부는 완전히 별개의 것이 되어 시는 단순히 음영
吟詠하는 것에 그치고, 가곡은 전적으로 악부가 유행하게 되었다.

또 당시 한나라의 위세가 사방에 떨친 결과 서역과의 교통도 빈번
해져 이에 따라 서방의 호악胡樂이 중국 본토에 유입되었던 것은 의심
할 수 없는 사실이다. 동한 이후 불교의 전래와 함께 외국의 악률이
점차 많이 전해져, 육조를 거쳐 수당에 이르면 호악이 크게 유행하였
다. 동한 명제는 음악을 나누어 4품으로 삼았다.

태자악太子樂: 교묘상릉郊廟上陵7)에 쓰인 것
아송악雅頌樂: 벽옹향사辟雍饗射8)에 쓰인 것
황문고취악黃門鼓吹樂: 천자와 여러 신하를 위해 잔치 벌일 때 쓰인 것
단소뇨가악短簫鐃歌樂: 군중에서 쓰인 것

위와 같이 이 설이 갖춰졌는데, 이 제도는 전해오지 않기에 그 상세
한 것은 알 수 없다. 위진부터 남조에 걸쳐 악부는 점점 더 유행해
신성新聲이 날로 번창하는 성황을 이루었다. 당대로 내려오면 근체율
시의 작법이 정해져 당대 사람들은 오로지 절구絶句만을 노래하게 되
어 한위육조의 고악부를 부르는 조법調法은 점차 쇠퇴하여 사라져갔
다. 다만 시인은 고악부의 제題를 취해 그것으로 장단구를 지었다. 이

---

7) 상릉上陵은 한 수의 곡으로, 한대 악부 『요가鐃歌』 18곡 가운데 하나이며, 「고취
곡사鼓吹曲辭」에 속한다. 첫 구절이 "상릉하미미上陵何美美"인 것에서 그 이름
이 나왔다.
8) 벽옹辟雍은 고대의 대학이고 향사饗射는 연회를 베푸는 것이다.

것을 의고악부擬古樂府라 하는데, 실제로 노래하지는 않았다. 여기에 이르러 악부도 완전히 고시의 한 체제가 되었다. 후대의 양웨이전楊維楨9), 유퉁尤侗10)의 『영사악부詠史樂府』와 같은 것은 모두 이런 류이다. 일본의 산요山陽의 『일본악부日本樂府』 또한 이것을 배운 것이다.

『문체명변』에서는 악부를 9류로 나누었다.

1. 제사祭祀: 교묘郊廟에 쓰는 것
2. 왕찰王劄: 대조회大朝會의 의식에 쓰는 것
3. 고취鼓吹: 궁중의 연회에 쓰거나, 군악軍樂도 여기에 속한다.
4. 악무樂舞: 춤추는 데 쓰는 것
5. 금곡琴曲: 금琴에 쓰는 것

---

9) 양웨이전楊維楨(1296~1370년)은 원말元末 시문의 대가로, 자는 렌푸廉夫이고, 호는 톄아이鐵崖이며, 저쟝 성 산인山陰 사람이다. 1327년 진사로 급제하였으나 상관에 거역한 탓으로 승진의 길이 막혔다가 겨우 쟝시江西의 유학제거儒學提擧로 승진되었으나, 공교롭게도 원말元末의 병란이 일어나 부임하지 못하고 강남으로 피난했다. 끝내는 관직을 버리고 쟝쑤 성江蘇省에서 은거하였다. 원이 멸망한 후, 명의 태조의 부름을 받았으나 그에 응하지 않고 향리로 돌아와서 여생을 보냈다. 시풍은 리바이李白와 리허李賀를 배워 화려하고 강한 상징성을 보였으며, 원시元詩의 주류와는 달랐다. 그는 당시 강남의 시와 사회의 지도적인 존재였으므로 철애체鐵崖體라는 문체가 유행하기도 하였다. 저서에 『동유자문집東維子文集』(31권), 『철애고악부鐵崖古樂府』(10권), 『복고시집復古詩集』(6권) 등이 있다.

10) 유퉁尤侗(1618~1704년)은 자가 퉁런同人, 잔청展成이고, 호는 후이안悔庵, 건자이艮齋이며, 만년의 자호는 시탕라오런西堂老人이다. 창저우長州(지금의 쟝쑤 성江蘇省 쑤저우蘇州) 출신이다. 1679년 박학홍사과博學鴻詞科에 뽑혀 한림원翰林院 검토檢討가 되었고, 『명사明史』 편찬에 참여하였다. 시문에 능하였고 사詞, 변문駢文, 희곡에도 뛰어났다. 시는 생활의 작은 일들을 쓴 것이 많고, 시풍은 밝고 자연스러워 바이쥐이白居易와 비슷하다. 저서에 시문집 『우서당문집尤書堂文集』(22종 65권), 『간재권고유문집艮齋倦稿遺文集』 등이 있고, 전기傳奇 『균천락鈞天樂』과 잡극 『독이소讀離騷』, 『조비파弔琵琶』, 『도화원桃花源』, 『흑백위黑白衛』, 『청평조淸平調』 등이 있는데, 이 6종의 희곡을 합하여 『서당곡액西堂曲腋』

6. 상화相和: 상화하여 노래하는 것으로, 민간의 속요가 많다.

7. 청상淸商: 또는 청악淸樂이라고도 하며, 9대의 유성遺聲으로 강남의 오가吳
　　　歌, 형초荊楚의 서곡西曲이 이에 속한다.

8. 잡곡雜曲: 옛 가요 류

9. 신곡新曲: 당대 사람의 신작

궈마오첸郭茂倩의 『악부시집樂府詩集』에서는 12류로 나누었는데, 대체로 비슷하다(교묘가사郊廟歌辭, 燕射歌辭, 고취곡사鼓吹曲辭, 횡취곡사橫吹曲辭, 상화가사相和歌辭, 청상곡사淸商曲辭, 무곡가사舞曲歌辭, 금곡가사琴曲歌辭, 신곡가사新曲歌辭, 근대곡사近代曲辭, 잡요가사雜謠歌辭, 신악부사新樂府辭).

악부의 명제命題는 여러 가지로, 가歌(「협슬가挾瑟歌」, 「양양가襄陽歌」), 행行「군자행君子行」, 「병거행兵車行」), 가행歌行(「단가행短歌行」, 「연가행燕歌行」), 인引(「공후인箜篌引」, 「단청인丹靑引」), 곡曲(「오서곡烏棲曲」, 「명비곡明妃曲」), 음吟(「양보음梁父吟」, 「고장성음古長城吟」) 등의 명칭에 붙은 것도 있고, 또 붙지 않은 것(「절양류折楊柳」, 「장진주將進酒」, 「행로난行路難」)도 있다. 가歌라고도 하고, 행行이라고도 해 제명題名은 서로 다르지만, 체제상의 차이는 없다. 설은 『문체명변』에 상세하다.

또 악부의 체에는 3언, 4언, 5언, 6언, 7언, 잡언의 여러 체가 있다. 그런데 시와 다른 점은 성조를 위주로 하기 때문에 그 묘처는 장단이 엇섞여 있는 구를 사용하는 데 있다. 시험 삼아 고시와 악부의 적당한 예를 비교해 양자의 차이를 밝히고자 한다.

고시십구수 15

生年不滿百, 常懷千歲憂.　　백년도 못사는 인생, 늘상 천년의 근심을 품
　　　　　　　　　　　　　고 있네.

晝短苦夜長, 何不秉燭遊.　　낮은 짧고 괴로운 밤은 기니, 어찌 촛불 잡고

놀지 않으리.

爲樂當及時, 何能待來茲.　　즐거움 누림에 때가 있나니, 어찌 내년을 기

　　　　　　　　　　　　다리나.

愚者愛惜費, 但爲後世嗤.　　어리석은 이는 비용을 아끼다, 후세의 비웃음

　　　　　　　　　　　　거리 되네.

仙人王子喬, 難可與等期.　　신선 왕쯔챠오, 그와 같이 되기를 기대하기

　　　　　　　　　　　　어렵나니.

서문행西門行(악부)

出西門, 步念之.　　　　　　서문을 나서 걸으며 이걸 생각하네.

今日不作樂, 當待何時　　　오늘 즐겁지 아니하면, 어느 때를 기다리나.

夫爲樂, 爲樂當及時.　　　　대저 즐거움 누림에, 즐거움 누림에 마땅히

　　　　　　　　　　　　때를 맞춰야 하느니

何能坐愁怫鬱, 當復待來茲　어찌 걱정 근심으로 앉아서 내년을 기다리는고

飮醇酒, 炙肥牛　　　　　　향기로운 술 마시고, 살진 소 구워내

請呼心所歡, 可用解愁懷　　청하노니 마음으로 기뻐하는 바를 내뱉어, 걱

　　　　　　　　　　　　정 근심 덜어버리는 데 쓰이길

人生不滿百, 常懷千歲懷　　백년도 못사는 인생, 늘상 천년의 근심을 품

　　　　　　　　　　　　고 있네.

晝短而夜長, 何不秉燭遊　　낮은 짧고 괴로운 밤은 기니, 어찌 촛불 잡고

　　　　　　　　　　　　놀지 않으리.

自非仙人王子喬, 計會壽命難與期　스스로 신선 왕쯔챠오가 아니라면, 그와

　　　　　　　　　　　　같은 수명은 기대하기 어렵나니.

人壽非金石, 年命安可期　　사람의 목숨 쇠나 돌이 아니건만, 어찌 수명

　　　　　　　　　　　　을 기대하는가

貪財愛惜費, 但爲後世嗤　　재물을 탐하고 비용을 아끼다 후세의 비웃음

　　　　　　　　　　　　거리 되네.

　　위의 예에서 보듯이 「서문행」은 완전히 고시에 근거해 구절을 앞뒤
로 끊고, 거기에 다른 구를 덧붙여 장단이 엇섞이고, 박자의 묘미를
극대화했다. 『악부시집』에서는 「상화가사 슬조곡瑟調曲」에 속한다. 또

약간 예는 다르지만, 채찍 소리 엄숙한鞭聲肅肅 절구와 『일본악부日本樂府』 중 치쿠마 가와竺摩川의 시편을 대조하면 그 체제를 잘 알 수 있다. 후대의 절구와 전사塡詞의 관계도 마침 이것과 똑같다. 덧붙여 유명한 시편 몇 개를 들어보는데, 그 중에는 산성散聲11), 송성送聲12), 화곡和曲 류를 쓴 것도 있다.

하늘이시여上邪! 한대의 요가鐃歌

上邪!2	하늘이시여!
我欲與君相知6	내 그대와 서로 알고 나서
長命無絶衰5,	오래도록 살아가며 헤어지지 말지니
山無陵3	산이 무너져 언덕이 되고
江水爲竭4	강물이 마르고
冬雷震震夏雨雪7	겨울에 천둥 울리고, 여름에 눈비 내리고,
天地合3	하늘과 땅이 합쳐지는 그날
乃敢與君絶5	그대와 헤어지리니

사모하는 님有所思 한대의 요가鐃歌

有所思3	사모하는 님
乃在大海南5	바로 넓은 바다 남쪽에 있네.
何用問遺君5	그대에게 무엇을 드릴까?
雙珠玳瑁簪5	한 쌍의 진주로 만든 대모玳瑁 비녀.
用玉紹繚之5	옥으로 둘레를 장식한 것이지요.
聞君有他心5	님에게 딴 마음 있다는 말 듣고는
拉雜摧燒之5	함부로 꺾어서 불에 집어넣었네.
摧燒之3	꺾어서 불에 태워
當風揚其灰5	바람에 재 날려 보냈네.
從今以往4	지금부터는

---

11) 현악기弦樂器의 현을 누르지 않고 내는 가장 낮은 소리
12) 악곡이 끝나고 다른 가사로 화창和唱하는 것.

勿復相思4	다시 생각을 말자.
相思與君絶5	님 그리는 정 끊어 버리자!
雞鳴狗吠4	닭 울고 개 짖었으니
兄嫂當知之5	형수도 이 일을 알고 있으리.
妃呼豨3	비호희
秋風肅肅晨風颸7	가을바람 쓸쓸하고 새벽바람 서늘한데
東方須臾高知之7	동쪽에 곧 해가 밝게 뜨면 내 마음 알아주리라.

임고대臨高臺 한대의 요가鐃歌

臨高台以軒5	높은 대에 오르니 마음이 탁 트이네
下有清水清且寒7	굽어보니 맑은 물 맑고도 시리네
江有香草目以蘭7	강에는 향초 있어 난초와 같이 향을 풍기네
黃鵠高飛離哉翻7	누런 고니 높이 날아 떠나며 날개짓하네
關弓射鵠4	활 당겨 고니를 쏘아
令我主壽萬年6	나로 하여금 만년을 살게 할지니
收中吾3	수중오

해로가薤露歌 한대 상화곡相和曲

薤上露	부추 잎의 이슬
何易晞	어찌 그리 쉬이 마르는가
露晞明朝更復落	이슬은 말라도 내일 아침 다시 내리지만
人死一去何時歸	사람은 죽어 한 번 가면 언제 다시 돌아오나

호리곡蒿裏曲 한대 상화곡相和曲

蒿裏誰家地	호리는 뉘 집터인고
聚斂魂魄無賢愚	혼백을 거둘 땐 현명하고 어리석은 게 없네
鬼伯一何相催促	귀백은 어찌 그리 재촉하는고
人命不得少踟躕	인명은 잠시도 머뭇거리지 못하네.

강남江南 한대 상화곡相和曲

江南可采蓮	강남에 연 열매 따는 철이 왔네

蓮葉何田田	연잎이 물을 덮었네
魚戲蓮葉間	물고기는 연잎 사이를 노니네
魚戲蓮葉東	물고기는 노니네 연잎 동쪽에
魚戲蓮葉西	물고기는 노니네 연잎 서쪽에
魚戲蓮葉南	물고기는 노니네 연잎 남쪽에
魚戲蓮葉北	물고기는 노니네 연잎 북쪽에

채련곡採蓮曲 청상곡사淸商曲辭 양 무제梁武帝
『고금악록』에 이르기를 古今樂錄曰, 採蓮曲和韻, 採蓮渚, 窈窕舞佳人

遊戲五湖采蓮歸	오호에서 노닐다 연을 따고 돌아가네.
發花田葉芳襲衣	꽃이 피니 연잎 향기 옷에 스미고
爲君儂歌世所希	그대를 위해 내가 세상의 드문 곳을 노래하네
世所希	세상의 드문 곳
有如玉	옥과 같고
江南弄	강남농
采蓮曲	채련곡

이에 화답하니: 연 따고 돌아가는데, 녹수가 옷을 적시네和雲：采蓮歸, 淥水好
　　　沾衣。 소명태자昭明太子

桂楫蘭橈浮碧水	계수나무 노와 난초 노 저어 파란 물 위를 떠다니네.
江花玉面兩相似	강물과 꽃은 옥 같은 면모 서로 비슷하니
蓮疏藕折香風起	연을 헤치고 연 뿌리 꺾으니 향기로운 바람 이네.
香風起	향기로운 바람 이네.
白日低	해는 지고
采蓮曲	채련곡
使君迷	그대를 미혹시키네

양반아楊叛兒
『고금악록』에 이르기를 양반아는 송성이고, 반아는 나로 하여금 다시는 생
각하지 않게 하는 것이다.古今樂錄曰, 楊叛兒送聲雲, 叛兒, 敎儂不復想思.

歡欲見蓮時	그대여 연꽃 보고 싶을 때
移湖安屋裏	호수를 옮겨 집 안에 들이면
芙蓉繞床生	연꽃이 침상을 휘감고 자라네
眠臥抱蓮子	잠이 들면 연밥[연인]을 안으리.

'하늘이시여上邪'와 '사모하는 님有所思' 두 곡은 모두 한대의 요가鐃 歌, 곧 군악軍樂에 속한다. 그 본래의 뜻은 남녀 간의 관계를 빌어 군신 君臣의 뜻을 서술한 것이다. '하늘이시여'의 가사를 읽으면 곧바로 저 가마쿠라 우대신鎌倉右大臣 사네토모實朝[13]의 "산이 갈라지고 바다가 마르는 세상이 되더라도 님에게 두 마음 내게 있을 리 있으랴?山は裂け 海は一·せなん世なりとも君にふた心わがあらめやも"의 명구가 연상되는데, 학 구적인 해석을 떠나 일독하면 이것은 또 남녀가 서로 그리워하는 노래 에 지나지 않는다. 군악으로서 적절하지 않은 듯한데, 진중陣中 생활의 적막함을 달래기 위해서는 때로는 이런 속요도 재미있게 인기가 있었 던 것은 마치 일본 군악대에서도 「춘우春雨」나 '갓뽀레ヵッポレ'[14] 등의 곡을 연주하는 것과 마찬가지다. 그런데 그 자구는 장단이 극히 뒤섞 여 있다.

원래 오언은 한위육조 시의 정체正體인데, 악부가 되면 노래하는 것

---

13) 미나모토노 사네토모源実朝(1192~1219년)는 가마쿠라 막부鎌倉幕府의 제3대 세이이다이쇼군으로 가마쿠라 막부를 열었던 미나모토노 요리토모源頼朝의 차남이다. 형인 요리이에頼家가 추방된 뒤 열두 살의 나이에 쇼군이 되었다. 초기에는 나이가 어려 호조北條 씨 등이 정권을 잡았으나 성장하면서 정치에 깊이 관여했다. 관위官位의 승진도 일러 처음에는 우대신右大臣에 임명되었는 데, 그 다음해에 쯔루오카 하치만궁鶴岡八幡宮에서 요리이에의 아들인 구교公曉 에게 암살당했다. 이로부터 미나모토 씨 쇼군은 단절되었다. 가인歌人으로서도 알려져 92수가 칙찬勅撰 『와가집和歌集』에 실렸고, 백 명의 가인들의 작품 한 수씩을 모아 편찬한 『오구라 백인일수小倉百人一首』에도 선정되었다.

14) '갓뽀레'는 속요俗謠에 맞추어 추는 익살스러운 춤이다.

이 주가 되기 때문에 꼭 오언에 반드시 국한되지 않는다. 결국 자구가 가지런한 것은 오히려 단조로움에 빠지기 때문에, 억양과 완급의 리듬을 재미있게 하기 위해 일부러 장단구를 써서 글자 수를 가지런하지 않게 한 것으로 생각한다. 그 중에서도 '임고대'의 '수중오收中吾'나 '사모하는 님有所思'의 '비호희妃呼豨' 같은 것은 산성散聲 또는 여성餘聲으로 쓰인 구로 완전히 무의미한 것이라 생각된다. 어쩌면 후대의 전사塡詞에 의해 일어난 방법일 것이다.

상화곡은 여러 사람들이 서로 어우러져 노래하는 곡이다. 「해로薤露」, 「호리蒿裏」는 본래 톈헝田橫[15]의 문객이 그의 자살을 비통해 하며 지었던 비가悲歌였던 것을 무제 때 리옌녠이 이것을 두 개로 나누어 두 개의 곡으로 만들어 「해로」는 왕공과 귀인을 장사지낼 때, 그리고 「호리」는 사士나 서인庶人을 장사지낼 때 영구를 끌고 가며 노래하게 했다고 한다. 곧 만가輓歌로 영구를 끌고 가는 이들이 합창했던 것이다.

「강남곡」 같은 것은 한 사람이 위의 세 구절을 노래하면 여러 사람이 이에 화답하며 "魚戲蓮葉東물고기는 노니네 연잎 동쪽에" 이하 네 구절을 노래하는 것이다. 양 무제나 소명태자의 「강남농」, 「채련곡」에 화곡和曲이 있는 것은 또 그 유성遺聲일 것이다. 또 「양반아」는 자야체子夜體의 단시短詩이다. 여기에는 송성送聲이 있다. 송성은 곡이 끝나고 난 뒤 붙여서 노래하는 것이다. 또 「서조야비西鳥夜飛」[16] 같은 것은

15) 톈헝田橫(?~기원전 202년)은 진나라 말기 반란군의 우두머리다. 원래는 제나라 귀족이었는데, 천성陳勝과 우광吳廣이 다쩌샹大澤鄕에서 반란을 일으킨 뒤 톈헝도 그의 형인 톈단田儋, 톈룽田榮과 함께 진나라에 반기를 들고 자립했다. 세 형제는 제나라 땅을 차지하고 왕이 되었는데, 나중에 류방劉邦이 천하를 통일할 때 톈헝은 한나라에 복속하지 않고 5백 명의 문객을 이끌고 섬으로 도망쳤다. 류방이 사람을 보내 그를 불러들이자 뤄양洛陽으로부터 30리 쯤 떨어진 옌스偃師 서우양산首陽山에서 자살했다.

화곡과 송성 두 가지가 있는 것이다. 대저 악부의 가법에는 여러 가지 방안들이 응축되어 있다는 것을 알 수 있다.

제2절 절구의 가법歌法

당에 이르면 한위의 고악부를 노래하는 풍조가 점차 쇠미해지고 신성新聲이 일어났다는 것은 앞서 서술한 대로다. 현종은 알려진 바와 같이 영명한 군주로 게다가 또 음악에도 극히 뛰어난 사람이었다. 좌부기坐部伎 3백 명을 선발해 친히 금원禁苑의 이원梨園에서 가르치고, 궁녀 수백 명 또한 이원의 제자로 삼았다(뒤의 당의 이원악梨園樂 조 참조). 마치 한 무제 때 리옌녠의 경우와 같이 명인 리구이녠李龜年이 이원의 악장이 되었고, 황판취黃旛綽, 레이하이칭雷海靑, 리무李暮 등이 서로 모여 율려와 궁조를 논하고 성대하게 신악을 연구했다. 또 육조 이래로 서역과의 교통이 성행했기에, 수당 교체기에는 서방의 호악이 많이 수입되었다. 곧 악부의 이름에 이저우伊州, 간저우甘州, 량저우涼州 등의 변방 지명이 붙어 있는 것은 그 지역에서 전해진 호악의 곡조를 취한 것이다. 장한가로 유명한 예상우의霓裳羽衣의 곡도 현종이 꿈에 월궁에서 노닐며 배운 것이라 전하는데, 사실은 서량부西涼府의 도독 양징수楊敬述가 바친 천축天竺 바라문婆羅門의 곡이라고 한다.

대저 신악에 맞춰 부른 악장樂章이 무엇이었는가 하면, 오칠언의 절구였다. 율시, 절구는 당대에 새로 일어난 근체로 평측과 압운의 규칙이 극히 엄격하고, 음률이 잘 어우러진 것이었다. 그 중에서도 절구는

---

16) 「서조야비西鳥夜飛」는 악부시 「청상곡사·서곡가淸商曲辭·西曲歌」에 속하며, 모두 5수이다.

겨우 오칠언 사구에 한정되고, 그 위에 율시와 같이 대련對聯에 속박되지 않았기에, 악률에 맞춰 노래하기에 아주 적당했다. 만약 또 곡조의 형편상, 네 구로 짧다고 여겨지면, 몇 수를 연결하기에도 편리하다. 그러므로 이원에서 연주되는 대곡이나, 술자리에서 창하는 소령小令은 그 가사가 절구였다. 절구는 실제로 당대의 악장이었다. 이를테면, 가오스高適, 왕창링王昌齡, 왕즈환王之渙의 세 시성詩星이 주루에 오르면 가기歌妓가 세 사람 중 어떤 사람의 시를 가장 많이 노래했는가에 의해 시명詩名의 고하를 정했다고 하는 유명한 일화가 당대 사람의 소설에 보인다. 혹은 그런 일이 없었다고 부정한 고증가도 있는데, 그런 사실이 있었는지 여부는 불문하고, 요컨대 당대 명가의 작품을 노래하는 풍조가 유행했다는 정도는 알려져 있다. 바이쥐이白居易 같은 경우는 시 한 편이 나올 때마다 창안長安의 명기가 새로운 것을 앞 다퉈 배우고 전해, 그것에 의해 성가를 높였다. 그래서 선종宣宗의 만련輓聯에도 "아이도「장한가」를 읊조리고, 호아胡兒도「비파행」을 노래할 수 있다童子解吟長恨曲, 胡兒能唱琵琶篇"고 하였다.

리바이李白의 청평조는 칠절七絶 세 수이다. 전傳에 이르기를, 현종이 양귀비와 심향정香亭의 목작약木芍藥을 완상하며 주연을 베풀었을 때, 이원의 구곡은 재미가 없다고 하여, 급히 한림 리바이를 궁중에 불러 시를 짓고, 리구이녠에 명하여 악보를 고르게 하고, 황제 스스로 옥적을 불어 곡을 조율하며 곡편曲遍의 전환하는 것에 그 소리를 느리게 하여 여운을 응축시켰다고 한다. 또「예상우의霓裳羽衣」는 모두 13첩疊이다. 송대의 선퀴沈括의『몽계필담夢溪筆談』에(다만『벽계만지碧雞漫志』에서는 12첩이라 했다) 다음과 같이 기록되어 있다.

대저「예상곡」13첩은 앞 6첩은 박자가 없고, 제7첩에 이르면, 곧 첩편이

라 일컫는데, 이로부터 비로소 박자가 있어 춤을 춘다.[17]

이것은 무곡舞曲으로 노래하지 않는 것이다. 그러므로 바이쥐이의
「장한가」에서 "모두 놀라 예상우의곡도 끊어지고驚破霓裳羽衣曲"라 하
였고, 또 "마치 예상우의의 곡을 춤추듯 하였네猶似霓裳羽衣舞"라 하였다.
그리고 또 대곡을 얽어 짜는 것에 관해서는 『벽계만지』에서 다음과
같이 설명했다.

> 대저 대곡에 산서散序, 삽級,, 배편排遍, 전顚, 정전正顚, 입파入破, 허최虛催,
> 실최實催, 곤박袞拍, 편헐遍歇, 살곤殺袞이 있어 비로소 하나의 곡을 이루니,
> 이것을 대편大遍이라 일컫는다.[18]

이것은 악가樂家의 전문으로 문외한에게는 이해하기 어려운 것인데,
요컨대 시작이 있고 끝이 있고, 완급과 허실의 리듬을 조합해 하나의
곡을 만드는 것이다. 후대의 원곡의 투수套數도 여기에서 일어난 것이
다. 기타 대곡, 수조가두水調歌頭는 11편遍이고, 이주가伊州歌는 10편,
육주가陸州歌는 7편으로 이루어져 있다. 그런데 그 1편은 오칠언 절구
를 쓴 것이다. 송대의 후짜이胡仔[19]의 『어은총화漁隱叢話』에서는 다음

---

17) 원문은 다음과 같다. "「霓裳曲」凡十三疊, 前六疊無拍, 至第七疊方謂之疊遍,
自此始有拍而舞."
18) 원문은 다음과 같다. "凡大曲有散序, 靸,, 排遍, 顚, 正顚, 入破, 虛催, 實催,
滾拍, 遍歇, 殺滾, 始成一曲, 此謂大遍."
19) 후짜이胡仔(1110~1170년)는 남송의 저명한 문학가이며, 자는 위안런元任이다.
명국공明國公 후순즈胡舜陟의 둘째 아들로, 지시績溪(지금의 안후이安徽에 속함)
사람이다. 그 아비가 친후이秦檜의 모함을 받자 저장浙江 후저우湖州의 탸오시
苕溪에서 은거하며, "날마다 낚시 드리우고 자족한다日以漁釣自適"는 의미에서
탸오시위인苕溪漁隱이라 자호自號하였다. 저서로 『초계어은총화苕溪漁隱叢話』
전집前集 60권이 있다. 뒤에 다시 푸젠福建에서 벼슬을 살다가 다시 탸오시로

과 같이 기술했다.

　　『채관부시화蔡寬夫詩話』에서는 다음과 같이 말했다. 대저 당대 사람의 가
　곡은 본래 소리를 따라 장단구를 짓지 않았으니, 대부분 오언이나 칠언의
　시였다. 노래는 그 사辭와 화성을 취해 서로 겹쳐 음을 이루었을 따름이다.
　우리 집에 옛 량저우涼州, 이저우伊州의 사가 있는데 오늘날의 편수遍數와
　모두 같고 다 절구다. 어찌 당시 사람의 사가 요즘 칭하는 바가 된 것인
　바 이 모두가 가인들이 절취하여 이것을 곡조로 퍼뜨린 것이 아니겠는
　가?[20]

　　그러나 실제로 절구를 노래할 때 어떻게 노래했는지는 악보가 전하
지 않기 때문에 분명하지 않다. 어떻든지 간에 노래이기 때문에 어떤
구는 이것을 복송復誦하고, 어떤 곳은 한 글자를 훔쳐, 구와 구 사이나
구말에 화성和聲이나 산성散聲을 끼워 넣어 재미있게 가락을 붙여 노
래했음에 틀림없다. 화성은 음악의 여성餘聲으로 길게 늘이는 소리이
고, 산성은 곡보 이외의 '아이노테合いの手'[21] 류이다. 또 이미 있는 악
곡樂曲, 이를테면 외국에서 전래된 악보와 같은 것에 맞춰 노래하는
경우, 여러모로 궁리를 하며 절구를 이어붙인 것이리라. 절구의 창법
에 따라 두 세 개의 예를 들어보겠다.

　　위성곡渭城曲[22)] 　왕웨이王維

　　돌아와 『초계어은총화』 후집 40권을 펴냈다. 이 저작으로 북송의 시가 발전사
　를 엿볼 수 있다.
20) 원문은 다음과 같다. "蔡寬夫詩話雲, 大抵唐人歌曲本不隨聲為長短句, 多是五
　言或七言詩. 歌者取其辭與和聲相疊成音耳. 予家有古涼州伊州辭, 與今遍數悉
　同而皆絕句也. 豈非當時人之辭為一時所稱者, 皆為歌人竊取播之曲調乎."
21) 아이노테合いの手는 노래와 노래 사이에 넣는 일본 악기 사미센三味線만의 간
　주를 의미한다.

渭城朝雨浥輕塵	위성의 아침 비 먼지를 가볍게 적시고
客舍青青柳色新	객사 앞에는 푸르게 버들 빛이 새롭다
勸君更盡一杯酒	그대에게 한 잔 술 다시 권하노니
西出陽關無故人	서쪽으로 양관을 나서면 친구도 없다네.

이 시는 본래 안시安西로 부임하는 이를 전송하는 것인데, 극히 유명한 것이기에 나중에는 일반적으로 송별가로 불리어지게 되어 이것을 양관삼첩陽關三疊이라 하였다. 그런데 이 삼첩의 방법은 여러 설이 있는데, 일본의 서생 등은 결구結句만 삼창하고 삼첩이라 칭했다. 하지만 그게 아니라 원래는 첫 번째 구만을 단송單頌하고, 두 번째 구 이하는 매구를 복송復誦하는 것이라 했다. 후세의 원 북곡北曲에서 양관삼첩이라 제한 곡이 있어 대석조大石調에 속한다. 그 가법은 상당히 복잡한데, 따라서 고법의 삼첩의 면모를 그리는 것은 매유 유쾌하게 느껴진다.

양관삼첩陽關三疊 북곡北曲 대석조大石調

渭城朝雨浥輕塵	위성의 아침 비 먼지를 가볍게 적시고
更灑遍客舍青青	다시 두루 물을 뿌리니 객사가 푸르네.
弄柔凝千縷	부드럽게 희롱하니 천 가닥 엉켜 있고
更灑遍客舍青青	다시 두루 물을 뿌리니 객사가 푸르네.
弄柔凝翠色	부드럽게 희롱하니 천 가닥 엉켜 있고
更灑遍客舍青青	다시 두루 물을 뿌리니 객사가 푸르네.
弄柔凝柳色新	부드럽게 희롱하니 천 가닥 엉켜 있고
休煩惱	걱정 말게나
勸君更盡一杯酒	그대에게 한 잔 술 다시 권하노니
人生會少	사람이 살아가며 만남은 희소하고
富貴功名有定分	부귀공명은 정해진 연분이 있나니

---

22) 시오노야 온의 원서에는 '양관곡'으로 되어 있으나, '위성곡'이 더 일반적인 명칭이다.

休煩惱	걱정 말게나
勸君更盡一杯酒	그대에게 한 잔 술 다시 권하노니
舊遊如夢	예전에 노닐던 것 꿈만 같구나
只恐怕西出陽關	다만 두려운 것은 서쪽으로 양관 나서면
眼前無故人	눈앞에 옛친구 없으리
休煩惱	걱정 말게나
勸君更盡一杯酒	그대에게 한 잔 술 다시 권하노니
只恐怕西出陽關	다만 두려운 것은 서쪽으로 양관 나서면
眼前無故人	눈앞에 옛친구 없으리

또 '죽지竹枝', '채련자採蓮子' 등이 있다. 이것들은 완홍유萬紅友의 『사율詞律』23)에서 나온 것이다.

죽지竹枝 후당後唐 황푸쑹皇甫松

門前流水 (竹枝) 白蘋花 (女兒)	문 앞에 물 흐르고, 흰 개구리밥 꽃
岸上無人 (竹枝) 小艇斜 (女兒)	언덕 위엔 사람 없고 작은 배만 기울어 있네
商女經過 (竹枝) 江欲暮 (女兒)	상녀가 지나가고 강은 저물녘
散拋殘食 (竹枝) 飼神鴉 (女兒)	남은 밥 흩뿌려 갈가마귀 먹이네

採蓮子

菡萏香連十頃陂	연꽃 향기 호수 언덕에 가득 날리고
小姑貪戲采蓮遲	어린 처자 노는 데 빠져 연 따는 일 뒷전
晚來弄水船頭濕	저녁 무렵 희롱하는 물 뱃머리 적시네
更脫紅裙裹鴨兒	붉은 치마 벗어 오리 감싸네

---

23) 여기서 말하는 『사율詞律』은 20권 660개의 사패詞牌, 1180여 체로 구성되어 있다. 이것은 청대 완수萬樹(완홍유萬紅友라고도 한다)가 자기가 보았던 옛사람의 사를 분류하고 바로잡아 펴낸 것이다. 완수는 청대의 저명한 시사 작가로 이싱宜興 사람이다. 청대 강희 연간에 천팅징陳廷敬, 왕이칭王奕清 등이 강희제의 명을 받고 『흠정사보欽定詞譜』를 펴낼 때 완수의 『사율』에 기초해 착오를 바로잡고 증정增訂했다.

죽지는 파유巴歈[24]이고, 채련자는 오가吳歌로 모두 속요이다. 왕창링王昌齡, 류위시劉禹錫, 바이쥐이白居易 등의 시집에도 죽지, 양류자楊柳子 등의 제명이 보이는데, 죽지, 여아 등의 '하야시囃子'[25]나 '아이노테合いの手'는 실려 있지 않다. 원래 시집은 시구를 위주로 하기에, 특히 가법을 기록하지 않아 실제로 노래할 때는 여러 가지 산성散聲을 더해 박자를 취했을 것이다. 류위시의 죽지의 서에 다음과 같이 말했다.

> 그 해 정월에 내가 젠핑建平에 오니, 마을에서 아이들이 「죽지」를 연이어 노래하는데, 짧은 피리를 불고 북을 때리며 박자를 맞추고, 노래하는 이는 소매를 날리며 춤을 춘다.……그 음은 황종우黃鍾羽에 맞아떨어지고, 그 마지막 부분은 오吳 지방의 소리와 같이 격하고 거침없다.……생각을 품고 완곡하게 전환이 되는 것이 치수이淇水와 푸수이濮水의 아름다움이 있다.……[26]

'죽지'라 하고 '여아'라 하는 것은 곧 노래할 때 여러 사람들이 서로 추임새를 넣는 소리이다. 『사율詞律』에서도 "죽지, 여아는 곧 노래할 때 여럿이 서로 추임새 넣는 소리"라고 주를 달았다. 그런데 '죽지'라고 하면 노래하는 이가 대나무 가지竹枝를 손에 들고 박자를 맞추는

---

24) 파유巴歈는 노래 이름으로 본래는 유渝라고 해야 한다. 『사기 주史記注』에 유수渝水는 남쪽 만이족의 하나인 요족獠族 사람들이 사는 곳으로, 그들은 용맹하고 춤을 잘 추었다. 한 고조가 이들을 모병해 삼진三秦을 평정하니, 나중에 악부로 하여금 그들의 노래를 익히게 하여 파유무巴渝舞라 하였다.

25) 일본의 대표적인 가면假面 음악극인 노가쿠能樂나 가부키歌舞伎 등에서 박자를 맞추며 흥을 돋우기 위해서 피리·북·징 등을 사용해 반주하는 음악이다.

26) 참고로 시오노야 온의 인용문은 원문과 다르다. 여기서는 원문에 의거해 인용하고 번역했다. 원문은 다음과 같다. "歲正月, 餘來建平, 裏中兒聯歌『竹枝』, 吹短笛擊鼓, 以赴節, 歌者揚袂雎舞, 以曲多爲賢。聆其音, 中黃鍾之羽, 其卒章激訐如吳聲。雖傖佇不可分, 而含思宛轉, 有淇濮之豔。……"

것이다. 또 '채련자'는 배를 타고 노니는 곡이다. 오吳 지방은 수향水鄉이기 때문에 채련採蓮의 놀이를 많이 한다. 그 산성散聲을 '거도擧棹'라 하는 것은 곧 어느 것이든 손으로 잡는 것을 가리켜 말하는 것이다. '여아'라고 하고 '연소年少'라고 하는 것은 어떻든지 비속한데, 원래는 연가戀歌로 시골 아낙이나 촌로가 서로 무리지어 하는 놀이이기 때문에 이런 산성이 또 각별히 흥을 돋우었던 것이리라. 이것들의 가사를 음송하면, 어쩐지 일본의 '본오도리盆踊り'[27]의 풍속이 연상된다.

제3절 전사填詞

전사의 원류에 관해서는 『시수詩藪』나 『文體明辨』에 다음과 같이 나와 있다.

> 악부체는 고금으로 무릇 세 번의 변화가 있었다. 한위고시가 일변이고, 당대 사람의 절구가 또 일변이고, 宋元詞曲이 일변이다. 육조의 성우聲偶가 당대에 이르러 변화해 점차 나아갔고, 오대의 시여가 변해 송으로 점차 나아갔다.(『시수』)[28]
>
> 안컨대 시여는 고악부의 유별로서 후대 가곡의 남상이 되었다.(『문체명변』)[29]

이처럼 전사는 원래부터 고악부의 한 유파였는데, 직접 당의 절구로부터 나온 것이다. 대저 한위漢魏의 악부는 점차 소멸되어 당대 사람들

---

27) 음력 7월 15일 밤에 남녀들이 모여서 추는 윤무輪舞(본래는 정령精靈을 맞이하여 위로하는 뜻으로 행한 행사임).
28) 원문은 다음과 같다. "樂府之體, 古今凡三變. 漢魏古詞一變也. 唐人絕句一變也. 宋元詞曲一變也. 六朝聲偶變唐之漸乎. 五季詩餘, 變宋之漸乎,"(『詩藪』)
29) 원문은 다음과 같다. "按詩餘者, 古樂府之流別, 而後世歌曲之濫觴也."

은 절구만 노래로 불렀다. 그런데 절구의 가법에 화성和聲, 산성散聲, 투성偸聲[30]을 시행한 것은 사에서 비롯된 것이다. 곧 절구는 오칠언 사구의 단장短章으로 몹시 가지런했기에 이에 따라 변화가 적어 흥미가 결여되었던 것이다. 이에 실제로 노래할 때는 한 구절 가운데 한 글자를 도둑질 해와偸 이것을 메우고, 혹은 구와 구 사이나, 구의 말미에 화성이나 산성을 더해 장구長句로 하게 되면, 이로써 억양과 완급을 조절하게 된다. 이렇게 소리를 메우고 늘이는 것을 통해 악보를 어루만지고, 글자를 메우는 것이 곧 사이다. 주시朱熹는 이것을 다음과 같이 설명했다.

> 고악부는 시 가운데의 범성泛聲[31]으로 후대 사람은 이 범성을 잃는 것을 두려워 해 실자實字 하나를 부가해 결국 장단구를 이루었으니, 오늘날 곡자曲子가 곧 이것이다.[32] (『우촌곡화雨村曲話』)

전사는 당 중엽부터 일어났다. 이를테면 장즈허張志和의 「어가자漁歌子」, 류위시劉禹錫의 「소상신瀟湘神」 같은 것은 사체詞體로 보나 그 시대로 보나 전사의 시초임에 틀림없다.

---

30) 당송대 곡자사曲子詞 중의 용어로, 고대인들은 악보에 의거해 가사를 채워 넣었는데, 구두句讀나 성운聲韻에 모두 일정한 격식이 있었다. 다만 당시 음악가들은 곡조 면에서 자유롭게 늘이고 줄일 수 있었다. 이를테면, 「목란화木蘭花」의 상하궐上下闋은 원래 각각 세 개의 측운仄韻을 압운하는데, 후대의 음악가는 상하궐의 세 번째 구를 각각 세 글자를 덜어내고, 아울러 세 번째, 네 번째 구의 측운을 평운으로 바꾸었는데, 이것이 마치 평운을 다른 곳에서 도둑질해 온 것 같다고 해서 「투자목란화偸字木蘭花」라 바꿔 불렀다.
31) 연주할 때 음을 박자에 맞추기 위해 가볍고 느리게 연주하는 허성虛聲을 깔아주는 것으로, 산성散聲 또는 화성和聲이라고도 한다.
32) 원문은 다음과 같다. "古樂府只是詩, 中間卻添許多泛聲。後來人怕失了那些聲, 逐一聲添個實字, 遂成長短句, 今曲子便是。"(『朱子語類』 卷140)

어가자漁歌子 본의本意 장즈허張志和 중당中唐

5구 27자 4운韻

○●○○●○(首句 平韻 起)　西塞山前白鷺飛 서쪽 변새 산 앞에는 백로가 날고

◑○○●●○(二句 平葉)　桃花流水鱖魚飛 복숭아꽃 흐르는 물 쏘가리 날고

○●●(三句)　青箬笠 푸른 대나무 사립모

●○○(四句 平葉)　綠簑衣 초록색 도롱이

○○◑●●○○(5구 平起)　斜風細雨不須歸 바람 기울고 이슬비 내리는데 돌아갈 필요 없네.

소상신瀟湘神 본의本意 류위시劉禹錫 중당

5구 27자 4운

○●○(首句 平韻 起)　斑竹枝 반죽지

○●○(疊上三字)　斑竹枝 반죽지

◑○●●○○(三句 平葉)　淚痕點點寄相思 눈물 흔적 점점이 그리움 맡기고

●●●○○●●(四句)　楚客欲聽瑤瑟怨 초 땅 나그네 요슬의 원망 듣고자 하네

◑○●●●○○(5구 平葉)　瀟湘深夜月明時 소상의 깊은 밤 달 밝을 때

억왕손憶王孫 춘사春詞 리중위안李重元 오대五代

5구 31자 5운

◑○◑●●○○(首句 平韻 起)　萋萋芳草憶王孫 무성한 방초는 왕손을 떠올리게 하네

●◑○○●●○(二句 平葉)　柳外樓高空斷魂 버드나무 밖 누대는 허공에 높이 솟아 혼백을 끊어내고

●◑○○●●○(三句 平葉)　杜宇聲聲不忍聞 두견 울음소리 차마 못 듣겠네

●○○(四句 平葉)　欲黃昏 황혼 무렵

◑●○○●●○(5구 平葉)　雨打梨花深閉門 비는 배꽃을 때리고 깊

은 곳 문을 닫네.

이상의 예는 사의 격식으로는 극히 원시적인 것이다. 「어가자」의 세 번째, 네 번째 구와 「소상신」의 첫 번째, 두 번째 구는 절구에서 한다면, 7자 구 중 한 글자를 훔쳐내 잘라서 세 글자씩 두 개의 구로 만든 것이고, 또 「억왕손」의 네 번째 구는 화성을 채워 넣어 3자구로 한 것이다. 평측과 압운도 약간 다르지만, 요컨대 시와 서로 떨어져 있는 것은 겨우 한 발자국 정도이다. 이것에 의해 「어가자」, 「소상신」, 「억왕손」이라는 평측 도식이 정해지고, 후대에는 사체의 정명定名이 되어, 사 작품 내의 의미와는 완전히 동떨어지고 말았다. 이를테면 일본의 「반딧불이螢の光」라든가, 「하코네의 산箱根の山」이라는 창가의 악보와 똑같은데, 악보의 이름이 되어 본래의 의미와는 완전히 관계가 없게 되었다. 「어가자」 체로 송별의 뜻을 지어도 그와 상관없이 제목은 역시 「어가자」인 것이다. 다만 본래의 작의作意에 의해 지었을 때는 이것을 본의라고 한다. 그런 까닭에 『문체명변』에서는 다음과 같이 말했다.

> 시여詩餘를 전사라고 하는 것은 곧 곡조에 정해진 격식이 있고, 글자에 정해진 수가 있고, 운에도 정해진 소리가 있고……[33]

도식대로 글자를 채워 넣기 때문에 전사塡詞라고 한 것이다. 다른 말로 '시여詩餘'라고 한 것은 시의 말류라는 뜻이다.

민간에서 전하기로는 전사는 리바이李白가 창시한 것이라 하는데, 이것은 리바이의 명성을 빌려 사의 기원을 중시한 것에 지나지 않는

---

[33] 원문은 다음과 같다. "詩餘謂之塡詞, 則調有定格, 字有定數, 韻有定聲……"

다. 그가 지은 것이라 일컬어지는 「보살만菩薩蠻」, 「억진아憶秦娥」 두 사는 오히려 복잡해서 도저히 원시적인 사체로 볼 수 없다. 처음부터 이런 체가 나온 것은 아니기 때문에, 후잉린胡應麟의 『소실산방필총少室山房筆叢』에서는 만당 사람이 만든 것이라고 했다.

그리하여 전사는 그 시초에는 극히 간단한 것이었는데, 유행함에 따라 그 형식이 점차 복잡해지고, 여러 체가 나오기에 이르렀다. 곧 동일한 곡조를 중첩하는 것을 쌍조雙調라 하고, 전후가 같은 단락인 것도 있고, 또 뒷단락의 첫머리를 바꾼 것도 있다. 이것을 '환두換頭'라 한다. 혹은 앞과 뒤가 완전히 다른 격식인 것을 중첩한 것도 있고, 혹은 3첩, 4첩한 것도 있다. 이에 따라서 자구도 길어지고, 이에 의해 소령小令, 중조中調, 장조長調의 명목이 나왔다. 사율에 의하면 58자 이내를 소령이라 하고, 59에서 90자 까지를 중조라 하며, 91자 이상을 장조라 한다. 그러나 이것은 또 통하지 않는 설로, 반드시 글자 수에 얽매일 필요는 없다. 사의 격식으로 가장 간단한 것은 16자령字令의 열여섯 글자부터 가장 긴 것은 「앵제서鶯啼序」의 4첩 240자에 이른다. 흠정 사보에 의하면 모두 826조調, 2360체라는 굉장한 숫자에 달한다. 그런 까닭에 시의 격식과 같이 간단하지 않기에 도저히 암기할 수 없다. 게다가 평측도 번거로워서 작자는 고심을 해서 생각해야만 한다. 아래에 쌍조의 예를 들어본다.

장상사長相思(앞뒤가 같은 단락)　전당錢唐 바이쥐이白居易 중당
●●○(首句 平韻起)　●●○(二句 平葉) 汴水流 泗水流　볜수이34)가 흐르고,
　　　　　　　　　　　　　　　　　　　　　　쓰수이35)가 흐른다.

---

34) 볜수이汴水는 허난河南에서 발원해 동남쪽으로 흐르다 안후이安徽 쑤 현宿縣으로 유입되어 쓰 현泗縣에서 쓰수이泗水와 합류해 화이허淮河로 흘러간다.

◐●○○◐●○(三句 平葉)　流到瓜州[36]古渡頭 과저우 옛 나루까지 흘러가네.

◐○◐●○(四句 平葉)　吳山點點愁 근심은 우 지방 산과 같이 점점이

　　　　　　　　　○思悠悠, 恨悠悠 생각은 부질없고, 한스러움 가없네

　　　　　　　　　恨到歸時方始休 이 한스러움 돌아갈 때에야 그치리

　　　　　　　　　月明人倚樓。달은 밝은데 누각에 기대어.

상견관相見觀[37](쌍조환두雙調換頭) 추규秋閨 리위李煜 남당南唐

◐○◐●○○(首句 平韻起)　無言獨上西樓 말없이 홀로 서쪽 누각에 오르니

●○○(二句 平葉)　月如鉤 달은 갈고리 같고

◐●◐○○●(三句)　寂寞梧桐深院 오동나무 정원 적막하다

●○○(四句 平葉)　鎖清秋 청량한 가을 기운

◐◐●(起句 仄韻換)　○剪不斷 잘라도 끊어지지 않고

◐●●(二句 仄葉)　理還亂 생각을 가다듬어도 여전히 어지러워

●○○(三句 平葉)　是離愁 이별의 근심

●◐●○○(四句)　別是一般滋味 달리 심상한 일일 뿐

●○○(五句 平葉)　在心頭 그저 마음 속에만

보살만菩薩蠻(전후가 다르다) 규정閨情 무명씨(李白)

◐○◐○○●(首句 仄韻起)　平林漠漠煙如織 들판 위 숲은 막막하니 저녁 이내 자욱하네.

○○◐○○●(二句 仄葉)　寒山一帶傷心碧 한산 일대는 상심한 듯 푸르고

◐●●○○(三句 平韻換)　暝色入高樓　어둑할 제 높은 누각 오르니

◐○◐●○(四句 平葉)　有人樓上愁 누각 위 근심어린 사람 있어

---

35) 쓰수이泗水는 산둥 성 취푸曲卓에서 발원해 쉬저우徐州를 거친 뒤, 볜수이汴水와 합류해 화이허淮河로 들어간다.

36) 과저우瓜州는 지금의 쟝쑤 성江蘇省 양저우 시揚州市 남쪽이다.

37) '상견환相見歡'이 맞는다.

◐○○●●(起句 仄韻三換)	玉階空佇立	옥계단에 공허하게 서 있으려니
◐●○○●(二句 仄葉)	宿鳥歸飛急	둥지로 돌아가는 새는 급히 날아 가는데
◐●●○○(三句 平韻四換)	何處是歸程	어디라 돌아갈 길이런가.
◐○○●○(四句 四平葉)	長亭更短亭	장정長亭 지나니 또 단정短亭일세

억진아憶秦娥(쌍조환두雙調換頭) 당 무명씨(李白)

○◐●(首句 仄韻起)	簫聲咽	퉁소 소리 목이 메는 듯
◐○●●○○●(二句 仄葉)	秦娥夢斷秦樓月	진아의 꿈 끊어지고 진루의 달
○○●(三句 疊上三字)	秦樓月	진루의 달
●○○●(四句)	年年柳色	해마다 버들 빛
●○○●(五句 仄葉)	灞陵傷別	파릉의 이별에 상심하고
◐○●●○○●(起句 仄葉)	○樂遊原上淸秋節	맑은 가을 절기에 들판 위에서 즐겁게 노닐었지.
◐○●●○○●(二句 仄葉)	鹹陽古道音塵絶	셴양의 옛길에는 소식 끊어지고
○○●(三句 疊上三字)	音塵絶	소식 끊어지고
●○○●(四句)	西風殘照	서풍 불어오는 석양에
●○○●(五句 仄葉)	漢家陵闕	한 왕실의 능과 대궐

이상의 예에서 「보살만」이나 「억진아」의 체가 「어가자」나 「소상신」보다 앞선다는 것은 도저히 생각할 수 없다. 리위李煜의 환두換頭, '잘라도 끊어지지 않고剪不斷' '생각을 가다듬어도 여전히 어지러워理還亂'의 두 구절은 아주 유명하다. 요컨대 사는 중당에서 일어나 만당부터 오대에 걸쳐 크게 유행하고, 송에 이르러 대단한 성황을 이루었다. 휘종은 망국의 군주이지만, 음율에도 정통해 저우방옌周邦彦에게 대성악부大晟樂府를 맡기니, 성조를 비절比切하여 왕성하게 신성新聲을 만들어냈다. 그런 형편이었기에 송대 사람들은 대체로 사에 능했다. 어우

양슈歐陽修, 쑤스蘇軾 등이 모두 사를 지었고, 그 중에서도 친관秦觀의 사는 완려婉麗하고 기미綺靡하여 소석조小石調와 같다고 칭해졌다. [그의 사는] 곧잘 인구에 회자되어, 먼 곳에 있는 여자가 이것을 좋아해 죽음에 이른 일이 있었다고 할 정도로, 사람의 마음을 깊이 흔들어 놓았으니38), [당시] 전사의 유행 정도를 상상할 만하다. 그런데 남송에 이르러 쟝쿠이薑夔, 장옌張炎 등의 명가가 배출되어 다시 그 성황이 극에 달했다.

송사는 남북 양파가 있다. 남파는 류융柳永, 저우방옌 일파로, 완약함 위주고, 북파는 쑤스蘇軾, 신치지辛棄疾 일파로 호방함이 위주다. 그런데 사는 원래 가곡이었던 까닭에, 인정에 근거해 사의 완려함과 곡조의 유창을 귀히 여겼다. 그로 인해 마땅히 완약한 남파를 종파로 삼아야 하고, 호방한 북파는 오히려 별격別格이라 해야 한다.『문체명변』에서는 다음과 같이 말했다.

> 요컨대 악부와 시여는 똑같이 관현에 걸어 [노래한다.] 특히 악부는 밝고 힘이 있으며 정신이 분발되는 것을 뛰어난 것으로 여기고, 시여는 완려함과 유창함을 아름다움으로 여기니 이것이야말로 양자의 다른 점이다.39)

또 한 걸음 더 나아가 이렇게 단언했다.

---

38) 이 내용은『문체명변』에 의거한 것이다. "그런데 친관의 사가 항간에 전해져 먼 곳에 있는 여자 역시 [그것이 인구에] 회자됨을 알았고, 지극히 좋아한 나머지 죽음에 이르렀으니, 그것이 사람을 감동시킨 것을 그로 인해 알 수 있다. 然觀秦少遊之詞, 傳播人間, 雖遠方女子, 亦知膾炙, 至有好而至死者, 則其感人, 因可想見."(『文體明辨』)
39) 원문은 다음과 같다. "要之樂府詩餘同被管絃, 特樂府以噭迅揚厲爲工, 詩餘以婉麗流暢爲美, 此其不同."

그 사를 논함에 이르면, 완약한 것이 있고, 호방한 것도 있다. 완약한 것은 그 문사가 감정을 담아내려 하고, 호방한 것은 그 기상이 드넓다. 대저 각기 그 기질이 [다른 것] 때문이긴 하지만, [결국] 사라고 하는 것은 사람을 감동시키는 것을 귀히 여긴다. 요컨대 완약만을 올바른 것으로 여기는 것은 옳지 않은 즉, 비록 극히 정교하고 뛰어나더라도 끝내는 본색과 어그러지니, 식견 있는 이가 취할 바는 아니다.40)

마지막으로 우스개 말을 인용해 남북 양파의 차이를 설명해 보겠다. 사화詞話에서 이르되, 쑤스蘇軾가 한림원에 있을 때 막료 중 노래를 잘 하는 자가 있었다. 이에 쑤스가 자신의 사와 류융의 사를 어떻게 비교하는지 물어보니, 답하여 말하기를 류융의 사는 열 일고여덟 먹은 여자 아이가 홍아박紅牙拍을 어루만지며, "수양버들 언덕, 새벽바람에 지는 달楊柳之岸 曉風殘月"을 노래하는 데 능숙하고, 쑤스의 사는 관서關西의 대한大漢이 철도판鐵棹板을 잡고 "창쟝은 동으로 흘러가고大江東去"를 창하는 데 적당하다고 하였다. 쑤스는 그 말로 인해 포복절도했다고 한다. 요컨대 류융의 사는 사첩반四疊半 식의 가볍게 한 잔 하고 낮게 읊조리는淺酌低唱 데 적당하고, 쑤스의 사는 혼고자本鄕座41)의 나니와부시浪花節42)을 듣는 듯한 것으로, 전자가 여성적이라면 후자는 남성적이다. 이것이 곧 남북 양파의 비교이다. 덧붙여 말하자면, "수양

---

40) 원문은 다음과 같다. "至論其詞, 則有婉約者, 有豪放者. 婉約者欲其辭情醞藉, 豪放者欲其氣象恢弘, 蓋雖各因其質而詞貴感人, 要當以婉約爲正否則雖極精工, 終乖本色, 非有識之所取也."

41) 혼고자本鄕座는 현재 도쿄 도東京都 분교 구文京區 혼고本鄕 3쵸메丁目에 메이지 초기부터 전전戰前의 쇼와昭和 시기까지 있었던 극장으로, 처음에는 오쿠다자奧田座였다가 다음에는 하루키자春木座라 했다.

42) 나니와부시는 사미센三味線을 반주로, 주로 의리나 인정을 노래한 대중적인 창唱이다.

버들 언덕, 새벽바람에 지는 달楊柳之岸 曉風殘月"은 류융의 명편이고, "창쟝은 동으로 흘러가고大江東去"는 쑤스의 득의에 찬 작품이다.

우림령雨霖鈴(쌍조) 추별秋別 류융柳永

寒蟬淒切, 對長亭晚	가을 매미 서럽게 우는데, 이별하는 정자에 저녁이 되어
驟雨初歇。都門帳飮無緖	소나기 막 개니 도성 문에 휘장을 치고 송별연을 하지만 술 마실 생각 없고
方留戀處, 蘭舟催發	바야흐로 머뭇거림에 타고 갈 배는 출발을 재촉하네.
執手相看淚眼, 竟無語凝噎	잡은 손 서로 바라보며 눈물지으니, 말없이 목이 메네.
念去去, 千裏煙波	가고 또 갈 길 생각하면 천릿길 안개 자욱한 수면에
暮靄沈沈楚天闊	저녁 이내 깔린 초 땅의 하늘은 공활하네.
多情自古傷離別	다정한 이여 옛부터 이별은 마음 상하게 하니
更那堪, 冷落淸秋節	이렇듯 썰렁한 가을날 어찌 감내할거나.
今宵酒醒何處?	오늘밤 마신 술은 어느 곳에서 깨어날꼬?
楊柳岸, 曉風殘月	수양버들 언덕, 새벽바람에 지는 달
此去經年, 應是良辰, 好景虛設	이번에 가고나면 여러 해 지나야 하니 좋은 날, 좋은 풍경 모두 헛되도다.
便縱有千種風情, 更與何人說	가슴 속 품은 정리 누구와 나눌꼬.

념노교念奴嬌(쌍조) 적벽회고赤壁懷古 쑤스蘇軾

大江東去, 浪淘盡, 千古風流人物	창쟝은 동으로 흘러, 파도의 포말은 천고의 풍류 인물 쓸어가 버렸다.
故壘西邊, 人道是：三國周郞赤壁	옛 성루 서쪽은 사람들 말하길 삼국시대 저우위周瑜의 적벽이라지.
亂石穿空, 驚濤拍岸	울퉁불퉁 바위에 구멍이 나고, 놀란 파도 강둑을 때리네.

卷起千堆雪	눈처럼 쌓인 포말 말아 올리니
江山如畵, 一時多少豪傑	강과 산은 그림 같고, 당시 얼마나 많은 호걸들 있었나.
遙想公瑾當年, 小喬初嫁了	아득히 먼 옛날 저우위의 그때를 회상하니 샤오챠오가 갓 시집왔었지.
雄姿英發, 羽扇綸巾	웅장한 자태 발하고 깃털 부채에 윤건을 쓰고
談笑間, 檣櫓灰飛煙滅	담소하는 사이 전선戰船과 노는 재가 되어 날리고 연기되어 사라졌네.
故國神遊	그 옛날로 돌아가 속세를 떠나 노니는데
多情應笑我, 早生華髮,	다정한 이 나를 비웃네 벌써 흰머리 났다고
人生如夢, 一尊還酹江月	꿈 같은 인생사, 한 잔 술 들어 강 속의 달에 붓네.

중국문학개론 하편

제5장 ●

희곡

제1절 서설

사는 남송에 이르러 그 성황이 극에 달해 마침내 일변하여 원곡元曲
이 되어 중국문학사에서 찬란한 광채를 발하기에 이르렀다. 세간의
문학사가들은 한문漢文, 당시唐詩, 송사宋詞, 원곡元曲으로 병칭하고, 이
네 가지를 그 시대를 대표하는 이른바 '획기적인Epoch-making' 대 문
학으로 내세웠다. 그런데 일본에서는 종래에 한문과 당시의 연구는
크게 성했지만, 송사와 원곡 연구는 등한히 했다. 일본의 사곡 연구자
로서는 앞서 다노무라 다케다田能村竹田가 있고, 뒤에는 [나의] 선사先
師인 모리 가이난森槐南 박사가 있을 따름이다. 다케다는 『전사도보塡
詞圖譜』를 엮었는데, 동시에 자신도 사를 지었다. 모리 박사는 그 소년
[시절]의 작에 「보춘천전기補春天傳奇」, 「심초추深草秋」 등의 곡이 있어,
청유淸儒 황쭌셴黃遵憲으로부터 "체를 갖춘 미세함"이라고 칭송받았
고, 또 일찍이 대학에서 사곡 강의를 했다. 근년에 이르러 일본의 쥬고
쿠中國1)에서도 곡학이 발흥해 곡화 및 잡극, 전기류의 간행도 적지 않

---

1) 이것은 나라 이름 '중국'이 아니라 일본의 지역 단위인 '쥬고쿠中國'를 가리킨
다. 곧 쥬고쿠는 일본 혼슈 서단의 지방으로, 산인지방(돗토리 현, 시네마 현)과

았다.

내 스승인 창사長沙의 예더후이葉德輝 선생과 하이닝海寧의 왕궈웨이王國維 군은 모두 사계의 태두이다. 특히 왕궈웨이에게는 『희곡고원戲曲考源』, 『곡록曲錄』, 『고극각색고古劇脚色考』, 『송원희곡사宋元戲曲史』 등 유익한 저서가 있다. 왕궈웨이가 교토에서 우거寓居한 이래로 일본의 학계는 큰 자극을 받아 가노 나오키狩野直喜 박사[2]를 필두로 구보 덴즈이久保天隨[3] 학사, 스즈키 효켄鈴木豹軒[4] 학사, 니시무라 덴슈西村天囚[5] 거사 및 망우亡友 가네이金井 군 등이 모두 이쪽 방면에 조예가 아주 깊다. 혹자는 곡학 연구에 탁견을 발표하고 혹자는 명곡名曲의 번역 소개에 먼저 손을 쓰는 등 만 마리의 말들이 서로 날뛰는萬馬奔騰 성황을 이루었다.

산요지방(오카야마 현, 히로시마 현, 야마구치 현)으로 나뉘며 두 지방 사이에 자연 인문상 차이가 뚜렷하다.

2) 가노 나오키狩野直喜(1868~1947년)는 히고肥後(지금의 구마모토 현熊本県) 출신의 중국학자(중국문학, 중국철학, 돈황학)이다. 교토제국대학京都帝國大學 명예교수로, 나이토 고난內藤湖南, 구와바라 지쯔조桑原隲蔵 등과 함께 교토대학 중국학의 창시자 가운데 한 사람으로 일컬어진다.

3) 구보 덴즈이久保天隨(1875~1934년)는 중국문학 연구가로, 타이베이제국대학 교수 등을 역임했다. 『지나문학사支那文學史』(人文社 1903)를 비롯한 다수의 저작을 남겼다.

4) 본명은 스즈키 도라오鈴木虎雄(1878~1963년)이며, 중국고전문학자이다. 도쿄제국대학 문과대학 한학과를 졸업하고 같은 학교 대학원을 중퇴한 뒤 신문사 기자와 도쿄고등사범학교(현재의 쯔쿠바대학築波大學의 전신) 강사와 교수 등을 거쳐 1908년 교토제국대학 교수가 되었다. 일본의 중국문학과 문화 연구의 창시자 가운데 한 사람으로 교토학파의 성립에 기여하였다. 제자로 요시카와 고지로吉川幸次郎와 오가와 다마키小川環樹 등이 있다.

5) 니시무라 덴슈西村天囚(1865~1924년)는 일본의 저널리스트이다. 본명은 도키 츠네時彥이며 덴슈는 그의 호이다. 일찍이 오사카大阪 아사히신문朝日新聞에서 명 칼럼을 연재한 바 있다.

그보다 앞서 메이지 30년 사사카와 린뿌笹川臨風[6] 학사는 『지나소설
희곡소사支那小說戲曲小史』를 공간公刊하고, 고다 로한幸田露伴[7] 박사는
『원곡선』의 해설을 시도했고, 모리카와 사쿠케이森川竹磎[8] 씨의 『사율
대성詞律大成』 20권은 대단한 고심을 들여 지은 것이고, 가깝게는 이마
제키 덴뽀今關天彭[9] 씨는 『지나희곡집支那戲曲集』을 저술했다. 나 역시
도 중국에서 유학할 때 예葉 선생을 좇아 명곡名曲 몇 개의 구두句讀를
배웠는데, 뭐가 됐든 당송 팔가의 명쾌하게 의미를 전달하는 문장과
달리, 자구의 현란함, 고사의 첩용, 여기에 더해 풍속 습관과 문물제도

---

6) 사사카와 다네오笹川種郎(1870~1949년)는 사사카와 린뿌笹川臨風라는 이름으
   로도 알려져 있으며, 일본의 역사가이자 평론가이다. 도쿄 출신으로 구제 아이
   치愛知 현립 중학교를 졸업하고, 제3고등중학교를 거쳐 제국대학 국사과를
   졸업했다. 메이지대학明治大學, 도요대학東洋大學의 교수를 역임했다. 역사서와
   미술 평론, 소설 등 폭넓은 저술 활동을 했다. 1924년 히가시야마문화東山文化
   를 논한 『히가시야마시대의 미술東山時代の美術』로 문학박사 학위를 취득했다.
   저서로 『지나소설희곡소사支那小說戲曲小史』(東華堂, 1897), 『지나문학사支那文
   學史』(博文館, 1898), 『일본문학사日本文學史』(文學社, 1901) 등이 있다.
7) 고다 로한幸田露伴(1867~1947)은 일본의 소설가로 본명은 시게유키成行이
   다. 가규안蝸牛庵 등의 별호가 있다. 에도江戶(현재의 도쿄) 출생으로, 제국학사
   원帝國學士院, 제국예술원帝國芸術院 회원이다. 『풍류전風流傳』으로 평가를 받았
   고, 『오중탑五重塔』, 『운명運命』 등의 문어체 작품으로 문단에서의 지위를 확립
   했다. 의고전주의擬古典主義의 대표 작가이자 한문학과 일본 고전, 여러 종교에
   도 정통했다.
8) 모리카와 사쿠케이森川竹磎(1869~1917년)는 메이지明治에서 다이쇼大正시대
   에 활동했던 한시인이다. 모리 가이난森槐南에게 시를 배웠고, 「시원詩苑」 잡지
   를 창간했다. 저작으로 「득간집得間集」이 있다.
9) 이마제키 덴뽀今關天彭(1882~1970년)는 메이지明治부터 쇼와昭和시대에 걸쳐
   활동했던 중국연구가이다. 이시가와 고사이石川鴻齋, 모리 가이난森槐南 등에게
   서 학문을 배워, 조선총독부 촉탁 등의 일을 하면서 베이징에 이마제키 연구실
   을 설립했다. 전후에는 한시 잡지 『아우雅友』를 창간했다. 저작으로 「근대 중국
   의 학예近代支那の學藝」와 「덴뽀 시집天彭詩集」 등이 있다.

도 알기 어려워 도저히 쉬운 작업은 아니었다. 요컨대 당송 팔가의 문장은 쌀이나 곡식처럼 민생에 불가결한 존재라면, 사곡은 진귀한 백가지 맛처럼 부귀한 집에서만 완상할 수 있는 것이다. 그렇지만 태뢰太牢의 진귀한 요리를 보면 식지食指의 움직임을 금할 수 없듯이, 감히 그 한 점의 고기를 맛보려고 하는 것이다.

대저 원곡은 곧 잡극인데, 곡曲과 백白, 과科 세 가지로 이루어져 있다. 배우의 등장과 연기하는 것을 과라고 하고, 대사를 백이라 한다. 일본의 시바이芝居[10]라면 이것으로 충분하지만, 중국의 전통 극은 가극으로, 정확하게 일본의 노能, 교겐狂言, 서양의 오페라나 또는 오페라의 소극 같은 것이다. 현재 베이징 관화官話로 '극을 보는 것觀戱'을 '극을 듣는다聽戱'라고 하는 것은 서양에서도 오페라를 듣는다고 하는 것과 똑같다. 곧 곡이 중국 극의 중심으로, 관현악에 맞춰 가창하는 것이다. 그런데 그 곡은 곧 전사塡詞['멜로디에 따라 가사를 붙인 것]이다. 다만 예전의 사와는 당연하게도 음운과 격조를 달리하고, 사보(『흠정사보欽定詞譜』, 『전사도보塡詞圖譜』)처럼 달리 곡보(『태화정음보太和正音譜』, 『흠정곡보欽定曲譜』)가 있고, 동일한 명칭의 전사라도 사보와 곡보는 완전히 별체別體이다. 이를테면 아래와 같다.

취화음醉花陰 소령小令 쌍조雙調 전후동단前後同段(시여보詩餘譜)
중양重陽 리칭자오李淸照
●◐●●○●●(韻 七字句)　薄霧濃雲愁永晝　엷은 안개 짙은 구름 근심하
　　　　　　　　　　　　　　　　노니 낮은 길기만 하네
●●◐○●(葉 五字句)　　瑞腦鎖金獸　용연향 짐승 모양의 향로에서

　　　　　　　　　　　　　뿜어져 나오고

◑●●○○(五字句)　　　佳節又重陽　중추가절이라 또 다시 중양절일세

◑●◑○◑●○○●(葉 九字句)　玉枕紗櫥半夜涼初透　옥베개 베고 비단

　　　　　　　　　　　　휘장 안에서 한밤중 냉기 바야흐로 스미네

　　　　　　　　　　　　○東籬把酒黃昏後　동쪽 울타리에서 저물녘

　　　　　　　　　　　　까지 술을 마시네

　　　　　　　　　　　　有暗香盈袖　은근한 향기 옷소매에 배어드니

　　　　　　　　　　　　莫道不銷魂　넋 나갔다고 말하지 마소

　　　　　　　　　　　　簾卷西風人比黃花瘦　주렴 걷으니 서풍 불어

　　　　　　　　　　　　사람이 국화보다 여위었구려.

취화음醉花陰 황종궁黃鍾宮　（북곡보北曲譜）

단구선생丹丘先生

平上平平去平上(韻 七字句)　無始之先道何祖　무시無始의 앞에 무슨 선조를

　　　　　　　　　　　　말하는가

去平平平去上(葉 六字句)　太極初分上古　태극이 처음 나뉘던 상고 시대

上平去去平平(葉 六字句)　兩儀判混元舒　음양이 세계를 나누고 풀어내니

去去平平(四字句)　　　四象方居　비로소 사상四象[11]이 자리 잡았네.

平去平平去上(葉 六字句)　一氣爲天地母　기가 천지의 어미가 되었도다.

　이상과 같이 사에서는 단순히 평측을 나누었을 뿐이지만, 곡이 되면
평·상·거 삼성을 하나하나 구별한다. 다만 입성 자는 원대의 북곡에
서는 소멸되었다.

　대저 전통 극은 당의 이원梨園이 남상이다. 오늘날 아직까지도 배우
들이 현종을 제사지내는 것은 그 유풍이다. 그런데 원대의 희곡은 직

---

11) '사상四象'은 다양한 의미를 갖고 있다.

　1. '금, 목, 수, 화金·木·水·火'를 일컫는 말.

　2. '태양太陽·태음太陰·소양少陽·소음少陰'을 일컫는 말.

　3. 역괘의 네 상(象). [실상(實象)·가상(假象)·의상(義象)·용상(用象)]

접 송과 금대에 창시된 것이기에, 먼저 당송의 고극古劇의 일부를 서술하고, 연후에 금과 원의 잡극에 대해 언급하겠다.

제2절 당송의 고극

제1항 당의 가무희

육조[가 지나가는] 사이에 고악古樂이 크게 무너지고, 아속雅俗의 악이 뒤섞여 거의 차이가 없어졌다. 수 문제는 진을 멸하고 그 악을 얻은 뒤, 이것이야말로 화하華夏의 정음이라고 탄복을 한 뒤, 비로소 음악을 나누어 아속의 두 부라 했다. 당이 흥하고 음악은 역시 수의 옛것에 의거했는데, 무덕武德(고조 리위안李淵 의 연호) 이후 내교방內敎坊을 수도에 설치하고 전적으로 속악을 담당하게 했다. 무릇 제사와 대조회大朝會 같은 국가의 대전에는 태상太常(악관)의 아악을 쓰고, 세시歲時의 향연 같은 궁중의 연악燕樂에는 교방의 속악을 쓰도록 했다. 그런데 속악은 치성徵聲을 잃고 모두 사성四聲 28조였다.

현종은 특히 음악에 정통해 내교방을 봉래궁蓬萊宮 옆에 두고 산악散樂과 창우倡優의 기예를 장려하고 좌부기坐部伎(좌부坐部와 입부立部가 있는데, 전자는 당상에 앉고, 후자는 당하에 서서 음악을 연주하는 것)의 자제 3백 명을 선발해 천자 자신이 이원에서 음악을 가르쳤다. 말하자면 궁정음악학교라고도 할 수 있는 바, 그 생도를 황제이원제자라 하고, 궁녀 수백 명도 이원의 제자가 되어 의춘북원宜春北園의 이원에 거했다. 안컨대 의춘원은 곧 내교방이 있는 곳이다. 또 내교방의 밖에 외교방이 있어, 이것을 좌우교방이라 했다.

당시 명 배우로 리구이녠李龜年, 리무李暮, 레이하이칭雷海靑, 황판춰黃旛綽, 허화이즈賀懷智, 마셴치馬仙期의 무리가 있어 음곡에 밝고 가무에 뛰어났다. 또 춤의 종류로는 연무軟舞, 건무健舞 등이 있어, 양귀비 같은 경우는 가무에 가장 뛰어났는데, 유명한 예상우의곡霓裳羽衣曲 또한 무곡이었다. 그런데 가무음곡 이외에 또 희극이 있어, 「대면大面」, 「발두撥頭」, 「답요낭踏謠娘」, 「소중랑蘇中郎」, 「굴뢰자窟礧子」, 「참군희參軍戲」 등의 이름이 여러 책에 보인다.

(가)「대면大面」

또는 「대면代面」이라고도 한다. 원래 북제北齊에서 일어난 것이다. 북제의 난릉왕蘭陵王 가오창궁高長恭[12]은 무예에 재주가 있고 용감해 싸움에 능했는데, 용모가 자못 아름다워 여자 같았다. 이에 그 적을 위협하기에 족하지 않은 것을 싫어해 나무를 깎아 가면을 만들어 항상 그것을 착용하고 진중에 임했다. 일찍이 주나라의 군사를 금용성金埔城 아래서 격파하고, 용맹이 삼군에서 으뜸이었다. 제나라 사람은 이것을 장하게 여겨 그 춤을 만들어, 그 대장기 휘두르고 칼로 찌르는指麾擊刺 모습을 본떠서 「난릉왕입진곡蘭陵王入陣曲」이라 칭했다[13]고 한다. 당의 대면희가 곧 이것이다. 희자戲子는 무섭고 큰 가면을 쓰고, 몸에

---

12) 가오창궁高長恭(541~573년)은 중국 남북조시대 북제北齊의 황족이며 무장이다. 창궁은 그의 자字이며, 이름은 쑤肅 또는 샤오관孝瓘이다. 가오청高澄의 넷째아들로, 그의 작호인 난릉왕蘭陵王 또는 나릉왕羅陵王으로 불리기도 한다. 북주나 이민족과의 전투로 상당한 용맹을 천하에 알렸으며 후뤼광斛律光과 함께 북제의 군사력을 지탱하는 무장이었다.

13) 참고로 이하의 내용은 시오노야 온이 왕궈웨이의 『송원희곡사』에 바탕해 기술했는데, 우리말 번역은 시오노야의 일본어 번역과 원문을 모두 고려한 결과에 바탕해 진행했다. 이하 번역문 역시 마찬가지다. 이 원문은 다음과 같다.
"『代面』出於北齊. 北齊蘭陵王長恭, 才武而面美, 常著假面以對敵. 嘗擊周師金埔城下, 勇冠三軍, 齊人壯之. 爲此舞以效其指揮擊刺之容, 謂之「蘭陵王入陣曲」."(『舊唐書·音樂志』)

는 자색紫色 옷을 입고, 허리에는 금장도를 차고, 손에는 채찍을 들고 춤을 췄다.

(나)「발두撥頭」

혹은「발두鉢頭」라고도 한다. 원래 서역에서 나온 것이다. 그 줄거리는 호인胡人이 맹호에게 물려 죽었는데, 그 아들이 산에 올라 아비의 시신을 찾고 통곡을 한 뒤 결국 호랑이를 퇴치하고 부모의 원수를 갚는다는 것이다. 희자는 머리를 풀어헤치고 소복을 입어 상장喪章을 갖추고 울상을 지었다고 한다.14) 왕궈웨이는 발두가『북사·서역전』에 있는 발두국撥豆國의 역음으로, 그 연희는 원래 발두국에서 일어나 쿠차龜玆 등의 나라를 거쳐 중국에 전래된 것이라고 논했다(『송원희곡사』).

(다)「답요낭踏謠娘 」

북제의 사람으로 쑤蘇라는 성을 가진 이가 있었다. 실제로는 입사入仕하지 않았는데도 스스로 낭중郎中이라 불렀다. 콧등에 부스럼이 있었으며, 술 마시는 것을 좋아했는데, 주벽이 좋지 않아 취하면 자기 아내를 때렸다. 아내는 대단한 미인으로, 여기에 노래도 잘 했기 때문에, 곧 슬픔을 담아 원망스러운 가사를 지어 이웃에 하소연했다. 이것을 그대로 취해 극으로 만든 것이다. 배우는 부인의 행색을 하고 천천히 걸어서 입장하면서 노래를 불렀다. 매 곡조마다 옆에 있는 사람들이 일제히 여기에 화답하며, "춤추고 노래하며 화답하세. 여인의 괴로

---

14) 원문은 다음과 같다. "撥頭者, 出西域. 胡人爲猛獸所嚙, 其子求獸殺之, 爲此舞以象之也."(『舊唐書·音樂志』)

움 춤추고 노래하세. 화답하세."라 하였다('답요踏謠'는 걸어가면서 노래하는 것이다). 그리고 나서 그 남편이 다가와 부부가 싸우는 모습을 시작하면 [사람들은] 그것을 웃으며 즐겼다.15)

(라) 「소중랑蘇中郞」

후주後周 사람으로 쑤파蘇葩라는 이가 있었는데, 술을 아주 좋아했다. 벼슬을 하지 못했지만, 자신을 중랑中郞이라 불렀다. 어딘가에 잔치하는 곳이 있으면, 불쑥 들어가서 혼자 흥에 겨워 춤을 추었다. 그래서 이 극을 연구하는 이는 붉은 비단 옷을 입고, 모자를 쓰고, 얼굴을 붉게 분장하여, 술에 취한 모양을 표현했다.16) 안컨대 「답요낭」과 「소중랑」은 모두 성이 쑤蘇인데, 하나는 낭중郞中이라 했고, 다른 하나는 중랑中郞이라 했다. 아마 동일 인물로 부부 양방면을 따로따로 그려낸 것인 듯하다. 여기서 주의해야 할 것은 소중랑은 대면에서 한 걸음 더 나아가 직접 얼굴에 칠을 한 것인데, 후대의 배우들이 다섯 가지 색의 바림을 한 것은 전적으로 여기에서 기원한 것이다.

이상은 무악을 위주로 한 것이다. 당악唐樂은 일찍이 일본에 건너와 오늘날에도 아악으로 전해지고 있다. 그 가운데 능왕陵王, 발두撥頭, 호음주胡飮酒 등이 있다. 능왕은 곧 난릉왕蘭陵王으로 대면이고, 발두는 발두撥頭, 발두鉢頭의 음역이다. 모두 오늘날에도 가면이 남아 있기에

---

15) 원문은 다음과 같다. "北齊有人性蘇, 鮑鼻, 實不仕, 而自號爲郞中. 嗜飮酗酒, 每醉輒毆其妻, 妻銜悲訴於隣裏. 時人弄之. 丈夫著婦人衣, 徐步入場, 行歌. 每一疊, 旁人齊聲和之雲: "踏搖和來, 踏搖娘苦, 和來." 以其且步且歌, 故謂之踏搖. 以其稱冤, 故言苦. 及其夫至, 則作毆鬪之狀, 以爲笑樂."(崔令欽, 『敎坊記』)
16) 원문은 다음과 같다. "蘇中郞, 後周士人蘇葩, 嗜酒落魄, 自號中郞. 每有歌場, 輒入獨舞. 今爲戲者, 著緋·帶帽, 面正赤, 蓋狀其醉也."(『樂府雜錄·鼓架部』)

그 모양을 대충 알 수 있다. 또 호음주는 소중랑이 아닌가 하는 설도 있다(『고사류원古事類苑』음악부 당악 참조).

(마)「굴뢰자窟礧子」

이것은 나무 꼭두각시木偶 희이다. 그 기원에 관해서는 여러 설이 있는데, 혹은 원래 상갓집의 음악이라고도 하고, 혹은 천핑陳平이 창시한 것이라고도 하고, 또 궈투郭禿라고도 하는데, 사람들로 하여금 수긍케 할 만큼 명확하지는 않다. 생각건대 괴뢰傀儡는 한대에 서역에서 전래된 것인 듯하다. 굴뢰窟礧, 괴뢰魁礧, 괴뢰傀儡 등의 단어들이 있는 것을 보면 음역된 것이라 생각된다. 송대에 이르러 가장 성행했다.

(바) 참군희參軍戲

일반적으로는 후한의 관도령館陶令 스단石耽의 고사에 근거했다고 한다. 스단은 일찍이 절도죄를 범했는데, 화제和帝가 그의 재능을 아깝게 여겨 사면해 주었다. 연회 때마다 흰 홑적삼(죄인의 옷)을 입게 하여 배우들이 그를 모욕하도록 하였는데, 1년이 지나 방면했다. 이후에 참군이 되었다고 하는데, 왕궈웨이는 한대에는 참군이라는 관직이 없었기 때문에, 이것은 후조後趙의 스러石勒의 참군 저우옌周延의 오기라고 하였다. 저우옌도 관도령이 되었고, 관의 비단 수만 필을 절도해 옥에 갇혔던 것을 사면하고, 큰 모임에서 배우들로 하여금 그것을 희롱하게 했다고 한다.

개원 연간에 황판춰黃旛綽, 장예후張野狐 등의 무리가 교묘하게 참군을 희롱했을 뿐 아니라 조정의 신하 중에서도 리셴허李仙鶴 같은 이가 참군희를 잘 공연하였기에, 현종은 특히 셴허를 사오저우韶州의 동정참군同正參軍으로 제수하여 봉록을 받게 해주었다. 참군희는 그로부터

유행하여 일반적으로 가관희假官戲가 되어 스단이나 저우옌의 이야기
에서 벗어나, 녹색 옷[하급관리가 입는 옷]을 입고 간찰을 모아 쥔綠衣
秉簡 관리가 더덕더덕 기운 옷에 상투를 튼鶉衣鬏鬏 창두蒼頭(창골蒼鶻)
를 맞수로 삼고 하는 골계희滑稽戲를 지칭하게 되었다. 리허李賀의 「교
아시驕兒詩」에 "갑자기 다시 참군을 배우고, 장단을 맞춰 창골을 부른
다忽復學參軍, 按聲喚蒼鶻"고 한 것이 이것이다. 이것들은 마치 일본 교
겐狂言의 '바보 다이묘馬鹿大名'와 '다로가쟈太郞冠者'17) 같은 것이다.

　이것을 요약하면 당의 가무희는 어떤 일을 둘러싸고 가무를 위주로
하는 것과 오직 골계와 조소嘲笑만을 위주로 하는 것 두 가지가 있다.
그런데 그 중에는 이미 각색해서 나타나는 것들이 있다. 이를테면, 참
군은 어릿광대 역이 되어 후대의 정淨 또는 축醜[과 같은] 각색의 시초
이고, 가부인假婦人은 [일본에서의] 오야마女形18) 곧 단旦 각색의 원류
이다. 그밖에 함담醶淡, 바라婆羅 등의 명칭이 보이고 있다. 각색의 원
류에 관해서는 왕궈웨이의 『고극각색고古劇脚色考』(국학총간國學叢刊
에서 나왔는데, 잡지 『게분藝文』에 그 번역이 있다)에 상세히 설명되어
있다.

---

17) 다로가쟈太郞冠者는 교겐에 등장하는 배역의 하나로, 교겐에서는 주군을 모시
　는 하인으로 등장하는데, 상연 목록에 따라 그 성격이 크게 달라진다. 가쟈[혹
　은 간쟈]는 '성인 남자'를 가리키며, 『예기』의 "이미 관례를 치르고 나면 [사람
　들이] 그의 자를 부르니, 이것이 성인이 되는 도리이다已冠而字之, 成人之道也"라
　는 구절에서 나왔다. 원래는 무사 등을 섬기는 종자從者를 가리키는 통칭으로
　쓰였다.
18) 가부키歌舞伎에서 여자 역을 하는 남자 배우. (=온나가타おんながた)

제2항 송의 잡극과 고자사

잡극이라는 이름은 송대에 이미 시작되었다. 송의 궁정의 춘추 세시의 향연 때 잡극은 소아대小兒隊, 여동대女童隊의 춤과 함께 여흥의 하나로 준비되었다. 쑹치宋祁의 「춘연악어구잡극春宴樂語勾雜劇」의 말 중에서 "마땅히 우맹의 골계에 참여함으로써 도장都場19)의 만연을 도와준다宜參優孟之滑稽式助都場之曼衍"라고 한 것으로, 역시 당의 골계희와 같이 당의즉묘當意卽妙20)의 골계가 만연한 것을 위주로 한 것이다.

곧 골계와 조소 중에 간쟁諫諍의 뜻을 기탁한 것으로 둥팡쉬東方朔의 유파를 이어받은 것이다. 이를테면 송나라 초기에 즈음하여 서곤체西崑體 시가 유행할 때, 조신朝臣들은 모두 리허李賀를 마루로 삼았는데, 그 중에서도 교활한 무리들은 리허의 어구를 많이 표절했다. 그런데 일찍이 궁중에서 연회를 할 때, 배우 하나가 헤져서 너덜너덜해진 옷을 걸치고, 나는 리허라고 말했다. 이에 다른 배우가 그 이유를 묻자, 나는 여러 조신들 때문에 쥐어뜯겨서 이런 꼴이 되었다고 답했기에, 듣는 이들이 모두 웃음을 터뜨렸다.(『중산시화中山詩話』)

또 쿵다오푸孔道輔21)가 거란에 사신으로 갔을 때 거란은 연회를 열어 사자를 위로하였는데, 배우가 문선왕文宣王(쿵쯔孔子)을 연희演戲하였다. 그래서 다오푸는 불끈 화를 내며 자리에서 일어났다는 류이다. (『송사』)

---

19) 도장都場은 첫째 여러 사람들이 모여 오락을 즐기는 광장, 둘째 송대에 관에서 차와 소금을 전매하는 영업장소를 가리킨다. 여기서는 첫 번째 의미이다.
20) 1. 그 경우에 적합한 재치를 그 자리에서 부림. 곧 임기응변臨機應變. 2. 그 자리의 분위기에 맞추어 즉각 재치 있는 언동을 함.
21) 쿵다오푸孔道輔(985~1039년)는 자가 위안루原魯이고, 아명은 옌루延魯이다. 쿵쉬孔勖의 아들로 쿵쯔의 45대 손이다.

송초에는 옛 제도에 따라 교방 4부를 두었다. 다만 송의 교방에서 연주했던 것은 당의 교방 28조의 유성遺聲인 18조에 지나지 않았다. 게다가 중中, 정평正平 1조는 소령에 쓰일 뿐 대곡에서는 쓰이지 않았다. 그런데 송의 대곡은 모두 44곡이 있었으니, 『철경록輟耕錄』에서 [말한] 이른바 3천 소령, 40대곡이 그것이다.

태종은 음률에 통달해 스스로 만든 곡이 3백 여 개가 있었다고 할 정도였다. 인종 때는 천하가 태평했던 탓에 태평을 분식해야 하는 유희문학 류가 많이 나왔다. 탄사彈詞, 소설, 도진陶眞(뒤에 나옴) 같은 것도 그 무렵에 창제되었다고 한다.

휘종은 교만과 사치로 나라를 망하게 한 군주였지만, 음악에 밝고 예술에 취미가 있어 이것을 장려하고 보호했던 것은 결코 당 현종에 뒤지지 않았다. 저우방옌周邦彦을 대성악부大晟樂府의 책임자로 삼고 신성을 성대하게 일으켰고, 찬국爨國 사람의 내조來朝에 의해 오화찬농五花爨弄[22]의 잡극을 만들었다고 전한다. 후대의 유명한 『서상기』의 밑바탕이 되었던 「상조접련화商調蝶戀花」의 고자사鼓子詞 같은 것도 이 시대의 산물이었다.

남도南渡한 뒤에 잡극은 점차 융성해졌다. 주시朱熹가 당시 풍조의 유폐를 비방해 "시골의 잡극 같다"고 평한 것을 보더라도, 당시 도성 뿐만 아니라 지방에서도 널리 유행했다는 것을 알 수 있다. 주원밍祝允明의 『외담猥談』에서도 다음과 같이 기술했다.

남희는 선화宣和 이후에 나왔고, 남도할 즈음에는 이것을 온천잡극溫川雜

---

22) 오화찬농五花爨弄은 금나라와 원나라의 원본院本의 별칭이다. '찬농爨弄'은 연기한다는 의미로, 원본은 대부분 말니末泥, 인희引戲, 부정副淨, 부말副末, 장고裝孤의 다섯 명이 연기하기 때문에 이와 같은 명칭이 나온 것이다.

劇이라 불렀다.23)

남희는 뒤에서 상세하게 논하겠지만, 원저우溫州 지방이 실제로 그 중심이었다. 따라서 남송의 잡극에 이르면, 북송의 그것처럼 단순히 골계와 조소만이 아니라, 하나의 이야기를 연기하되, 창곡도 있고, 과 백科白도 있어, 종래에 행하던 대곡大曲, 대무隊舞, 탄사, 소설 등을 집 대성한 것으로, 직접 금, 원의 잡극의 단초를 열었다. 남송의 구사를 기록한 저우미周密의 『무림구사武林舊事』에 의해 그 대강을 알 수 있다. 여기에 실려 있는 이종理宗의 「천기성절天基聖節」의 차제서次第書[내력 ·이유 또는 순서를 적은 문서; 옮긴이]에 명배우 저우차오칭周朝淸, 허 옌시何晏喜, 스허時和, 우스셴吳師賢 등이 「군성신현찬君聖臣賢爨」, 「삼경 하서三京下書」, 「양반楊飯」, 「사야소년유四偌少年遊」 등의 잡극을 올렸다 고 기록되어 있다. 곧 가곡 위주로, 단순한 챠반교겐茶番狂言24)에 비할 바 아니라는 게 분명하다. 또 어전지응禦前祗應[어전에서 삼가 응하는] 배우에는 앞서 들었던 우스셴 이하 15명의 이름이 열거되었고, 건순교 방악부乾淳敎坊樂部 조에는 잡극 각색의 배우 66명을 들고 있고, 제색 기예인諸色伎藝人 조에도 잡극 각색 39명의 이름이 열거되어 있는데, 앞서와 중복된 것이 많다. 다만 그 가운데 여류가 2명 있는 것은 주목 할 만하다. 당시 잡극에 사갑四甲(사좌四座라고 한 것과 똑같다)이 있 었는데, 1갑은 5명 또는 8명으로 이루어졌다. 이를테면 다음과 같다.

류징창劉景長 1갑 8인
희두戲頭 리취안셴李泉現　　인희引戲 우싱유吳興佑

---

23) 원문은 다음과 같다. "南戲出於宣和之後, 南渡之際謂之溫川雜劇."
24) 단순한 손짓·몸짓으로 좌중을 웃기는 익살극.

차정次淨 마오산중卯山重, 허우량侯諒, 저우타이周泰　부말副末 왕시王喜

장단裝旦 쑨쯔구이孫子貴

개문경진향 1갑 5인

희두戲頭 쑨쯔구이孫子貴　인희引戲 우싱유吳興佑

차정次淨 허우량侯諒　부말副末 왕시王喜

　희두, 인희, 차정, 부말의 네 각색은 양자에 공통적으로 있는데, 장단裝旦이라는 각색은 8인조에만 있고, 5인조에는 들어가지 않는다. 이 각색은 『몽량록夢粱錄』과 원대의 타오쭝이陶宗儀의 『철경록輟耕錄』에 상세히 나와 있다. 다만 희두는 두 책에서는 모두 말니末泥로 되어 있고, 차정은 부정副淨으로 되어 있으며, 장단을 대신해 장고裝孤라는 것이 있다. 시험 삼아 세 가지를 표로 만들면 아래와 같다.

『무림구사』	희두戲頭	인희引戲	차정次淨	부말副末	장단裝旦
『몽량록』	말니末泥(主張)	인희引戲(分付)	부정副淨(發喬)	부말副末(打諢)	장고裝孤
『철경록』	말니末泥	인희引戲	부정副淨(參軍)	부말副末(蒼鶻)	장고裝孤

　이것을 요약하면 말니는 곧 희두로 극중의 주인공이다. 그런 까닭에 『몽량록』에서 주장主張이라고 한 것은 대체적인 것을 총괄하고, 지휘하는 데 지나지 않는다. 인희의 분부分付라고 한 것은 말니의 지휘 명령을 전달하고 분부하는 것으로, 말하자면 [일본에서의] 고죠口上[25]를 말하는 것이 아닐까 한다. 부정의 발교와 부말의 타원은 골계와 조소로, 이것이 원본院本 잡극의 뼈대이다(리허李賀의 「교아시」 참조). 그런데 후대의 예에 비추어 보면, 장단裝旦은 오야마女形[26]이고, 장고裝孤는

---

25) 일본어에서 고죠는 (흥행에서) 예명 따위를 발표하거나 연극 줄거리의 설명을 하는 것, 또는 그 설명하는 사람을 가리킨다.

26) 가부키歌舞伎에서 여자 역을 하는 남자 배우로 앞서의 온나가타おんながた와

외색外色에 해당하는데 노인 역 또는 관인官人 역이다. 고孤는 임금이
자신을 지칭하는 것으로부터 나왔는데, 제왕 또는 관인官人이나 장자
長者를 연기하는 것이다. 『무림구사』에서는 관본官本 잡극 단수段數
280본의 목록을 들고 있다. 이를테면 육요六幺라고 한 것이 20본, 영부
瀛府라고 한 것이 6본, 양주梁州라고 한 것이 7본 있다. 육요, 영부, 양주
등은 모두 송대의 교방 18조 중의 대곡大曲이다. 이를테면 「앵앵육요鶯
鶯六幺」는 육요의 대곡을 써서 『회진기會眞記』에서 유명한 앵앵鶯鶯의
고사를 구성한 것이다.

여기서 특기할 것은 자오더린 趙德麟의 「원미지최앵앵상조접련화사
元微之崔鶯鶯商調蝶戀花詞」이다. 자오더린의 이름은 링즈令時이고, 송의
종실로, 쑤스蘇軾가 그의 재능을 좋아했으며, 소흥紹興(1131~1162년)
초년에 안정군왕安定郡王이 되었던 사람이다. 그의 사는 곧 고자사鼓子
詞로 북에 맞춰 노래하는 것이다.

위안전元稹[27]의 『회진기』의 문장을 절취해 산서散序로 삼고, 「상조

같다.
27) 위안전元稹(779~831년)의 자는 웨이즈微之이며, 허난 성河南省 사람이다. 어려
서 집안이 가난하여 각고의 노력으로 공부하였으며, 일찍이 관직에 나가 15세
의 나이로 명경과明經科에 급제하여 감찰어사監察禦史가 되었다. 직간을 잘하여
환관과 수구적인 관료의 노여움을 사서 귀양을 갔다가, 나중에 구세력과 타협
하여 공부시랑工部侍郎, 동평장사同平章事 등의 벼슬을 지냈다. 한때 군신과의
갈등으로 유배되기도 하였다. 831년 무창군절도사武昌軍節度使로 재임하던 중
병사하였다.
바이쥐이白居易와 함께 신악부운동新樂府運動을 주도하였다. 바이쥐이보다 나
이는 어렸지만 시가 일찍 알려져 위안 재자元才子 또는 위안·바이元白로 불렸
으나, 문학적 재능이 바이쥐이를 능가하지 못한데다가 정치상의 변절 때문에
위안전의 명성은 그리 높지 못했다. 바이쥐이와 문학관을 같이 하여 두푸杜甫
를 추존하면서 사실을 따라 제목을 달았으며 현실에 존재한 사실을 솔직하게
전달하여 이 시대의 정당성과 광명성을 남겨야 함을 주장하였다.

접련화商調蝶戀花」 사 10결闋을 짓고, 앞뒤로 2결을 더해 작품의 시작과 끝을 서술했다. 산서는 소리 내어 노래하지 않고, 사곡은 악기에 맞춰 창을 했다. 그러므로 제1회의 서말에서 "노래에 맞추는 데 힘써, 먼저 격조를 정하고, 그 뒤에 가사를 들었다奉勞歌伴, 先定格調, 後聽蕉詞"라 하였고, 그 다음 회부터는 "노래에 맞추는 데 힘쓰고 다시 앞의 소리 와 화합했다奉勞歌伴, 再和前聲"라 하여 사詞로 옮겼던 것이다.

잡극처럼 백白이나 과科도 없지만, 아무튼 서序와 사詞는 있고, 단순 히 골계와 조소를 위주로 한 것은 아니고, 수미가 일관되게 하나의 고사를 서술하였기에, 이것을 근대 희곡의 비조라 해도 무방하다. 사 실 이것이 원의 북곡에서 가장 유명한 『서상기』의 원류이다.(후절의 『서상기』 조 참조)

고자사는 남송에 이르러서도 민간에서 널리 행해진 것으로 보여, 루유陸遊의 시(「작은 배를 타고 인근 마을에서 노닐다 배를 버리고 걸 어서 돌아오다小舟遊近村舍舟步歸」의 네 수 가운데 네 번째)에 다음과 같은 내용이 있다.

斜陽古柳趙家莊	석양이 오래된 버드나무에 빗긴 조가장
負鼓盲翁正作場	북을 진 맹인이 막 판을 벌이네
死後是非誰管得	죽은 뒤 시비야 누가 아랑곳하랴만
滿村聽說蔡中郞	마을 사람들 모두 모여 차이 중랑 이야기 듣네

장편 서사시 「연창궁사連昌宮詞」는 궁인들의 대화형식을 이용하여 당나라 현종 玄宗의 사치하고 황음무도함을 폭로하면서 조정의 계획으로 노력해야지 병력 을 동원하지는 말아야 한다고 주장을 제기하였는데, 우의寓意가 뚜렷하고 구성 이 잘 이루어져 있으며 묘사가 세밀하고도 치밀하며 풍격이 새로워 바이쥐이의 「장한가長恨歌」와 우열을 다툰다고 할 수 있다. 그 밖의 저서에 『원씨장경집元氏 長慶集』(60권)이 있고, 소설집으로 『앵앵전鶯鶯傳』이 있다.

이에 의하면 조가장의 저녁 무렵 오래된 버드나무 그늘에서 맹인이 북을 두드리며 차이 중랑의 이야기를 노래하고 있는 모습이 눈에 보이듯 상상이 된다. 그런데 이『차이 중랑』은 곧 남곡의 걸작인『비파기』의 남상이다. 차이 중랑은 후한의 대유大儒로서 학덕이 일세에 드높았던 차이융蔡邕[28]이다. 그런데『비파기』에서는 차이융이 과거에 급제한 뒤 재상의 딸과 결혼해 그대로 경사京師에서 벼슬살이를 하면서 고향의 늙은 부모를 버리고, 조강지처를 저버린 경박한 사내로 그려져 있다. 맹인의 차이 중랑의 사詞도 필시 똑같았던 까닭에 "죽은 뒤 시비야 누가 아랑곳하랴만"이라 했을 것이다. 누구라도 대유 차이융 같은 사람이 죽은 뒤 경박한 사내로 전해지는 것은 꿈에도 생각하지 못한 것이리라.

제3절 금의 잡극 추탄사揬彈詞 연상사連廂詞

정강의 변으로 북송의 수도 볜징汴京이 함락되고, 금나라 사람들은 송의 영관伶官[음악을 관장하는 관리; 옮긴이]과 악기를 취해 북으로 끌고 갔다. 동시에 남송의 고종은 린안臨安(지금의 저쟝 성浙江省 항저

---

28) 차이융蔡邕(132~192년)의 자는 보졔伯喈이고, 천류위 현陳留圉縣(지금의 허난 성河南省 치 현杞縣)에서 태어났다. 젊어서부터 박학하기로 이름이 높았고 문장에 뛰어났다. 170년 영제靈帝의 낭중郎中이 되어 동관東觀에서 서지 교정에 종사하였으며, 175년 제경諸經의 문자평정文字平定을 주청하여 스스로 써서 돌에 새긴 후 태학太學의 문 밖에 세웠다. 이것이 '희평석경熹平石經'이다. 후에 중상모략을 받고 유배되었다가 대사령大赦令을 받았으나 귀향하지 않고 오吳에서 10여 년을 머물렀다. 189년 둥쥐董卓에게 발탁되어 시어사侍禦史, 시중侍中에서 좌중랑장左中郎將까지 승급하였으나 둥쥐가 벌을 받고 죽음을 당한 후 투옥되어 옥중에서 사망하였다. 조정의 제도와 칭호에 대하여 기록한『독단獨斷』, 시문집『채중랑집蔡中郎集)』이 있다. 또 비백체飛白體를 창시하였다.

우 부杭州府)에 도읍하고 동남쪽 반쪽의 땅을 지켜냈다. 여기에 송의 옛사람들이 많이 가서 그로 인해 예악제도가 어느 정도 옛 모습을 되찾을 수 있게 되니, 건도乾道와 순희淳熙(효종孝宗의 연호) 연간에는 해내海內가 소강小康을 누려 문물이 번성하니 소원우小元佑(철종哲宗의 연호)라 칭해질 정도였다.(다음 장 원사詞 소설 조 참조)

안컨대 볜징의 함락은 중국 희곡사상 한 시기를 획하는 것으로 실제로 후대의 남북곡의 분기점이었다. 송악이 흘러서 금으로 들어간 것이 머지않아 원대에 발흥한 북곡의 선구가 되고, 그 남쪽으로 강남에 전해진 것이 원말부터 명대에 걸쳐 성행했던 남곡의 원류라고 생각한다. 다만 남북곡의 기원에 관해서 고 가네이金井 씨 같은 경우는 이설을 제창했기에 아직 충분히 연구하지 않으면 안 된다.(『서상가극부록원곡원류西廂歌劇附錄元曲源流』)

이보다 앞서 북방에서 일어난 요遼(거란)는 태종 때 진晉을 공격해 볜징에 쳐들어가 그 예악 도서를 모아 한족의 문명을 이식하였으니, 그로부터 성종聖宗, 흥종興宗, 도종道宗 세 임금은 모두 문학과 성곡聲曲에 정통하고, 대악大樂 산악散樂도 대략 갖추었는데, 아직 찬연한 문화가 열리지 않은 금에 멸망당했다. 금은 요를 멸한 다음 해, 다시 송의 볜징을 함락시키고 중원을 점유하기에 이르렀기에, 금의 문화는 상세하게 말하자면 앞서 요로부터 계승받은 것과 나중에 송으로부터 수입한 것 두 가지 원류가 있게 되었다. 그러나 요로부터 전해받은 것은 도저히 송으로부터 얻은 것에 비할 수 없다.

『금사』「문예전」「찬贊」에서 "한팡韓昉과 우지吳激는 모두 초 땅의 재목으로, 진이 그들을 등용하였으니, 일대의 문사라 칭할 만하다.楚材而晉用之, 亦足爲一代之文矣"라고 하였다. 그런데 한팡은 요의 진사이고, 우지는 남송 사람으로 금에 사신으로 갔다가 그대로 금에 머물렀던

것이다. 동시에 차이쑹녠蔡松年은 또 전사塡詞에 뛰어나, '오채체吳蔡體'
라 칭송받았다. 희종熙宗에 이르러 교방을 설치하고 악공 254명을 두
었으니, 뒤이어 세종과 장종 때에는 송과 화친하고, 남북 모두 소강상
태가 되었기에, 문화의 발달도 두드러지고, 잡극도 크게 발흥되었다.
그 각색 등은 『철경록』에 명확하다.

또 같은 책에서 원본院本의 명목 690종을 열거했는데, 왕궈웨이는
이것을 금나라 사람 작품이라고 단정했다.[29] 덧붙여 말해 원본은 행원
본行院本의 의미로, 행원은 창기倡伎의 거소居所이다. 오로지 창우가 연
창演唱하는 것이기에 이것을 원본이라 한 것이다.

이것을 『무림구사』의 관본 잡극 단수段數에 비교하면, 비슷하지만
더 복잡하다. 그 중에는 동명의 것도 있다. 또 상황원본上皇院本 14본이
라는 것은 휘종 황제에 관한 것으로, 그 밖에 볜징의 인물이나 지명
등이 덧씌워진 것도 있다. 이것들은 혹시 송대의 것이 섞여 있는 것인
지도 모른다.

송과 금은 남북으로 대립하고 있으면서 전쟁만 한 것은 아니고 상
당히 오랫동안 평화가 이어졌다. 또 문예 같은 것은 소식이 서로 통해,
남쪽에서 재미있는 것이 나오면 북에서 취하고 북쪽에 새로운 것이
일어나면 남쪽에 전해지듯이, 양자 사이에는 상호간에 밀접한 관계가
있었다. 이를테면, 앞서의 북을 진 맹인의 차이 중랑[에 관한 이야기]
가 남쪽에 있는가 하면, 북의 원본 명목에도 『차이보계蔡伯喈』라고 하

---

[29] "도구성陶九成의 『철경록輟耕錄』(卷25)에 보이는 690편의 「원본명목院本名目」
은 어느 시대에 지어졌는지 알 수 없다. 원본이라는 명칭은 금원 시기에 유행하
였기 때문에 그 명칭을 이해하기란 좀처럼 쉽지 않다. 내가 살펴본 바로는
금나라 사람에 의해 지어졌음이 분명하다"[왕궈웨이(권용호 역), 『송원희곡
사』, 학고방, 2001. 162쪽]

는 것이 보인다. 어쩌면 같은 것일 것이다.

또 『철경록』에서 "금에 원본, 잡극, 제공조諸公調가 있다"고 했는데, 이 제공조가 곧 제궁조이다. 대저 소설의 지류로 여기에 악곡을 씌웠기 때문에 북송 때부터 이미 시작되어 남송에서도 유행했던 것은 『무림구사』의 「제색기예인諸色伎藝人」 중 제궁조 전기의 조에 가오랑푸高郞婦 이하 네 명의 이름이 실려 있는 것을 보아도 알 수 있다. 또 『몽량록夢粱錄』에서도 다음과 같이 기술했다.

> 제궁조를 설창하는 것은 앞서 볜징에 쿵싼취안이 있어 전기와 영괴를
> 엮어 곡을 입혀 설창을 했고, 지금 항성에 여류 슝바오바오와 후배 여동들
> 이 있어 모두 이것을 본받았다.[30]

쿵싼취안孔三傳은 희녕熙寧, 원풍元豊(신종神宗의 연호) 무렵의 사람이다. 왕궈웨이는 금의 둥 해원董解元의 「서상추탄사西廂搊彈詞」를 제궁조라 단정했다.[31] 둥 해원은 장종 때 사람인데, 그 이름은 알 수 없다.(해원은 거인擧人 가운데 으뜸이라는 말이다.)

'추탄사'는 비파에 맞춰 노래하는 것으로, 송의 도진陶眞과 같은 것이다. 그러므로 둥 해원의 서상을 혹은 「현색서상絃索西廂」이라고도 한

---

30) 원문은 다음과 같다. "說唱諸宮調, 昨汴京有孔三傳, 編成傳奇靈怪, 入曲說唱; 今杭城有女流熊保保及後輩女童皆效此"

31) "그러나 지금 금대 동해원董解元의 『서상기제궁조西廂記諸宮調』만이 유일하게 가사가 전할뿐이다. 호응린(胡應麟: 1551~602)·초순(焦循: 1763~1820)·시국기(施國祁: 1750~1824)의 필기 중에서 동해원의 『서상기제궁조』를 고증하고 있으나, 그 당시 이 작품이 어떤 체재인지 알지 못하였다. 심덕부沈德符는 『만력야획편萬曆野獲編』(卷25)에서 금인 원본院本의 규범으로 잘못 판단하였다. 내가 고찰해 본 바로는 제궁조임이 분명하다. [왕궈웨이(권용호 역), 『송원희곡사』, 학고방, 2001. 130쪽]

다. 소재를 『회진기』에서 취하고 또 수많은 인물과 다양한 사건을 더해 변화가 착종되는 일대 서사시를 엮어 이룬 것으로, 『북곡서상기』의 인물과 줄거리는 전적으로 이것에 근거한 것이다.

자오더린의 「고자사」는 사詞일 뿐으로, 연백演白은 없는데, 둥 해원의 「추탄사」는 백도 있고 곡도 있다. 다만 서설체敍說體로 한 사람이 추탄搊彈하고 또 염창念唱한 것으로, 곧 비파를 타며 말하는 것이다. 더 나아가 연상사連廂詞가 되면, 사창司唱이 한 사람 있어, 비파 한 사람, 생笙 한 사람, 적笛 한 사람과 어울려 사를 창하면 배우가 무대 위에 올라, 창사에 따라 연기를 했던 것이다. 그렇지만 춤추는 자는 곡을 창하지 않고 창을 하는 자는 춤을 추지 않아, 노能의 시마이仕舞[32]나 시바이芝居[33]의 구비후리首振り[34] 같이 괴뢰희에서 한 걸음 나아간 것으로, 원대의 잡극과는 한 걸음 떨어져 있다.

이상은 주로 『모서하사화毛西河詞話』[35]에 의거해 기술한 것인데, 마오치링毛奇齡[36]은 또 사창司唱이 대창代唱하는 이외에 구란句欄의 무인

---

32) 노가쿠能樂에서 반주·의상을 갖추지 않고 노래만으로 추는 약식의 춤.

33) 연극, 가부키歌舞伎·신파극 등 일본 고유의 것을 가리킴

34) 목을 전후·좌후로 흔드는[움직이는] 것.

35) 『모서하사화毛西河詞話』는 마오치링이 편찬한 시사류의 저작이다. 언제 지어졌는지는 알 수 없으나, 각 권의 조목에 어쩌다 기록된 날짜로 미루어볼 때 강희 40년 이후에 지어졌을 거라 추측한다. 명말청초에 활동했던 사람들의 시가 당시 조정의 정사나 궁정에서 응제창화應制唱和되었던 상황과 함께 기록되어 있으되, 서사가 많고 품평은 오히려 적어 지괴소설체와 비슷하다. 여기에 자신이 겪은 일과 작품들도 많이 실려 있고, 당시 문사들과의 왕래도 상세히 기록되어 있어 당시 문사들의 시가 창작과 일상 상황을 알 수 있다.

36) 마오치링毛奇齡(1623~1713년)은 자가 다커大可이고, 저쟝 샤오산蕭山 사람이다. 명이 망한 뒤 항청운동을 하였으나 실패한 뒤 은거하였다. 강희 18년(1680년)에 박학홍사과를 거쳐 한림검토翰林檢討를 제수받고 『명사明史』 편찬에 참여하였다. 양명학보다 고증학을 좋아하여 경학, 시학, 음운학 방면에서 고증을 통한

舞人, 곧 말니未泥와 단아旦兒는 자신도 곡을 창하듯이 말하고 있다. 이 것은 모순인 듯이 생각된다. 오늘날에는 연상사의 원작을 볼 수 없기에, 그것이 어떤 것인지는 알 수 없는데, 마오치링이 지은 「의련상사擬連廂詞」의 예를 보면, 말니와 단아는 얼마 안 되더라도 스스로 곡을 창하도록 되어 있다.

그렇게 되면 사창이 창하는 것은 노가쿠能樂의 지우다이地謠[37) 같은 것이 되어 말니와 단아는 시테仕手[38)와 와키脇[39)처럼 자기가 창하고, 그리고 쯔레連れ[40)와 도모伴[41) 이하는 모든 곡을 창하지 않는다는 식으로 이해된다. 단마리시바이黙り芝居[42)로부터 이미 본시바이本芝居로 한 걸음 나아간 것이다. 다만 원곡에서는 사창司唱 곧 지어地語라는 것이 없고, 등장한 배우 자신이 창을 하고 춤을 춘다.

제4절 원의 북곡

제1항 북곡의 작자

원의 잡극에 이르면, 곡과 백, 과가 있어 체제가 완전히 갖추어지고, 등장하는 배우 스스로 곡을 창하고 백을 말하며, 그에 맞게 연기를

연구를 하였다. 저서로 『후감록後鑑錄』, 『시전시설박의詩傳詩說駁議』 등이 있다.

37) 노가쿠能樂에서 대화對話 이외의 부분을 무대 가에서 여럿이 창唱하는 일; 또, 그 사람들 [노래].

38) 시테仕手는 노가쿠能樂나 교겐狂言에서 주인공 역을 하는 배우이다.

39) 와키脇는 노가쿠에서 시테의 상대역을 맡은 배우이다.

40) 쯔레는 노와 교겐에서 시테 또는 와키와 더불어 조연을 하는 사람.

41) 도모供·伴는 노와 교겐에서 시테 또는 와키의 종자.

42) 가부키歌舞伎에서 등장인물이 대사 없이 어둠 속에서 서로 더듬어 찾는 동작을 과장 표현하는 연출법이나 장면을 가리킨다.

한다. 그러나 곡을 창하는 자가 한 사람에 한정되는 것은 아직 연상사의 사창司唱 한 사람에 국한되는 구례에 따른 것이다. 대저 원 잡극은 직접 금의 원본, 잡극, 연상사로부터 나와 다두大都, 곧 베이징北京(금나라 때는 중두中都라 했는데, 원 태조 10년에 금으로부터 이곳을 탈취해 세조 지원 4년에 개축하고 다두라 명했다. 지금의 베이징 성은 다시 명초에 개축한 것이지만 대부분은 다두와 동일한 곳이다.)을 중심으로 일어났기에 이것을 북곡이라 한 것이다.

원곡의 작자와 그 저작 목록은 원 중쓰청鍾嗣成43)의 『녹귀부錄鬼簿』44) 및 명 영헌왕寧獻王의 『태화정음보太和正音譜』에 실려 있다. 『태화정음보』는 대단한 진본珍本으로, 중국에서는 일찌감치 산실되었는데, 다행히도 일본 내각도서관에 한 부가 소장되어 있다. 연전에 잡지 『동아연구東亞研究』의 부록으로 그 곡론 부만 출판되었다. 그러나 세상에 유포된 『소여보嘯餘譜』45)에 수록되어 있는 북곡보는 『태화정음보』이기에 [원곡의 작자와 그 저작 목록이] 그다지 많지는 않지만, 전혀

---

43) 중쓰청鍾嗣成(약 1279~약 1360년은 자가 지셴繼先이고, 호는 처우자이醜齋로, 원적原籍은 다량大梁(지금의 허난河南 카이펑開封)이고, 항저우杭州에서 살았다. 「전신론錢神論」 등 많은 잡극을 썼지만 다 없어지고, 산곡 10여 수가 『악부군주樂府群珠』와 『옹희악부雍熙樂府』에 실려 있다. 원나라의 희곡, 산곡散曲 작가 152명의 생애와 잡극 작품 400여 종에 품평을 단 『녹귀부錄鬼簿』를 지었다. 고증이 상세하고, 생애를 잘 정리해 놓은 책으로 높은 평가를 받고 있다. 『녹귀부속편』에 문집 약간이 집에 소장되어 있다고 했으나 지금은 전하지 않는다.

44) 우리말 번역본은 중쓰청鍾嗣成(박성혜 역), 『녹귀부』, 학고방, 2008년.

45) 청대에 자못 영향이 컸던 『소여보嘯餘譜』는 실제로는 청밍산程明善이 여러 책에서 되는 대로 그러모아 엮은 것이다. 그 가운데 『시여보詩餘譜』 부분은 쉬스청徐師曾의 『사체명변詞體明辨』을 그대로 옮겨놓은 것이다. 『문체명변』의 권질이 번다해 널리 유행하지 못해 만명 이래로 사학가詞學家들이 더러 『소여보』를 언급하는 일이 있었지만, 오히려 이것이 『문체명변』을 표절한 것이라는 사실을 지적한 이는 아무도 없었다.

볼 수 없는 것은 아니다. 또 『녹귀부』도 종래에는 쉽게 구해볼 수 없어서, 나 같은 경우는 처음에 예더후이葉德輝 선생을 좇아서 연정총서본棟亭叢書本을 손으로 베낀 정도였는데, 근래에 상하이에서 간행된 독곡총간讀曲叢刊에 수록되었기에 오늘날에는 쉽게 볼 수 있게 되었다. 진실로 후생의 행복이다. 『녹귀부』에 의하면 원곡의 작자를 3기로 나누었다.

1. 이미 사망한 명공名公과 재인才人들 가운데 전기傳奇를 지어 세상에 전한 사람前輩才人有所編傳奇行於世者
2. 지금 이미 죽은 명공과 재인들 가운데 내가 알고 있는 사람들과 이미 죽은 재인들로 서로 알지 못하는 사람方今已亡名公才人, 餘相知者, 已死才人不相知者
3. 지금 살아 있는 재인들 가운데 내가 알고 있는 사람들과 지금 살아 있는 재인들 가운데 이름은 들어봤으나 내가 모르는 사람方今才人相知者, 方今才人, 聞名已不相知者

왕궈웨이가 말한 바에 의하면, 제1기는 몽골시대로 태종 외괴데이가 중원을 취하고부터 세조 쿠빌라이의 남북통일(지원 16년)에 이르기까지 약 50년이다. 제2기는 일통시대로 세조 지원(1260~1294년) 연간에서 순제順帝 후지원後至元(1333~1368년)에 이르기까지 약 60년이다. 제3기는 원말시대로 순제의 지정至正 연간(27년)을 가리킨다. 다만 『녹귀부』의 첫머리에 지순至順 원년(1330년)의 중쓰청의 자서가 있는데, 책 속의 [챠오지푸喬吉甫에 관한] 기사에는 챠오지푸喬吉甫의 전에 분명하게 '지정 5년[1345년] 2월 병들어 집에서 죽었다'라는 기록이 있다. 그런데 챠오지푸는 [이미 죽었다는 의미에서] 제2기에 속하는 사람이기 때문에, 제3기의 사람에 이르게 되면 물론 원말 사람임에 틀림없다.

그런데 원곡의 작가는 대부분 제1기에 속하고, 게다가 모두 북방의 한인으로(그 가운데 리즈푸李直夫 한 사람만 여직인女直人이다), 다두가 그 중심이었다. 제2기는 남방인이거나 또는 북방인으로 남방에 교우僑寓했던 사람이 많았고, 항저우가 그 중심이었다. 이것은 항저우가 오랫동안 남송의 수도로 문인들이 많이 모이는 곳淵藪이었기 때문이다. 제3기에 이르면 거의 언급할 만한 게 없다.

여러 명가의 사평詞評은 『태화정음보』에 실려 있는데, 너무나도 형용形容에 지나쳐 그 뜻을 포착하기가 어려울 따름이다. 그 중에서도 관한칭關漢卿, 왕스푸王實甫, 바이푸白樸, 마즈위안馬致遠(이상은 제1기), 정광쭈鄭光祖, 챠오지푸喬吉甫(이상은 제2기)를 추존해 6대가라 칭한다. 관한칭關漢卿의 잡극 63종을 필두로 정광쭈鄭光祖(더후이德輝)는 19종, 바이푸白樸(런푸仁甫)는 17종, 마즈위안馬致遠(둥리東籬)와 왕스푸王實甫는 똑같이 14종, 챠오지푸喬吉甫(멍푸夢符)는 11종의 곡목이 『녹귀부』와 『태화정음보』에 수록되어 있는데, 원래부터 대다수는 이미 없어지고, 겨우 그 가운데 몇 종이 전하고 있을 따름이다.

이를테면 마즈위안의 『한궁추漢宮秋』, 바이푸의 『오동우梧桐雨』, 정광쭈의 『천녀이혼倩女離魂』, 챠오지푸의 『금전기金錢記』, 왕스푸의 『여춘당麗春堂』, 관한칭의 『두아원竇娥冤』 같은 것은 모두 걸작인데, 특히 왕스푸, 관한칭의 『서상기』를 압권으로 삼아, 가오밍高明의 『비파기』와 함께 남북곡의 쌍벽이라 칭했다. 그렇다고는 해도 『서상기』는 원곡선에는 들어가지 않아, 북곡으로서는 예외적인 점도 있는데, 관한칭, 왕스푸는 모두 금으로부터 원에 걸친 사람으로, 잡극의 원조이다. 당시는 아직 엄격한 북곡의 규칙이 정해지기 이전이었기에 나중에 보면 다소간의 예외도 있는 것이리라.

원대는 시와 문장이 현저하게 쇠미해진 시대였음에도 잡극은 공전절후의 성황을 이루었다. 이에 혹은 원대에는 잡극을 문관 시험의 한 과목에 넣었다는 설도 있다. 곧 『원곡선』의 서에서 다음과 같이 기술했다.

> 원나라는 곡으로 취사取士했는데, 12개의 과를 두었으니46), 관한칭의 무리는 다투어 [자신들의] 장기를 스스로 드러내 보였다. 몸소 극 마당을 밟고 얼굴에는 분묵粉墨을 칠하기에 이르되, [그렇게 함으로써] 우리네 일상생활로 삼았다. 창우와 짝하기를 물리치지 않는 자는 혹은 서진의 죽림칠현이 [자신들의] 방종한 뜻을 한 잔 술에 기탁한 것인지는 나는 감히 알지 못한다.47)

또 선더푸沈德符의 『고곡잡언顧曲雜言』에도 다음과 같은 말이 있다.

> 원나라 사람들이 아직 남송을 멸하지 않았을 때, 이것으로 선비들의 우열을 정했다. 매번 출제를 해서 사람들로 하여금 곡의 가사를 채우게 하였다. 이를테면, 송 선화 연간에 당시의 한 구절을 내서 그림을 그리게 해 그 가운데 그림 이외의 흥취를 얻은 자를 높은 위치에 올렸으니, 그런 까닭에 송대의 그림과 원대의 곡은 천고에 그 짝을 찾을 수 없다.48)

---

46) 『원사·선거제元史·選擧制』와 『원전장元典章』에는 모두 이에 대한 항목이 없고, 명대 사람의 전설이다. 『태화정음보』에 실려 있는 '잡극 12과'의 명목은 다음과 같다. 1. 신화도화神化道化, 2. 은거락도隱居樂道, 3. 포포병홀抱袍秉笏, 4. 충신렬사忠臣烈士, 5. 효의렴절孝義廉節, 6. 질간매참叱奸罵讒, 7. 축신고자逐臣孤子, 8. 발도간봉撥刀趕棒, 9. 풍화설월風花雪月, 10. 비환리합悲歡離合, 11. 연화분대煙花粉黛, 12. 신두귀검神頭鬼臉.

47) 원문은 다음과 같다. "元以曲取士, 設十有二科, 而關漢卿輩爭挾長技自見, 至躬踐排場, 面傅粉墨, 以爲我家生活. 偶倡優而不辭者, 或西晉竹林諸賢託杯酒之放之意, 予不敢知."

48) 원문은 다음과 같다. "士子元人未滅南宋時, 以此定士子優劣。每出一題, 任人填曲。如宋宣和畫學, 出唐詩一句, 其渲染, 選其中得畫外趣者登高第, 以故宋畫元曲千古無匹."

그 뒤 청의 우웨이예吳偉業49)의 『북사광정보北詞廣正譜』의 서에서도 당시 전기로 취사取土하고 사土는 모두 분묵粉墨을 칠하고, 극 마당을 밟았다고 했는데, 설마 그런 우스운 일이야 없었으리라. 『비파기』 중 (제8척齣 문장선사文場選土)에서는 풍류 주고관主考官이 구례에 의하지 않고, 제1장에서는 대구를 짓게 하고, 제2장에서는 시미詩迷를 풀게 하고, 제3장에서는 창곡을 시험하고, 3장 모두 잘하는 이를 장원급제로 삼고, 불합격된 이는 얼굴에 먹을 칠하고 내쫓아버렸다고 하는 이야기가 있는데,50) 이것은 희장戲場의 우스갯소리에 지나지 않는다.

실제로 잡극으로 취사했다는 것은 『원사元史』의 「선거지選擧志」나 기타 정사에서는 보이지 않기에 이것은 정확한 것은 아니다. 다만 원

---

49) 우웨이예吳偉業(1609~1671년)은 자가 쥔궁駿公이고, 호는 메이춘梅村으로, 쟝쑤 성江蘇省 타이창太倉 출신이다. 1631년 젊은 나이로 진사가 되어 한림원편수翰林院編修, 동궁시독東宮侍讀 등의 벼슬을 하다가, 명나라가 멸망하자 고향에 돌아갔다. 그 뒤 청나라 조정의 요청으로 부득이 벼슬길에 나갔으나 2년 만에 사직하고 고향으로 돌아와 평생 그 일을 후회하다가 죽었다. 그는 장편의 칠언시七言詩로써 망국의 비극을 노래한 많은 작품을 남겨, 명청 교체라는 폭풍시대의 증인이 되었다. 서화에도 뛰어났으며, 쳰쳰이錢謙益, 궁딩쯔龔鼎孳와 함께 강좌江左의 3대시인이라 불렸다. 『매촌집梅村集』 40권, 『매촌가장고梅村家藏稿』 59권, 『말릉춘秣陵春』 등의 저서를 남겼다.

50) 『비파기』 해당 부분의 원문과 번역은 다음과 같다.

"나는 풍류 시험관이다. 예년의 시험관에 비할 수 없지. 예년에는 제1장에는 문장을 시험치고, 제2장에는 변론을 시험치고, 제3장에는 책략을 시험쳤었다. 나는 오늘 제1장에는 댓구를 짓게 하고 제2장에서는 수수께끼를 풀게 하고, 제3장에서는 노래를 부르게 할 게다. 만약 댓구도 잘하고, 수수께끼도 잘 풀고 노래도 잘 부른다면 그 자를 1등 장원으로 뽑겠다. 금화를 꽂고 어주를 마시고 거리를 돌아야겠지. 댓구도 못 짓고, 수수께끼도 못 풀고 노래도 못하면 얼굴에 먹칠을 하고 매질하여 쫓아낼 게다. 下官是個風流試官, 不比往年的試官, 往年第一場考文; 第二場考論; 第三場考策。我今年第一場做對; 第二場猜謎; 第三場唱曲。若是做得對好, 猜得謎著, 唱得曲好, 就取他頭名狀元。插金花, 飮禦酒, 遊街兒耍子; 若是對得不好, 猜得不著, 唱得不好, 就將他黑墨搽臉, 亂棒打出去。"

대에는 천문天文이나 산학算學 등의 별과를 두는 정도였기에, 사곡의
시험을 안 봤다고도 할 수 없다. 그러니까 『원곡선』 이하의 설도 별과
로서 해석해도 무방할 것이다. 뭔가 약간의 근거가 있는 것이다. 그러
나 왕궈웨이는 원초에 오랫동안 과거를 폐지했던 것이 도리어 잡극
발흥의 원인이라고 했다.51) 『원사』의 「선거지」에 의하면, 태종이 중원
을 취했던 초기에 예뤼추차이耶律楚材의 말을 받아들여 과거로 취사했
다고 하는데, 그 뒤 오랫동안 폐지되어, 인종仁宗 연우延祐 2년 과목을
부흥하기까지 약 80년에 이르렀다. 이에 원곡의 황금시대라고 할 제1
기와 제2기의 전반은 마침 과거가 없었던 무렵이다.

어떻든 간에 잡극이 그토록 성행했기에 그런 설도 나왔던 것이다.
원래부터 중국의 역대 제왕은 유학으로 정교政敎의 본원으로 삼고 존
숭했지만, 민족이 달랐던 원 왕조는 그만큼 유학을 중히 여기기 않았
고, 이에 따라 유학의 권위도 경시되고 사상의 속박도 느슨해졌다. 그
런데 한인漢人들은 이민족 치하에 있는 것을 떳떳하게 여기지 않아
사詞와 술로 스스로 위안하고, 특히 송금 이래로 전해오는 잡극을 좋
아해 옛사람들의 희노애락을 빌어 자신의 불평과 근심스러운 생각을
표출했던 것이다.

그래서 두 세 명의 천재가 그 사이에서 나와 교묘한 사곡으로 사람
들의 이목을 놀라게 했기에, 천하가 붙좇아 그리고 나아갔던 것이다.

---

51) "심덕부(1578~1642)의 『만력야획편』(卷25)과 장무순臧懋循의 『원곡선·서元曲
選·序』에는 몽고시대에 사곡으로 선비를 뽑았다고 말하고 있는데, 그 견해가
황당하여 족히 언급할 것이 못된다. 오히려 잡극이 발달하게 된 것은 원초
과거시험을 폐지하였기 때문이었다. 대체로 당송이래 선비들이 다투어 과거시
험에 참여한 것은 어제 오늘의 일이 아니었고, 하루아침에 과거를 폐지하니
그들의 재능은 발휘할 곳이 없어져 사곡으로 발설하였다."[왕궈웨이(권용호
역), 『송원희곡사』, 학고방, 2001. 211쪽]

게다가 백전백승의 위세에 올라탄 몽골인들은 점차 오락 방면으로 발을 옮겨, 소설과 잡극을 환영했을 뿐 아니라 실제로도 이것을 중국의 역사와 풍속, 인정을 알게 되는 첩경으로 여겼던 까닭에, 부화뇌동하는 경박한 부류는 앞 다투어 이에 부응했고, 이에 잡극의 황금시대가 출현하기에 이른 것이다.

『태화정음보』에는 원대 사람의 잡극 535본의 목록이 올려져 있다. 그렇지만 실제로는 한층 더 많았을 것이다. 이에 따라 잡극의 분과도 상당히 많았는데, 같은 책에는 12과로 나뉘어져 있다.

> 잡극 12과
> 1. 신화도화神化道化
> 2. 은거락도隱居樂道, 또는 임천구학林泉丘壑
> 3. 포포병홀抱袍秉笏, 곧 군신잡극君臣雜劇
> 4. 충신렬사忠臣烈士
> 5. 효의렴절孝義廉節
> 6. 질간매참叱奸罵讒
> 7. 축신고자逐臣孤子
> 8. 발도간봉撥刀趕棒 곧 탈박잡극脫膊雜劇
> 9. 풍화설월風花雪月
> 10. 비환리합悲歡離合
> 11. 연화분대煙花粉黛 곧 화단잡극花旦雜劇
> 12. 신두귀검神頭鬼臉. 곧 신불잡극神佛雜劇

사곡 1천 7백 본이 모두 잡극인 것은 아니지만, 실제로는 엄청난 숫자이다. 그런데 원곡 가운데 오늘날까지 전하는 것은 겨우 『원곡선』, 일명 『원인백종곡元人百種曲』(그 중 6종은 명초 때의 것)이 있을 따름이다. 이 책은 명 만력萬曆 시기 짱마오쉰臧懋循52)이 편한 것으로 이것이 곧 북곡 전집이다. 그런데 짱 씨는 자신의 집에 원대 사람의 잡극 비본을 많이 소장했을 뿐 아니라, 또 류옌보劉延伯라는 사람으로 부터 그가 기록한 어희감본禦戲監本 2백 종을 빌려 그것을 참고해 교정 한 뒤 가작 백 종을 가렸다고 하는데, 그렇게 버려진 것이 전혀 보이지 않게 된 것은 사곡계로서는 굉장히 아쉬운 일이다.

또 『원참고금잡극삼십종元槧古今雜劇三十種』이라는 진서珍書가 연전 에 교토대학에서 복간되었다. 그 가운데 13종은 백종곡과 중복된다. 시험 삼아 양자를 비교해 보면, 서로 크게 다른데, 결국 고금의 잡극본 은 방간坊間에서 유포되었던 조악한 본으로, 백종곡은 짱 씨가 손수 교정을 한 것이라 생각된다.

말이 나온 김에 서양인으로 일찍부터 원곡을 연구한 이는 프랑스의 중국학자 바쟁Bazin[53]과 쥘리앙Julien[54]의 무리로, 전자에게는 원곡선의

---

52) 짱마오쉰臧懋循(1550~1620년)은 자가 자는 진수晉叔이고, 호는 구주顧渚이다. 명나라 후저우 부湖州府 창싱長興 사람으로 만력萬曆 8년(1580년) 진사가 되고, 징저우 부학荊州府學 교수教授를 거쳐 난징南京 국자감國子監 박사博士로 옮겼 다. 행동이 거침없고 자신을 단속하지 못해 탄핵을 받고 귀향했다. 탕셴쭈湯顯 祖, 왕스전士世貞 등과 교유했다. 박학다식했고 시문詩文에 뛰어났으며, 특히 곡曲에 뛰어나 우쟈吳稼, 마오웨이茅維, 우멍양吳夢陽 등과 더불어 '사자四子'로 불렸다. 저서에 시문집인 『부포당집負苞當集』과 『고시소古詩所』, 『당시소唐詩 所』, 『옥명당사몽玉茗堂四夢』 등이 있다. 『원곡선元曲選』을 편찬했는데, 잡극雜劇 1백 편을 수록했다

53) 앙트완-삐에르-루이 바쟁Antoine-Pierre-Louis Bazin(1799~1863년)은 프랑스 북서부의 도시 셍-브히쓰-쑤-포헤Saint-Brice-sous-Forêt에서 태어난 프랑스의 중국학자이다.. 꼴레쥬 드 프랑스the Collège de France에서 장-삐에르 아벨-레 뮈자Jean-Pierre Abel-Rémusat(1788-1832)와 스타니슬라스 쥘리앙Stanislas Julien(1797-1873)으로부터 학문을 전수받았다. 1840년에 동양어학교the École des langues orientales에서 중국어 담당 교수가 되었으며, 아시아학회the Société Asiatique를 주재하며 수많은 논문들을 아시아저널the Journal asiatique에 기고 하고 원대 희곡을 번역 출판한 바 있다.

54) 스타니슬라스 쥘리앙Stanislas Julien(1799~1873년)은 콜레주 드 프랑스의 그

해제 이외에도 몇 종의 번역과 『비파기』의 초역이 있고, 후자에게는 『서상기』를 필두로, 『조씨고아趙氏孤兒』, 『회란기灰欄記』 등의 번역문이 있다. 일본인은 훈독에 의해 원서를 이해할 수 있는 탓인지 종래의 원곡의 번역은 없다. 겨우 니시무라 덴슈西村天囚의 『비파기 초역』(오사카아사히신문大阪朝日新聞에 실림)과 가나이 야스조金井保三55), 미야하라 민페이宮原民平56) 두 사람의 『서상가극西廂歌劇』 같은 것은 그 결함을 보완한 것이다. 금후로도 아무쪼록 속속 가작이 나오기를 바라는 바이다.

제2항 북곡의 체제

북곡에는 엄격한 규칙이 있기에 그 체제의 일단을 설명하고자 한다.

1. 1본 4절

『백종곡』의 예를 보자면, 1본은 모두 4절折로 이루어져 있다. 다만 『조씨고아』 1본만 예외로 5절인데, 『고금잡극본』에 의하면, 역시 4절이다. 절이라는 것은 영어로 Act에 해당하고, 시바이芝居의 1막이다.

리스어 조교수를 거쳐 중국어 교수가 되었다(1832년). 중국 대륙에는 가본 일이 없으나 중국어에 정통하여 문법책을 쓰고, 소설·희곡을 번역하였으며, 중국 도자기 역사를 소개하고 노자老子의 『도덕경』 번역을 시도하였다. 그의 업적은 당나라 쉬안짱玄奘의 『대당서역기大唐西域記』Mémoires sur les contrées occidentales(2권, 1858년) 번역과 쉬안짱의 전기 『대자은사삼장법사전大慈恩寺三藏法師傳』Histoire de la vie de Hiouenthsang(1853년)의 번역을 꼽을 수 있다. 그의 업적을 기념하기 위하여 아카데미프랑세즈에 '스타니슬라스 쥘리앵상賞'을 설정하여, 동양학 분야에 현저한 공적을 남긴 사람에게 수여하고 있다.

55) 가나이 야스조金井保三(1871~1917년)

56) 미야하라 민페이宮原民平(1884~1944년)은 중국학자로 다쿠쇼대학拓殖大學 교수, 학감을 지냈다. 사가 현佐賀県 다쿠 시多久市 출신이다.

1절 중에는 당연하게도 장면이 바뀌는 곳이 있는데, 어찌됐든 전체가 4절로 제한되어 있기 때문에, 장편이 되면 1본 4절로는 공연할 수 없다. 이 경우는 2, 3본을 연결한다. 이를테면, 『서상기』 같은 것은 전체로 5본으로 이루어져 있고, 『모서하사화毛西河詞話』에서는 다음과 같이 기술했다.

> 원대 사람이 곡을 짓는 데 이르게 되면, 한 사람이 노래하고 춤을 추었으니, [공연장인] 구란의 춤추는 자로 하여금 스스로 가창을 맡게 하고 생황과 피리 비파를 설치하고 그 곡에 화창했다. 무대를 시작할 때마다 4절을 법도로 삼았으니 이것을 잡극이라 했다. 그 가운데에는 몇 개의 잡극을 이어붙여 한 가지 일을 작곡한 것도 있으니, 혹은 1극, 혹은 2극, 혹은 3,4,5극을 [이어 붙여] 원본 서상이라 이름 한 것은 다섯 개의 잡극을 합해 한 가지 일을 작곡하였다. 하지만 그 때도 노래는 한 사람만 부르게 하는 연상連廂57)의 법을 모방한 것은 갑자기 변할 수 없었다.58)

2. 1절 1조 1운

북곡의 궁조는 모두 12조인데, 실제로 잡극에 쓰이는 것은 투수의 관계상 5궁 4조에 불과하다. 이것을 구궁九宮이라 한다.

황종궁黃鍾宮 24곡 선려궁仙呂宮 41곡 정궁正宮 25곡
중려궁中呂宮 32곡 남려궁南呂宮 21곡 쌍조雙調 1백곡
대석조大石調 21곡 월조越調 35곡   상조商調 16곡

---

57) 여기서 '연상連廂'은 '연상사連廂詞'를 가리키며, 금나라 때의 일종의 잡극을 말한다. 가무歌舞가 있고 소형의 희극戲劇을 연창演唱하는 것이다.

58) 원문은 다음과 같다. "至元人造曲則歌者舞者合作一人, 使勾欄舞者自司歌唱而第設笙笛琵琶以和其曲, 每入場以四折爲度, 謂之雜劇, 其有連數雜劇而通譜一事或一劇, 或二劇, 或三四五劇, 名爲,院本西廂者, 合五劇而譜一事者也. 然其時司唱獨屬一人仿, 連廂之法, 不能遽變."

(소석조小石調 5곡 상각조商角調 6곡 반섭조般涉調 8곡

궁조는 고악古樂의 율려律呂라고 하듯이 선율의 가락이다. 이를테면 사미셴三味線의 혼쵸시本調子59), 니아가리二上がり60)라든가, 또는 오르간의 8조, 2조와 같은 것이다.(후절의 남곡 조 참조)

북곡에서는 1절 1조調에 한해, 투수套數를 쓰고 있다. 투수는 같은 조 중의 몇 곡을 수미가 있게 이어서 한 단으로 삼은 악률 연주로, 마치 당의 대곡의 편遍과 같이 대체로 10곡 이상으로 이루어지고, 자연스럽게 순서가 정해진다.(『북사광정보北詞廣正譜』에 나옴)

따라서 소석조 등의 3류는 속곡屬曲이 적어, 투수가 될 수 없기에 잡극에서는 쓰이지 않는다. 그러므로 구궁이라고 하는 것이다. 그런데 제1절은 선려궁을 쓰고, 점강순點絳脣의 곡으로 시작한다. 다만 두세 개의 예외는 있다.

실제 『백종곡』의 예를 찾아보면 아래의 표와 같다.

(궁조)	(투수)	제1절	제2절	제3절	제4절
선려	점강진點絳脣	95	2	0	0
	입성감주入聲甘州	3	0	0	0
	촌리아고村裏迓鼓	0	0	0	(1)
남려	일지화一枝花	0	35	8	1
중려	분접아粉蝶兒	0	13	30	16
정궁	단정호端正好	1	31	18	6
황종	취화음醉花陰	0	1	2	4
대석	육국조六國朝		0	1	0
	염노교念奴嬌	1	1	0	0
상조	집현빈集賢賓	0	7	12	0

---

59) 사미셴의 기본이 되는 가락.
60) 사미셴의 두 번째 줄의 가락을 본가락보다 한 음 높이는 일, 또는 그 곡조.

(궁조)	(투수)	제1절	제2절	제3절	제4절
월조	투암순鬪鵪鶉	0	6	15	1
	선삼대哨三台	0	1	0	0
쌍조	신수령新水令	0	2	13	71
	오공양五供養	0	1	1	1
		100	100	100	100

또 1절 중에서는 하나의 운을 끝까지 썼다―韻到底. 그 운목은 『중원
음운中原音韻』의 19부 운이다.

3. 설자楔子

1본 4절로 충분하지 않을 때는 설자를 쓴다. 설자는 절의 앞머리折首에
있는 것도 있고, 또 절[과 절] 사이에 있는 것도 있다. 혹은 1본 중
설자를 절의 앞머리와 절 사이에 두 개를 쓴 것도 있다. 설자는 한두
개의 영곡零曲에 지나지 않는 것으로, 게다가 이것은 선려 상화시賞花時
(『백종곡』 중의 53)가 아니면, 선려 단정호(『백종곡』 중의 17)의 곡에
한정된다.(두 가지 예외, 선려 억왕손憶王孫, 월조 금초엽일金焦葉一).

『서상기』의 제2본 설자에 투수 하나를 쓴 것은 완전히 위례違例이
다. 서막序幕 또는 간막間幕의 의미이다. 이에 덧붙여서 설자의 풀이는
두 가지가 있다.

(가) 소설의 인단引端을 설자라 한다. 사물로써 사물을 이끌어낸다
는 뜻이다. 이 일을 지렛대 삼아 저 일을 이끌어내는 것을 일컫는다.
진성탄金聖嘆의 소설 평에 보인다.(『사원辭源』)

(나) 원곡은 매 본이 단 4절이다. 여정餘情이 있어 4절에 들어가기
어려운 것은 따로 설자를 둔다. 한두 개의 소령에 그치고 장투長套가
되지 않는다. '설楔'의 음은 '설屑'이다. 작은 나무 조각인 쐐기를 설이
라 한다. 목기가 헐거우매 나무로 그것을 고이는 것이다. 또 이것을

설楔이라고 한다. 오음吳音은 살撒이라 읽는다.(『서상전의西廂箋疑』)

(가)의 설은 『이아爾雅』의 "정根, 이것을 설楔이라 하고, 문의 양옆에 있는 나무기둥"이라는 풀이에서 나온 것으로 일본어 훈으로는 '호코다치ほこだち根' [문설주]라는 뜻이다. 그러므로 '설자'는 그 의미가 절의 앞머리에 있다는 것이 된다.

(나)의 설은 『설문』의 '[쐐기] 첨櫼'의 뜻에 근거하고, 일본어 훈으로는 '구사비くさび楔' [쐐기]이다. 이것에 의하면 절[과 절] 사이에 있는 것이 된다. 실제로 『백종곡』 가운데, 설자가 있는 것은 69종이고, 그 중 절의 앞머리에 있는 것은 52개, 절 사이에 있는 것은 20개이다. 단 절의 앞머리와 절 사이에 있는 것은 3종이다.

4. 1인 독창

북곡의 창자는 한 사람만으로 한정되어 있다. 곧 정말正末이 아니면, 정단正旦이다. 다른 잡색雜色은 등장은 하되 백白을 말할 뿐 곡을 창하지는 않는다. 『서상기』는 여러 가지 면에서 예외가 있는데, 1절 1인 독창만은 북곡의 규칙을 엄수하고 있다.

빈백賓白의 말에 관해서는 리위李漁의 『한정우기閑情遇寄』에 다음과 같이 기술되어 있다.

> 북곡의 한 절折은 [단旦 혹은 말末과 같은] 배우 한 사람만 노래 부른다. 다수가 무대 위에 있다 해도, 그 노래는 배우 한 사람의 입에서만 나올 뿐 결코 서로 번갈아 가며 노래하는 일은 없다.[61]

---

61) 리위李漁(조관희, 박계화, 홍영림 공역), 『리위李漁의 희곡 이론』, 서울: 보고사. 2013. 180~181쪽. 원문은 다음과 같다. "北曲一折止隷一人。雖有數人在場, 其曲止出一口, 從無互歌迭詠之事。"

앞서의 마오치링毛奇齡의 빈백설은 이것에 의거한 것에 불과하다. 량팅난梁廷枏은 자신의 『곡화曲話』에서 다음과 같이 말했다.

> 원곡에 이르게 되면 가무는 한 사람에게 합쳐져서, 하나의 절은 처음부터 끝까지 모두 그 사람만 창을 한다. 정말이 아니면 정단이 창하는 것이 주가 되고, 백을 하는 것은 빈[손님]이 되니 연상의 법이 완전히 변하지 않았다.62)

어느 것이나 모두 창곡唱曲이 주인공이고, 설백說白은 손님賓의 신분이기 때문에, 이것을 빈백賓白이라 풀이하고 있다. 그런데 『통속편通俗編』에서는 『국피총화菊披叢話』를 인용해 다음과 같이 말했다.

> 북곡 중에는 전빈과 전백이 있는데, 두 사람이 주고받는 말을 빈이라 하고, 한 사람이 혼자 말하는 것을 백이라 한다.63)

이에 의하면 빈과 백은 별개인데, 빈은 대화이고, 백은 혼잣말이라는 뜻이 된다. 이것도 실제 예에 부딪혀 봐야 할 수 있는데, 잠시 빈주의 설에 따르겠다.

5. 제목 정명

북곡의 말미에는 반드시 제목題目 정명正名이라는 것이 있다. 모두 2구 혹은 4구로 이루어져 있고, 대부분 7언, 8언의 연구連句를 쓰고 있다. 그리고 많은 경우 정명 1구를 취해 '무슨 무슨' 잡극이라 하고, 또 그 가운데 서너 글자를 가져다 제목으로 삼는다. 이를테면, 관한칭

---

62) 원문은 다음과 같다. "至元曲則歌舞合於一人, 一折自首至末皆以其人專唱, 非正末則正旦唱者爲主. 而白者爲賓則連廂之法未盡變也"
63) 원문은 다음과 같다. "北曲中有全賓全白, 兩人對說曰賓, 一人自說曰白."

의 『두아원』 같은 것은 그 제목 정명이 다음과 같다.

> 제목 병감지형렴방법秉鑑持衡簾訪法
> 정명 감천동지두아원感天動地竇娥冤

이것에 의해 『감천동지두아원잡극』이라 하고, 줄여서 『두아원』이라 한다. 또 바이푸白樸의 『오동우梧桐雨』의 제목과 정명은 4구로 시와 같이 1, 2, 4구에 압운했다.

> 제목 안록산반반간과거安祿山反叛幹戈擧
> 진원례탁산란봉려陳元禮拆散鸞鳳侶
> 정명 양귀비효일려지향楊貴妃曉日荔枝香
> 당명황추야오동우唐明皇秋夜梧桐雨

이것에 의해 『당명황추야오동우잡극』이라 하고, 줄여서 『오동우』라 하는 것이다. 『백종곡』 중에서는 오히려 제목 한 구를 제목으로 삼은 것도 있다. 이를테면 무명씨의 『격강투지隔江鬪智』 같은 것은 다음과 같다.

> 제목 양군사격강투지兩軍師隔江鬪智
> 정명 유현덕교합량연劉玄德巧合良緣

유현덕도 '교합량연'도 아닌 『양군사격강투지잡극』 줄여서 『격강투지』라 하였다.

대저 제목과 정명은 등장하는 배우 스스로 이것을 창하지 않고, 배우優人가 무대에서 내려간 뒤에 또 다른 배우伶人가 대신 읽는 것으로, 곧 연상사連廂詞의 사창司唱의 좌간대창坐間代唱의 유풍이라고 『모서하 사화』에 기술되어 있다.

제3항 『한궁추』와 『서상기』

북곡의 체제는 전항에서 서술한 대로인데, 시험 삼아 『한궁추』와 『서상기』의 예를 들어 그 일단을 설명해 보고자 한다.

『한궁추』는 『원곡선』의 첫머리에 위치하고, 유명한 마즈위안馬致遠의 걸작이다. 먼저 그 체례를 표로 나타내면 다음과 같다.

파유몽고안한궁추잡극破幽夢孤雁漢宮秋雜劇
설 자 정말창正末唱 선려상화시령곡仙呂賞花時令曲 가마운家麻韻
제1절 정말창正末唱 선려점강순투수仙呂點絳唇套數 가마운家麻韻
제2절 정말창正末唱 남려일지화투수南呂一枝花套數 우후운尤侯韻
제3절 정말창正末唱 쌍조신수령투수雙調新水令套數 강양운江陽韻
제4절 정말창正末唱 중려분접아투수中呂粉蝶兒套數 경청운庚青韻
　　　제목 심흑강명비청총한沈黑江明妃青塚恨
　　　정명 파유몽고안한궁추破幽夢孤雁漢宮秋
등장인물의 각색
　　　정말正末 한 원제漢元帝
　　　정단正旦 왕자오쥔王昭君
　　　충말沖末 번왕番王 호한야 선우呼韓邪單於
　　　정정淨 마오옌서우毛延壽
　　　외外 상서령 우루충쭝尙書令五鹿充宗
　　　축醜 내상시 스셴內常侍石顯
　　　잡색雜色 문무내관 궁녀 번사番使 번병番兵 부락部落

그런데 본편은 정말극으로 곡을 창하는 사람은 철두철미하게 한 원제이다. 왕자오쥔이 흉노로 시집가는 이야기를 공연하면서, 그 알짬은 쟈오쥔을 위주로 하지 않고, 원제를 주인공으로 삼아 사곡에 구성진 정서를 묘사해 낸 것은 모리 가이난森槐南의 이른바 영靈으로 실實을 깨뜨린 묘취이다.

대저 그 대강의 이야기를 서술하자면, 설자에서 우선 흉노의 호한야 선우가 올라 전대에 화친을 맺게 된 경위를 서술하고, 자신도 한 나라 공주의 강가降嫁[황족의 딸이 신하에게 시집감; 옮긴이]를 청하고자 하는 뜻을 풀어낸다. 이것이 자오쥔에 오랑캐 땅으로 가게 된 원인遠因이다. 이윽고 장면은 한번 전환해 한나라 궁정이다. 원제는 후궁이 적막한 것을 근심해, 간신 마오옌서우를 시켜 널리 천하를 다니며 미인을 채방採訪해 그 그림을 그려 바치게 한다. 이것이 자오쥔이 궁에 들어가게 된 경위다.

제1절은 역시 한나라 궁정 장면으로 왕자오쥔은 마오옌서우에게 뇌물을 주지 않았기 때문에, 그가 그려서 올려 보낸 [그녀의] 진면모는 몹시도 추하여 이에 영항永巷64)에 유폐되는 신세가 되어 장구하게 밝은 세상을 볼 기약이 없음을 슬퍼하였다. 어느 날 밤 비파를 타며 울적한 마음을 풀려는 그때, 원제는 불현듯 후궁으로 발걸음을 옮겨 그비파 소리를 듣고 자오쥔의 처소에 행차하니, [자오쥔의] 경국지색을 보고 놀랐다. 이에 마오옌서우의 망녕된 행동에 화가 나 그의 목을 베라는 명을 내리고, 자오쥔을 명비明妃에 봉하였으니, 그로부터 자오쥔은 천자의 총애를 입게 되었다. 그러나 호사다마라고 어제의 기쁨은 오늘의 슬픔이 되었다.

제2절의 벽두에 호한야 선우는 한나라로부터 공주가 아직 어려 [보

---

64) 영항永巷은 본래 궁궐 안에 만들어 놓은 긴 통로와 그 주변의 방 따위를 뜻하였는데, 전轉하여 궁궐宮闕 자체를 뜻한다. 다른 의미로 후궁後宮들을 가두는 감옥을 뜻한다. 그 유래는 주周 나라 선왕宣王 때에 비롯되었으며, 본래 후궁들이 거처하던 장소로 한漢나라 무제武帝 때에 이르러서는 액정掖庭이라 이름을 고치고, 그곳에 감옥도 함께 설치하여 죄 지은 궁녀宮女가 있을 경우 그곳에 가두었다.

낼 수 없다고] 거절당해, 몹시 불쾌하게 생각하던 차에, 마오옌서우가 죄를 입고 도망쳐 와 자오쥔의 진면모를 선우에게 헌상했다. 선우는 크게 기뻐하며 곧바로 서한을 써서 자오쥔을 청하고, 받아들이지 않으면 무력에 호소할 기세였다. 원제는 이런 사실은 꿈에도 알지 못하고 밤낮으로 자오쥔을 총애하며 후궁에 머물며 오랫동안 조정[의 일]을 듣지 않았다. 때마침 흉노의 사신番使이 와서 선우의 뜻을 전하였기에, 한나라 조정은 그로 인해 크게 놀랐다. 상서령 우루충쭝五鹿充宗, 내상시 스셴石顯 등은 사직을 위해 은애恩愛를 버리고 자오쥔을 흉노 사신에게 건네주도록 간하니 황제는 쉽게 들어주지 않았다. 그런데 자오쥔은 분연히 자신의 몸으로 나라의 어려움을 대신하겠노라고 말하니, 황제는 어쩔 수 없이 이에 동의했다.

제3절은 드디어 송별의 장이다. 원제는 문무 내관을 거느리고, 바챠오灞橋에 행차해 친히 술잔을 들어 비파 말 위의 자오쥔을 송별하며 통곡을 하고 아쉬워하였다. 군신들은 겨우 황제를 달래 궁으로 돌아왔다. 여기서 사곡은 극히 절묘하게 이별을 애닲아 하는 감정을 극진하게 묘사하고 있다. 장면이 바뀌어 선우는 부락을 이끌고 자오쥔을 맞이하러 북행하여 헤이룽쟝黑龍江에 이르렀다. 여기서 자오쥔은 이윽고 한나라와 흉노의 경계에 이른다는 말을 듣고는, 선우에게 말하고 말에서 내려 술잔을 채워 멀리 남방을 바라보며 한가漢家의 은혜를 사례하고 틈을 엿보아 몸을 던져 강물에 뛰어들었다.(이것은 말할 것도 없이 역사에서 전하는 바와 다르다). 선우는 크게 놀라 구하려고 했지만 그러지 못해, 곧 유해를 강변에서 후하게 장사지냈다. 오랑캐 땅의 풀은 모두 하얀색인데, 단지 자오쥔의 무덤의 풀만은 모두 내지와 똑같이 푸른 풀靑草이 났다. 그래서 이것을 청총靑塚이라 한다. 선우는 자오쥔을 그리워하며 후회해도 소용이 없었다. 따지고 보면 마오옌서우가

한 일이었기에, 선우는 그를 묶어 한나라로 보내고, 예전처럼 화친을 맺기로 했다.

제4절. 이제 원제는 자오쥔과 이별한 뒤로 울적하니 즐겁지가 않아, 가을밤 고독한 잠자리의 쓸쓸함을 탄식하며, 미인도를 내걸고 향불을 피워 공양하는 가운데 곤히 잠들어 꿈을 꾸었다. [꿈에] 자오쥔이 오랑캐 땅으로부터 몰래 도망쳐 돌아왔는데, 오랑캐 병사들이 뒤쫓아 와서 자오쥔을 잡아가 버렸다. 아차 하는 순간 황제는 꿈에서 깨어났다. 벽 사이의 단청을 대하고, 꿈인 듯 생시인 듯 황홀 중에 허공에서 구슬픈 기러기 우는 소리가 들리니, 쓸쓸한 비감에 휩싸여 전전반측 밤을 새고 말았다. 다음 날 아침 오랑캐 사신이 마오옌서우를 데리고 와서는 자오쥔이 죽었다고 고했다. 원제는 곧 마오옌서우의 머리를 참하고 자오쥔의 영혼에 제를 올리고, 잔치를 베풀어 흉노 사신을 후하게 대접했다. 이것이 본극의 대미이다. 그러므로 그 제목과 정명을 "헤이룽쟝에 빠져죽은 명비의 청총의 한沈黑江明妃靑塚恨, 아득한 꿈을 깨고 나니 외로운 기러기 한나라 궁전의 가을破幽夢孤雁漢宮秋"이라 한 것이다.

역사에서 전하는 바에 의하면, 경녕竟寧 원년 정월에 호한야 선우가 내조來朝하여 한나라 황실의 사위가 되기를 청하니 원제는 왕자오쥔(이름은 챵嬙, 자오쥔은 자)을 선우에게 하사했다고 한다. 선우는 크게 기뻐하며 자오쥔에게 호를 내려 녕호알씨寧胡閼氏로 삼고, 아들 하나를 두었다.

대저 자오쥔의 출정出征은 천고의 역사상 가슴 아픈 일로, 시인과 화가의 좋은 소재였다. 그런 까닭에 당송 이래로 명비곡이 많이 나왔다. 다만 마오옌서우가 궁빈宮嬪을 간택하는 일을 맡아 보았다든가, 흉노로 달아났다는 것 등은 완전히 [작자인] 마즈위안의 허구이다. 특히 자오쥔이 헤이룽쟝에 빠져 죽었다는 것은 필경 박명한 미인으로

하여금 실절했다는 이름을 갖게 하는 것을 참을 수 없었던 작자의 은
미한 뜻이 담긴 것이다. 혹은 원대 당시의 일에 크게 느끼는 바 있어
그 울분을 풀어낸 것인지도 모른다.

말절末折에서 마오옌서우가 기시棄市된 것에 짝을 이루어 그 머리를
베어 자오쥔의 영혼을 위로하며 극을 매듭지은 것은 천고의 불평함을
일소하고, 하늘의 섭리天工를 보완하며, 사람의 마음을 통쾌하게 하기
위함이다. 대체적인 결구結構도 재미있고, 4절로 잘 정리되어 있다. 제
4절은 『한궁추』의 본장本場으로, 기러기가 우짖는 대목은 『겐지모노가
타리源氏物語』 환상まほろし 권, 히카리노 겐지光の源氏 군이 기러기 소리
를 듣고, 무라사키노 우에紫の上를 그리워하는 것과 똑같은 취향이다.

『서상기』는 앞서 말한 대로 위안전元稹의 『회진기會眞記』에서 나온
것이다. 당대 전기『회진기』는 일변하여 자오더린趙德麟의 「상조고자
사商調鼓子詞」가 되었고, 다시 변해 둥졔위안董解元의 「서상추탄사西廂
搊彈詞」가 되었는데, 이것이 『서상기』의 직접적인 남본이다. 세 번째로
변해 원의 「북곡서상기北曲西廂記」가 되었고, 네 번째로 변해 「남곡서
상기南曲西廂記」가 되었다. 곧 고자사—추탄사—잡극(북곡)—전기(남
곡)으로 변화해 온 경로를 더듬어 밝히면, 중국 성곡聲曲 발전의 순서
를 잘 살펴 알 수 있다. 진성탄金聖嘆은 남곡의 개본改本에 만족하지
않고 스스로 『제육재자서第六才子書』를 지었다. 그밖에도 『신서상新西
廂』, 『금서상錦西廂』, 『속서상續西廂』, 『번서상翻西廂』, 『후서상後西廂』,
『동서상東西廂』 등의 속편이 있다.

북곡의 원본『서상기』는 5본 잡극을 연결한 것이다. 그런데 세상에
전하기를, 전 4본은 왕스푸王實甫 의 원작이고, 후 1본은 관한칭關漢卿
의 속편이라고 한다. 혹은 모두 왕스푸가 지은 것이라고도 하고, 또는
관한칭이 지은 것이라고도 하고, 혹은 관한칭이 짓고 왕스푸가 이은

것이라는 설도 있는데, 여기서는 하나하나 상세하게 설명하지 않겠다.
또 그 체례를 상세히 설명하면 다음과 같다.

북곡北曲 서상기西廂記 체례體例

제일본第一本 장군서뇨도장張君瑞鬧道場 잡극雜劇

　설 자楔 子 부인夫人 정단正旦 창唱 선려상화시요편仙呂賞花時么篇 동종운東種韻

　제일절第一折 정말창正末唱 선려점강진투수仙呂點絳唇套數 선천운先天韻

　제이절第二折 정말창正末唱 중려분접아투수中呂粉蝶兒套數 강양운江陽韻

　제삼절第三折 정말창正末唱 월조투암순투수越調鬪鵪鶉套數 경청운庚靑韻

　제사절第四折 정말창正末唱 쌍조신수령투수雙調新水令套數 소호운蕭豪韻

　제목題目 노부인한춘원老夫人閑春院 최앵앵소야향崔鶯鶯燒夜香

　정명正名 소홍낭전호사小紅娘傳好事 장군서료도장張君瑞鬧道場

제이본第二本 최앵앵야청금崔鶯鶯夜聽琴 잡극雜劇

　설 자楔 子 혜명창惠明唱 정궁단정호투수正宮端正好套數 감함운監鹹韻

　제일절第一折 정단창正旦唱 선려입성감주투수仙呂入聲甘州套數 진문운眞文韻

　제이절第二折 홍낭창紅娘唱 중려분접아투수中呂粉蝶兒套數 경청운庚靑韻

　제삼절第三折 정단창正旦唱 쌍조오공양투수雙調五供養套數 가과운歌戈韻

　제사절第四折 정단창正旦唱 월조투암순투수越調鬪鵪鶉套數 동종운東種韻

　제목題目 장군서파적계張君瑞破賊計 망화상생살심莽和尙生殺心

　정명正名 소홍낭주청객小紅娘晝請客 최앵앵야청금崔鶯鶯夜聽琴

제삼본第三本 장군서해상사張君瑞害相思 잡극雜劇

　설 자楔 子 홍낭창紅娘唱 선려상화시仙呂賞花時 렴섬운廉纖韻

　제일절第一折 홍낭창紅娘唱 선려점강진투수仙呂點絳唇套數 지사운支思韻

　제이절第二折 홍낭창紅娘唱 중려분접아투수中呂粉蝶兒套數 한산운寒山韻

　제삼절第三折 홍낭창紅娘唱 쌍조신수령투수雙調新水令套數 가마운家麻韻

　제사절第四折 홍낭창紅娘唱 월조투암순투수越調鬪鵪鶉套數 침심운侵尋韻

　제목題目 노부인명의사老夫人命醫士 최앵앵기정시崔鶯鶯寄情詩

　정명正名 소홍낭문탕약小紅娘問湯藥 장군서해상사張君瑞害相思

第四本 草橋店夢鶯鶯 雜劇

　설 자楔 子 홍낭창紅娘唱 선려단정호仙呂端正好 강양운江陽韻

제일절第一折 정말창正末唱 선려점강진투수仙呂點絳唇套數 개래운皆來韻

제이절第二折 홍낭창紅娘唱 월조투암순투수越調鬪鵪鶉套數 우후운尤侯韻

제삼절第三折 정단창正旦唱 정궁단정호투수正宮端正好套數 제미운齊微韻

제사절第四折 정말창正末唱 쌍조신수령투수雙調新水令套數 거차운車遮韻

제목題目 소홍낭성호사小紅娘成好事 노부인문유정老夫人問由情

정명正名 단장정짐별주短長亭斟別酒 초교점몽앵앵草橋店夢鶯鶯

第5本 張君瑞慶團欒 雜劇

설 자楔 子 정말창正末唱 仙呂賞花時 개래운皆來韻

제일절第一折 정단창正旦唱 쌍조집현빈雙調集賢賓套數 우후운尤侯韻

제이절第二折 정말창正末唱 중려분접아투수中呂粉蝶兒套數 지사운支思韻

제삼절第三折 홍낭창紅娘唱 월조투암순투수越調鬪鵪鶉套數 진문운眞文韻

제사절第四折 정말창正末唱 쌍조신수령투수雙調新水令套數 어모운魚模韻

제목題目 소금동전첩보小琴童傳捷報 최앵앵기한삼崔鶯鶯寄汗衫

정명正名 정백상간사명鄭伯常幹捨命 장군서경단란張君瑞慶團欒

등장인물의 각색

정말正末 장쥔루이張君瑞

정단正旦 추이잉잉崔鶯鶯

외外 노부인

단래旦俠 홍낭紅娘

정淨 파번法本,

래俠 환랑歡郎 친퉁琴童

잡색雜色 후이밍惠明, 쑨페이후孫飛虎, 두 장군杜將軍, 파충法聰, 여러 중들衆僧, 졸자卒子

이것에 의해 『서상기』가 5본 잡극이라는 것이 명백하다. 그런데 1본 중 정말 혹은 정단 이외의 인물도 창을 한다든가, 제2본의 설자에서 정궁의 투수를 쓴 것이라든가, 제2본의 제1절에서 선려仙呂 입성감주入聲甘州의 투수를, 또 제5본의 제1절에서 상조商調 집현빈集賢賓의 투수를 쓰는 등 적지 않은 예외가 있는데, 매본 4절, 매절 1운, 1인 독창,

제목 정명, 각색의 명칭 등은 북곡의 규칙을 엄수하고 있다. 방간坊間에 널리 통행되고 있는『제육재자서본서상기第六才子書本西廂記』에서는 달리 제목 총명總名이라는 것이 있다.

장군서교주동상서張君瑞巧做東床壻
법본사주지남선지法本師住持南禪地
노부인개연북당춘老夫人開宴北堂春
최앵앵대월서상기崔鶯鶯待月西廂記

아마도 이것은 후대 사람이 추가한 것이리라. 원본에는 매 본의 제목 정명만 있고 총명이라는 것은 없는데,『녹귀부』에 명대의「최앵앵대월서상기」라고 되어 있는 것을 보면, 자연스럽게 달리 총명이라는 게 있었다는 것은 의심할 바 없다.

대저 그 [줄거리의] 대강을 추려서 말하자면, 당대唐代 덕종德宗 때 재상 추이崔 공의 미망인으로 정鄭 씨라는 이가 있었다. 여식인 잉잉鶯鶯, 하녀 홍냥紅娘, 아들 환랑歡郎을 데리고 상국相國[추이 공]의 상喪을 치르면서 보링博陵의 고향에 안장시키려 할 제, 허중 부河中府까지 가려던 바, 도중에 위험이 있어 가지 못했다. 이에 부득이하게 주지와의 인연을 연줄로 삼아 이곳의 명찰 푸쥬쓰普救寺의 서상西廂을 빌려 잠시 머물렀다. 한편으로는 부인의 조카로 잉잉과 허혼한 정헝鄭恒을 경사京師로부터 불러들여서 함께 떠나려 했다. 잉잉은 꽃다운 나이 열아홉, 경국지색의 미모에 바느질과 길쌈 등 여인이 갖추어야 할 기본 기예에 능하고, 시사詩詞와 글씨書, 셈산算 등 능하지 않은 게 하나도 없어 진실로 재색을 겸비한 아가씨였다. 때는 마침 늦은 봄 날씨, 어지간히 울적했기에, 부인은 홍냥에게 아가씨를 데리고 불전佛殿 인근을 산보하게 했다. 대저 이것이 부인의 첫 번째 실책으로 본극의 발단이다.(설자)

여기에 또 뤄양洛陽의 수재 장궁張珙, 자는 쥔루이君瑞, 당년 스물
세 살의 청년이 있었다. 아비는 예부상서禮部尙書까지 올랐는데, 잇달
아 양친을 여의고, 형설지공으로 많은 문장을 배웠음에도, 책과 검을
들고 낙심하여 사방으로 객유客遊하면서 평생의 뜻을 이루지 못하고
있었다. 때는 바야흐로 정원貞元 17년 2월 상경하여 시험에 응하려고
마음먹고 도중에 푸관蒲關을 지나면서 맹우盟友인 정서대원수征西大元
帥 두췌杜確를 방문해 허중 부에 투숙하고 자주 푸쥬쓰에 참배하러 갔
다가 뜻밖에도 앵앵 소저의 아리따운 모습을 얼핏 보고, 오백년 풍류
업원業冤의 사랑에 빠지게 되고 말았다.(제1절)

장생은 질정 없는 감정을 끊기 어려워 상경해서 과거시험을 보겠다
는 공명심도 사라져 없어지고, 다만 어떻게 해서든 잉잉에게 가까이
가려고 생각하다가, 한 가지 계책을 내어 주지인 파번 화상法本和尙에
게 부탁해 푸쥬쓰의 방 하나를 빌려 기거하기로 했다. 때마침 하녀인
홍냥이 부인의 명으로 돌아가신 상국의 법사法事의 택일을 주지에게
물어보러 왔다 돌아가는 것을 복도에서 기다리고 있다가 잉잉 소저에
게 은근한 감정을 전했던 바, 보기 좋게 퇴짜를 맞았다.(제2절)

그런데 장생은 파번에게서 잉잉이 매일 밤 꽃밭에 나와 향을 태우
는 연유를 듣고, 몰래 먼저 후원에 숨어들어 잉잉이 나오기를 기다렸
다가 담장을 사이에 두고 시를 읊었다. 그러자 잉잉도 전부터 장생을
밉게 생각하지 않았기에, 담장을 사이에 두고 그 운에 화답하여 응수
했다. 여기서 장생의 사랑은 절정에 달해, 혼은 하늘 밖으로 날아갔으
니, 초연히 방에 돌아온 뒤, 어찌 잠을 이루었겠는가. 생각이 간절하자
곡조가 급해지고, 시렁렁淅冷冷(바람이 격자창에 울리는 소리), 터렁렁
忒楞楞(창호지가 웅웅거리는 소리) 같은 형용사를 그대로 곡 중에 더하
는 것이 북곡의 특색이다.(제3절)

드디어 2월 15일 법사일이 되어 장생도 파번에게 부탁해 50전을 희사해 부모의 추선追善[죽은 사람의 명복을 빌며 불사佛事를 하는 것; 옮긴이]을 하고, 끝내 잉잉의 아리따운 얼굴을 보고자 했다. 그런데 이 날은 마침 푸쥬쓰의 개장開帳[감실龕室을 열어 평소에 보이지 않는 불상佛像을 공개하는 것; 옮긴이]을 할 때라 원근의 선남선녀가 많이 모여들었기에, 승속僧俗 모두 잉잉 소저의 미모에 경탄하고 그 소문이 순식간에 사방에 널리 퍼졌다. 이것이 원인이 되어 뜻밖의 큰 사건이 일어나 도리어 장생의 대원大願이 성취되는 동기가 되고 말았다.(제4절, 이상 제1본)

대저 도적의 우두머리 쑨페이후孫飛虎라는 자가 잉잉 소저의 평판을 듣고, 반드시 그를 사로잡아 내 처로 삼겠다며, 5천의 인마를 동원해 푸쥬쓰를 열 겹 스무 겹으로 에워쌌다. 파번이 황급히 이 사실을 노부인에게 고하니, 부인도 크게 당황하여 붉은 장막紅帳 안에서 봄날의 꿈에서 아직 깨어나지 않은 잉잉의 처소로 달려가 위급함을 알렸다. 잉잉은 정신이 몽롱한 가운데 자나 깨나 장생만을 생각하던 차, 아닌 밤중에 홍두깨 격의 소식에 놀랐다. [하지만] 갸륵하게도 도적의 계략에 따르기로 결심하고는, 일가의 화를 구하고, 거기에 더해 가람이 소실되는 것을 면하겠다고 말했다. 부인은 크게 슬퍼하며, 뭔가 달리 가리사니[사물을 분간하여 판단할 수 있는 실마리; 옮긴이]가 있을 거라며 쉽게 허락하지 않았다. 그래서 잉잉은 한 가지 계책을 내어, 그렇다면 누구를 막론하고, 적병을 물리치는 데 공을 세운 이에게 내 몸을 바치겠다고 말했다. 부인 역시 어쩔 도리가 없어 할 수 없이 이에 찬성하고 파번으로 하여금 그 뜻을 양쪽 복도의 승속에게 고지하였다. 그러자 장생은 기다렸다는 듯이 손뼉을 치고 뛰어나와, 나에게 적병을 물리칠 계책이 있다고 하면서, 먼저 후히 상을 내리는 약속을 해줄 것을 요구했다. 그런 뒤 파번으로 하여금 쑨페이후에게 사흘의 말미를 청하고는 또 말로써 쾌승快僧 후이밍惠明을 자극하여, 포위를 뚫고 백마장군 두췌杜確에게 편지를 보내, 위급함을 고하여 구원해줄 것을 청했다. 두췌는 장생의 편지를 보고 곧바로 병사를 이끌고 와서 대수롭지 않게 쑨페이후를 잡고 난을 평정하고는 장생과 만나 평생의 기쁨을 나누고, 또 이 경사를 축하하였다.(제1절 및 설자)

후이밍은 마치 『수호전』의 루즈선魯智深 같이 전체 [분위기]가 나긋나긋한 『서상기』 중에서 이 에피소드만큼은 거꾸로 '온갖 붉은 꽃 가운데 푸른 잎 하나 있는 듯한萬紅叢中綠一點' 느낌이 있다.

원래 노부인이 잉잉을 장생에게 허락했던 것은 위급한 상황에서의 궁여지책이었기 때문에, 적이 평정된 뒤에는 부인이 앞서 했던 말을 뒤엎고 작은 연회를 베풀어 일가의 재생의 은혜를 사례하고, 잉잉과는 오빠 동생의 예를 취하도록 했다. 두 사람의 실망은 극에 달했고, 장생은 부인이 약속을 어긴 것을 책망했지만 부인은 돌아가신 상국이 살아 계실 때 정헝鄭恒에게 허혼했다는 것을 구실로 무슨 일이 있어도 듣지 않았다.(제3절)

그래서 장생은 화가 난 나머지, 일시적으로 자해하려는 생각까지 했지만, 동정하는 홍냥의 간언으로 단념하고, 그의 권유에 따라 달빛 아래서 금琴을 타며 진심을 호소했다.

장생은 잉잉을 사모하는 감정이 더욱더 간절해져 근심과 번민에 빠진 나머지 마침내 병으로 드러누웠다. 바로 그때 홍냥이 잉잉의 명을 받고 병문안을 온 것을 기화로 편지를 부탁해 잉잉에게 자신의 마음을 드러내 보였다.(제1절)

잉잉은 편지를 보고 짐짓 홍냥을 꾸짖고 답장을 봉하고 다시 장생에게 보냈다. 말미에

待月西廂下　　서상 아래 달님을 기다리며
迎風戶半開　　바람 결에 사립문 반쯤 열어두리
隔牆花影動　　담 너머 꽃 그림자 술렁이니
疑是玉人來　　아마도 님이 오시나 보다.

　이렇게 쓴 것을 보고, 장생은 그 시의詩意를 헤아리고 은밀히 기뻐하며(제2절), 해가 지기를 기다렸다가 담장을 타고 넘어 잉잉의 정원 앞에 뛰어내리니, 잉잉은 극히 엄격한 태도로 그 무례함을 질책했다. 장생은 예상과 달리 크게 체면을 구기고, 홍냥에게 실컷 놀림을 받은 뒤 자기 방으로 돌아가, 다시 병으로 몸져누웠다.(제3절)

　잉잉은 장생의 병이 중한 것을 듣고 다시 홍냥을 병문안 차 보냈다. 홍냥은 잉잉의 뜻을 모르고, 농담이라 생각하고 거절했는데, 부인의 명도 있었기에 그 김에 다시 잉잉의 편지를 보내주자, 장생은 그것을 보고 금방 기분이 좋아져서 깊이 그 후의를 고마워했다.(제4절, 이상 제3본)

　사랑에 고뇌하는 재자가인은 홍냥의 주선으로 하룻밤의 대원大願을 성취하니 그 뒤로도 즐거운 만남을 이어갔던 바(제1절), 금세 노부인이 알게 되어 부인은 이것이 필시 홍냥이 저지른 것일 거라고 여겨 홍냥을 불러내 크게 질책했다. 그런데 홍냥은 조금도 당황하지 않고, 그 간의 경위를 소상히 풀어냈다. "이것은 홍냥의 죄가 아니고, 또한 장생과 아가씨의 죄도 아닙니다. 곧 마님의 잘못입니다." 이렇듯 거꾸로 [마님에게] 따져 물었다. 과연 완고한 부인도 따지고 보면 자신이 저지른 일이기 때문에, 이제 와서 어쩔 수 없어 즉시 잉잉과 장생을 불러 전에 약조한 바를 이행하고, 결혼을 허락하기로 했다. 다만 우리 가문은 삼대에 걸쳐 벼슬하지 않는 사위를 불러들인 것이 없다고 하면서, 조속히 경사에 올라가 시험에 응할 것을 당부했다.(제2절)

제3절은 드디어 이별의 장이다. 늦봄 무렵에 눈 뜬 사랑이 겨우 이루어져 신혼을 즐긴 것은 그야말로 잠깐 동안이었으니, 목전의 이별의 슬픔에 가을의 애상을 한층 더 깊게 느꼈던 두 사람의 근심은 실로 애 끊는 마음이라, 이 절의 사곡은 발군의 문자이다.

悲歡聚散一杯酒　　한 잔 술에 슬픔과 기쁨, 만남과 이별이라.
南北東西萬裏程　　동서남북 만 리 길이로세.

이 연聯은 규방 밖을 나설 수 없는 잉잉 소저의 말로는 약간 지나치게 심하다는 느낌이 있긴 하지만, 사방에 뜻을 둔 남아의 송별을 풀어내기에는 자못 어울리는 명구로서 소생[이 책의 저자 시오노야 온; 옮긴이]이 늘상 애송하는 바이다. 장생은 내키지 않는 이별을 아쉬워하며, 석양의 옛길에 올라 말에 채찍을 한 번 휘두르고 30리 길을 달려 차오챠오草橋 역에 이르러 객점에 투숙했다. 홀로 잠들려니 가을바람에 한기가 스며들어 잠들기 어려웠다. 잠시 옅은 잠이 들었는데, 잉잉이 뒤쫓아 와서 옛일을 풀어내는 것을 보고 서로 날개를 나란히 하고 날아가는 비익조와 두 나뭇가지 하나로 붙은 연리지 되자고 맹세할 때, 갑자기 병졸이 들이닥쳐서, 마치 푸쥬쓰의 아수라장인 양 생각되던 차 잉잉을 잡아가 버림에 놀라 소저, 소저라 부르며 뒤따라가 매달리다가, 옆에서 자고 있던 친퉁琴童을 흔들어 깨우고는 꿈이 깼다.(제4절, 이상 제4본)

여기서 왕스푸王實甫의 원본 4본은 끝이 난다. 실제로 차오챠오 역의 경몽驚夢으로 끝맺고 재자가인의 슬픔과 기쁨, 만남과 이별의 자취를 한 바탕의 꿈으로 만드는 쪽이 자못 그 신묘한 여운이 아쉬운 대로 길게 남는神韻縹緲 것이 문학으로서는 흥미롭지만, 범인들을 상대하는 연극으로서는 아쉬움이 있다. 이것이 관한칭關漢卿의 속편이 나오게 된 까닭이다. 게다가 이것이 근거한 바는 『동서상董西廂』에 있는 것이다.

대저 장생은 그 다음해 봄에 순조롭게 과거시험에 급제하고 제3등인 탐화探花가 되었다. 그래서 급히 가서家書를 써서 그 간의 사정을 잉잉에게 알렸다.(설자) 잉잉은 장생과 이별한 이래로 새로운 근심과 묵은 한新愁舊恨이 중첩되어 오는 안타까운 마음으로 반년을 보내던 차에 때마침 장생의 가서를 받고는 크게 기뻐하며 곧바로 답장을 쓰고는, 한삼汗衫 한 벌과 복대 하나 등 몇 가지 물품들을 첨부해 보낸다.(제1절)

제3절에 이르러 정형鄭恒을 이끌어 내 멀리 제1본 설자의 노부인의 말을 실현하게 한다. 정형은 앞서 부인의 초대장을 받았지만, 이제야 겨우 허중 부河中府에 와서는 잉잉이 장생의 처가 되었다는 전말을 듣고 질투심이 크게 일어 은밀히 홍냥에게 불평을 늘어놓았던 바, 거꾸로 홍냥에게 닦아 세움을 당했다. 그래서 정형은 곧바로 부인을 만나 장생이 이미 웨이衛 상서의 사위가 되었다고 무고하였다. 부인은 오히려 정형 쪽에 마음이 가 있었기 때문에 그 말을 듣고 크게 역정을 내고 잉잉을 다시 정형의 아내로 삼게 했다.(제3절)

그런데 장생은 새롭게 허중 부윤을 제수 받고 잉잉의 예복와 기타 선물을 갖고 의기양양하게 돌아 왔던 바 앞서 말한 대로 부인은 한사코 상대하지 않았다. 장생은 홍냥으로부터 자세한 이야기를 듣고, 다시 잉잉을 만나 충정衷情을 풀어낸다.

홍냥은 장생을 크게 동정하여 정형과 대결시킬 것을 부인에게 권하니, 파번 화상 또한 장생을 위해 변호하고, 두 장군도 때마침 경하하러 왔다. 정형은 그런 줄도 모르고 오늘은 화려하게 차려입고 예물을 갖추어, 사위로 들어가려 찾아뵈었던 바, 먼저 장생으로부터 무엇 하러 왔느냐고 호되게 야단맞고는, 대인께서 돌아오셨다는 [소식을] 듣고,

기뻐서 온 것이라고 하는 구차한 변명으로 두 장군으로부터 크게 꾸중을 들었다.65) 부인이 끼어들어 [그를 대신해] 사과했지만, 정형은 자포자기하는 마음으로 화가 나서 스스로 정원의 나무에 부딪혀 죽어버렸다. 그리하여 여러 사람들의 환호 속에 장생과 잉잉은 순조롭게 화촉을 올렸다.(제4절, 종료)

한 편의 정담情談, 남녀 간의 기쁨과 슬픔, 만남과 헤어짐의 감정을 서술한 것에 지나지 않지만, 그 중에 쑨페이후의 폭거가 있어 파란을 일으키고, 약간의 변화를 첨가했으며, 등장인물도 적은 만큼 자주 등장하고 있다. 그 중에서도 노부인이 끝까지 가문을 과시하고 명예를 중히 여긴 것은 상국의 미망인에 걸맞은 것이다. 잉잉 또한 대갓집 규중에서 성장한 만큼, 재색을 겸비하고 자연스럽게 기품도 높고, 예를 지키고 도를 중시한 것은 어머니와 똑같이 닮았는데, 과연 인정에 약해서 결국 장생에게 몸을 허락한 것은 상류층 여성의 다정한 미질약점美質弱點을 드러낸 것이다. 다만 작자가 지나치게 붓을 놀려 홍냥으로 하여금 장생을 가지고 논 것 같이 보이게 한 점은 상당한 유감이라고 생각한다.

장생에 이르면 시종일관 제대로 된 모습은 보이지 않고, 부녀자에게 환심을 사는 것 이외에 어떤 장점도 없이 완연한 일개 탕아에 지나지

65) 『서상기』의 원래 내용은 다음과 같다.
"정형: (등장하여) 말쑥하게 차려입고, 사위가 되려 한다오. 오늘은 길일이니, 양을 끌고 술통을 지고 장가를 들어야지.
장군서: 정함, 너는 무얼 하러 왔느냐?
정형: 이런 난처하게 되었군! 장원께서 돌아오셨다는 소리를 듣고 특별히 축하하러 온 것입니다.
두 장군: 이놈 어찌 남의 아내를 편취하려 해! 망측한 짓을 하였으니, 내 안전에서 무슨 말을 하겠느냐? 조정에 아뢰어 이 못된 놈을 처형하리라."

않고, 잉잉에게 짝 지우게 되면 어리석은 사내가 명마를 타고 가게 하는 느낌이 있다. 그래서 『서상기』에서 최고로 활약하고 있는 것은 홍냥이다. 기민하고 협기도 있고, 남자를 가지고 놀면서도 흔쾌히 동정을 해 결국 재자가인의 결합을 이루게 하고, 게다가 사실이 누설되어 부인에게 질책당하면서도 그 책임을 [자기] 한 몸에 졌고, [나중에는] 거꾸로 부인의 식언을 힐책했다. 실로 남자보다 나은 여자였는데, 성격상 경솔한 점은 그 출신의 비천함을 덮을 수 없었던 탓이다. 시험 삼아 홍냥을 [한 고조 류방劉邦의] 참모로서 공신인 장량張良이나 천핑陳平에 비하자면, 쾌승 후이밍은 곧바로 판콰이樊噲의 아류이다. 쾌인쾌어快人快語야말로 『서상기』의 압권이다.

명대에 남곡이 유행하자 북곡 5본 『서상기』를 개작하여 남곡의 체제로 만들고, 20척齣으로 나누었다. 이것이 곧 60종곡 본 『북서상』이다. 단행본으로는 근래에 상하이에서 인쇄한 『진미공원본서상기陳眉公原本西廂記』(소본小本 2책, 정가 6마오毛 전錢)이라는 것이 있어 지극히 편리하다. 그 체제를 보면 설자를 척 중에 합치고, 매척의 표목標目을 들어 제목과 정명을 없애고, 완전히 면모를 일신했다.

또 각색에서도 장생을 생生으로 삼고, 잉잉을 단旦으로 삼으며, 홍냥을 첩단貼旦으로 삼아, 완전히 남곡의 색목色目으로 고쳤는데, 대저 내용에 이르게 되면 궁조宮調와 패명牌名, 곡백曲白의 자구 등 모든 게 왕스푸, 관한칭의 원본과 똑같다. 그밖에도 명곡明曲에 『남서상』이라 칭하는 것이 2종 있다. 하나는 리르화李日華이고, 다른 하나는 루차이陸采 찬撰으로, 전자는 60종곡 중에 들어 있다. 어느 것이든 『서상기』의 줄거리에 다소간의 공을 들여 개작한 것이다. 그런데 청초에 이르러 진성탄金聖嘆이 나와 『수호』, 『서상기』를 취해 『장자』, 「이소」, 『사기』, 『두시杜詩』와 함께 『제오재자서』, 『제육재자서』라 부르고 속문학을 위해 만장萬丈의 기염을 토하고, 구정대려九鼎大呂66)보다 중히 여겼다.

　[진성탄은] 이 『서상기』를 평하되, [한 오라기의] 털을 밝히고, 머리카락을 가르며, 은미한 것을 드러내 밝히고, 그윽한 것을 궁구하며, 사물을 환히 통찰하는燃犀 신령한 빛靈光과 천년의 신비를 제대로 드러내 사람들로 하여금 한 번 음송하면 세 번 찬탄하게一誦三歎 했다. 하지만 유감스럽게도 방대한 붓을 휘둘러 제멋대로 장구를 단절하고, 궁조를 잘라내며, 곡백을 수정하여 거의 본래의 면목을 잃게 되었다. 이렇게 되면 이것은 진성탄의 서상이라 해야 할 것이다. 『제육재자서』본은 5권으로 나누었는데, 매권 4장에 제목과 정명을 더해 힘써 북곡의 옛 모습을 복원했다. 그러나 여전히 설자를 나누지 않고, 또 매 절에 표목을 덧붙인 것은 뭐라고 해야 할지. 아마도 진성탄은 왕스푸와 관한칭의 원본을 보지 않은 듯하다.

　　제일의 4장
　　　경염驚艷, 차상借廂, 수운酬韻, 뇨재鬧齋
　　제이의 4장
　　　사경寺警, 청연請宴, 뇌혼賴婚, 금심琴心
　　제삼의 4장
　　　전후前候 뇨간鬧簡 뇌간賴簡 후후後候
　　제4의 4장
　　　수간酬簡 고염拷艷 곡연哭宴 경몽驚夢
　　속속의 4장
　　　니금첩보泥金捷報 금자함수錦字緘愁 정항구배鄭恒求配 의금영귀衣錦榮歸

---

66) 구정은 하夏나라 우왕禹王이 구주九州에서 조공으로 받은 쇠를 녹여서 만든 솥으로, 하夏, 은殷, 주周 천자에게 보배로써 여겨졌던 것이다. 대려는 동양 음계의 12음계인 십이율 가운데 하나이다. 양자는 함께 쓰여 '큰 역량. 귀중함. 무게. 큰 명망. 중요한 지위'라는 사전적 의미를 갖고 있으나, 여기서는 속문학에 대비되는 정통문학을 지칭한다.

진성탄은 극구 속續의 4장을 배격하고, 개꼬리로 담비의 꼬리를 이은 격狗尾續貂이라고 폄하했는데, 우리가 보기에는 반드시 그런 것도 아니고, 하물며 근거하는 바가 있다. 대저 『서상기』는 전술한 바와 같이 [당대唐代의] 위안전元稹의 『회진기會眞記』에 근원을 두고, [이것이 후대로] 흘러 자오더린趙德麟의 「상조고자사商調鼓子詞」가 되었다가, 그것이 모여서 둥 해원董解元의 「서상추탄사西廂搊彈詞」가 되었는데, 여기에 이르러 서상이라는 이름도 정해지고 또 전체 결구結構도 갖추어져, 파번法本, 파충法聰(후이밍惠明은 없고, 파충이 편지를 전하는 역을 맡았다), 쑨페이후孫飛虎와 두 장군 등 몇몇 인물이 더해지고, 또 뇨재鬧齋, 사경寺警, 뇌혼賴婚, 탄금彈琴, 쟁혼爭婚, 단원團圓 등 몇 가지 사건이 마련되고, 장생의 번민, 잉잉의 규방의 근심閨愁, 홍냥의 주선과 활약으로 묘사되어 극으로서 정말 재미있게 꾸며졌다.

서상 5극은 등장인물도, 수미의 관절關節도 모두 「동서상董西廂」에 기반한 것이기에 최후의 대단원을 가리켜 사족이라고 할 수 없다. 어찌되었든 속편이 필요한 까닭이다. 사채詞采와 곡조曲調 상으로는 크게 손색은 없다. 왕스전王世貞은 속편의 사곡을 다음과 같이 평했다.

> 관한칭이 보충한 상조 「집현빈」과 「괘금색」: "치마는 석류꽃 물들이고, 잠들어 연지 손상되어 주름 잡혔네. 매듭은 정향으로 묶고, 부용의 단추를 덮었네. 선은 진주를 벗기고, 눈물은 향기로운 비단 소매 적시네. 수양버들 같은 눈썹 찌푸리니, 사람들은 국화꽃 시든 것에 비하네." 뛰어난 언어가 앞서의 [왕스푸 원작에] 손색없다.(『예원치언藝苑卮言』)67)

---

67) 원문은 다음과 같다. "第關漢卿所補商調 「集賢賓」及「掛金索」: "裙染榴花, 睡損胭脂皺; 紐結丁香, 掩過芙蓉扣; 線脫珍珠, 淚濕香羅袖; 楊柳眉顰, 人比黃花瘦." 俊語亦不減前.(『藝苑卮言』)"

그렇다면 진성탄의 평을 그대로 받아들여 한 뜻으로 속편을 배척하는 것은 귀가 얇은 무리들이 하는 짓이다.

진성탄의 공은 『서상기』의 제일기서다움을 천하에 소개한 것이다. 세인들은 『서상기』고 하면 『제육재자서』가 있는 것만 알고, 60종곡을 말하는 이는 없는데, 하물며 왕스푸와 관한칭의 원본 등을 알겠는가. 모리 가이난 박사도 아마 원본을 보지 못했을 거라 믿는다. 그런데 근년에 이르러 중국에서도 곡학曲學이 유행하게 되어 둥 해원의 『서상기』이나, 왕과 관의 『서상기』이나, 천메이궁陳眉公의 비본批本 등이 복각되어 쉽게 읽을 수 있게 된 것은 실로 후학으로서는 다행이다. 다만 선사先師를 구원九原[황천黃泉; 옮긴이]으로부터 불러일으킬 방법도 없으니, 헛되이 좋은 책을 대하고 가르침을 받자올 사람이 없음을 슬퍼할 따름이다. 시험 삼아 졸편拙編 대역 『서상기』의 1절折을 부기하여 세상 사람들의 교정敎正을 바라는 바이다.68)

『서상기西廂記』 제1본
장쥔루이가 법회에서 소란을 피우는 잡극張君瑞鬧道場雜劇

설자楔子
[외단이 노부인으로 분장하고 등장하여 개장한다.]
노부인: 이 몸은 성이 정鄭이고, 남편은 추이崔 씨로 관직은 이전 조정의
　　　　재상을 지냈으나, 불행하게도 병으로 작고하였다오. 단지 딸아이 하
　　　　나를 낳았더니, 아명이 잉잉으로 올해 나이 열아 홉이라. 바느질과
　　　　길쌈 등 여인이 갖추어야 할 기본 기예에 능하고, 시사詩詞와 글씨書,
　　　　셈算 등 능하지 않은 게 하나도 없는지라. 대감께서 생전에 계실 적
　　　　에, 일찍이 이 몸의 조카이자 정 상서尙書의 맏아들인 정헝鄭恒에게

---

68) 이하의 우리말 번역은 양회석 역, 『서상기』(진원, 1996)를 참고하였음을 밝혀
　　둔다.

허혼하셨더라. 허나 아비 상중이라 미처 혼례를 올릴 수 없었지요. 또 몸종 한 명이 있거니와, 어려서부터 딸아이를 시중들 어 온 아이로, 홍냥紅娘이라 부른다오. 그리고 사내아이는 아들로 환랑歡郞이라. 남편이 세상을 하직하시니, 이 몸은 딸애와 함께 영구를 모시고 보링博陵으로 가서 안장하려 하는데, 길이 막혀 갈 수가 없다오, 허중 부에 이르러, 영구를 푸쥬쓰普救寺에 잠시 모셔 두기로 하였지요. 이 절은 돌아가신 대감께서 시주하여 보수했던 바가 있고, 바로 우쩌톈武則天께서 분향하시던 곳이라. 하물며 이 절 주지 파번 장로法本長老는 바로 대감께서 머리를 깎아 출가시켜 준 스님이어서, 서쪽 곁채 아래 집 한 채에서 쉬게 되었지요. 한편으로 서울로 편지를 보내 정헝을 내려오게 하여, 함께 영구를 모시 고 보링으로 가려 합니다. 생각하니 지아비께서 생존해 계실 때는 일 자 식탁에 산해진미가 가득하고, 시종이 수 백 명이었더니, 오늘은 육친이 겨우 서넛뿐이니, 정말 서글 픈지고! (노래한다)

[선려 · 상화시]
지아비 서울에서 천수를 다하시고,
과부 고아 신세, 모녀는 앞길이 막혔구나.
그래서 영구를 절간에 모셨더라.
보링의 선산을 바라보며 가지 못하니,
피눈물만 붉게 두견화에 뿌리노라.

부인: 오늘은 늦봄 날씨여서 정말 노곤하게 하는구나. 홍냥을 오라 해서 일러야겠다. 홍냥아, 어디 있느냐?
[단래가 홍냥으로 분장하고 등장하여 노마님을 뵙는다.]
노부인: 봐서 법당에 불공 들이는 사람이 없으면 아가씨와 바람이나 쐬고 오너라.
홍냥:, 분부대로 하겠습니다.
노부인: [퇴장한다.]
홍냥: 아가씨! 나오세요.
[정단이 잉잉鶯鶯으로 분장하고 등장한다]
홍냥: 마님께서 저더러 아가씨를 모시고 법당으로 바람이나 쐬고 오라 하셨

습니다.
[단이 노래한다.]
[요편]
동쪽에서 가는 봄날을 맞았건만, 사찰 속 빗장 겹겹이 걸어 갇힌 신세.
낙화에 흐르는 물도 붉은데, 하염없는 수심에 말없이 봄바람을 원망하노라.
[홍낭과 함께 퇴장한다]

제1절
[정말正末(장쥔루이)이 말을 탄 사람으로 분장하고 머슴을 데리고 등장하여
개장한다.]
소생은 성이 장張이고, 이름은 궁珙, 자字는 쥔루이君瑞라 하며, 본관은 시뤄
西洛입니다. 선친께서는 예부상서를 지내셨으나, 불행하게 오십 남짓에 병
으로 작고하시고, 일 년 뒤에 어머니마저 하직하시고 말았습니다. 소생은
책과 칼을 든 몰락한 선비로, 청운의 뜻을 이루지 못하고 사방을 유랑하고
있습니다. 지금은 정원貞元 17년 2월 상순으로 당 덕종께서 즉위 하셨는
바, 조정에 나아가 과거에 응시하고자 합니다. 상경길이 허중 부河中府를
지나게 되어 있으니, 푸관蒲關에 들르려고 합니다. 그 곳에 벗이 있기 때문
인데, 그는 성이 두杜이고, 이름은 췌確, 자가 쥔스君實로, 소생과는 동향 동
창생으로, 일찍이 의형제를 맺은 사이입니다. 후에 문업를 버리고 무업으로
나아가, 마침내 무과에 장원 급제해서, 정서대원수에 제수되어, 십만 대군
을 거느리고, 푸관을 지키고 있습니다. 소생은 그를 한번 만나보고 서울로
가서 벼슬을 구하고자 합니다. 곰곰이 생각하니 소생은 형설지공을 들여
갈고 닦아서, 가슴 가득 문장인 학문의 경지이건만, 여전히 초야에 몰락한
신세이니, 어느 날에야 큰 뜻을 이룰 수 있을런지요! "만금의 보검 번득이
는 칼 빛을 숨기고, 말 가득 실린 수심만 안장을 짓누른다"는 꼴이지요.[노
래한다]

[선려·점강순]
중원을 떠돌건만, 발 붙일 곳 없어
다북쑥 뒹굴 듯. 하늘 끝까지 바라보나,
태양이 가깝지 창안은 하냥 멀어라.

[혼강룡]
시경, 서경 온갖 경전 속에, 책벌레처럼 두문불출 파고 갈았더라.
과장科場을 달구어지도록 지키고, 철 벼루를 뚫어져라 갈았더라.
구름길에 붕새 구만 리 날 듯 하기 위해, 이십 년 형설지공 견뎠더라.
재주 뛰어나 속인들 틈에 끼어들기 어렵고, 시운 어긋나니 대장부 소원 이루지 못하였더라.
허사로다! 양슝揚雄이 전각하듯 들인 공력, 어우양슈歐陽修처럼 옛 서적 애지중지하던 일들.
가다 보니, 어느새 포군 나룻터에 이르렀구나
이 황하는 아홉 구비 있다더니, 여기가 바로 옛 하내河內 지역이구나! 보게나, 정말 뛰어난 형세로세!

[노래한다]
[유호로]
아홉 구비 풍랑 어느 곳이 으뜸이더냐? 이곳이 가장 빼어나더라.
이 물줄기는 제齊와 양梁을 끼고, 진秦과 진晉을 가르고, 유幽와 연燕을 막았구나.
흰 파도 창공을 때리니, 하늘가에 솜털구름 말아 놓은 듯.
대나무로 구름다리 엮었으니, 물 위에 푸른 용이 누워 있는 듯.
동서로 온 땅을 뚫고, 남북으로 모든 시내를 꿰어 찼다.
돌아가는 저 배는 얼마나 빠른지, 마치 시위 떠난 화살 같구나.

[천하락]
은하수가 구천에서 떨어지는 듯,
샘물이 구름 너머에 걸려 있는 듯.
동해 바다 들어가는 길에 여기를 지나나니, 뤄양洛陽의 천 가지 꽃을 적시고, 양원梁園의 만 이랑 밭을 축이네. 일찍이 뗏목 타고 거슬러가 해와 달에 올랐다지.

말하는 사이에 어느덧 성 안에 이르렀구나. 여기에 주막이 있구나, 친퉁琴童아, 말을 잡거라! 종업원, 어디 있느냐?
[종업원 등장하여 말한다] 저는 장원狀元 주막의 종업원입니다. 나으리 묵

으시려고요? 저희 집에 깨끗한 방이 있습니다만.

[장쮄루이가 말한다]

특실로 들겠네. 우선 이 말부터 돌보거라. 종업원, 이리 오너라. 묻노니 이 곳에 무슨 소일할 만한 곳이 있느냐? 별궁이나 사찰이나 명승지나 도관이나 다 좋다.

[종업원 말한다]

이 곳에 푸쥬쓰라는 절이 있는데, 우쩌텐께서 분향하시던 곳으로, 규모가 예사롭지 않습니다. 유리전은 청천에 닿아 있고, 사리탑은 은하수를 찌를 듯합니다. 남북으로 오가는 삼교구류 모든 사람들이 지날 때는 반드시 참배하니, 그 곳만이 군자께서 노실 만 합니다.

[장쮄루이가 말한다]

금동아, 점심을 준비하거라! 그곳에 한번 다녀오겠다.

[금동이 말한다]

식사를 준비하고, 말을 돌보고, 도련님이 오시기를 기다려야지. [퇴장]

[파충 등장한다]

소승 파충은 이곳 푸쥬쓰 주지스님 파번 장로의 제자입니다. 오늘 사부님께서는 식사 초대에 가셨는데, 저더러 절을 지키고 있다. 사부님을 찾아오는 이가 있거든 기억해 두었다가 돌아오시면 보고하라고 하셨습니다. 산문 아래 서서 누가 오는지 보아야겠습니다.

[장쮄루이가 등장하며 말한다] 어느새 다 왔구나.

[파충을 만나는 동작을 한다. 파충이 말한다] 객께서는 어디서 오셨는지요?

[장쮄루이가 말한다] 소생은 시뤄西洛에서 여기까지 왔습니다. 이 절이 아늑하고 깔끔하다는 말을 듣고, 예불을 드릴 겸 또 주지스님도 뵈올 겸 찾아왔습니다. 주지스님은 계시는지요?

[파충이 말한다] 사부님은 부재중이옵고, 소승은 그의 제자 파충이라고 하옵니다. 선생께서는 방장으로 납시어 차라도 한 잔 하시지요.

[장쮄루이가 말한다] 주지스님이 안 계신다면 차는 사양하겠습니다. 대신 번거로우시겠지만 스님께서 사찰이나 참배하도록 안내하여 주신다면, 대단히 기쁘겠습니다만,

[파충이 말한다] 소승이 열쇠를 가져와, 불전佛殿, 종루鐘樓, 나한당, 주방을 열어 드리지요. 잠시 돌아보시고 계시면 사부님께서 아마 돌아오실 것입니다.

[장쿤루이가 말한다] 정말 잘 지어진 절이로고!
[노래한다]

[촌리아고]
위로 불당을 돌아보고,, 아래로 내려서니 승방이라.
서편 주방, 북쪽 법당, 앞쪽 종루를 돌아보네.
선禪을 노닐고, 보탑寶塔을 오르고, 회랑을 두루 도네,
나한을 세어 보고, 보살에 참배하고, 부처에 예배드리는데,

[잉잉 홍냥을 이끌고 꽃가지를 비비면서 등장하여 말한다] 홍냥아, 우리
불당으로 올라가 보자.
[장쿤루이가 잉잉을 보는 동작을 하면서] 아이고! 정말 오백 년 전 사랑의
원수를 만나누나!

[원화령]
고운 여자 수없이 보았건만, 이처럼 어여쁜 얼굴 본 적이 없네.
눈이 아찔하고 어안이 벙벙하고, 허공으로 넋이 날아가도록 하네.
그녀는 남들이 놀리든지 말든지, 향기로운 어깨 늘어뜨리고, 그저 꽃을 만
지작거리며 웃고 있네.

[상마교]
이곳은 바로 기쁨 넘치는 도솔궁일 지니, 이별이 한스런 이한천이 아닐세.
아! 절에서 선녀를 만나게 될 줄이야! 화를 내도 예쁘고 웃어도 예쁜 봄바
람 얼굴,
머리를 갸우뚱하니, 비취 머리꾸미개 어여뻐라.

[승호로]
궁궐식 눈썹은 초생달이 두어 있는 듯,
구름같은 귀밑머리 비껴 파고든다.

[잉잉이 말한다] 홍냥아, 보거라. "적적한 승방 찾는 이 없으니, 섬돌 가득
이끼엔 붉은 꽃잎만 듬성듬성하다"는 시구詩句 그대로구나.

[장췬루이가 말한다] 아이고, 나 죽네! 말하기 전에 얼굴 먼저 붉어지고, 행도 붉은 입술 벌리더니, 쌀같이 하얀 이 드러나고, 한참 만에 말소리 나오는구나.

[요편]
꽃밭 너머 울어대는 꾀꼬리 아니더냐! 한 발짝 내딛는 걸음 귀여워라. 춤추는 듯한 허리 교태롭고 부드러워, 나긋나긋, 나풀나풀, 저녁 바람결에 수양버들이라.

[홍냥이 말한다] 아가씨, 저쪽에 누가 있어요. 그만 돌아가시지요.
[잉잉 장췬루이에게 눈길을 보내며 퇴장한다]

[장췬루이가 말한다] 스님, 방금 관음보살이 왜 오셨지요?
[파충이 말한다] 허튼 소리 마세요. 그 분은 바로 하부 추이崔 대감의 따님이십니다.
[장췬루이가 말한다] 세상에 저런 여자가 있다니! 하늘이 내린 경국지색國之色이라. 그 용모는 말할 것도 없고, 단지 저 작은 발만도 천금 값어치라.
[파충이 말한다] 저토록 멀리 그녀는 저편에 있고, 당신은 이쪽에 있거니와, 또 긴 치마를 입고 있는데, 어떻게 발이 작은 줄을 아십니까?
[장췬루이가 말한다] 스님, 이리 오시오! 어떻게 아느냐고 하시는데, 보시오.

[후정화]
낙화 깔린 부드러운 길 아니었다면, 살짝 향진 밟은 발자국 어이 드러났으리! 정을 남긴 저 눈초리 그만 두더라도, 이 발자국이 마음을 전한다오. 머뭇 머뭇대다가, 문 앞에 이르러서야, 큰 걸음으로 옮겨 가네. 살짝 돌아보는 그 모습 나를 미치게 하네. 흡사 선녀가 선계로 돌아가는 듯, 공연히 남겨진 버들 안개에, 그저 들리는 것은 시끄러운 참새 소리뿐.

[유엽아]
아! 그윽한 배꽃 정원에 문 닫히고, 흰 담은 청천青天인 양 높기만 하구나. 한스런 하늘이여, 나를 도와주지 않는구려. 나를 울적하게 하나니, 정말 어

뜻게 남아 있으랴,
아가씨여, 그대 때문에 나는 안절부절 못한 다오..

[파충이 말한다] 일을 일으키지 마시요! 허중 부河中府 아가씨는 멀리 가셨
습니다.
[장쿤루이 노래한다]

[기생초]
난초, 사향 향기 아직 은은한데, 패옥소리 멀어져 가네.
봄바람에 실버를 흔들리는 듯, 아지랑이에 복사꽃이 끌리는 듯, 주렴발에
연꽃 얼굴 어른거리네.
허중 부 대감 딸이라 그대 말하지만, 남해 달빛의 관음보살 현신이라 나는
말하리.

"십 년 동안 군왕의 얼굴도 모르고 지내나니, 비로소 고운 여인이 사람을
그르칠 수 있음을 알겠네"라는 말처럼, 소생도 서울로 가서 과거 보는 일일
랑 그만두겠습니다.
[파충을 보면서 말한다] 번거로우시겠지만, 스님께서 주지스님께 아뢰어 승
방 하나 빌리게 하여 주십시오. 조석으로 글공부하기엔 번잡한 여관보다
낫겠습니다. 방값은 관례대로 드릴 터이니, 내일 옮겨 오겠습니다.

[잠살]
굶주린 눈초리 뚫어질 듯 바라보고, 게걸스런 입은 공연히 군침만 삼키누나.
골수에 사무친 공연한 상사병이여, 돌아서며 던진 고운 눈길 어이 견디라!
어찌 나뿐이랴, 강철 같은 사람이라도 연정이 솟구치리!
뜨락 난간 가까이에, 꽃과 버들 아름답다 다루고, 정오의 태양에 탑 그림자
둥글건만,
이리 좋은 봄 경치 속에, 어이하여 옥 같은 그녀는 보이지 않는가?
이 절이 무릉도원인가 하노라.

(퇴장)

楔子

[外扮老夫人上開]

老身姓鄭，夫主姓崔，官拜前朝相國，不幸因病告殂。只生得個小女，小字鶯鶯，年一十九歲，針指女工，詩詞書算，無不能者。老相公在日，曾許下老身之侄-乃鄭尙書之長子鄭恆-爲妻。因俺孩兒父喪未滿，未得成合。又有個小妮子，是自幼伏侍孩兒的，喚做紅娘。一個小廝兒，喚做歡郎。先夫棄世之後，老身與女孩兒扶柩至博陵安葬；因路途有阻，不能得去。來到河中府，將這靈柩寄在普教寺內。這寺是先夫相國修造的，是則天娘娘香火院，況兼法本長老又是俺相公剃度的和尙；因此俺就這西廂下一座宅子安下。一壁寫書附京師去，喚鄭恆來相扶回博陵去。我想先夫在日，食前方丈，從者數百，今日至親則這三四口兒，好生傷感人也呵！

(張君瑞謂道場)

[仙呂][賞花時]

夫主京師祿命終

子母孤孀途路窮

因此上旅櫬在梵王宮

盼不到博陵舊家

血淚灑杜鵑紅。

今日暮春天氣，好生困人，不免喚紅娘出來分付他。紅娘何在？

[旦俅扮紅見科]

[夫人雲] 你看佛殿上沒人燒香呵，和小姐散心耍一回去來。

[紅雲] 謹依嚴命。

[夫人下]

[紅雲] 小姐有請。

[正旦扮鶯鶯上]

[紅雲] 夫人著俺和姐姐佛殿上閑耍一回去來。

[旦唱]

[么篇]

可正是人值殘春蒲郡東，門掩重關蕭寺中

花落水流紅，閑愁萬種，無語怨東風。

[井下]

第一折

[正末扮張生騎馬引僕上開]

小生姓張, 名珙, 字君瑞, 本貫西洛人也, 先人拜禮部尙書, 不幸五旬之上, 因病身亡。後一年喪母。小生書劍飄零, 功名未遂, 遊於四方。卽今貞元十七年二月上旬, 唐德宗卽位, 欲往上朝取應, 路經河中府過。蒲關上有一故人, 姓杜名確, 字君實, 與小生同郡同學, 當初爲八拜之交。後棄文就武, 遂得武擧狀元, 官拜征西大元帥, 統領十萬大軍, 鎭守著蒲關。小生就望哥哥一遭, 卻往京師求進。暗想小生螢窓雪案, 刮垢磨光, 學成滿腹文章, 尙在湖海飄零, 何日得遂大志也呵！萬金寶劍藏秋水, 滿馬春愁壓繡鞍。

[仙呂][點絳唇]
遊藝中原, 脚跟無線
如蓬轉, 望眼連天
日近長安遠

[混江龍]
向『詩』『書』經傳, 蠹魚似不出費鑽硏
將棘圍守暖, 把鐵硯磨穿
投至得雲路鵬程九萬裏, 先受了雪窓螢火二十年。
才高難入俗人機, 時乖不遂男兒願。
空雕蟲篆刻, 綴斷簡殘編。
行路之間, 早到蒲津。
這黃河有九曲, 此正古河內之地, 你看好形勢也呵！

[油葫蘆]
九曲風濤何處顯, 則除是此地偏。
這河帶齊梁, 分秦晉, 隘幽燕;
雪浪拍長空, 天際秋雲卷;
竹索纜浮橋, 水上蒼龍偃;
東西潰九州, 南北串百川。

歸舟緊不緊如何見？卻便似駑箭乍離弦。

[天下樂]

只疑是銀河落九天；

淵泉，雲外懸，入東洋不離此徑穿。

滋洛陽千種花，潤梁園萬頃田，也曾泛浮槎到日月邊。

話說間早到城中。這裏一座店兒，琴童接下馬者！店小二哥那裏？

[小二上雲] 自家是這狀元店裏小二哥。官人要下呵，俺這裏有幹淨店房。

[末雲] 頭房裏下，先撒和那馬者！小二哥，你來，我問你：這裏有甚麼閑散心處？名山勝境，福地寶坊皆可。

[小二雲] 俺這裏有座寺，名曰普救寺，是則天皇後香火院，蓋造非俗：琉璃殿相近青霄，舍利塔直侵雲漢。南來北往，三教九流，過者無不瞻仰；則除那裏可以君子遊玩。

[末雲] 琴童料持下響午飯！俺到那裏走一遭便回來也。

[僕雲] 安排下飯，撒和了馬，等哥哥回家。

[下]

[法聰上]

小僧法聰，是這普救寺法本長老座下弟子。今日師父赴齋去了，著我在寺中，但有探長老的，便記著，待師父回來報知。山門下立地，看有甚麼人來。

[末上雲]

卻早來到也。

[見聰了，聰問雲] 客官從何來？

[末雲] 小生西洛至此，聞上刹幽雅清爽，一來瞻仰佛像，二來拜謁長老。敢問長老在麼？

[聰雲] 俺師父不在寺中，貧僧弟子法聰的便是，請先生方丈拜茶。

[末雲] 卽然長老不在呵，不必吃茶；敢煩和尚相引，瞻仰一遍，幸甚！

[聰雲] 小僧取鑰匙，開了佛殿，鍾樓，羅漢堂，香積廚，盤桓一會，師父敢待回來。

[做看科]

[末雲] 是蓋 造得好也呵！

[村裏迓鼓]

隨喜了上方佛殿，早來到下方僧院。

行過廚房近西，法堂此，鍾樓前面。

遊了洞房，登了寶塔，將回廊繞遍。

數了羅漢，參了菩薩，拜了聖賢。[鶯鶯引紅娘拈花枝上雲]紅娘，俺去佛殿上要去來。

[末做見科] 呀！正撞著五百年前風流業冤。

[元和令]

顚不刺的見了萬千，似這般可喜娘的龐兒罕曾見。

則著人眼花撩亂口難言，魂靈兒飛在半天。

他那裏盡人調戲軃著香肩，只將花笑拈。

[上馬嬌]

這的是兜率宮，休猜做了離恨天。

呀，誰想著寺裏遇神仙！我見他宜嗔宜喜春風面，

偏，宜貼翠花鈿。

[勝葫蘆]

則見他宮樣眉兒新月偃，斜侵入鬢邊。

[旦雲] 紅娘，你覷：寂寂僧房人不到，滿階苔襯落花紅.

[末雲] 我死也！未語前先覷腆，櫻桃紅綻，玉粳白露，半晌恰方言。

[么篇]

恰便似嚦嚦鶯聲花外囀，行一步可人憐。

解舞腰肢嬌又軟，千般嫋娜，萬般旖旎，似垂柳晚風前。

[紅雲] 那壁有人，咱家去來。

[旦回顧覷末下]

[末雲] 和尙，恰怎麼觀音現來？

[聰雲] 休胡說，這是河中府崔相國的小姐。

[末雲] 世間有這等女子，豈非天姿國色乎？休說那模樣兒，則那一對小腳兒，價值百鎰之金。

[聰雲] 偌遠地，他在那壁，你在這壁，系著長裙兒，你便怎知他腳兒？

[末雲] 法聰，來，來，來，你問我怎便知，你覷：

[後庭花]

若不是襯殘紅, 芳徑軟, 怎顯得步香塵底樣兒淺。

且休題眼角兒留情處, 則這腳蹤兒將心事傳。

慢俄延, 投至到櫳門兒前面, 剛那了上步遠。

剛剛的打個照面, 風魔了張解元。似神仙歸洞天,

空餘下楊柳煙, 只闢得鳥雀喧。

[柳葉兒]

呀, 門掩著梨花深院, 粉牆兒高似青天。

恨天, 天不與人行方便, 好著我難消遣, 端的是怎留連。

小姐呵, 則被你兀的不引了人意馬心猿？

[聰雲] 休惹事, 河中開府的小姐去遠了也。

[末唱]

[寄生草]

蘭麝香仍在, 佩環聲漸遠。

東風搖曳垂楊線, 遊絲牽惹桃花片, 珠簾掩映芙蓉面。

你道是河中開府相公家, 我道是南海水月觀音現。

十年不識君王面, 始信嬋娟解誤人。” 小生便不往京師去應擧也罷。

[覷聰雲] 敢煩和尚對長老說知, 有僧房借半間, 早晚溫習經史, 勝如旅邸內冗雜, 房金依例拜納, 小生明日自來也。

[賺煞]

餓眼望將穿饞口涎空咽,

空著我透骨髓相思病染, 怎當他臨去秋波那一轉！

休道是小生, 便是鐵石人也意惹情牽。

近庭軒, 花柳爭妍, 日午當庭塔影圓。春光在眼前, 爭奈玉人不見,

將一座梵王宮疑是武陵源。

[幷下]

제5절 명의 남곡

제1항 남곡의 작자

원의 북곡은 남방 사람들이 즐겨하지 않기에 명에 이르러 남곡이 일어났다. 그 원류를 거슬러 올라가면 명 예쯔치葉子奇[69]의 『초목자草木子』에 다음과 같이 기술되어 있다.

> 배우 희문戲文은 『왕쿠이王魁』로부터 시작됐다.[70]

대저 『왕쿠이王魁』는 남송의 희문이다. 기타 왕환王煥의 이름은 『전당유사錢塘遺事』에 보이고, 「낙창분경樂昌分鏡」의 명목은 『중원음운』에 나온다. 또 원저우溫州 잡극은 앞서 기술한 대로 남송 때 이미 남방 일대에서 남희가 행하여졌다는 것을 알 수 있다. 그렇다면 남곡의 시작은 오히려 북곡보다 앞서는 것이다. 그런데 금나라 사람이 잡극을 좋아하고, 몽골이 중원을 다스리게 되자 북곡이 더 유행하게 되었고, 원대에는 남곡은 그로 인해 일시적으로 압도되었다. [그 뒤] 원이 멸망하고 명이 일어나자 차츰 부흥의 기운機運을 향하여, 명 중엽 이후에는 남곡이 성행하고 북곡은 끊어지게 되었다.(남곡은 곤곡崑曲 이라고도 한다. 후술)

남곡의 체제는 후술하겠지만, 북곡의 엄격한 규칙이나 단조로운 독

---

69) 예쯔치葉子奇(1327~1390년 전후), 원말명초의 대학자로 자는 스계世傑이고, 호는 징자이靜齋이며, 저쟝浙江 룽취안龍泉 사람이다. 어려서부터 학문에 힘써 천문과 역사, 박물, 철학, 의학, 음률 등 섭렵하지 않는 것이 없을 정도였다. 저서로 『초목자草木子』가 있다.

70) 원문은 다음과 같다. "俳優戲文始於王魁."

창의 예를 깼고, 막의 숫자도 현저하게 증가했으며, 등장하는 배우는 그 각색이 무엇인지를 막론하고 모두 곡을 창하게 되어, 모든 것이 복잡해지고, 연극으로서는 크게 진보하였다. 곧 듣는 연극聽戱에서 보는 연극看戱으로 옮겨 간 것이다. 희곡 애호가는 남극을 두고 타락했다고 하는데, 반드시 그런 것은 아니다. 오히려 발전의 경로이다.

대저 남곡의 발원지에 서 있는 것은 『비파기』와 『유규기幽閨記』이다. 『고곡잡언顧曲雜言』에서는 다음과 같이 말했다.

> 북쪽에는 『서상기』가 있고, 남쪽에는 『배월拜月』이 있은 이래로, 잡극은 희문이 되었는데, 『비파기』에 이르면 드디어 40여 절로 상연되어 잡극보다 몇 십 배 [늘어났다.][71]

『서상기』는 앞서 말한 대로 5본 잡극이다. 『배월정』과 『비파기』는 40척齣으로 잡극의 열 배가 되는 장편이 되었다. 하지만 『비파기』, 『배월정』이 나왔다고 해서 희곡계가 갑자기 일변했던 것은 아니다. 명초가 되어 유명한 영헌왕寧獻王 주취안朱權, 주헌왕周獻王 주유둔朱有燉을 필두로 왕쯔이王子一, 구쯔징穀子敬, 쟈중밍賈仲明, 양원쿠이楊文奎 등이 모두 잡극을 지었다. 영헌왕은 태조의 열일곱 번째 아들로, 처음에 다닝大寧에 봉해졌는데, 영락제에 이르러 정난靖難의 공으로 난창南昌으로 옮겨간 뒤 은거하면서, 금서琴書를 가까이 했고 그걸로 성조成祖의 세世를 끝냈다. 영왕은 풍류로써 문학을 애호하고, 스스로 취셴臞仙, 한쉬쯔涵虛子, 단츄셴성丹丘先生이라 호하고, 지은 것이 매우 많은데, 『태화정음보太和正音譜』 역시 그가 지은 것이다.

---

71) 원문은 다음과 같다. "自北有西廂, 南有拜月, 雜劇變爲戱文, 以至琵琶, 遂演爲四十餘折, 幾十倍雜劇."

주헌왕은 태조의 5자인 주정왕周定王의 장자로 음률에 정통해 잡극 30여 종과 산곡 백여 수를 지어 세간에 잘 알려졌다. 리멍양李夢陽의 「변중원소절구汴中元宵節句」에서 "중산에서 온 배우의 복식 화려하고, 정옌에서 온 여배우 높은 기예를 갖고 있네. 모두 주헌왕의 잡극 춘악부를 노래하니, 진량챠오 밖 밝은 달 서리같구나"72)라고 한 것이 그것이다(『예원치언』). 또 왕쯔이 등이 지은 작품이 『원곡선』 중에 수록된 것은 [그들이] 원말명초의 사람들이기 때문이다. 그[주헌왕]의 사풍詞風에 관해서는 『태화정음보』에 상세히 실려 있다.(앞서 나옴)

명대 잡극의 선집으로는 『성명잡극盛名雜劇』 제1집, 제2집을 아울러 60종이 있다. 이 두 책은 진본인데, 다행히도 제1집은 왕궈웨이王國維 씨가 갖고 있고, 제2집이 나이가쿠분코內閣文庫에 소장되어 있는 것은 실로 희곡계의 쾌사이다. 일찍이 나이가쿠 본을 보았는데, 북곡에서 중요한 4절, 투수, 독창 등의 규칙이 엄수되지 않고, 그 중에는 남곡의 궁조가 섞여 있는 것도 있었다. 곧 전기傳奇의 작은 것으로, 장편을 전기라 하고 단편을 잡극이라고 하는 정도이다. 그리하여 북곡은 끝내 명대에 사라졌다고 해도 무방하다. 명청의 명가 중 북곡의 체제에 의해 잡극을 지은 사람도 있는데, 지는 새벽 별처럼 실제로 연창된 것은 없고, 다만 문인들의 여흥에 지나지 않았다.

명의 남곡으로 지금까지 남아 있는 것은 웨스다오런閧世道人이 편찬에 참여한 『육십종곡』이 있는데, 명말 급고각汲古閣에서 출판한 것이다. 그 중에서 『형차기荊釵記』, 『류즈위안劉知遠』, 『배월정拜月亭』, 『살구기殺狗記』를 4대가라 한다.

---

72) 원문은 다음과 같다. "中山孺子倚新妝, 鄭女燕姬獨擅場。齊唱憲王春樂府, 金梁橋外月如霜。"

『형차기』는 곧 영헌왕이 지은 것으로 남송의 명유 왕스펑王十朋이 주인공으로, 그의 아내인 쳰錢 씨와의 몇 차례에 걸친 기이한 만남과 헤어짐의 이야기이다. 왕생은 박학하여 문장을 잘 지었는데, 향시에 급제하자 부자인 쳰 원외가 그의 재능을 아껴 여식인 위롄玉蓮을 아내로 주었다. 왕생은 일찍 아비를 여의고 어미와 함께 살았는데, 집안이 가난했기에 사양했다. 하지만 쳰 원외가 기필코 소망했기에, 왕은 어쩔 도리 없이 승낙했고, 어머니는 자기가 꼽고 있던 가시나무 비녀荊釵를 뽑아 결혼의 증표로 주었다. 그런데 왕생의 동학인 쑨루취안孫汝權은 시험에 낙제하고 게다가 호색의 무리였기에 위롄의 어여쁜 모습을 보고 마음이 움직여 결혼을 청했다. 위롄의 계모인 야오姚 씨는 왕생이 가난하고 쑨이 돈이 많은 것을 보고, 위롄의 마음을 빼앗아 쑨과 결혼을 시키려고 했지만, 위롄은 왕생의 앞날에 희망을 걸고, 결단코 [계모의 말을] 듣지 않고 끝내 왕생과 결혼했다. 그 뒤 왕생은 쑨루취안과 함께 상경하여 회시에 응했던 바 왕은 장원급제해 라오저우饒州 첨판簽判을 제수 받고, 거기에 만후승상萬侯丞相으로부터 데릴사위의 제안을 받았다. 왕생은 조강지처가 있다는 것을 내세워 그것을 사양했기에, 승상의 노여움을 사 임지를 더 먼 곳인 차오양潮陽으로 옮기게 되었다. 쑨루취안은 또 시험에 낙방했기에, 계책을 하나 꾸며 승국承局(편지를 전하는 이)을 속여 왕생의 가신家信을 빼앗아 "나는 급제한 뒤, 만후승상의 여식을 아내로 맞고, 이제부터 라오저우饒州로 부임하기에 위롄과 이혼하겠다"고 고쳐 썼다.

이제 쳰 원외의 집에서는 오랜만에 왕 장원의 가신을 받았기에, 온 가족이 모여 그것을 열어 보았는데, 어찌 생각이나 했으랴. 위롄의 이혼장이었다. 모두 크게 놀라 차차 진상을 알아보려는데, 쑨루취안은 이미 마을로 돌아와서 이것이 사실이라고 말하고, 스스로 후한 예물로

위롄에게 청혼했다. 야오 씨는 크게 기뻐하며 여러 가지로 위롄을 설
득했지만, 우리 낭군이라면 결코 그런 일이 있을 리가 없고, 만일 승상
의 사위가 되었다면 나는 절개를 지킬 따름이라고 하면서 아무리 해도
[말을] 듣지 않았다. 위롄은 결국 집에서 쫓겨나 강물에 몸을 던져 죽
으려고 했다. 그런데 불가사의하게도 신의 계시에 의해 임지로 가는
도중에 있던 쳰錢 안무安撫에 의해 구출되어 그의 집에서 요양을 했다.
그 뒤 수많은 곡절이 있은 뒤 왕생은 차오양 첨판에서 지안吉安 태수로
옮기게 되고 결국 왕 태수는 쳰 안무의 양녀와 결혼을 하게 되었는데,
그것이 위롄이었다는 의부義夫와 절부節婦가 재회하는 대단원으로 끝
이 난다.

본 전기의 고증에 관해서는 쟈오쉰焦循73)의 『극설劇說』에 상세히 서
술되어 있고, 근래에 구보 덴즈이久保天隨 학사가 『데고쿠분가쿠帝國文
學』 제23권 제6호에서 소개했기에 여기서는 별도의 췌언이 필요하지
않다.

『유지원劉知遠』은 곧 『백토기白兎記』로 무명씨의 작품이며, 오대五代
한漢나라의 군주 류즈위안劉知遠의 일사逸事를 씨앗으로 삼은 것이다.
류즈위안은 아직 미복微服이었을 때, 리 태공李太公이라는 지주에게 구

---

73) 쟈오쉰焦循(1763~1820년)은 쟝쑤江蘇 간취안甘泉 사람으로, 자는 리탕理堂이
다. 가경嘉慶 6년(1801년)에 거인擧人이 되었지만, 과거에 낙방한 뒤 집에 조고
루雕菰樓를 짓고 독서와 저서로 일생을 보냈다. 롼위안阮元에게 수학했으며,
다이전戴震의 학문을 마루로 삼았다. 경사經史는 물론 역산曆算, 성운聲韻, 훈고
訓詁 등에 정통했고, 경전 가운데 특히 『주역』과 『맹자』, 『시경』 등을 깊이
연구했다. 『역도략易圖略』과 『역학장구易學章句』, 『예기정씨주보소禮記鄭氏注補
疏』, 『상서공씨전소尙書孔氏傳疏』, 『논어하씨집해보소論語何氏集解補疏』, 『모시
정씨전보소毛詩鄭氏箋補疏』, 『춘추좌전두씨집해보소春秋左傳杜氏集解補疏』, 『군
경궁실도群經宮室圖』, 『조고루집雕菰樓集』 등의 저서가 있다.

원을 받았는데, 태공은 이것을 기화로 자신의 딸 싼냥三娘을 아내로 주었다. 얼마 지나지 않아 태공 부부가 잇달아 세상을 뜨자 싼냥의 오빠는 즈위안을 내쫓고 싼냥은 이혼을 시켰다. 즈위안은 빈저우邠州로 가서 웨궁嶽公의 군에 투신하였던 바, 웨궁의 딸이 [그에게] 눈독을 들여, 웨 씨 집안의 데릴사위가 되었고, 재능과 무예로써 큰 공을 세우고 출세했다. 그런데 싼냥은 올케에게 학대를 당하며 집요하게 개가할 것을 요구받지만 받아들이지 않고 어려움 속에서 사내아이를 낳았다. 산파도 없이 홀로 탯줄을 물어뜯어 끊었기에 이름을 야오치랑咬臍郎이라 하였다.

무도한 오빠는 그 아들을 죽여 버리려고 했지만 늙은 하인이 구해서 빈저우의 류즈위안이 있는 곳에 보냈고, 웨 씨는 그를 받아들여 후히 돌보아주었다. 야오치랑은 장성해서 무예에 통달했고, 열여섯이 되었을 때 사냥을 나갔는데, 우연히 멀리 고향인 쉬저우徐州 부근에 이르러 흰 토끼를 발견하고 뒤쫓던 차 우물가에서 곤경에 빠진 물 긴는 부인을 만났다. 자세한 것을 물어보다가 그가 생모인 것을 알게 되어 돌아와 그 사실을 류즈위안에게 고하니, 곧 집에 맞아들여 정부인으로 삼고 여기서 부부와 모자가 다 함께 모인다團圓는 이야기이다. 흰 토끼가 모자 재회의 인연을 맺어주었기에 이것을 『백토기』라 한 것이다.

『배월정』은 또 『유규기幽閨記』라고도 하는데, 그 제1척 가문家門 시종始終의 하장시下場詩는 다음과 같다.

> 노상서 호랑이 이리 같은 군대 모으고, 빈궁한 수재 봉황의 무리 흩어놓네
> 문무 모두 급세하여 방문에 내걸리니, 규방에서 한 품은 가인의 배월정
> 이라.[74]

여기 말구에서 취해 『유규기』나 『배월정』이라 했던 것이다. 일반적으로는 원대의 스쥔메이施君美가 지은 것이라 하는데, 왕궈웨이는 명초 사람이 지은 것이라 하였다.(『배월정』「발跋」)

원래 왕스푸王實甫, 관한칭關漢卿이 함께 지은 『배월정』이라는 잡극이 있었기에, 스쥔메이는 이것에 바탕해 전기를 지은 것이다. 『원참고금잡극삼십종元槧古今雜劇三十種』가운데 「규원가인배월정閨怨佳人拜月亭」을 취했다. 왕궈웨이는 이로써 관한칭의 작이라 하고,75) 그의 저서 『송원희곡사』중에 양자의 곡문을 비교하고 곡의 묘처는 모두 북곡의 청출어람이라고 논했다.

대저 본서의 내용은 가까이는 금나라와 원나라의 전란에서 취하고 중두中都의 공사貢士 쟝스룽蔣世隆과 그 누이 루이롄瑞蓮, 승상 하이야海牙의 아들 싱푸興福, 왕상서의 딸 루이란瑞蘭 등이 피난하는 도중에 몇 차례의 기이한 운명에 농락당하다가 구사일생하여, 그 뒤 마침내 스룽과 싱푸 의형제는 서로 문무의 시험에 급제하고, 스룽은 루이란과, 싱푸는 루이롄과 결혼하는 것으로 끝이 난다.

『배월정』은 『비파기』와 병칭되어 『형차기荊釵記』, 『류즈위안劉知遠』,

---

74) 원문은 다음과 같다. "老尚書緝探虎狼軍, 窮秀才拆散鳳鸞群。文武擧雙第黃金榜, 幽閨怨佳人拜月亭。"

75) "명대 왕원미王元美·하원랑何元朗·장진숙臧晉叔 등은 원대 시군미(혜)[施君美(惠)]가 『배월정』[명대 모진毛晉이 간행한 『육십종곡六十種曲』에는 『유규기幽閨記』로 개명되어 있다]을 지었다고 생각하였다. 군미는 항주杭州 사람으로 원대 지순至順(1330-1333년)·지정至正 연간(1341-1367년)에 사망하였다.……『녹귀부』가 비록 잡극만을 수록하고 남희를 수록하지 않았지만, 시군미가 실로 남희 혹은 원본을 창작하였다면 범거중范居中·굴언영屈彦英·소덕상蕭德祥 같은 작가들의 경우처럼 분명히 『배월정』을 언급했을 것이다. 이로 보면, 『배월정』이 시군미의 창작인지는 마땅히 의문의 여지가 있다. 곡문으로 보면, 원인이 지은 작품이 분명하다."[왕궈웨이(권용호 역), 『송원희곡사』, 학고방, 2001. 291쪽]

『배월정拜月亭』, 『살구기殺狗記』이 네 가지 가운데 사곡이 가장 뛰어나다. 특히 제26척 「평적우합萍跡遇合」의 장, 여관에서 한밤중에 종소리를 들으면서, 루리란과 루이롄 두 사람이 낭군을 생각하고 오빠를 그리워하는 일단은 자못 감정이 절박하고 그 문장이 지극해, 마치 요가쿠謠曲76) 「미이데라三井寺」의 종종鐘 단락과 흡사하다.77) 근래에는 특히 중국의 희곡 소설이 크게 유행하여 고다 로한幸田露伴 박사는 『데고쿠분가쿠帝國文學』 제24권 제8호에 이 극을 소개한 바 있다.

　『살구기』는 쉬전(徐田+比)이 지었는데, 쉬전은 자가 중유仲由이고, 명초 때 사람이다. 줄거리는 완전히 원 잡극 「살구권부殺狗勸夫」에 의거한 것이다. 쑨화孫華라는 이는 집안이 부유했는데, 주색에 빠져 소인배들과 가까이했고, 동생인 쑨룽孫榮을 학대하였다. 그런데 [쑨화의] 아내인 양楊 씨는 극히 현숙한 부인으로 지아비의 비행을 간하려고 계책을 세웠다. 곧 개를 죽여 살인한 것처럼 꾸며, 남편이 취해 돌아오기를 기다렸다가, 이 사실을 알리고 한밤중에 문 앞의 시체를 버리게 했다.

　그런데 평생 친밀하게 지냈던 아무개 등은 후환이 두려워 응하지 않았다. 이에 부부는 파요破窯로 동생 쑨룽을 찾아가 도움을 청하자 쑨룽은 흔연히 형의 위급함에 부응해 시체를 성 밖으로 옮겨 몰래 그것을 묻어버렸다. 쑨화는 이에 크게 덕을 입고 이전의 잘못을 뉘우치고 형제는 옛날처럼 사이가 좋아졌다.

　다음날이 되어 아무개 두 사람은 다시 술과 음식을 얻어먹으러 쑨

---

76) 노가쿠能樂의 사장詞章에 가락을 붙여서 부르는 것. 또는 그 사장.
77) 「미이데라」의 내용 가운데 납치된 자식을 찾는 어머니가 미치광이가 되어 오미의 미이데라의 종을 치고 아들과 재회하는 것을 말한다.

화의 집을 찾아갔는데, 쑨화는 그들의 불의를 책망하며 이제는 얼씬거
리지 못하게 했다. 그러자 두 악한은 쑨화 형제의 살인을 관에 고발했
다. 그런데 양 씨가 사실을 고하고, 성 밖에 가서 구멍을 파고 참관해
검사하자 과연 개였다. 여기서 두 사람은 벌을 받고 쑨 씨 일문은 조정
으로부터 포상을 받는 은전을 입었다.

명곡明曲이 성행하게 된 것은 정덕제(무종)에 힘입은 바가 크다. 황
제는 성률聲律을 좋아해 진왕부晉王府의 악공 양텅楊騰의 아내 류량뉘
劉良女를 총애했고, 리위李漁의 10종곡 중 유명한 『옥소두玉搔頭』의 주
인공이 될 정도로 풍류 있는 천자였다. 폐령嬖伶[총애받는 배우]으로
짱셴臧賢, 임협의 소년俠少에 란셴鸞仙이 있어 모두 창우倡優로써 은총
을 입었고, 또 천다성陳大聲은 장군 가문의 아들이면서 남북 산투散套
에 정통했다. 동시에 캉하이康海, 왕쥬쓰王九思(전칠자의 무리)는 모두
악률에 밝고 사곡을 잘했는데, 특히 왕의 작품은 수려하고 시원시원雄
爽한 것으로 유명했다. 그 성가는 관한칭關漢卿, 마즈위안馬致遠에 밑돌
지 않을 정도라는 말까지 들었는데, 애석한 것은 두 사람 모두 [환관
인] 류진劉瑾78)[의 역모 사건]에 연루되어 [그들의 인생이] 실패했다는
것이다.

---

78) 류진劉瑾(1451~1510년)은 명나라 산시陝西 싱핑興平 사람으로, 원래의 성은
탄談 씨다. 어릴 때 궁궐에서 류 씨 성을 가진 태감太監에 의해 궁궐로 들어가
그 성을 쓰게 되었다. 무종武宗이 즉위하자 환관으로 종고사鐘鼓司를 관장하면
서 마융청馬永成과 구다융穀大用 등 여덟 사람과 함께 팔호八虎로 불렸다. 날마
다 응견鷹犬과 가무歌舞, 각저角觝 등의 유희를 올려 무종을 환락에 빠뜨린
뒤 권세를 휘둘렀다. 내궁감內宮監에 올라 단영團營을 지배하다 얼마 뒤 사례감
司禮監을 장악했다. 동창東廠과 서창西廠 외에 내행창內行廠을 설치해 반대파를
가혹하게 처벌했다. 다시 황창皇廠을 두었는데, 점점 늘어나 3백여 군데에 이르
렀다. 정덕 5년(1510년) 환관 장융張永이 그가 모반을 꾀한다고 밀고해 거리에
서 책형磔刑을 당했다. 뇌물로 엄청난 재산을 모았다고 한다.

정덕에서 가정嘉靖, 융경隆慶, 만력萬曆에 걸친 시기는 전후칠자가 날아올랐던 시대로, 그들이 노래했던 고문사古文詞의 여파가 희곡계에도 영향을 미쳤다. [이에] 악보에 의거하고按譜, 글자를 메우며塡字, 오로지 미려한 구절과 고사를 점철하게 되었으니, 량천위梁辰魚[79)가 나와 아름다움에 힘쓰는工麗 단초를 열었다. 이것이 이른바 오파吳派로, 가능한 호화로운 문사靡詞를 맥락 없이 따라하고勦襲, '수각라위綉閣羅緯'라든가, '동호은전銅壺銀箭'이라든가, '자연황앵紫燕黃鶯', '랑접광봉浪蝶狂蜂' 등의 숙어를 습관적으로 써서 오로지 화려한 수식藻繢으로 곡을 짓고 가무와 음곡을 분리해 [희곡이] 문장 수사로 흘러버렸다.

그래서 금방 [이에 대한] 반동이 일어나 선징沈璟[80)이 이른바 월파

---

79) 량천위梁辰魚(1521?~1594?년)는 자가 보룽伯龍이고, 호는 사오보少伯 혹은 처우츠와이스仇池外史이며, 쟝쑤江蘇 쿤산昆山 사람이다. 대체로 가정 후기에서 만력 초기에 활동한 음악가이자 극작가이자 산곡 작가였다. 당시에 "가희와 무희들이 보룽을 만나지 못하면, 스스로 불길한 징조라고 여길" 정도로 도곡度曲에 뛰어났다고 한다. 「완사계浣紗溪」를 지었는데, 웨이량푸魏良輔가 혁신한 곤산강崑山腔을 처음 무대 위에 올린 작품으로, 곤산강이 희곡계에서 주도적인 위치를 차지하도록 하였다는 것에 우선 의미가 있다. 「완사계」는 기려綺麗한 문사로 시스西施와 판리範蠡의 애정 고사를 주축으로 하여, 훗날 국가의 흥망을 다룬 「도화선桃花扇」, 「장생전長生殿」에도 영향을 준 것으로 말하여진다.(양회석, 『중국희곡』, 민음사, 1994. 87쪽.)

80) 선징沈璟(1553~1610년)은 격률파格律派의 대표인 중국 명대의 희곡작가이다. 시문에 능했고, 행서와 초서를 잘 썼다. 저서로는 남곡 음률연구에 기여한 『남구궁십삼조곡보南九宮十三調曲譜』가 있고, 산곡집 『정치침어情癡寢語』, 『사은신사詞隱新詞』 등이 있다. 자는 보잉伯英인데 나중에 단허聃和로 고쳤으며, 호는 닝안寧庵과 츠인詞隱이다. 우쟝吳江, 즉 지금의 쟝쑤 성江蘇省 사람이다. 여러 관직을 역임했으나 1589년(만력 17)에 벼슬을 그만두고 향리에 은거하면서, 사詞와 곡曲을 짓고 희곡의 성률연구와 전기의 창작에 전념했다. 음률에 정통하여 특히 남곡南曲에 뛰어났으며 당시 곡을 짓는 사람들로부터 거장으로 존경을 받았고, 격률파格律派의 대표가 되었다. 그러나 선징의 작품은 격률을 지나치게 강조함으로써 내용이 빈약할 수밖에 없었다. 희곡 줄거리가 평범했

越派를 열었다. '전고로 문장을 수식하는 것故實繪章'을 배격하고 '쉽고 통속적인 문구淺言俚句'로 지으니, 비루하고 속됨에 가소로운 것을 오히려 화장을 하지 않은 [소박한 것]으로 여기고, 생경하고 유치한 것生硬稚率을 자연스럽게 이루는 것이라 여기는 지경에 이르렀다. 그 결과 천박함膚淺에 흐르고 경박함으로 내달려, 이것을 오파와 비교하면 아속雅俗이 크게 다르다는 것을 느끼게 된다.

양자에게서도 취할 만한 것이 있는데, 그러나 이렇듯 극단으로 달려간 것은 어느 것이든 그 폐해를 감당할 수 없다. 대저 잡극 전기는 국민문학이었고, 학자와 문인만이 즐길 수 있는 것은 아니었다. 그러므로 오히려 [직업으로서의] 당행當行을 귀히 여기고, 문장을 화려하게 꾸미는 것藻麗은 귀한 것이 아니었다. 원래 자구를 세련되게 만들고, 음률을 조화롭게 해야 하는 것이야 당연한 것이었지만, 쓸데없이 사장詞章을 수식하고, 고사를 첩용疊用하는 것과 같은 것은 그 본래의 면목이 아니었다. 결국 『형차기荊釵記』, 『류즈위안劉知遠』, 『배월정拜月亭』, 『살구기殺狗記』가 곡문曲文이 비속함에도 불구하고 남곡의 압권이라 칭해지고, 『비파기』조차도 이것들에 양보하지 않으면 안 되었던 것은 『비파기』가 점차 문장을 조탁雕琢하고 문사를 꾸미는 단초를 열어 주로 "궁宮을 찾고 조調를 헤아리지 않는[궁조를 도외시하는]" 설을 만들었기 때문이다.

원곡의 작자는 대부분 이름도 알려지지 않은 이들로, 한 세대의 기풍에 편승한 것이었는데, 명곡의 작자에는 츄쥔丘濬(충산瓊山), 양선楊愼(성안升庵), 왕스전王世貞(옌저우弇州), 정뤄융鄭若庸(쉬저우虛舟), 선

으며 곡백曲白 역시 전형적인 화려함의 한계를 벗어나지 못해 대가의 반열에는 오르지 못했다.

징沈璟(보잉伯英), 탕셴쭈湯顯祖(린촨臨川)[81], 투룽屠隆(창칭長卿), 주윈밍祝允明(즈산枝山), 탕인唐寅(보후伯虎), 등과 같은 당당한 대가들이 있었다. 특히 츄쥔의 『오륜전비기五倫全備記』 같은 것은 모두 28단으로 서술한 바는 모두 명언이 되어 천하의 크나큰 윤리를 골계滑稽와 익살諧諧 사이에 기탁해 그 바름을 잃지 않았다는 평을 들었는데, 결국 썩 어문드러졌다腐爛는 비방을 면치 못했다. 곧 사곡이 문호의 유희가 되어, 점점 어려운 것이 되어 갔던 것이다. 근원을 거슬러 올라가면 『비파기』의 '령사令史', '황문黃門'의 여러 편이 이미 변려체를 쓰고 려구麗句를 우러렀으니, 학자의 냄새學臭가 났다.

시대가 흘러 정뤄융鄭若庸의 『옥결기玉玦記』는 처음으로 유서類書와 같았고, 전아공려典雅工麗하게 후인변기後人駢綺의 파를 열었다. 장펑이張鳳翼[82])의 무리는 서로 조술祖述[83])하여 특히 그의 『홍불기紅拂記』의

---

81) 탕셴쭈湯顯祖(1550~1617년)는 자가 이렁義仍이고, 호는 뤄스若士·위밍玉茗·하이뤄海若이며, 쟝시 성江西省 린촨臨川 사람이다. 1583년 34세로 진사시험에 급제하여 난징南京의 태상박사太常博士에서 예부주사로 승진하였으나, 시정時政을 비난하다 좌천되어 광둥廣東 지방의 지현知縣 등 미관으로 전전하였다. 1598년 관직을 떠난 후 고향에서 극작에 힘쓰며 유유자적한 생활을 하였다. 그는 사우師友 관계에서 당시의 혁명적 문인 그룹이었던 동림당東林黨이나 태주학파泰州學派 등과 깊은 관계를 가졌는데, 그의 사상은 체제 비판적인 방향을 지향하였던 듯하다. 『옥명당사몽玉茗堂四夢』이라는 이름으로 알려진 『자차기紫釵記』, 『환혼기還魂記』, 『남가기南柯記』, 『한단기邯鄲記』 등은 모두 몽환夢幻의 세계에서 봉건적 압제 하에 굴곡屈曲된 인간의 '정情'의 고뇌·번민을 어떻게 해방·구제할 것인가 하는 시대적 문제를 추구한 것이다.

82) 장펑이張鳳翼(1527~1613년)는 호가 링쉬靈虛, 자는 보치伯起이고, 창저우長州(지금의 쟝쑤 성江蘇省 우 현吳縣) 출신으로 1564년 거인擧人이 되었다. 성격이 자유분방하고 곡曲에 뛰어났는데, 동생 옌이燕翼·셴이獻翼와 함께 '삼장三張'이라 불렸다. 만년에는 시문을 팔아 생계를 이어갔다. 저서로 시문집 『처실당집處室堂集』 8권, 『몽점류고夢占類考』 등이 있고 전기傳奇 작품으로 『홍불기紅拂記』, 『축발기祝髮記』, 『관원기灌園記』, 『호부기虎符記』, 『절부기竊符記) 등이 있는

"봄 잠을 문득 깨니, 곳곳에 새 우는 소리 들리네. 묻노니 해당화는 얼마나 피었는지春眠乍曉, 處處聞啼鳥, 問開到海棠多少"와 같은 구는 성구 成句를 써서 지나치게 숙성된 경향을 벗어나지 못했다. 왕스전이 지었 다고 전하는 『명봉기鳴鳳記』는 백白 가운데 변려체를 많이 썼기 때문 에 배우가 무대에 올라 공연하는 데 몹시 장애가 되었고, 투룽의 『채호 기綵毫記』는 그 사詞가 금을 처바르고 푸른 옥돌碧로 채색하여, 하나의 진정한 말眞語과 의미심장한 말雋語, 시원시원한 말快語, 질박하고 자연 스러운 말本色語을 구하려 해도 종권終卷84)을 얻을 수 없었고, 또 그의 『담화기曇花記』는 종척백終齣白만 해도 곡曲이 없는 것도 있고, 량천위 의 『완사기』, 메이딩쭤梅鼎祚85)의 『옥합기玉盒記』에는 종본終本 일산어

데, 『홍불기』는 당唐나라 두광팅杜光庭의 전기소설 『규염객전규염객전』의 홍 불 고사를 극화한 것이다.

83) 선인先人의 설을 근본으로 하여 그 뜻을 펴 서술함.

84) 종권終卷은 말 그대로 한 질의 책들 가운데 마지막 권을 말한다. 하지만 여기서 는 앞뒤 문맥을 헤아릴 때 무슨 말을 하고 있는 건지 도무지 알 수 없다. 여러 용례를 찾아보아도 작자가 어떤 의미로 이 단어를 쓴 것인지 오리무중이 라 여기에 특별히 짚고 넘어간다.

85) 메이딩쭤梅鼎祚(1553~1619년)는 명나라 안후이安徽 쉬안청宣城 사람으로 자는 위진禹金이고, 호는 성러다오런勝樂道人이다. 국자감생國子監生이 되어 젊어서 부터 시명詩名을 떨쳐 선쥔뎬沈君典과 함께 유명했다. 과거 시험에서 뜻을 얻지 못하자 포기했다. 고학古學으로써 자부했으며, 시문이 차분하고 넓으며 고상하 고 담박해 왕스전土世貞의 칭찬을 받은 바가 있다. 대학사大學土 선스싱申時行이 조정에 천거하려 했지만, 사양하고 나가지 않았다. 서대원書帶園에 은거하며 천일각天逸閣을 지어 책을 모아 두고 그 가운데서 저술에 힘썼다. 탕셴쭈湯顯祖 와 교분이 매우 깊어 서로 문장의 잘못을 지적해 주기도 했다. 저서에 시문집인 『매우금집梅禹金集』 20권과 소설 『재귀기才鬼記』 16권, 『청니연화기靑泥蓮花記』 13권이 있으며, 또한 『역대문기歷代文記』와 『한위시승漢魏詩乘』 20권, 『고악원 古樂苑』 52권, 『서기동전書記洞詮』 116권 등을 편집했다. 전기傳奇에 『옥합기玉 合記』와 『장명루長命縷』가 있고, 잡극으로 『곤륜노崑崙奴』가 있다. 『옥합기』는 당 쉬야오쭤許堯佐의 「류씨전柳氏傳」을 개편한 것으로 한이韓翊의 처 류씨가

一散語86)가 없고, 가장 심한 것은 왕다오쿤汪道昆87)의『동곽기東郭記』
같은 것은 전부『맹자』를 엮어 만든 것으로 게다가 매척의 제명까지
모두『맹자』의 성어를 쓰는 데까지 이르러 도저히 학구적인 습벽을
벗어나지 못했다. 이것들은 완전히 곡 중의 예외이다.

명대의 희곡 작자, 탕셴쭈의『옥명당사몽玉茗堂四夢』(『자차기紫釵記』,

오랑캐의 포로가 되었다가 다시 결합한다는 내용이고,『장명루』는 단페이잉單
飛英과 싱춘냥刑春娘이 약혼을 했는데, 훗날 전란으로 약혼녀가 창기로 전락하
지만 그래도 결혼한다는 내용이다. 두 작품 모두 문체가 기려綺麗하고 전아하
여 강한 문학성을 구비하였으나, 전고와 생경한 말이 많아 무대 생명력은 약하
다는 비평도 아울러 받았다.

86) 종본終本 일산어一散語 역시 구체적으로 무엇을 의미하는지 알기 어렵다. 시오
노야 온의 글에서는 이런 것들이 종종 보인다. 그의 현학이랄까? 그렇지 않으
면 자신도 제대로 알지 못하고 쉬운 일상어로 풀어낼 능력이 없어 그런 것인지
도 모른다. 아무튼 이것 역시 무엇을 말하려는지 알 수 없어 그대로 둘 수밖에
없다는 것을 특기한다.

87) 왕다오쿤汪道昆(1525~1593년)은 명나라 후이저우 부徽州府 시 현歙縣 사람으
로, 희곡 작가이다. 자는 보위伯玉 또는 위칭玉卿이고, 호는 난밍南冥 또는 타이
한太函이며, 만호는 한웡函翁이다. 가정嘉靖 26년(1547년) 진사進士가 되어 이우
義烏 지현知縣에 임명되었고, 샹양襄陽 지부知府와 푸젠福建 부사副使를 역임했
다. 치지광戚繼光과 함께 항왜抗倭 전쟁에 참가하여 공을 세워 안찰어사按察禦史
에 발탁되었고 첨도어사僉都禦史에 승진했지만 얼마 되지 않아 관직을 버렸다.
융경隆慶 연간에 량양兩陽 순무巡撫가 되고, 부도어사副都禦史로 나아갔으며,
관직이 병부좌시랑兵部左侍郎에 이르러 황명을 받들고 변방을 순행했다. 군비
를 줄여 해마다 낭비되던 20여만 전을 절약했는데, 나중에는 연로한 양친을
봉양하느라 고향으로 돌아갔다. 시문으로 세상에 이름을 떨쳐 타이창太倉 사람
왕스전王世貞과 남북사마南北司馬로 병칭되었다. 저작이 아주 많아『태함집太函
集』120권과『남명부묵南冥副墨』24권,『태함유서太函遺書』2권,『춘추좌전절문
春秋左傳節文』,『영굴령명보贏詘令名譜』등이 있다. 그는 또 곡에도 대단한 솜씨
를 나타낸 바 있어 잡극『원산기遠山記』,『고당몽高唐夢』,『낙수비洛水悲』,『오호
유객五湖遊客』등을 각각 1본本씩 지었는데 지금은 모두『성명잡극盛名雜劇』,
『고명가잡극古名家雜劇』속에 수록되어 전해지고 있다.

『환혼기還魂記』, 『남가기南柯記』, 『한단기邯鄲記』) 같은 것도 또 중간 부분이 몹시 빨라 북곡을 섞었는데, 특히 『모란정환혼기牡丹亭還魂記』는 하늘에서 내려온 기이한 발상과 절묘한 교사巧詞로써 고금에 독보적이다. "실비 내리고 바람 부는데, 이내 낀 파도 위 그림 같은 배 한 척雨絲風片, 煙波畵船" 같은 구절은 원대 사람들과 아주 닮아 있어 지극히 절묘함에도 불구하고, 애석한 것은 임의로 운을 쓰고, 향음鄕音을 섞었기 때문에, 곡보曲譜에 잘 들어맞지 않아 도저히 철작판鐵綽板을 두드리며, "창쟝은 동쪽으로 흐르고大江東去"를 창하는 비난을 면치 못했다. 『원곡선』의 「서」에서도 탕셴쭈의 작품을 평하며, "식견은 이치에 맞는 견해가 부족하고, 학식은 협률의 공이 드물다. 사용한 바 자구는 왕왕 어그러지고 그릇되니, 그 잘못 역시 드문드문하다"[88]라고 하였다.

그래서 짱마오오쉰臧懋循, 뤼톈청呂天成[89])의 무리는 한두 글자를 더하

---

88) 원문은 다음과 같다. "而識乏通方之見, 學罕協律之功, 所下字句, 往往乖謬, 其失也疎。"

89) 뤼톈청呂天成(1577~1614년)은 명나라 사오싱 부紹興府 위야오餘姚 사람으로, 희곡이론가이다. 자는 친즈勤之이고, 호는 지진棘津 또는 위란성鬱藍生이다. 제생諸生을 지냈다. 『곡록曲錄』에서는 그의 이름이 원文이라 되어 있다. 어려서 성률聲律을 좋아했고, 사곡詞曲을 잘 했으며 고문에도 재주를 보였다. 할머니 쑨 태부인孫太夫人이 장서를 좋아하여, 고금의 희극을 두루 갖추어 놓았던 까닭에 그 책들을 폭넓게 접할 수 있었다. 희곡 작가인 선징沈璟, 왕지더王驥德 등과 가깝게 지냈는데, 선징의 저작은 모두 뤼톈청이 그를 위해 각판刻版 인쇄해준 것이다. 그런 까닭에 예술적인 관점에서 선징의 영향을 많이 받아, 극을 짓는 데 있어서 격률을 강구했고 법도를 준수함으로써 오강파吳江派(격률파라고도 한다.)의 대표작가 가운데 한 사람이 되었다. 저작으로 희곡이론에 관한 것으로 『곡품曲品』 3권이 있는데, 원나라 말기에서 당시에 이르기까지의 남희南戲를 품평했고, 많은 명나라 희곡 사료를 보존하고 있으며, 왕지더의 『곡률曲律』과 더불어 "곡을 논함에 있어서 쌍벽을 이루었다.論曲雙璧"고 일컬어진다.

거나 빼서 개찬改竄하고, 음률을 맞추고 가창하기에 편하게 했다. 그러
자 탕셴쭈 자신은 이것에 크게 개의치 않고, 사랑하는 바의 의령宜伶[90]
을 잡도리하여 그 원본에 따르게 하고, 또 사람들에게 답하되, 자신을
왕웨이王維의 「동경파초도冬景芭蕉圖」에 비기고, 끝내 "자신의 뜻이 이
르는 바, 천하의 사람들의 목소리가 입에 붙지 않아도 무방하다"는
말을 내뱉기에 이르렀다. 이것은 마치 앞서 서술했던 『비파기』의 "궁
宮을 찾고 조調를 헤아리지 않는" 설과 동일한 논법으로, 이것을 극단
적으로 말하자면, 희곡도 창곡唱曲이 아닌 것이 되어 일변하여 독곡讀
曲이 되어 문인의 유희 문자에 지나지 않는 것이 되었다.

따라서 희곡도 크게 고상하이지고, 오로지 지식계급이 감상하는 바
가 되어 도저히 일반 독자의 기호에는 부응하지 않았다. 하지만 국민
대다수는 항상 좀 더 가깝게 다가서고, 그들이 쉽게 이해할 수 있는
것을 환영했던 것이다.

명곡의 도미掉尾[사물이나 문장의 막판에 기세를 올림; 옮긴이]는
바이쯔산챠오百子山樵 롼다청阮大鋮[91]의 『춘등미春燈謎』, 『연자전燕子

그가 지은 희극은 매우 많은데, 지금 알려진 것으로는 『연환각전기燕環閣傳奇』
15종과 잡극 8종이 있다. 다만 『제동절도齊東絶倒』(일명 『해빈동海濱東』 1종만
남아 있고, 주츠쥐스竹癡居士로 서명되어 있다. 또한 소설 『수탑야사綉榻野史』와
『한정별전閑情別傳』은 젊었을 때 쓴 것으로 당시에 상당히 유행되었다.

90) '의령'은 당시 쟝시江西 지역에서 유행하던 의황강宜黃腔의 예인藝人이나 의황
희반戲班의 연기자를 가리킨다.(장졔張潔, 「湯顯祖"臨川四夢"與江西宜伶」, 『藝
海探真——論文論著選編』, 江西人民出版社, 2011.3. 93쪽)

91) 롼다청阮大鋮(1587~1646년)은 자가 지즈集之이고, 호는 위안하이圓海·스차오
石巢·바이쯔산챠오百子山樵이며 화이닝懷寧 사람이다. 1616년 진사에 급제하여
천계天啓(1621~1627년) 연간에 환관 웨이중셴魏忠賢의 당黨에 가담하여 광록
경光祿卿이 되었으나, 웨이중셴이 실각하자 난징南京에 숨어 지내다가 명이
멸망하고 복왕福王 주유쑹朱由崧이 옹립되자 그 밑에서 병부상서가 되었다.

箋』두 편이다. 다칭은 역적 환관 웨이중셴魏忠賢의 잔당으로 굉광弘光의 권신 마스잉馬士英에 아첨함으로써 동림당東林黨의 군자 무리로부터 미움을 사 『도화선전기桃花扇傳奇』 중에서 크게 조롱을 당했는데, 그 사람으로 인해 그 말까지 무시해서는 안 된다. 두 편 모두 발상의 기이함과 문사의 교묘함으로 인구에 회자되어 그 이름이 일시에 존중받았다.

청조의 문학은 도저히 명대에 미치지 못한다. 사곡에서 특히 그러한데, 그렇다고는 해도 강희, 건륭의 성세에는 작자가 부족하지는 않았다. 리위李漁(리웡立翁), 유퉁尤侗(시탕西堂), 훙성洪昇(팡쓰昉思), 쿵상런孔尙任(윈팅雲亭), 장젠張堅(수스漱石), 샤룬夏綸(싱자이惺齋), 쟝스취안蔣士銓(짱위안藏園) 등이 가장 유명했고, 그 중에서도 훙성의 『장생전長生殿』(강희 18년 완성)과 쿵상런의 『도화선桃花扇』(강희 38년 완성)은 청곡淸曲의 쌍벽이라 일컬어진다. 훙성은 왕스전王士禎의 문하에서 놀았는데, 시로 해내海內에 알려진 사람이었다. 『장생전』은 바이쥐이白居易의 「장한가」에 의거해 지은 것으로, 이것이 완성되매 바이푸白樸의 『오동우』가 사단詞壇의 일석一席에 조용히 있을 수 없게 해, 천백년래 곡 중의 걸작이라 칭해져, 일시에 부귀한 집안의 화려한 자리朱門綺席나 주사가루酒社歌樓에서 이 곡이 없으면 연주하지 못하고, 행하92)가 이것 때문에 가격이 오를 정도였다. 때마침 국상 기간에 손님을 모아

난징이 함락되자 청에 항복하고 그 군중軍中에서 죽었다. 간교한 인물로 정치가로서는 대성하지 못하였으나 작품으로 남긴 『연자전燕子箋』, 『춘등미春燈謎』 등은 유명하다. 작풍은 시종 탕셴쭈湯顯祖를 본뜨고 있으나 대사의 화려함과 형식만을 추구하는 유미적唯美的인 경향에 빠져 구성의 교묘함과는 달리 그 내용은 평범하고 통속적이다.

92) 원문은 전두纏頭로 예인들에게 주는 별도의 팁을 말한다.

놓고 청연聽演했다고 해서 탄핵되었는데, 자오즈신趙執信93)도 모임에 나갔기 때문에 면직되었고 다시 재기하지 못해, "가련하게도 『장생전』 한 곡 때문에, 백발이 되도록 공명이 끊겼도다"94)라고 탄식했다.

쿵상런은 쿵쯔孔子의 후예로 사곡에 관해서도 안목이 있는 사람이었다. 『도화선』은 복사復社의 문사인 허우팡위侯方域와 친화이秦淮의 명기 리샹쥔李香君의 풍류 일사를 골자로 하여 명말의 흥망과 난징南京의 성쇠를 배경으로 꾸며진 일대 사극이다. 당시는 아직 전대의 유로遺老도 있어 추억도 많고 감개도 깊은 좋은 제목이었기 때문에 그 유행은 결코 『장생전』에 뒤지지 않았고, 왕공귀인들이 다투어 구해 [장안의] 지가를 올렸다.

소설로 『홍루몽』, 희곡으로 『장생전』, 『도화선』이 실제로 청대 속문학의 대표적인 걸작이다. 기타 리위李漁의 『십종곡』, 쟝스취안의 『홍설

---

93) 자오즈신趙執信(1662~1744년)은 청나라 산둥山東 이두益都 사람으로, 자는 선푸伸符, 또는 중푸仲符이고, 호는 츄구秋穀 또는 이산飴山이다. 할아버지 자오진메이趙進美 때부터 관직이 푸젠福建 안찰사按察使에 이르고 시명詩名을 드러냈다. 자오즈신은 가학을 이어받아 어려서 시를 잘 지었다. 강희康熙 18년(1679년)에 진사가 되고, 편수編修를 제수 받았으며, 나아가 산시山西 향시鄕試를 관장하고, 우춘방우찬선右春坊右贊善으로 옮겼다. 주이쭌朱彝尊, 천웨이쑹陳維崧, 마오치링毛奇齡, 옌뤄쥐閻若璩와 교우했다. 홀로 펑반馮班을 흠모하여 스스로를 사숙제자私淑弟子라고 불렀다. 성격이 거리낌이 없어 국상國喪 기간에 『장생전長生殿』을 관람하다가 면직되었다. 귀향한 뒤에 감정을 풀어 헤치며 시를 짓고 술을 마시다가 82살로 죽었다. 저서에는 『이산당집飴山堂集』 12권과 부록 1권 및 『성조보聲調譜』 등이 있다.

94) 이것은 자오즈신의 말이 아니고 당시 알 수 없는 누군가 지은 것이라 한다. 전체 원문은 다음과 같다. "자오즈신의 재주는 그 짝을 찾을 수 없을 정도라 어린 나이에 과거 급제하고 풍류를 다 했건만, 『장생전』 한 곡 때문에, 백발이 되도록 공명이 끊겼도다.秋穀才華向絶儔, 少年科弟盡風流, 可憐一曲長生殿, 斷送功名到白頭"

루구종곡紅雪樓九種曲』, 장젠의 『옥연당사종곡玉燕堂四種曲』, 황세칭黃爕淸의 『의청루칠종곡倚晴樓七種曲』 등이 유명하다.

제2항 남곡의 체제
여기서 남곡의 체제의 일단을 서술하는 한편 북곡과 비교해보도록 하겠다.

1. 음운상의 차이
북곡의 운은 전술한 바와 같이 입성 자를 잃고 동시에 평성에 음양의 구별이 생겨났다. 지금의 베이징 관화의 상평과 하평이 곧 그 유성遺聲이다. 대저 운서는 『중원음운』에 의한 것이다. 남곡은 이와 반대로 입성 자가 남아 있고, 평성에 음양의 구별이 없다. 운서는 『홍무정운』에 의했다고 했는데, 하지만 실제로 행하여지지는 않았고, 대체로는 역시 『중원음운』에 근거했다.

또 남북은 원래부터 방언이 달랐다.

이것을 요약하면 동서남북 종횡 삼천리에 걸쳐 있는 중국 본토에 일정한 통음通音을 구한다는 것은 실제로 불가능한 것이다. 그런 까닭에 교통이 통하는 오늘날조차 여전히 베이징 관화와 난징 관화라는 이대二大 방언이 대립하고 있는 것만 보더라도, 원대와 명대라는 과거에 남북곡이 어휘와 음운을 달리했다는 것은 쉽게 생각할 수 있다.

2. 악률상의 차이
당대의 교방의 속악은 모두 28조가 있었는데, 송대에는 18조가 되었고, 원대에는 17조가 되었다. 다만 송원의 조명調名에는 다소의 출입이 있다.

그런데 남곡에는 인자引子, 과곡過曲, 만사慢詞, 근사近詞의 구별이 있다. 어느 것이든 연주상의 완급의 가락이었던 듯한데, 그 상세한 것은 알지 못한다. 또 북곡은 친자襯字라 하여 지아마리字餘り95)를 쓴 것이 많고, 그것에 의해 가법을 변화시켜 묘한 흥취를 더했다. 이것이 듣기에도 좋고, 작자 역시 모름지기 크게 솜씨를 발휘해야 하는 바이다. 『예원치언』에서는 남북곡의 성조를 비교하며 다음과 같이 기술했다.

> 무릇 곡은 북은 문자가 많고 곡조가 촉급한데, 촉급한 곳에서 근筋을 본다. 남은 문자는 적고 곡조가 느린데, 느린 곳에서 안眼을 본다. 북은 문사文辭의 정情이 많고 소리의 정은 적은데 반해, 남은 문사의 정은 적고 소리의 정이 많다. [그래서] 북은 화가和歌에 어울리고, 남은 독주獨奏에 어울린다. 북은 기세가 거친 데 빠지기 쉽고, 남은 기세가 약한 데 빠지기 쉽다. 이것이 우리가 논곡論曲 삼매라 말하는 것이다.96)

이렇게 말하며 왕스전王世貞은 상당히 득의만만했는데, 짱마오쉰臧懋循은 이것을 반박하여 『원곡선』의 서에서 다음과 같이 기술했다.

> 내가 일찍이 왕스전의 『예원치언』에서 곡을 논한 것을 보니……만약 북방의 근筋이 현악기에 있고, 또 남방의 힘은 관악기에 있다고 한다면 [이 말이 과연] 옳은가? 애석하게도 왕스전은 곡을 모르는 것이다.97)

---

95) 와카和歌나 하이쿠俳句 등의 정형시定型詩에서 글자 수가 규정보다 많은 것, 또는 많은 작품.

96) 원문은 다음과 같다. "凡曲, 北字多而調促, 促處見筋。南字少而調緩, 緩處見眼。北則辭情多而聲情少; 南則辭情少而聲情多。北宜和歌; 南宜獨奏。北氣易粗; 南氣易弱。"

97) 원문은 다음과 같다. "予嘗見王元美『藝苑卮言』之論曲……如謂北筋在弦, 亦謂南力在管可乎?惜哉元美之未知曲也!"

이렇게 말한 것을 보면, 스스로 논곡 삼매라는 말을 했던 왕스전조
차도 아직 통하지 못한 바가 있는 정도였기에, 곡을 논한다는 것은
아무리 해도 지난한 일로 이방의 문외한이 쉽사리 미루어 알 수 있는
바가 아니다.

덧붙여 친자襯字의 예는 앞서 『서상기』의 인용문 예(곡중의 세자細
字)에 상세하다.

3. 체제상의 차이

북곡에서는 4절折 1조調 1운韻 1인 독창 등의 엄격한 규칙이 있는데,
남곡에 이르면 규칙이 느슨해져 크게 자유로워졌다. 남곡이 체제상
북곡과 다른 주요한 점을 들면, 대강 아래와 같다.

(가) 척수에 제한이 없는 것

북곡은 4절로 제1절, 제2절이라 부르고, 달리 어떤 장과 같은 제명題
名은 없다. 하지만 남곡에서는 절이라 하지 않고, 척齣이라 하며, 척수
에 제한이 없고, 또 매 척에는 반드시 제명이 있다. 이를테면 제1척
가문家門 같은 류이다. 척이라는 글자의 음과 뜻에 관해서는 여러 설이
있는데, 어느 것이든 적절한 풀이는 없다. 요컨대 남곡의 1막으로 『비
파기음의琵琶記音義』에서 음이 거渠라고 했기 때문에 읽는 데도 거 음
으로 읽어도 무방하다.

(나) 1척 1운에 한하지 않고 또 환운도 허용된다.

북곡에는 투수가 있어, 1절 1조, 일운도저一韻到底이지만, 남곡에서
는 그런 제한이 없다. 곧 1척 안에 전곡前曲과 후곡後曲은 궁조를 달리
해도 상관없고, 그 위에 환운도 허용된다.

(다) 1인 독창의 예를 깬 것

북곡은 1인 독창이지만, 남곡에 이르면 등장하는 배우 모두 곡을 창할 수 있게 되었다. 그래서 혹은 번갈아 노래하기도 하고, 혹은 합창을 하기도 해 독창의 단조로움을 깨고 흥취가 있게 되었다. 『모서하사화毛西河詞話』에서도 아래와 같이 기술했다.

> 원말명초에 이르러 북곡을 고쳐 남곡을 만들었는데, 곧 잡색인雜色人이 모두 창을 하고, 빈주賓主를 나누지 않았다.[98]

(라) 설자가 없는 것

북곡에는 설자가 있지만, 남곡에는 없다. 다만 제1척을 개장開場 또는 가문家門이라 하여, 한 편의 대의를 설명하고 있다. 이것은 한 두 개의 령곡零曲에 지나지 않는데, 북곡에서 말하는 설자에 해당하는 것이다.

(마) 제목 정명이 없고 하장시下場詩가 있는 것

북곡에는 편말에 제목과 정명이 있지만, 남곡에는 그런 것이 없고, 그 대신 매 척의 말미에 하장시가 있다. 하장시는 건너가는 대사 같은 것으로 북곡에서도 배우가 무대에 오르내릴 때 또는 백白에서 곡으로 옮겨갈 때 등에서 시구를 사용하는 경우가 있다. 남곡이 되면 그런 풍조가 점차 성행해서 막의 끝에서 배우가 무대를 내려갈 때 반드시 시구를 창한다. 이것을 특히 하장시라 한다. 그런데 제1척의 개장 또는 가문의 하장시 중의 말을 취하여 곡명으로 삼는 경우가 많다. 이를테면, 『배월정』(앞서 나옴)이나 『살구기』 같은 것이 그러하다.

---

98) 원문은 다음과 같다. "至元末明初, 改北曲爲南曲, 則雜色人皆唱, 不分賓主."

4. 각색상의 차이

북곡에서는 주연 남우를 정말正末, 주연 여우를 정단正旦이라 하고 외外, 정淨(남녀 어느 쪽이나 가하다), 이것을 또 나누어 부말付末(충말冲末), 단래旦俫(충단冲旦), 부정副淨(여장을 하면 화단花旦이라 한다) 등이 있다. 이것을 일본의 노가쿠能樂에 비하면, 정말, 정단은 남녀의 시테仕手, 외, 정은 와키脇, 부말 등은 츠레連れ와 도모伴에 해당한다. 그러므로 고본『서상기』에서는 외外는 노부인에, 정말은 장생에, 정단은 잉잉에, 단래는 홍냥으로 분扮한다. 그런데 남곡에 이르면 주연 남우를 생生, 주연 여우를 단旦이라 하고 또 외에서 노단老旦을 나누고 정에서 축醜이 나오고, 말은 단역이 되고, 단래는 첩단貼旦이라 부른다. 이를테면,『모란정환혼기』에는 생, 단, 정, 축, 외, 말, 노단, 첩단의 여덟 가지 각색이 있다(설명은 뒤에 나옴). 후대에는 소생小生, 부정副淨의 두 각색을 더해 10색이 된다. 생, 단, 정, 축 등에 대한 해석은 여러 책에 나오는데, 요컨대 올바른 해석은 없다. 대저 금원金元의 속어로부터 나온 것으로 배우의 항화行話[동업자 간의 전문용어; 옮긴이]이다.

이상은 남곡의 체제 및 남북곡의 차이점의 일단이다. 또 남곡은 전기傳奇라고도 부른다. 전기는 원래 당대의 소설을 이르는 말인데, 후대에는 의미가 바뀌어 제궁조諸宮調에 쓰였고, 또 잡극을 전기라 불렀기에, 남곡이 나온 뒤에는 희곡 가운데 긴 것을 일컬어 일반적으로 전기라 하여 잡극과 구별하게 되었다. 곧 송금의 제궁조, 원명의 희곡 등 어느 것이든 소재를 당 전기에서 취한 것이 많았다. 이를테면『서상기』는『회진기』에서 나왔고,『비파기』또한 당대 사람의 소설에 근거한 것 등이 그러하다. 이로부터 후세에는 전기라는 명칭을 남곡에 붙이게 되어 보통『도화선전기』,『장생전전기』,『홍루몽전기』등으로 불렀다.

제3항 『비파기』와 『환혼기』

남곡의 2대 걸작으로 곡성曲聖, 곡선曲仙이라 칭하는 『비파기』와 『환혼기』를 들어 남곡의 체례를 설명하겠다.

『비파기』는 실제로 남곡의 원조로 원말명초 사람인 가오밍高明[99]이 지은 것이다. 가오밍은 자가 쩌청則誠으로 융쟈永嘉 사람이다. 융쟈는 곧 남송 때 원저우溫州 잡극으로 이름이 높았는데, 지금의 저쟝 성浙江省 원저우 부溫州府이다. 당대에는 그 주변을 둥쟈東嘉라 칭했기에, 또는 가오둥쟈高東嘉라고도 부른다. 원 지정至正 5년 진사로(『명사 문원전』), 추저우處州 녹사錄事를 제수 받았고, 뒤에 행성연行省掾의 직을 받았는데, 학문과 품행文行의 평판이 일시에 높았다. 팡궈전方國珍[100]이 칭위안慶元에 근거해 반란을 일으키자, 성의 관리省吏가 가오밍이 바다 일海事을 잘 알기에 수행할 것을 명했지만, 함께 일을 논하고는

---

99) 가오밍高明(?～?)은 원말명초元末明初 때 저쟝浙江 핑양平陽 사람으로, 또는 융쟈永嘉 사람이라고도 한다. 원나라 순제順帝 지정至正 5년(1345년) 진사 시험에 합격하고, 추저우 處州 녹사錄事로 있다가 행성연行省掾으로 나갔다. 원나라 말 강남江南의 난 때는 은사로 자처하면서 사곡詞曲 창작으로 세월을 보낸 듯하다. 팡궈전方國珍이 절동浙東에 웅거하며 불렀지만 나가지 않고 인현鄞縣 역사櫟社에 머물렀다. 명나라가 건국된 뒤 태조의 부름을 받았지만 늙고 병들었다는 것을 이유로 응하지 않았고, 병을 얻어 고향으로 돌아가 죽었다. 저서에 시집 『유극재집柔克齋集』 20권은 전하지 않지만, 희곡 『비파기』는 남희南戲의 부흥을 가져온 선구적 작품으로 평가되고 있다.

100) 팡궈전方國珍(1319~1374년)은 황옌黃巖(지금의 저쟝 성浙江省 황옌 현黃岩縣) 출신으로, 원래 소금 행상이었으나, 1348년 해적海賊의 난亂에 편승하여, 형제와 더불어 해상에서 반란을 일으켜 조운선을 약탈하였다. 어떤 때는 원나라에 반항하고 어떤 때는 귀순하는 등 변덕을 부렸으나, 식량의 해상수송에 종사한 일도 있어 원나라에서 높은 벼슬을 얻어 세력을 유지하였다. 그 뒤 명나라의 태조에게도 반항과 귀순을 되풀이하다가, 결국 1367년 명나라 원정군에게 쫓겨 해상으로 피하였으나, 곧 항복하였다. 그러나 명나라에서도 벼슬을 얻고, 그의 아들도 벼슬에 올랐다.

잘 맞지 않았다. [그가] 팡궈전의 초무에 따르고부터, 가오밍을 막하에
두고자 했지만, 가오밍은 관직을 버리고, 인 현鄞縣의 역사櫟社에서 세
상을 피해 사곡을 짓는 것으로 자족하였다. 칭위안루慶元路는 지금의
닝보 부寧波府로 인 현鄞縣도 같은 곳이다. 대저 팡궈전이 해상에서 난
을 일으킨 것은 지정 8년으로 칭위안을 취하고 원타이溫台를 범하고
초무에 응한 것은 그 뒤의 일이기에, 『비파기』를 지은 것은 지정 말년
곧 원나라 말기이다. 원이 멸망한 뒤 명 태조는 가오밍의 명성을 듣고,
사람을 보내 그를 초빙했지만, 가오밍은 심질心疾을 이유로 사양하고
초빙에 응하지 않았다가 얼마 안 있어 죽었다. 나중에 어떤 사람이
『비파기』를 태조에게 바치자 태조는 크게 감탄하였고, 사서오경은 오
곡과 같아서 집집마다 필수 불가결한 것인데, 『비파기』는 진기한 백가
지 맛과 같아서 부귀한 집안에서는 반드시 갖춰야 할 것이라고 말했
다. 그런데 또한 왕스전의 『예원치언』을 필두로 명대 사람들은 『비파
기』의 작자가 가오밍이 아니라, 자가 쩌청則誠인 가오스高拭라고 했는
데, 많은 이들이 이 설을 받아들였지만, 가오스는 옌산燕山 사람으로
당연히 다른 사람이다.

　대저 가오쩌청이 무엇에 근거해 『비파기』를 지었는가에 대해서는
여러 가지 설이 있다.

　첫 번째는 왕쓰 설王四說이다. 가오쩌청의 친구로 왕쓰王四라는 이가
있었는데, 당시 지명도가 있는 선비였다. 그런데 현달한 뒤 자신의 처
인 저우 씨周氏를 버리고 재상인 부화不花 씨의 사위가 되었다. 가오쩌
청은 이를 도와주려다 실패해 곧 이 책을 써서 이것을 풍자하였다.101)

---

101) 청의 쟈오쉰焦循의 『극설劇說』에서는 명대 톈이헝田藝蘅의 『유청일찰留青日梮』
　　의 내용을 다음과 같이 인용했다. "왕쓰라는 이가 있었는데, 학문으로 이름이

명의 태조는『비파기』를 읽고 크게 감탄했는데, 이 왕쓰 때문에 지었다는 것을 알고 나중에 왕쓰를 체포해 법에 회부했다는 것이다. 또 이름을 차이융蔡邕에 기탁한 것은 왕쓰가 미천할 때 다른 사람을 위해 고용이 되어 채소를 심었던 적傭菜이 있었기 때문이고[102], 뉴牛 승상이라고 한 것은 부화 씨가 집을 우저牛渚에 지었기 때문이며,『비파기』라 이름 지은 것은 비파琵琶의 두 글자를 파자하면 네 개의 왕 자가 있기 때문이라고 한다.[103] 이것은 제7재자서『본비파기本琵琶記』의 편자인

알려졌고, 가오밍高明과 교우 관계가 돈독했다. 가오밍이 그를 권해 벼슬길에 나아가게 했는데, 과거에 급제한 뒤 조강지처인 저우周 씨를 버리고 태사인 '부화不花'의 집안의 사위가 되었다. 가오밍은 이 작품(『비파기』)을 지어 그를 비판했는데, '비파'라는 글자 위의 왕자 네 개로 왕쓰를 암시한 것이고, 원나라 사람들은 소를 '부화'라 불렀으니, 이는 뉴牛 태사를 일컫는 것이었다. 차이융蔡邕이 일찍이 둥줘董卓에게 붙어먹은 적이 있었기에, 이를 빌어 탁명한 것이었다. 명의 고조가 한미한 신분이었을 때, 이 희곡을 늘상 기이한 것으로 여겨 좋아했는데, 황제의 자리에 올라 가오밍을 부르자 병을 핑계로 나아가지 않았다. 사자가 이러한 사정을 기록하여 황제에게 올리자 이에 왕쓰를 잡아 극형에 처했다.有王四者, 以學聞, 則誠與友善, 勸之仕. 等第後, 棄妻周氏, 贅太師不花家. 則誠作此以諷, 取琵琶上四字爲王四雲爾. 元人呼牛爲'不花', 故謂牛太師: 而伯喈曾附董卓, 乃以之托名焉. 高祖微時, 常奇此戲文: 禦極, 召則誠, 以疾辭, 使者以記上, 於是捕王四, 置極刑."

102) 인명인 '차이융蔡邕'과 '고용되어 채소를 심다'는 뜻의 '융차이傭菜'를 일종의 동음이의어pun으로 활용한 것이다.

103) "가오둥쟈의 이름은 쩌청으로, 원말 사람이다. 왕쓰와 사이가 좋았다. 왕쓰 역시 이름이 알려진 명사였는데, 나중에 현달한 뒤에는 절조를 바꾸어 그 처인 저우 씨를 버리고 당시 승상이었던 부화 씨 집안의 사위가 되었다. 둥쟈는 그것이 부당하다는 사실을 바로잡기 위해 이 책을 지어 그것을 풍자했다. 그 이름을 차이융에게 기탁한 것은 왕쓰가 젊은 시절 다른 사람을 위해 고용되어 채소를 심었던 적이 있었기 때문이고,……뉴 승상이라는 것은 부화 씨의 집이 우저牛渚에 있었기 때문이며, 책 이름을 비파라 한 것은 그 글자에 '왕' 자가 네 개 있기 때문이다.高東嘉名則誠, 元末人也. 與王四相友善. 王四亦當時知名士, 後以顯達改操, 遂棄其妻周氏, 而坦腹於時相不花氏家. 東嘉欲挽救不

마오룬毛綸104)이 굳게 믿었던 것인데, 같은 책의 총론에 상세히 실려
있다.

　두 번째는 차이성 설蔡生說이다. 당대 사람의 소설에 상국相國 뉴썽
루牛僧孺의 아들로 판繁이라는 자가 동학인 차이성蔡生과 같이 진사에
급제했다. 판은 차이성의 재주를 사랑하여 매제로 삼으려 했던 바 차
이성은 이미 아내인 자오 씨趙氏가 있다고 하며 사양했는데도 [막무가
내로 그의 말을] 들어주지 않았다. 뒤에 [차이성과 결혼한] 뉴 씨는
[원래 부인인] 자오 씨와 사이좋게 지내고, 차이성은 벼슬이 절도부사
에 이르렀다는 것이다. 이 설은 왕스전王世貞의 『곡조曲藻』에서 나온
것이다.

　세 번째는 중랑中郎 설이다. 곧 루유陸遊의 시에 근거할 때 남송 때
차이蔡 중랑의 맹사盲詞가 있었던 것은 명백하다. 가오쩌청은 이것을
바탕으로 『비파기』를 지었다고 한다. 이 설은 쟈오쉰焦循의 『극설劇說』
에 서술되어 있다.

　이상의 여러 설들은 모두 그 나름대로 지당한 설이다. 당대 소설을
밑그림 삼아 전기를 지었다고 하는 것은 『서상기』를 필두로 많은 예가
있고, 이것으로써 경박한 왕쓰를 풍자한 것이라는 것도 수긍이 간다.
차이성을 차이융이라고 한 것은 남송 때의 고자사鼓子詞에 근거한 것

　　可得, 乃作此書以諷之. 而托名蔡邕者, 以王四少賤, 嘗爲人傭棻也;……牛丞相者, 以不花
　　家居牛渚也; 記以琵琶名, 以其中有四'王'者也."(毛綸, 『第七才子書』「總論」『琵琶記資
　　料滙編』, 書目文獻出版社. 1989년. 276~278쪽.)
104) 마오룬毛綸의 소는 성산聲山이고, 자는 더인德音으로 명말청초의 저명한 문학
　　평론가인 진성탄과 동시대 사람이다. 당시 자못 문명文名이 있었으나 일생을
　　곤궁하게 살면서 벼슬을 살지 않았다. 중년 이후에는 실명했는데, 『비파기琵
　　琶記』와 『삼국지연의三國志演義』를 평하는 것으로 소일했다. 그가 구술하면
　　그 아들인 마오쭝강이 받아적으면서 교정을 해 원고를 확정했다고 한다.

이다. 왕스전은 이것으로 현자賢者를 무고한 것이 하여 크게 비난했는데, 다만 전례에 따른 것일 따름이다.

그건 그렇고 대유大儒였던 차이융이라도 역신 둥줘董卓에 아부한 적이 있었기에, 나아가고 물러서는 것을 분명히 하고 웨페이嶽飛의 묘를 지나며 분기탱천하여 시를 지었을 정도로 비분강개했던 가오쩌청의 입장에서 보자면, 절개를 잃은 사람으로서 권세 가문의 사위가 되었던 왕쓰에 비하더라도 별반 모욕도 아니었을 터이다. 다만 차이융을 '채소 품팔이꾼菜傭[중국어 발음은 차이융; 옮긴이]'의 의미라 하고, 비파는 왕쓰의 은어라고 한 것은 지나치게 견강부회한 것이다. 과연 왕자오쥔王昭君의 비파나, 바이쥐이白居易의 비파라고 한다면, 역사에서도 들어본 바가 있지만, 여기서와 같이 자오우냥趙五娘의 비파에 근거해 제목으로 삼은 것은 별로 인연이 없는 것 같이 생각된다. [그렇게 보자면] 비파의 맹사盲詞 차이 중랑으로 인해『비파기』라 명명한 것이기에, 그 위에 자오우냥이 비파를 탄 사람들의 연민을 바랐다고 하는 것 역시 맹녀의 비파로부터 생각해 낸 것은 아니었을까?

그밖에도 서너 개의 이설이 있는데, 그 고증은 니시무라 덴슈西村天囚 거사의『비파기연기琵琶記緣起』에 상세하게 실려 있다. 요컨대 전기는 원래 우언寓言에서 나온 것이기 때문에, 그 사람과 사건은 원래부터 사실史實에서 고구할 수 없다.

이제부터『비파기』의 경개梗槪에 관해 서술하고자 하는데, 어쨌든 40막이나 되는 장편이기 때문에『한궁추』나『서상기』와 같이 절折을 따라 상세하게 말할 수는 없다. 최대한 요점만을 간추려서 기술하도록 하겠다.

대저 한나라 때 차이융蔡邕은 자가 보제伯喈로 경학에 깊이가 있고 겸하여 시문도 잘 했고, 성명聖明의 세상에 태어나 경세의 재주를 안고 있었는데, 연로한 부모 때문에 벼슬의 뜻을 접었다. 새로 자오趙 씨 집안의 우냥五娘을 아내로 맞아, 부부는 화목하고 부모는 강녕하여 꽃 아래서 봄 술을 마시면서 일가의 단란함을 즐겼다. 제2척 「고당칭경高堂稱慶」은 실로 뛰어난 문장이다.

물결은 따스하고 복사꽃 향기롭고 물고기가 용으로 화하려고 할 때105) 군중郡中에 현인을 초빙한다는 서한이 와서 태수는 차이융을 상신했다. 시기는 춘시春試106)에 임박했어도 부모님을 버리기 어려웠고, 부모가 마음에 걸려 춘시에 가기 어려웠던 것이니, 바로 "인작人爵은 천작天爵의 귀함 같지 않고,107) 공명이 어찌 효도의 명성이 높은 것과 같을까"라는 격이라 차이융은 사퇴할 결심을 하였다. 하지만 이웃의 장 태공이 와서 시험에 응할 것을 권하고, 아버지 차이 공도 아들의 영달을 위해 상경을 채근했다. 오직 어머니만은 이에 반대했지만 그

---

105) 이 구절은 많은 시에 나온다. 대표적인 것이 송대의 시인 리융李用의 「제화·춘경題畵·春景」이다.
　　春水滿四澤, 浪暖魚龍化。봄 물은 사방의 연못 가득 채우고, 물결 따스하니 물고기가 용이 되네.
　　呼吸成風雲, 霖雨遍天下。들숨과 날숨 바람과 구름이 되고, 장맛비 온 세상에 내리네.
106) 명청明淸 시대에는 회시會試를 봄에 시행하여서 춘시라 하였다. 차이융의 시대와는 맞지 않지만, 전기는 허구의 작품이기에 혼용해서 쓴 것이다.
107) 이 말은 『맹자』에 나온다.
　　맹자가 이렇게 말했다.
　　"천작, 즉 하늘이 내려준 작위도 있고, 인작, 즉 임금이 내려준 작위도 있다. 인, 의, 충, 신과 선행을 즐겨 물리지 않는 덕성이 바로 천작이고, 공, 경, 대부 같은 관직이 바로 인작이다. 옛사람들은 먼저 천작, 즉 덕행을 닦았다. 그러면 인작도 뒤따라왔다. 그러나 요즘 사람들은 천작을 닦음으로써 인작을 구한다. 게다가 일단 인작을 얻으면 천작인 덕행을 버리니, 매우 미혹된 짓이다. 끝내는 또한 인작까지도 잃게 될 것이다."(「고자 상告子 上」]

뜻을 쉽게 따를 수 없었다. 차이융은 아버지의 엄명을 어쩌지 못해, 만사를 장 태공에게 부탁한 뒤, 신혼 2개월의 자오우냥과 이별하고 장도에 올랐다. 제5척 「남포촉별南浦囑別」은 「고당칭경」과 반대로 온 가족이 상심하고 애끓는 장이다.

이윽고 차이융은 경사에 도착해 춘시에 응시하여 세 번의 시험을 모두 멋지게 급제하여 진사의 첫 번째인 장원狀元의 영예로운 위치에 올랐다. 다만 그때 시험관은 대단한 풍류 인물로 전례에 의하지 않고 첫 번째 장에서는 고대考對, 두 번째 장에서는 시미猜謎, 세 번째 장에서는 창곡唱曲을 과하였다. 이에 혹자는 이것을 가지고 『원곡선』「서」의 "원대의 취사取士에 전사과塡詞科가 있었다"는 것의 방증으로 인용하기도 했는데, 이것은 원래부터 희장戱場의 우스갯소리에 지나지 않는다.

이때에 승상인 뉴牛 태사는 학덕이 일세에 높았는데, 일찍이 상처하고 딸만 하나 있었다. 태사는 집안을 극히 엄하게 다스렸기에 소저는 규중에서 성장하면서, 가훈을 잘 지키며 온유하고 정숙하였다. 태사는 [그 딸을] 아주 사랑하여 평소 글 읽는 군자에게 시집보내려고 생각했던 바, 성지를 받잡고 신장원 차이융과 혼인을 시키게 되었다. 차이융은 늙은 부모가 고향에 있고, 여기에 아내인 자오 씨가 있다고 표를 올려 관직도 혼인도 물리고 고향에 돌아가 부모를 봉양할 것을 청원했지만 오히려 태사의 노여움을 사 허락받지 못했다. 어쩔 수 없이 억지로 뉴 씨의 데릴사위가 되어 그대로 경사에 머무르며 새로운 가정을 이루고 부귀영화를 누렸다. 제28척 「중추상월中秋賞月」은 앞서의 「고당칭경」과 좋은 짝을 이루는 문장이다.

하나는 전원의 가난한 생활일지라도 일가가 단란한 꽃놀이 잔치이고, 다른 하나는 신혼부부의 즐거운 달맞이이긴 했지만 양친도 없고 자오우냥도 없었다. 똑같이 보름날 밝은 달을 대하면서도 새 신부는 극히 만족스럽지 않았고, 차이융은 자오우냥을 생각하면 마음속에 구름이 낀 것 같았다. 뉴 씨는 현숙하게 차이융을 잘 섬겼으니, 차이융에게 물어 그 사정을 상세히 알고는 곧 차이융과 함께 고향에 돌아가 부모를 보살피기를 아버지에게 청했다. 태사는 크게 노해 처음에는 하는 말을 듣지 않았는데, 뉴 씨가 여러 가지로 아버지에게 간청했기에 그토록 완고한 태사도 이에 따랐고, 결국 리왕李旺을 천류陳留로 보내 차이융의 부모와 자오우냥을 경사로 맞이하게 했다.

반대로 차이융의 고향의 상황은 어떠한고 하니, 차이융이 출발하고부터 매우 불행한 일들이 연이어 일어났다. 그렇지 않아도 자오우냥 한 사람의 손으로 양친을 봉양하기 어려운 터에 엎친 데 덮친 격으로 기근이 들어 일가 세 식구가 기아 상태에 몰리게 되었다. 다행히도 의창義倉이 열렸기에 자오우냥은 갸륵하게도 부인의 몸으로 시혜를 받으러 나갔다가 돌아오는 길에 악한에게 빼앗기고 그대로 집에도 못 가고 차라리 길가의 오래된 우물에 몸을 던져 죽으려고도 마음먹었지만, 지아비의 부탁을 떠올리고는 뜻을 접고 겨우 장 태공으로부터 약간의 쌀을 받아 힘써 시부모를 봉양하고 자신은 쌀겨로 배를 채웠다.

이윽고 차이융의 어머니가 죽고 차이 공도 병이 들었다. [그는] 자오우냥이 빈곤한 가운데 탕약을 사서 간호에 마음을 다한 효험도 없이 결국 죽고 말았다. 우냥은 하는 수 없이 머리카락을 잘라 돈을 마련하고, 장 태공의 도움을 얻어 관재棺材를 산 뒤 거기에 더해 스스로 진흙을 옮겨다 시부모의 묘를 만들었다. 그러자 토지신이 효부의 마음에 연민을 느껴 남산의 백원사자白猿使者, 북악의 흑호장군黑虎將軍에게 명을 내려 흙일을 돕게 하니 우냥이 피곤해서 잠시 누워 잠든 사이 훌륭하게 분묘가 만들어졌다. 우냥은 신의 도움을 얻는 꿈을 꾸다 깨

어나 크게 놀랐고, 장 태공도 도와주러 왔다가 그 사연을 듣고 아픔을
느꼈다. 그리고는 경사에 올라가 지아비를 찾을 것을 권했다.

그래서 우냥은 스스로 시부모의 초상을 그린 것을 등에 지고 여도
사의 차림을 하고 비파를 타며 길을 떠났다. 도중에 사람들의 동정을
사면서 경사에 [가는 것에] 뜻을 두었다. 마침 리왕은 길이 어긋나 천
류에 도착하니 장 태공과 만나 태공으로부터 차이융의 불효에 대한
이야기를 실컷 들었다. 우냥은 산을 오르고 물을 건너며 천신만고 끝
에 간신히 뤄양洛陽에 도착해 마침 미퉈쓰彌陀寺의 법회에 참석해 시부
모의 초상을 올리고 참배하였던 바 차이 장원은 시종을 데리고 부모를
기원하러 왔다. 우냥은 황망히 피하다가 초상을 챙기는 것을 잊었고,
차이융의 시종이 그것을 거두어 돌아갔다. 우냥은 사람들에게 물어
차이 장원이 차이융이라는 것을 알고 한편으로는 기쁘고 한편으로는
부끄러웠다. 그 다음날 그의 집 문 앞에 도착해 구걸하며 은밀히 소식
을 탐문하였다. 때마침 뉴 씨는 근간에 시부모님이 상경하신다기에
시중드는 하녀를 구하던 터에 여도사 모습을 한 우냥을 만나 여러 가
지 문답을 거친 끝에 결국 자기 남편의 전처인 것을 알고 크게 감탄하
여 스스로 자매의 예를 갖추었다. 우냥은 뉴 씨가 만류하여 차이융의
서재로 가서 보니 절 안의 초상이 벽에 걸려 있기에 스스로 붓으로
그 뒤에 시를 지었다.

차이융은 오랜만에 정무政務의 말미를 얻어 집에 돌아와 초상을 마
주하고는 [자오우냥이 지은] 시구를 읽고 크게 괴탄해 하며 뉴 씨를
불러 자세한 시말을 물었다. 뉴 씨는 짐짓 차이융을 면려해 [우냥의]
진심을 알게 하고 드디어 자오우냥을 만나게 해주었다. 차이융은 우냥
과 만나 부모가 죽었다는 이야기를 듣고 놀라 쓰러졌는데, 뉴 씨의
부축을 받고 자초지종을 들은 뒤 슬픔과 기쁨이 번갈아 갈마드는 가운

데 일부양처의 대단원을 보기에 이르렀다. 차이융은 뉴 씨의 권유로 조속히 고향으로 돌아가 [부모의] 복상服喪을 뉴 승상에게 청원하니 태사도 새삼 우냥의 효도와 자기 딸의 현숙함에 감동하여 허락하였다. 이에 차이융은 두 처를 데리고 고향으로 돌아가 장 태공의 후의에 감사하고 묘에 여막을 만들고 복상하였다. 이에 앞서 리왕은 또 길이 어긋나게 경사로 돌아와 자세하게 복명하니 뉴 태사도 이렇게 말했다. "온 집안이 모두 보기 드문지고. 첫째는 차이보계가 그 부모를 잊지 않음이요. 둘째는 자오우냥이 시부모에게 효도함이요. 셋째는 내 딸아이가 사람이 갖추어야 할 미덕을 이루었도다. 한 가문의 효도와 의리가 이와 같으니, 마땅히 조정에 상주하여 정표旌表[옛날, 정문旌門을 세우거나 편액을 달아 선행과 미덕이 있는 사람을 표창하는 것: 옮긴이]를 시행할 것을 청하리로다."108) [복상 기간] 삼년이 지난 뒤 조정에 상주하여 성지를 받자와 차이융은 중랑장을 제수 받고, 아내인 자오 씨는 진류군부인陳留郡夫人에, 뉴 씨는 하남군부인河南郡夫人에 봉해졌을 뿐 아니라 부모까지도 추증되어 온 가문이 상을 받는 은덕을 입었다. 이것이 『비파기』의 결말이다.

이 『비파기』의 취향은 『서상기』에 비하자면 훨씬 복잡하고 드라마틱하다. 자오우냥의 정절, 뉴 씨의 부덕 모두 훌륭하다. 두 사람이 훌륭할 뿐 차이융의 현명함은 두 사람에 미치지 못하는 바가 되었지만, 물론 『서상기』의 장생이 일개 풍류남인 것과는 비교가 되지 않는다. 기타 뉴 태사의 권세, 장 태공의 의기, 아비로서의 차이 공, 어미로서의 차이 모 모두 상당히 훌륭하다. 다만 줄거리에서 아쉬운 점이 없는

---

108) 원문은 다음과 같다. "一家都難得：一來蔡伯喈不忘其親; 二來趙五娘子孝於舅姑; 三來我小姐又能成人之美。一門孝義如此, 理當保奏, 請行旌表。"

것은 아니다. 이를테면 뤄양과 천류는 아주 먼 것은 아니고 병란이
있었던 것도 아닌데도 부모가 내 아들이 장원 급제한 것도 몰랐다거
나, 또 아들 쪽에서도 급제를 바로 부모에게 알리지 않은 것, 여기에
오랫동안 고향의 소식을 조금도 듣지 못했다는 것, 장 태공은 이웃에
있으면서 차이 씨 집안의 불행을 언제나 나중에 알게 되는 것 등은
억지로 자오우냥의 효열孝烈을 드러내기 위해 무리하게 설정한 것이
다. 그래서 리위李漁는 『비파기』에 그다지 만족하지 않고 이렇게 말했
다. "만약 바느질이라는 측면에서 논하자면, 원대의 잡극 가운데 가장
어설픈 것은 『비파기』이다. 큰 정절만 놓고 보더라도 사리에 어긋나고
잘못된 곳이 아주 많다."109) 그리고 그 예를 지적하고는 또 스스로
『비파기 심부 개본琵琶記尋夫改本』을 지었다. 하지만 단순히 결구로만
논한다면, 중국 극은 대체로 원래부터 오죽잖다. 중국 극에서 살 만한
것은 사곡詞曲이다. 사곡에 있어서는 『서상기』의 염려艶麗함과 『비파
기』의 청아함이 실로 원곡의 쌍벽이고, 중국 희곡의 2대 걸작이다.

『모란정환혼기』는 공전절후의 걸작이라 불리는데, 탕셴쭈湯顯祖가
지었다. 셴쭈는 자가 뤄스若士이고, 또는 이렁義仍이라고도 하는데, 뤄
스가 호라고도 한다. 린촨臨川 사람이기에 통상적으로 탕린촨으로 알
려져 있다. 젊었을 때부터 문장을 잘 짓기로 평판이 높았다. 만력 연간
에 재상 장쥐정張居正이 자신의 아들의 급제를 위해 해내의 명사를 망
라해 붙여주었는데, 린촨의 명성을 듣고 그를 막하에 초치했지만, 린
촨은 사양하고 가지 않았다. 만력 11년에 진사가 되어 난징 태상박사
太常博士에서 예부 주사로 옮겨갔는데, 항소抗疏하여 권신을 탄핵한 것

---

109) 리위李漁(조관희, 박계화, 홍영림 공역), 『리위李漁의 희곡 이론』, 서울: 보고
사. 2013. 114쪽.

때문에 광둥廣東 서문전사徐聞典史로 폄적되었다가 오래지 않아 쑤이 창 현遂昌縣 지현으로 옮겨갔다. 만력 26년 회계 보고를 위해 경사에 올라간 김에 다시 탄핵을 던지고 돌아와 결국 관직을 박탈당하고 26년 간 집에서 머물다 죽었다. 린촨은 그렇듯 비분강개하는 기개와 절의가 있어 세상과 어울리지 못하고 곤궁하게 살며 스스로 저서로 자족하였 다. [그의] 처소인 옥명당玉茗堂에는 문학과 역사가 낭자하고, 손님과 벗들이 섞여 앉아 닭장과 돼지우리鷄塒豚圈110)의 자취가 마당 사립문 에 접하고 있는 그 사이에 있어, 한가롭게 퉁소불고 노래하며 부앙자 득俯仰自得하였다. 문장을 짓는 데 있어서는 쑹롄宋濂을 마루로 삼고, 李王의 무리의 고문사를 위체僞體라 여겨 배척하였다. 당시 리왕의 세 력111)이 천하를 풍미했을 때였는데, 이것을 배격한 것은 린촨과 구이

---

110) 이것은 송대 시인 왕안스王安石의 「가원풍歌元豊」 시 가운데 제5수에 나온다. 원풍은 송 신종의 연호(1078~1085년)로, 왕안스는 원풍 2년(1079년) 당시 사회가 안정되고 풍년이 든 상황을 노래했다.
돼지우리와 닭장에 어둠이 깔리고, 저녁 무렵 숲은 나뭇잎 떨구어 남산이 보이네.
풍년에 곳곳의 인가는 형편이 좋아 보이니, 내키는 대로 표표히 갔다가 돌아 오네.
豚柵雞塒晻靄間, 暮林搖落獻南山. 豊年處處人家好, 隨意飄然得往還。

111) 명대 초기 문단을 주도했던 전칠자前七子와 후칠자後七子를 가리킨다. 전후칠 자는 리둥양李東陽의 복고적, 보수적 경향을 더욱 심화시킨 문인들로서 이후 명대 시문詩文의 성격 형성을 주도한 사람들이다. 이들은 현실적 감각을 중시 하는 개성적 시인들이 출현한 당대의 상황 속에서 "문장은 반드시 진·한의 것을 따라야 하고 시는 반드시 성당의 것을 따라야 한다文必秦漢, 詩必盛唐"는 복고주의적 문학관을 제시하였다. 이는 송대宋代로부터 내려온 문학 자체에 대한 각성과 함께 정치적으로 안정기에 들면서 시문에 진취적인 기상이 사라 지고 화려하고 수사적인 것을 구가했던 당시의 시대상황적 요인에 의한 것이 었다. 전칠자의 활동은 1488년에서 1521년에 이르는 시기로 이때 전칠자에 속했던 사람들은 리멍양李夢陽(1472~1529년), 허징밍何景明(1483~1521년),

유광歸有光[112) 두 사람뿐이었다. 그런데 린촨은 사곡에 가장 뛰어나 저술한 바 5종, 『자소기紫蕭記』, 『자차기紫釵記』, 『환혼기還魂記』, 『남가 기南柯記』, 『한단기邯鄲記』중 후자 4종을「옥명당사몽玉茗堂四夢」이라 칭한다. 대저 모두 꿈을 기탁했기 때문이다. 그 중에서도 『모란정 환혼 기』가 가장 유명하다.

전편은 55척으로 시대는 남송에서 취했고, 장소는 난안南安에서 린

왕쥬쓰王九思(1468~1551년), 왕팅샹王廷相(?~?), 캉하이康海(1475~1540년), 볜궁邊功, 쉬전칭徐禎卿 등이다. 후칠자는 1520년대 후반부터 1569년대 전반 기까지 활동한 것으로 알려져 있으며, 이에 속하는 사람으로는 리판룽李攀龍 (1475~1570년), 왕스전王世貞(1526~1590년), 쫑천宗臣(1525~1560년), 셰전 謝榛, 쉬중싱徐中行, 량유위梁有譽, 우궈룬吳國倫 등이 있다. 그러나 이 운동은 너무 옹색한 의고주의를 취했기 때문에 제재와 표현을 속박하는 결과를 낳았 고 한때 문단에서 유행하는 데에 지나지 않았다. 이러한 전후칠자의 복고주 의적인 경향에 반대하여 개성적인 문학창작을 주장하는 작가들이 나타났는 데, 쉬웨이徐渭, 리즈李贄, 쟈오훙焦竑, 탕셴쭈湯顯祖 등과 같은 사람들이 그 대표적인 인물들이다. 이들 중 리즈는 태주학파泰州學派의 대표자로도 꼽히는 데, 그는 인간에게 가장 기본적인 요소를 예교禮敎나 정신보다 경제적 이해관 계로 보는 다분히 유물론적 측면이 강한 입장에서 문학을 평가하였다. 그는 복고주의를 정면으로 비판하면서 당시 금서 취급을 받던 천속한 민간문학 작품을 고금의 명작이라고 인정하기도 했다.

112) 구이유광歸有光(1506~1571년)의 자는 시푸熙甫이고, 호는 전촨震川으로, 쟝쑤 성江蘇省 쿤산 현崑山縣 사람이다. 60세 때 진사進士가 되었으며, 그때까지는 고향에서 사숙私塾을 열어 수백 명의 제자들을 길러내었다. 명나라 초기의 문단은 진한秦漢의 문장을 모방하는 복고파復古派가 차지하고 있었는데, 후에 당송唐宋의 시문을 규범으로 삼는 일파가 일어났으며, 그는 마오쿤茅坤과 더불 어 이 당송파의 저명한 문인이었다. 유명한 글로는 『선비사략先妣事略』, 『사자 정기思子亭記』 등이 있는데, 모두 과거를 회상하고 가까웠던 사람들을 애도하 는 산문으로, 저절로 우러나온 진지한 감정이 독자의 심금을 울린다. 그의 산문은 풍부한 정감이 쏟아져 나오는 점에서 명대의 개성을 강하게 띠면서도, 한위韓愈, 류쭝위안柳宗元, 쑤스蘇軾의 산문이 가진 높은 밀도에 뒤지지 않는 사실감을 지니고 있다. 저서로 『진천문집震川文集』(40권) 등을 남겼다.

안臨安, 화이상淮上으로 옮겨갔다. 그런데 주요 인물은 당대唐代의 대문호의 자손들이다. 척목과 각색은 대강 아래의 표와 같다.

제1척 서막標目
제2척 류멍메이의 꿈言懷
제3척 딸 교육訓女
제4척 천쭈이량의 탄식腐嘆
제5척 스승 초빙延師
제6척 명문가의 후손들悵眺
제7척 시경 공부閨塾
제8척 태수의 권농勸農
제9척 화원 청소肅苑
제10척 꿈속의 사랑驚夢
제11척 어머니의 훈계慈戒
제12척 꿈을 찾아서尋夢
제13척 집을 떠나는 류멍메이訣謁
제14척 자화상寫眞
제15척 금나라의 계략虜諜
제16척 두리냥의 병환詰病
제17척 여도사道覡
제18척 진맥診祟
제19척 여도적牝賊
제20척 두리냥의 죽음鬧殤
제21척 묘순빈과의 만남謁遇
제22척 매화관에 가다旅寄
제23척 저승의 심판冥判
제24척 초상화를 줍다拾畵
제25척 딸이 그리운 어머니憶女
제26척 초상화 감상玩眞
제27척 두리냥의 혼백魂遊
제28척 귀신과의 사랑幽媾

제29척 스 도고의 의심 旁疑
제30척 스 도고의 방해 歡撓
제31척 양저우성 보수 繕備
제32척 부부 서약 冥誓
제33척 류밍메이의 고백 秘議
제34척 약을 짓다 詗藥
제35척 회생 回生
제36척 도피 婚走
제37척 도굴 발견 駭變
제38척 이전의 공격 淮警
제39척 항주로 가다 如杭
제40척 류밍메이를 찾아온 귀퉈 僕偵
제41척 추가시험 耽試
제42척 북상하는 두바오 移鎭
제43척 화이안성 사수 禦淮
제44척 류밍메이의 양주행 急難
제45척 이전의 계략 寇間
제46척 편지 전달 折寇
제47척 이전의 항복 圍釋
제48척 모녀의 재회 遇母
제49척 화이안 도착 淮泊
제50척 연회에 등장한 류밍메이 鬧宴
제51척 장원급제 발표 榜下
제52척 사라진 장원을 찾아라 索元
제53척 고문당하는 류밍메이 硬考
제54척 희소식 聞喜
제55척 대단원 圓駕[113]

---

113) 이상의 한글 제목은 탕현조(이창숙, 이정재 옮김), 『모란정』(소명출판, 2014
년)을 참고하였음을 밝혀둔다.

등장인물의 각색

　생生 류멍메이柳夢梅　　단旦　두리냥杜麗娘

　외外 두바오杜寶　　노단老旦 두모杜母

　말末 천쭈이량陳最良　첩단貼旦 춘샹春香

　축醜 한쯔차이韓子才　정淨　번왕番王 도고道姑

　시성 두푸杜甫의 말손末孫에 두바오杜寶라는 이가 있어 고상한 미덕 令德이 있어 난안 부南安府의 태수가 되었다. 부인 전 씨甄氏와의 사이에 리냥麗娘이라는 딸을 두었다. 천생의 아리따운 자질은 그 이름이 보여주는 대로이고, 대단히 정취情趣가 풍부했기에, 부모의 총애가 이만저만이 아니었다. 이윽고 리냥은 이팔청춘의 묘령의 나이를 맞아 천쭈이량陳最良이라는 노유생을 초빙해 가르침을 받았고, 집안의 훈육 庭訓이 몹시 엄격했다. 꽃 피고 새가 우는 어느 봄날에 리냥은 시비侍婢인 춘샹春香을 데리고 황폐해진 후화원에서 노닐다 갑자기 근심어린 감정이 발동하여 피곤해져 규방으로 돌아와 꾸벅꾸벅 졸다가 비몽사몽간에 꿈을 꾸었다. 한 청년이 물오른 버들가지를 꺾어 리냥을 유혹하여 두 사람은 손을 잡고 다시 후원에서 노닐다 모란정牡丹亭에 이르러 환락을 나누다 꿈에서 깨어났다. 그로부터 리냥은 꿈속의 수재를 동경하다가 끝내 병이 들어 날로 여위어가는 자신의 모습을 보고 비탄에 젖어 시름하다 애오라지 이 세상에 흔적을 남기고자 자신의 청춘의 용모를 그리고 "훗날 섬궁객114)을 얻게 되면, 매화나무 아니면 버드나며 옆이리라"라는 시를 짓고는 그것을 모란정 아래 두고 머지않아 죽어버렸다. 두 공 부부는 비탄할 겨를도 없는 가운데 때마침 금나라

---

114) '섬궁蟾宮'을 달月을 가리키며, 섬궁객은 과거 급제자를 말한다. 원문은 다음과 같다. "他年得傍蟾宮客, 不在梅邊在柳邊。"

사람들이 남하했기에 회이상淮上에 경고를 발하고 두공은 안무사로 영전하여 양저우揚州로 부임하게 되었다. 그래서 두공은 진즉이 소저의 유언대로 후원의 매화나무 아래에 매장하고, 그를 위해 매화암관梅花庵觀을 세워 스 도고石道姑와 천쭈이량로 하여금 [무덤을] 지키게 하고 난안을 떠나갔다.

여기에 또 류쫑위안柳宗元의 28대 원손인 류춘칭柳春卿이라는 이가 있어, 난하이南海에서 성장했다. 학문을 좋아해 20여 세에 향시에 급제하였지만, 때를 만나지 못해 우울하게 지내던 터에 어느 날 꿈에서 아름답게 피어난 매화꽃 아래 서 있는 미인을 보고 드디어 인연의 연분과 뜻을 이룰 기약이 있다고 생각해 스스로 이름을 멍메이夢梅라고 바꾸었다. 다행히도 늙은 하인 궈퉈쯔郭駝子(류쫑위안의 문장 「곽탁타郭橐駝」의 말류)가 과일을 팔아 생계를 이어가다가, [류생을 만나] 류생을 잘 보살폈는데, 하지만 언제까지나 그러고 있을 수는 없었기에, 발분하여 공명을 이루기로 하고, 궈퉈쯔와 상의하여 수도인 린안臨安에 올라가서 과거시험에 응시하기로 결심했다. 도중에 난안南安에 이르러 풍설風雪을 만나 매화관梅花觀에 투숙했다.

그 때는 리냥이 죽은 지 이미 3년이 되었다. 류생은 문득 후원에서 노닐다 리냥이 남겨놓은 화상畵像을 집어 들고 제시題詩를 읽다가, 크게 괴이쩍게 느껴져 자신도 시에 화답하고는 주야로 화상을 걸어두고 이것을 완상하고 참배하며, 부르짖고 찬양하다가 그림 속의 미인과 인연을 맺게 되었다. 이에 앞서 리냥이 죽어 염라대왕의 안전에 이르렀던 바 류생과의 인연의 연분이 있음에 다른 날 재생을 허락받았다. 그래서 떠돌던 혼이 날아와 매화관에 이르니, 류생과 만나 밤마다 유환幽歡을 이어갔다. 뒤에 류생의 진심을 끝까지 지켜본 뒤 지나간 옛날 일들을 말해주었다. 류생은 놀라 기뻐하며 이것을 스 도고와 상의하고 소저의 가르침대로 그 묘를 파보니, 리냥의 꽃다운 자태가 마치 살아 있는 듯하여 미리 준비한 약을 흘려 넣자, 리냥은 곧 소생했다.

두 사람은 순조롭게 손을 잡고 린안에 가서 류생은 시험에 응시해 화전和戰에 관한 일대 논문을 올렸다. 그런데 금나라가 급히 화이상淮上을 압박하였기에, 리냥은 부모의 위난을 두려워하여 류생을 문안차 보냈다. 그러는 사이 두 부인은 춘샹을 좇아 린안으로 피난을 왔는데, 우연찮게도 리냥의 처소에 투숙하여 자기 딸이 다시 살아났다는 이야기를 듣고 한편으로 놀랍기도 하고 한편으로 기쁘기도 했다.

그런데 류생이 양저우에 이르러 두 공의 막부를 찾아가 리냥의 뜻을 고하니 두 공은 [이를] 요괴라 여기고 그를 고문하며 심문하면서 욕을 했다. 그런 가운데 방이 붙어 류생은 장원급제하여 명성이 크게 높아졌고, 다행히도 금나라의 [침입] 역시 잠잠해져 두 공은 경사에 개선하고 부인, 리냥과 재회하여 온 가족이 대단원을 이룬다고 하는 줄거리이다.

대저 죽은 사람이 재생한다는 것은 실제로는 지극히 기괴한 일이지만, 필경 사람은 이 정이 뭉친 것情塊으로 정의 씨앗情種이 되는 바, 그것으로 죽을 수도 살 수도 있다는 것을 말한 것이다. 실로 하늘에서 내려온 기이한 상상이고, 절묘한 교사巧詞로써 곡선曲仙이라 칭해지며 고금에 독보적이다. 두리냥의 요妖, 류멍메이의 치癡, 노부인의 연輾, 두 안무의 고집古執, 천쭈이량의 고루固陋, 춘샹의 적뢰賊牢 이 모두가 칠정七情115)이 생동하는 미세한 기미를 다 묘사한 것이다. 다만 그 음률에 결점이 있다는 것은 앞에서 기술한 바 있다.

그런데 본서에는 우우산吳吳山의 세 부인116)의 합평合評이 있다. 물

---

115) 사람의 일곱 가지 감정인, 희喜·노怒·애哀·락樂 또는 구懼·애愛·오惡·욕欲.

론 진성탄金聖嘆이나 마오룬毛綸 같이 일대 기염을 토하고 과장된 것은 아니지만, 부인들인 만큼 대단히 면밀한 데가 있는데, 하장시의 집당集唐[117]의 구절을 하나하나 찾아낸 것 같은 것이 그 한 예이다.

---

116) 청대 사람 우우산吳吳山의 세 아내인 천퉁陳同, 탄쩌談則, 쳰이錢宜를 말한다.

117) '집당集唐'은 명청대 전기의 하장시의 중요한 예술 형식이다. 탕셴쭈는 의식적으로 당시唐詩를 가려 뽑아 배열하고 조합을 함으로써 극정劇情과 어우러지게 했다. 그런 의미에서 『모란정』 하장의 집당시는 일종의 예술적 재창작이라 할 수 있다.

시오노야 온의
『중국문학개론강화』[1]

1. 들어가는 말

"중국의 소설에 대해서는 이제껏 사적으로 고찰해 놓은 저작물이 없었
다. 있다면 우선 외국인이 지은 중국문학사 가운데에서 찾아 볼 수 있고,
뒤에 중국인이 지은 것 가운데에도 있기는 했으나 그 분량이 모두 전체의
십분의 일도 안 되었기에 소설에 대한 서술은 여전히 상세하지 못했다."(루
쉰, 『중국소설사략』「서언」)

루쉰이 말한 대로 중국문학사와 중국소설사는 모두 중국보다 외국
에서 먼저 나왔다. 외국에서 나온 중국문학사를 연도 별로 정리하면
다음과 같다.

바실리예프.Васильев[2]의 『중국문학간사강요中國文學簡史綱要』(1880년)

---

1) 이 글은 옮긴이가 「루쉰魯迅의 중국 고대소설 연구 4—일본 학자 시오노야
온鹽穀溫과의 학문적 교류」(『中國小說論叢』第64輯, 서울: 韓國中國小說學會.
2021.8.31.)라는 제목으로 학술지에 발표한 것을 전재한 것이다.

2) 바실리 파블로비치 바실리예프.Василий Павлович Васильев(1818~
1900년)는 러시아의 중국문학가로 제정 러시아 시대 과학원 원사 등을 역임했
다. 중국어와 만주어, 몽골어, 티벳어, 산스크리트어, 한국어, 일본어 등을 익혔

고죠 데키치古城貞吉[3]), 『지나문학사支那文學史』(1897년)

사사카와 다네오笹川種郎[4]), 『지나문학사支那文學史』(1899년)

자일즈H. A. Giles, 『중국문학사*A History of Chinese Literature*』(1900년)

그루베W. Grube, 『중국문학사*Geschite der Chinesischen Literatur*』(1902)

구보 덴즈이久保天隨[5]), 『중국문학사』(1903년)

가노 나오키狩野直喜[6]), 『지나문학사』(1908년 강의), 『지나소설사』(1916년
　　　　　　　강의)[7]), 『지나희곡사』(1917)

이들 문학사에는 모두 소설을 전문적으로 다루는 장절이 있긴 하지

으며, 러시아 중국학을 집대성했다는 평을 들었다. 대표작으로는 『중국상형문
학분석中國象形文學分析』, 『한자자형계통漢字字形系統』 등이 있다.

3) 고죠 데키치古城貞吉(1866-1949년)는 히고肥後(지금의 구마모토 현熊本県) 출신
으로 호는 단토坦堂이며, 메이지明治와 쇼와昭和시대에 활동했던 한학자漢學者
이다. 일고一高를 중퇴하고 독학으로 한학을 공부했다. 1897년(明治 30년) 청나
라로 건너갔다가 1901년에 귀국했다. 1906년부터 도요대학東洋大學 교수敎授를
역임했다. 1897년에 간행한 『지나문학사支那文學史』는 명저로 유명하다.

4) 사사카와 다네오笹川種郎(1870~1949년)는 사사카와 린뿌笹川臨風라는 이름으
로도 알려져 있으며, 일본의 역사가이자 평론가이다. 도쿄 출신으로 구제 아이
치愛知 현립 중학교를 졸업하고, 제3고등중학교를 거쳐 제국대학 국사과를
졸업했다. 메이지대학明治大學, 도요대학東洋大學의 교수를 역임했다. 역사서와
미술 평론, 소설 등 폭넓은 저술 활동을 했다. 1924년 히가시야마문화東山文化
를 논한 『히가시야마시대의 미술東山時代の美術』로 문학박사 학위를 취득했다.
저서로 『지나소설희곡소사支那小説戲曲小史』(東華堂, 1897), 『지나문학사支那文
學史』(博文館, 1898), 『일본문학사日本文學史』(文學社, 1901) 등이 있다.

5) 구보 덴즈이久保 天隨(1875~1934년)는 중국문학 연구가로, 타이베이제국대학
교수 등을 역임했다. 『지나문학사支那文學史』(人文社 1903)를 비롯해 다수의 저
작을 남겼다.

6) 가노 나오키狩野直喜(1868~1947년)는 히고肥後(지금의 구마모토 현熊本県) 출
신의 중국학자(중국문학~중국철학~돈황학)이다. 교토제국대학京都帝國大學
명예교수로, 나이토 고난內藤湖南, 구와바라 지쯔조桑原隲蔵 등과 함께 교토대
학 중국학의 창시자 가운데 한 사람으로 일컬어진다.

7) 가노 나오키의 『지나문학사』와 『지나소설사』는 강의 원고로만 남아 있고 그
뒤로 정식 출판되지는 못했다.

만, 그 편폭은 매우 제한적이다. 이를테면, 자일즈의 『중국문학사*A History of Chinese Literature*』의 경우, "이 책은 모두 8권으로, 제6권 원대문학 3장 가운데 제3장이 '소설'이고, 제7권 명대 문학 3장 가운데 제2장이 '소설과 희극'이며, 제8권 4장 가운데 제1장은 '요재지이와 홍루몽聊齋志異與紅樓夢'으로 소설이 차지하고 있는 편폭은 전서全書의 십분의 일밖에 안 된다."[8]

한편 중국인이 찬술한 중국문학사는 다음과 같은 것들이 있다.

> 린촨쟈林傳甲, 『중국문학사』(1904년)[9]
> 황런黃人, 『중국문학사』(1905년~1909년 사이에 나왔을 것으로 추정)[10]
> 셰우량(謝無量)의 『중국문학사』(1918)

이 가운데 루쉰이 "중국인이 지은 것 가운데에도 있기는 했으나 그

---

8) 자오징선趙景深, 『中國小說史略旁證』, 西安; 陝西人民出版社, 1987.
9) 린촨쟈林傳甲(1877~1922년)는 호가 쿠이텅奎騰이고, 허우관 현侯官縣(지금의 푸저우 시福州) 사람이다. 일찍이 서호서원西湖書院에서 공부했는데, 어려서 아버지를 잃고 홀어머니 밑에서 고생을 하며 컸다. 하지만 영민하여 여러 방면의 책들을 두루 공부했는데, 특히 경사經史와 지리, 문학 등에 뛰어나 장즈둥張之洞에게 인정을 받았다. 1902년 향시鄕試에서 1등으로 급제하였고, 2년 뒤인 1904년에는 옌푸嚴復의 추천을 받아 관학대신管學大臣이던 장바이시張白熙에 의해 경사대학당京師大學堂(베이징대학의 전신)의 문과 교수로 초빙되었다. 이때 역대 문장의 원류를 강의하며 중국 최초의 『중국문학사』를 집필했는데, 당시 『강남관보江南官報』와 『사천교육보四川敎育報』에 전재轉載되었고, 상하이의 출판 업계에서도 십여 차례 번인翻印되었다.
10) 이등연은 린촨쟈와 셰우량의 『중국문학사』의 중간에 1905년~1909년 사이에 나왔을 것으로 추정되는 황런黃人의 『중국문학사』가 존재했다고 주장했다. 아울러 이등연은 린촨쟈의 문학사가 소설을 배척했던 데 반해, 황런의 경우에는 오히려 소설을 중시했다는 사실을 지적하기도 했다. (이등연, 「주요 중국문학사의 소설 장르 서술관점 분석」, 『中國語文論叢』第15輯, 서울; 中國語文學會, 1999. 217~218쪽.)

분량이 모두 전체의 십분의 일도 안 되었"다고 한 것은 셰우량의『중
국문학사』를 가리킨다.[11] 그 보다 앞선 린촨쟈의『중국문학사』에서는
소설을 제대로 평가한 것이 거의 없고, 황런의『중국문학사』의 경우는
그 규모와 이론의 깊이에서 린촨쟈의『중국문학사』를 뛰어넘지만, 시
문詩文을 위주로 서술하였고, 소설을 다룬 편폭 역시 셰우량의『중국
문학사』와 마찬가지로 10분의 1에도 미치지 못한다.[12]

중국인이 찬술한 소설사 역시 그러하다.

루쉰의『중국소설사략』(이하『사략』으로 약칭)에 앞서 소설사라는
명칭을 붙인 저작으로는 왕중치王鍾麒[13]의「중국역대소설사론中國歷代

---

11) "중국인이 지은 것으로 비교적 이른 시기에 나왔고 분량 또한 비교적 많은
   문학사로는 셰우량謝無量의『중국문학사』(1918)가 있는데, 이 책은 10권으로
   소설을 다룬 부분은 오히려 한 무제漢武帝 때의 '골계파 및 소설'과 '원대의
   소설' 2절 및 '진(晉)의 역사가와 소설가'. '송의 사곡소설詞曲小說'. '명대의 희
   곡소설戲曲小說'. '청대의 희곡소설' 4장에 지나지 않아 전서全書의 십분의 일도
   안된다. 그러므로 소설의 원류源流와 역사적 변천을 상세하게 다룰 수 없는
   것은 당연하다."(자오징선趙景深,『中國小說史略旁證』, 西安;陝西人民出版社,
   1987.)
12) 바오궈화鮑國華,「魯迅『中國小說史略』與』鹽穀溫『中國文學槪論講話』,『魯迅
   研究月刊』, 2008年. 第5期. 4쪽.
13) 왕중치王鍾麒(1880~1913년)는 청대의 소설가이자 소설 평론가이다. 자는 위런
   毓仁이고, 호는 우성無生이라 하였으며, 여러 개의 필명이 있는데, 그 가운데
   톈루성天僇生이 유명하다. 1907년부터 신문 만드는 일에 종사하여 상하이의
   『신주일보神州日報』와『민호보民呼報』,『천탁보天鐸報』 등의 주필을 맡아보았
   고,『독립주보獨立周報』를 창간하기도 했다. 1910년에는 주사오핑朱少屛과 류야
   쯔柳亞子의 소개로 남사南社에 가입하였다. 짧은 생애 동안 많은 소설 작품을
   여러 신문에 연재하였지만, 따로 소설집으로 묶여져 나온 것은 없었다. 이와
   별도로「소설과 사회 개량의 관계를 논함論小說與改良社會之關系」(1907),「중국
   역대소설사론中國歷代小說史論」(『월월소설月月小說』第1年 第11號, 1907),「중국
   3대 소설사논찬中國三大小說家論贊」(1908),「극장의 교육劇場之教育」 등과 같은
   논문을 발표해 소설과 희곡의 사회적 작용과 지위를 서술하면서 소설과 희곡

小說史論」(1907년)이 있는데, 이것은 한 편의 논문으로, 분량 또한 수백 자에 지나지 않으며, 중국 소설 몇 천 년의 발전과 변혁을 개괄하고 옛사람들이 소설을 짓게 된 원인 등만을 언급해 전문적인 소설사로 보기 어렵다. 또 장징루張靜廬14)의 『중국소설사대강中國小說史大綱』 (1920년) 의 경우는 소설의 개념과 희곡을 같이 다루고 있으며, 자료의 정확성과 논지의 과학성이 부족하다.15)

따라서 루쉰이 말한 대로『사략』 이전에는 제대로 된 중국소설사가 없었다고 할 수 있다. 그러나 이것은 중국에 한정된 것이고, 문학사와 마찬가지로 소설사 역시 중국 이외의 지역에서 먼저 나왔다. 그 가운데 대표적인 것이 일본의 시오노야 온鹽谷溫이 저술한『지나문학개론강화支那文學槪論講話』(1919년, 이하『강화』로 약칭)16)이다. 시오노야는

을 경시하는 전통 관념을 비판하였다.

14) 장징루張靜廬(1898~1969년)는 중국의 출판가이다. 저쟝 성浙江省 전하이 현鎭海縣출신으로, 1915년 톈진天津의『공민일보公民日報』 부간副刊의 편집編輯으로 출판업에 몸을 담기 시작해 1920년에는 상하이 태동도서국上海泰東圖書局의 편집編輯과 출판부 주임이 되었다. 이때『중국소설사대강』을 펴냈다. 이후 많은 출판사를 거치면서 수많은 작가들의 작품을 펴냈다. 저서로는『중국의 신문기자와 신문지中國的新聞記者與新聞紙』,『혁명외사革命外史』,『출판계에서의 20년在出版界二十年』 등이 있고, 편저로『중국근대출판사료』 등이 있다.

15) 바오궈화鮑國華,「魯迅『中國小說史略』與』鹽谷溫『中國文學槪論講話』,『魯迅研究月刊』, 2008年. 第5期. 4쪽.

16)『지나문학개론강화』는 1919년 5월 도쿄東京의 다이니혼유벤카이大日本雄辯會에서 출판되었다가 1946년에는 서명을『지나문학개론支那文學槪論』으로 바꾸고 약간의 수정을 한 뒤, 고도칸弘道館에서 중인重印하였다. 이후 1949년에는 소설 부분을 따로 단행본으로 분리해『중국소설의 연구中國小說之硏究』라는 이름을 붙였고, 권말에「문학혁명」이라는 글을 실어 현대 중국문학의 동향을 소개했다. 현재는 고단샤講談社의 학술문고로 여전히 간행되고 있다.(鹽谷溫,『中國文學槪論』, 講談社學術文庫(607), 1983년.) 이 글에서는 혼란을 피하기 위해『지나문학개론강화』를『중국문학개론강화』로 통칭할 것이다.

이 책의 하편下篇 제5장과 6장에서 중국의 희곡과 소설을 개술했다. 이것은 루쉰이 『사략』을 저술하는 데 큰 영향을 주었을 뿐 아니라 후대에 수많은 논란을 야기했던 문제작이었다.

2. 시오노야 온鹽穀溫과 『중국문학개론강화中國文學槪論講話』

시오노야 온鹽穀溫(1878~1962년)은 호가 세츠잔節山으로 일본의 저명한 중국학자이자 중국 속문학 연구의 개창자 가운데 한 사람이다. 조상 3대가 한학가인 가문에서 태어나[17] 5살부터 사서오경을 배송背誦하기 시작하는 등 어린 시절부터 엄격한 전통 유학 교육을 받았다. 1902년에 동경제국대학 문과대학 한학과를 졸업하고, 학교에 남아 대학원에서 공부를 하다가 1905년에 동경제국대학 대학원의 강사가 되었고, 1906년에는 중국문학과 조교수가 되었다. 이때 일본에서 최초로 '중국문학' 강좌를 개설하였다. 같은 해 가을에 문부성의 지원을 받아 독일의 뮌헨대학과 라이프치히대학으로 유학을 떠났으며, 유학 기간 중 시오노야는 『서상기』나 『비파기』와 같은 중국의 대표적인 희곡 작품들이 이미 프랑스어 등으로 번역이 되어 있는 등 소설과 희곡 연구가 활발하게 이루어지고 있는 유럽 중국학계의 상황을 목도하고 큰 충격을 받았다.

독일 유학에서 돌아온 뒤 시오노야는 언필칭 중국학자를 자처하는 자신이 중국어를 못하고 있는 상황을 뼈저리게 인식하고 다시 중국유학을 결심하게 된다. 그리하여 1909년 가을 베이징에 도착한 시오노

---

17) 그의 증조부는 원래 한의사였으나, 나중에 한학을 연구하는 학자가 되었다. 그래서 시오노야 온은 시오노야 가문의 제4대 한학 연구자가 된 것이다.

야는 그곳에서 1년 간 중국어를 학습했다. 이때 시오노야는 당시 한창
원곡元曲 연구에 몰두하고 있던 왕궈웨이를 만나 『희곡고원戲曲考源』
과 『곡록曲錄』 등의 저작을 받고 나중에 자신의 박사 논문의 중요한
지남으로 삼았다. 준비를 마친 시오노야는 1910년 겨울에 창사長沙로
건너가 예더후이葉德輝[18])를 스승으로 삼고 사곡詞曲을 공부했다. 후난
湖南에 머무는 동안 그는 왕카이윈王闓運[19]), 왕셴쳰王先謙[20]) 등을 만났
는데, 왕셴쳰王先謙은 그에게 경사經史를 연구할 것을 권유했지만 시오
노야는 완곡히 거절하고 자신은 중국 문학 연구의 새로운 길을 개척해
희곡 소설 방면에 뜻을 두겠다고 하였다.[21])

1912년 유학 생활을 끝내고 일본으로 돌아온 뒤, 시오노야는 원곡에
대한 연구를 계속했다. 대학원 수업에서도 『원곡선元曲選』을 강의하는
한편, 대학원생들을 동원해 『원인잡극백종곡元人雜劇百種曲』의 역주 작

---

18) 예더후이葉德輝(1864~1927년)는 후난 성湖南省 샹탄湘潭 사람으로, 청대의 어
사禦史를 지냈고, 저명한 장서가와 출판가로 명성을 떨쳤다. 대표적인 저작으
로 『서림청화書林淸話』가 있다. 정치적으로는 수구적인 태도를 취해 청말 무술
변법 때에도 변법에 반대하고, 신해혁명 때에는 피신을 했으며, 위안스카이袁
世凱가 복벽復辟을 꾀했을 때도 후난 분회를 조직해 그의 군주제 복벽을 찬성했
다. 급기야 1927년에 후난의 농공상학農工商學 각계의 단체가 대회를 열어 그를
처형했다.

19) 왕카이윈王闓運(1832~1916년)은 후난 성湖南省 샹탄湘潭 사람으로, 청淸 광서光
緖 32년(1906년)에 검토檢討를 제수받고 1914년에는 국사관장國史館長에 임명
되었다. 근대의 문학가, 시평가詩評家이자 저명한 유학자였다.

20) 왕셴쳰王先謙(1842~1917년)은 후난 성湖南省 창사長沙 사람으로 사학史學과 경
학經學, 훈고학訓詁學 등에 뛰어났다. 국자감國子監 좨주祭酒와 장쑤江蘇 학정學
政, 후난湖南의 악록서원嶽麓書院과 성남서원城南書院의 산장山長을 역임했다.
생전에 고금의 도적圖籍을 널리 읽고 각 왕조의 전장제도典章制度를 연구한
바 있다.

21) 자오징화趙京華, 「魯迅與鹽穀溫」, 『魯迅研究月刊』, 2014年 第2期. 7쪽.

업을 하기도 했다. 그가 이렇듯 중국의 속문학 연구에 뜻을 두었던
것은 당시 일본 학계의 풍토와도 밀접한 연관이 있다. 메이지유신 이
후 일본에서는 서구 문물을 적극적으로 받아들이는 풍토가 조성되어
문학 연구는 으레 소설과 희곡을 중심으로 하는 것이 당연시되었다.
이것은 중국문학계에서도 마찬가지여서 중국의 우수한 소설과 희곡
작품을 연구 대상으로 삼아야 한다는 인식이 학자들 사이에서 자연스
럽게 퍼져나갔다. 이런 분위기 속에서 일본 내에서 중국 희곡에 대한
연구는 교토대학京都大學 문과대학의 창시자 가운데 한 사람인 가노
나오키狩野直喜가 원곡元曲 수업을 개설하면서 시작되었다. 시오노야
온 역시 그의 영향을 받아 중국으로 유학을 떠나기 전 그에게서 원곡
을 어떻게 연구해야 하는지에 대해 가르침을 받은 바 있다.

한편 그 당시 일본에서 중국 희곡 연구가 활발하게 이루어진 데에
는 왕궈웨이王國維의 영향이 크게 작용하기도 했다. 왕궈웨이가 원곡
연구를 시작한 것은 1907년인데, 이후 왕궈웨이는 1911년부터 1916년
사이에 교토에서 기거하는 동안 일본의 한학가漢學家들과 많은 교류를
하면서 그들에게 막대한 영향을 주었다.[22] 시오노야 역시 왕궈웨이가
일본 학계에 끼친 영향에 대해 다음과 같이 서술한 바 있다.

　　근년에 중국에서도 곡학曲學이 일어나고, 곡화曲話와 잡극雜劇, 전기傳奇
류의 책들이 적지 않게 간행되고 있는데, 나의 스승이신 예더후이葉德輝 선
생과 하이닝海寧의 왕궈웨이王國維 군이 사계의 태두이다. 특히 왕 씨에게는
『희곡고원戲曲考源』, 『곡록曲錄』, 『송원희곡사宋元戲曲史』 등과 같은 유익한
저작들이 있다. 왕 씨가 교토에서 우거寓居한 이래로 우리나라(일본을 가리

---

22) 황스중黃仕忠, 『宋元戲曲史·導讀』, 鳳凰出版社, 2010.(자오징화趙京華, 「魯迅
　　與鹽穀溫」, 『魯迅研究月刊』, 2014年 第2期. 5쪽에서 재인용)

킴; 필자 주) 학계는 큰 자극을 받아 가노 나오키狩野直喜 박사를 필두로
구보 덴즈이久保天隨 학사, 스즈키 효켄鈴木豹軒[23] 학사, 니시무라 덴슈西村天
囚[24] 거사 및 망우亡友 가네이金井 군 등이 모두 이쪽 방면에 조예가 아주
깊다. 혹자는 곡학 연구에 탁견을 발표하고 혹자는 명곡名曲의 번역 소개에
먼저 손을 쓰는 등 만 마리의 말들이 서로 날뛰는萬馬奔騰 성황을 이루었
다.[25]

다른 한편으로 시오노야 온은 원대의 「전상평화全相平話」와 명대의
백화소설집 『고금소설古今小説』을 재발견하는 등 중국 근대의 소설, 희
곡 연구와 소개에도 큰 업적을 남겼다. 하지만 무엇보다 그의 명성을
떨치게 했던 것은 『강화』의 저술이다. 이것은 그가 1917년 여름에 강
의한 원고를 기초로(그의 조수인 다케다 사카에竹田復[26]가 기록) 1년
반 가량의 시간을 들여 희곡과 소설의 내용을 수정 증보한 뒤 1918년
12월에 완성해 1919년에 출판한 것(권말에 구라이시 다케시로倉石武四
郎와 함께 엮은 색인이 있다)이다. 이 책의 제6장은 중국소설사 연구에
서 독보적인 의의를 지니고 있다고 할 수 있다.

---

23) 본명은 스즈키 도라오鈴木虎雄(1878~1963년)이며, 중국고전문학자이다. 도쿄
   제국대학 문과대학 한학과를 졸업하고 같은 학교 대학원을 중퇴한 뒤 신문사
   기자와 도쿄고등사범학교(현재의 쯔쿠바대학築波大學의 전신) 강사와 교수 등
   을 거쳐 1908년 교토제국대학 교수가 되었다. 일본에서 중국문학과 문화 연구
   의 창시자 가운데 한 사람으로 교토학파의 성립에 기여하였다. 제자로 요시카
   와 고지로吉川幸次郎와 오가와 다마키小川環樹 등이 있다.
24) 니시무라 덴슈西村天囚(1865~1924년)는 일본의 저널리스트이다. 본명은 도키
   츠네時彦이며 덴슈는 그의 호이다. 일찍이 오사카大阪 아사히신문朝日新聞에서
   명 칼럼을 연재한 바 있다.
25) 시오노야 온鹽谷溫, 『中國文學槪論』, 講談社, 1983. 142~143쪽.
26) 다케다 사카에竹田復(1891~1986년), 중국문학과 중국어학자로 구라이시 다케
   시로倉石武四郎와 공편共編한 『중국문학사의 문제점中國文學史의 問題點』(中央公
   論社, 1957年) 등의 편저서가 있다.

『강화』는 시오노야가 그 간에 진행해 온 연구 성과의 총 집합체라고 할 수 있는 바 이 책의 구성은 다음과 같다.

각 장절의 내용을 구체적으로 살펴보면, 제1장에서는 음운音韻, 평측平仄과 대우對偶 등 중국어의 음운 특징과 세계 각국 언어 가운데서도 중국어의 음운만이 갖고 있는 독특성, 그리고 중국어의 언어적 특징과 문학작품 사이의 특수 관계를 서술하고 있으며, 중국의 전통 문학의 음악성을 강조하고 장의 말미에 106운표를 부기하였다. 제2장은 각종 문체를 다루고 있는데, 사부辭賦와 변문駢文, 고문古文 등 각종 문체와 각각의 문체의 기능 및 그 시대적 특징을 서술하였다. 제3장은 시식詩式으로, 『시경詩經』과 고시古詩, 율시律詩, 절구絶句 등 각종 시체 및 당대唐代 근체시近體詩의 기본 특징을 서술하였다. 제4장에서는 악부樂府와 전사塡詞의 특징 및 초보적인 작법을 서술하였다. 고래로 일본에서도 시를 짓는 이가 많았고 한시의 절구가 특히 성행했는데, 일본 고유의 단카短歌나 하이쿠俳句 등에 큰 영향을 주었다. 그에 비해 사詞는 작법이 어려워 소수 문인들이 애호하는 바에 지나지 않았고, 이에 그다지 중시되지 않았다. 따라서 시오노야가 이 책에서 사에 대해 상당한 분량을 할애해 이를 다룬 것은 이채롭다고 할 수 있다.27)

---

27) 우에다 아쯔오植田渥雄, 「試論鹽穀溫著『支那文學槪論講話』與周樹人著『中國

그러나 이 책을 돋보이게 하는 것은 오히려 하편이라 할 수 있는 바, 오랫동안 제대로 된 평가를 받지 못했던 소설과 희곡을 독립시켜 시문과 병렬적인 위치에 놓았다. 곧 제5장에서는 당송唐宋의 고극古劇과 금金의 잡극雜劇, 원元의 북곡北曲와 명明의 남곡南曲 등 중국의 전통 희극을 서술하였다. 제6장에서 신화와 전설, 양한兩漢과 육조六朝 시기의 소설과 당대唐代 소설 및 명청대明淸代의 백화소설白話小說에 대해 서술하였다. 분량 또한 하편 2장이 본문(부록을 제외한)의 66퍼센트 (그 가운데 소설이 35퍼센트)를 차지하고 있다. 여기에 소설을 다루고 있는 부록을 더하면, 소설에 대해 토론하고 있는 총 편폭이 전서全書의 50퍼센트에 달한다.[28]

이것은 실로 이전에는 찾아볼 수 없었던 파천황破天荒 격인 구성과 내용이었다. 주지하는 대로 소설이라는 장르는 중국과 한국, 일본이라는 동아시아 3국의 문학사에서 그렇게 높은 지위를 차지하고 있지 않았다. 그러나 명대 이후 민간에서는 소설의 수요가 폭발적으로 증가하였으며, 이는 한국과 일본 역시 마찬가지였다. 일본의 경우 에도江戶 시대에 중국의 백화소설이 일본에 대량 유입되었다. 당시 오규 소라이 荻生徂徠[29]가 중심이 된 겐엔 파萱園派[30] 문인들은 자파 예술의 독특성

小說史略』之關係」, 『外國問題研究』, 1995年 第2期. 49~50쪽.

28) 바오궈화鮑國華, 「魯迅『中國小說史略』與『鹽穀溫『中國文學槪論講話』, 『魯迅研究月刊』, 2008年 第5期. 12쪽.

29) 오규 소라이荻生徂徠(1666~1728년)는 에도江戶 중기의 유학자儒學者이자 사상가·문헌학자이다. 소라이는 그의 호號이고, 본명은 오규 나베마츠荻生雙松이며, 본성本姓은 모노노베物部이다. 자는 시게노리茂卿이며 통칭은 소고에몬總右衛門이라고 한다. 중년에 니혼바시日本橋 가야바초茅場町로 옮겨, 그곳에서 겐엔주쿠蘐園塾라는 사숙私塾을 열었으며, 이후 이곳에서 그의 제자들을 중심으로 하나의 학파를 형성하기에 이른다(겐엔 학파). 덧붙이면, 겐엔주쿠라는 이름은 겐엔주쿠가 위치해 있던 가야바초茅場町의 지명과도 관련이 있는데, 한자

을 주장하기 위해 백화 학습에 힘썼는데, 에도시대에 중국어를 지칭하는 말로 쓰였던 이른바 '도와唐話' 학습이 지식인들 사이에서 이루어졌던 것 역시 그 영향을 받은 것이다.

한편 명청 시대 과거에 급제하지 못한 중국의 문인들이 생계를 도모하기 위해 출판사를 겸업했던 서점에 고용되어 많은 소설 작품들을 엮어냈듯이, 에도 시대 일본의 민간 작가들 역시 같은 이유로 중국의 백화소설들을 번역하거나 번안해서 펴냈다. 이것이 '요미혼讀本'으로 일본 에도 문학에 끼친 그 영향은 낮게 평가할 수 없다. 하지만 일본의 일반 독자들은 『삼국지』나 『수호전』, 『서유기』 등 몇몇 장편소설 이외에는 이런 작품들이 중국 소설의 개작이라는 사실을 아는 이가 별로 없었다. 정통 학문을 연구하는 일반 한학가들은 여기에 대해 근본적으로 관심이 없었고, 특히 메이지明治 시대(1868~1912년) 이후에 들어서면 극소수 학자 이외에는 모두 그런 사실을 망각하고 있었다. 시오노야 온이야말로 그런 극소수 학자 가운데 한 사람이었던 셈이다.

여기서 한 걸음 더 나아가 시오노야는 『강화』를 출판하고 나서, 일본의 나이가쿠분코內閣文庫와 궁내성宮內省 도서실 등 각처의 서고를 조사해 새로운 유관 자료들을 속속 발견하였다.31) 그 가운데서도 앞서

로 茅-茊-蔉은 훈이 서로 통하기 때문에 겐엔蘐園이라 했던 것이다. 오규 소라이는 대담한 성격에 자부심도 강하고 중국어에도 통달했다고 하며, 이후로도 계속해서 겐엔주쿠를 통해 많은 제자들을 길러냈다. 1728년 향년 63세로 숨을 거두었다. 그가 죽고 9년이 지난 1737년에 그의 대표작 『논어징論語徵』이 발간되었다.

30) 겐엔 학파蘐園學派라고도 한다. 오규 소라이의 문하에서 공부했던 사람들에 의해 형성된 유학의 일파로, 일명 '고문사古文辭' 학파라고도 부른다. 오규 소라이는 기존의 주자학을 "억측에 근거한 허망한 설일 뿐이다!"라고 강하게 비판하면서, 주자학에 입각한 고전 해석을 거부하고 고대 중국의 고전을 독해하는 방법론으로서의 고문사학古文辭學을 확립했다.

언급한 바와 같이 중국에서는 오래전에 사라져버린 원대의「전상평화全相平話」와 명대의 백화소설집『고금소설古今小説』등을 재발견한 것은 중국소설사 연구에 중요한 공헌을 한 일대 사건이었다.32) 이후 시오노야는 1920년에『원곡 연구元曲硏究』로 문학박사 학위를 받고 같은 해 교수로 임명되었고, 1939년에 정년퇴직한 뒤 명예교수가 되었다.33)

3.『중국문학개론강화』의 중국 내 수용과 전파

『강화』는 일본 뿐 아니라 중국에서도 크게 주목을 받았다. 중국에서도 그와 유사한 저작은 나오지 않았던 까닭에『강화』가 출간된 지 얼

---

31) 우에다 아쯔오植田渥雄,「試論鹽穀溫著『支那文學槪論講話』與周樹人著『中國小說史略』之關係」,『外國問題硏究』, 1995年 第2期. 50쪽.

32) "이를테면 시오노야 세츠잔鹽穀節山 교수가 원대元代에 간행된 전상평화잔본全相平話殘本 및 '삼언三言'을 발견하여 고찰한 것은 소설사에 있어 실로 큰 의의가 있는 일이었다."(『사략』「제기題記」)
시오노야 온이 1926년에 발표한 명대의 통속 단편소설에 관한 논문은 다음과 같다.
시오노야 온鹽穀溫,「명대의 통속단편소설明代の通俗短篇小說」, 1926年 7月,『가이조改造』8권 8호「현대중국호現代支那號」, 가이조사발행改造社發行, 도쿄東京.
시오노야 온鹽穀溫,「명의 소설『삼언』에 관하여明の小說『三言』に就て」, 1926년,『시분斯文』第8編 第5號, 第6號, 第7號, 시분카이 발행斯文會發行, 도쿄東京.
또『시분斯文』제8편 제9호의 말미에는「송명통속소설전류표宋明通俗小說傳流表」가 실려 있다.
시오노야 온이『사문』에 3회에 걸쳐 연재한 논문은 1926년 6월 26일에 사문회에서 행한 강연을 활자화한 것이다.『가이조』에 실린 논문은 같은 강연의 요지를 다시 요약한 것인 듯하다.【日】(루쉰(조관희 역),『중국소설사』소명출판, 2004. 20쪽.)

33) 역시 유명한 중국문학 연구가로 일찍이 경성제국대학 지나학과 교수를 역임했던 가라시마 다케시辛島驍가 그의 사위이다.

마 되지 않아 번역본이 잇달아 나왔다. 그 상황을 순서대로 기술하면 다음과 같다.34)

가장 먼저 나온 것은 1921년 5월 궈시펀郭希汾35)의 『중국소설사략中國小說史略』으로, 상하이上海 중국서국中國書局에서 출간했는데, 모두 96쪽이다. 이것은 『강화』의 제6장 소설 부분을 편역編譯한 것이다. 그래서 궈시펀은 역자라는 이름 대신 편집자("編輯者古吳郭希汾")로 자신을 소개했다.36)

두 번째로 나온 것은 천빈허陳彬龢의 『중국문학개론中國文學槪論』으로, 1926년 박사樸社에서 인행했다. 이것은 『강화』의 축약본으로 별 가치는 없다. 곧 전서를 번역했음에도 전체 분량이 103쪽에 불과한데, 이것은 궈시펀의 번역본이 소설 부분만 편역 했음에도 96쪽에 이르는 것과 비교가 된다. 그래서 이 책은 출간 이후 별다른 주목을 받지 못하고 사라졌다.37)

세 번째는 1927년 6월에 나온 『중국소설개론中國小說槪論』으로, 『소

---

34) 이하의 내용은 스샤오옌施曉燕, 「魯迅『中國小說史略』與鹽穀溫『中國文學槪論講話』的文本比對」(『中國現代作家手稿及文獻國際學術硏討會論文集』, 2014年 8月 14日), 283쪽을 참고하였음.

35) 궈시펀郭希汾(1893~1984년)은 자가 사오위紹虞로 유명한 문학사가이다. 1915년 상하이 진보서국進步書局의 편집編輯을 역임한 뒤 여러 학교의 교사와 교수를 거친 뒤 푸단대학復旦大學 교수로 교직 생활을 마쳤다. 주로 중국 고전문학과 비평사, 음운학, 훈고학 등을 연구하였으며, 대표 저서로 『중국문학비평사中國文學批評史』와 만년에 자신이 쓴 글들을 모은 『조우실고전문학론집照隅室古典文學論集』, 『조우실어언문자론집照隅室語言文字論集』, 『조우실잡저照隅室雜著』 3종을 남겼다.

36) 머우리펑牟利鋒, 「鹽穀溫『支那文學槪論講話』在中國的傳播」, 『中國現代文學硏究叢刊』 2011年 第11期. 167쪽.

37) 머우리펑牟利鋒, 「鹽穀溫『支那文學槪論講話』在中國的傳播」, 『中國現代文學硏究叢刊』 2011年 第11期. 166쪽.

설월보小說月報』의 '중국문학연구전호中國文學硏究專號'에 쥔줘君左라는
이름으로 발표된 것이다. 이것은 궈시펀의 번역본처럼 『강화』의 소설
부분만을 번역한 것으로 별개의 책으로 출판되지는 못하고, 나중에
정전둬鄭振鐸가 펴낸 『중국문학연구中國文學硏究』 하책下冊38)에 실렸는
데, 모두 75쪽이다.

네 번째는 1928년에 나온 쑨량궁孫俍工39)의 『중국문학개론강화中國
文學槪論講話』이다. 이것은 『강화』 전체를 번역한 것으로 가장 영향력
이 크고 널리 유전된 번역본이다. 쑨량궁은 1924년 일본에 유학을 해
죠치대학上智大學에서 독일문학을 전공하는 한편으로 남는 시간에는
중국문학 연구에 힘을 쏟았다.

> "나는 한편으로는 스스로 밥 짓고, 빨래하고, 청소하면서 다른 한편으로
> 는 죠치대학上智大學에서 수업을 듣는 환경 속에서 날마다 달마다 시간을
> 들여 일본 시오노야 온 선생의 이 대작을 번역했다. 내 자신이 보기에도
> 이렇게 의미 있는 수확을 거둔 사실이 아주 기뻤다."40)

---

38) 정전둬鄭振鐸, 『中國文學硏究』 下冊, 作家出版社, 1957.
39) 쑨량궁孫俍工(1894∼1962년)은 원래 이름이 쑨광처孫光策이며, 후난 성湖南省
   룽후이 현隆回縣 사람이다. 1916년 고향에서 중학을 마치고 베이징고등사범학
   교에 입학한 뒤 동학들과 문예서클을 조직하여 5·4운동에 참여하였다. 1920년
   졸업 후 창사長沙와 상하이에서 교원 노릇을 하다가 1924년 일본으로 건너가
   죠치대학上智大學에서 독일 문학을 연구하였다. 1928년 귀국한 뒤 푸단대학復
   旦大學에서 교수가 되었다. 1931년 다시 일본에 건너갔다가 9·18 사변으로
   귀국하였다. 이후 여러 학교에서 교수를 역임하였다.
40) 시오노야 온鹽谷溫 저(쑨량궁孫俍工 역), 『中國文學槪論講話』, 1928年 2月 10日
   序(開明書店, 1929年 6月 版)(스샤오옌施曉燕, 「魯迅『中國小說史略』與鹽谷溫
   『中國文學槪論講話』的文本比對」, 『中國現代作家手稿及文獻國際學術硏討會
   論文集』, 2014年 8月 14日, 284쪽에서 재인용)

쑨량궁은 번역이 완료된 뒤에 다시 시오노야 온鹽穀溫의 지정指正을 청하는 동시에 우치다 센노스케內田泉之助41)의 도움을 받았다. 여기에 시오노야 온의 중요 논문 두 편, 곧 「명의 소설『삼언』에 관하여(明の小 說『三言』に就て)」와 「송명통속소설전류표(宋明通俗小說傳流表)」를 책 뒤에 부록으로 붙였다. 번역서의 전체 분량은 모두 572쪽에 이른다.

쑨량궁의 번역은 이른바 축자 번역으로 원문에 충실한 것이었다.

> "나는 원래 번역에 뛰어나지는 않았지만, 힘을 다해 번역을 해 중간에 그다지 중요하지 않은 한 두 곳을 생략한 것 이외에는 모두 축자적으로 번역했다고 자신한다."42)

그의 번역에 도움을 주었던 우치다 센노스케 역시 그의 역본이 "주밀한 용의用意로 축자 번역을 하여 한 글자 한 단락이라도 소홀히 넘어가지 않고, 행문 역시 평이하고 술술 읽힌다"43)라고 하였다. 이 책은『강화』의 중역본 가운데 가장 완정한 판본으로 인정받고 있으며, 현재까지도 그 의의를 잃지 않고 있다.

---

41) 우치다 센노스케內田泉之助(1892~1979년)는 후쿠시마 현福島県 출생으로 1926 년 도쿄제국대학 중국문학과를 졸업하고, 무사시대학武蔵大學 교수와 니쇼가 쿠샤대학二松學舍大學의 교수를 역임하였다. 도쿄대학에서「진한문학형체고秦 漢文學形體考」로 박사 학위를 받았으며, 저서로『중국문학사』(1956년, 明治書 院) 등이 있다.

42) 시오노야 온鹽穀溫 저(쑨량궁孫俍工 역),「『中國文學槪論講話』1928年 2月 10日 序」(開明書店, 1929년 6月 版)(스샤오옌施曉燕,「魯迅『中國小說史略』與鹽穀溫 『中國文學槪論講話』的文本比對」,『中國現代作家手稿及文獻國際學術硏討會 論文集』, 2014年 8月 14日, 284쪽에서 재인용)

43) 우치다 센노스케內田泉之助,「『中國文學槪論講話』內田新序」,『中國文學槪論 講話』, (開明書店, 1929년 6月 版)(머우리펑牟利鋒,「鹽穀溫『支那文學槪論講 話』在中國的傳播」,『中國現代文學硏究叢刊』2011年 第11期. 167쪽에서 재인 용.)

이상의 번역본 가운데 언급할 만한 가치가 있는 것은 궈시펀 본과 쑨량궁 본이라 할 수 있다. 우선 소설 부분만을 놓고 두 책의 분량을 비교하면, 쑨량궁 본은 174쪽이나 궈시펀 본은 96쪽이다. 그것은 양자가 채용한 번역어의 성격 때문이다. 곧 쑨량공은 "시오노야 저서의 전모를 유지하면서 백화문으로 번역하는 한편, 일본어 문법에 의지하다 보니 어떤 곳은 늘어지기도 했던" 반면, 궈시펀의 번역은 "문구상 간략함과 숙련됨을 추구하고 기본적으로 문언문을 채용해 중국어 문장 습관에 더 부합한다."[44] 이에 궈시펀의 번역은 간략함과 숙련됨이라는 장점이 있는 반면 디테일한 부분을 멋대로 처리하고 관건이 되는 부분을 놓치거나 누락했다는 단점이 있다.

한편 전체적으로 볼 때 궈시펀의 번역은 비교적 원저에 충실하며, 당대소설의 주체인 '전기傳奇 소설'을 강조해 서술의 실마리가 더욱 또렷하다. 하지만 시오노야 온이 당대소설을 분류하고 연구를 진행한 역사 연원淵源은 누락시켰다. 곧 시오노야 온의 당대소설에 대한 분류와 서술은 모리 가이난森槐南[45]으로부터 직접 영향을 받은 것인 바,

---

44) 머우리펑牟利鋒, 「鹽穀溫『支那文學概論講話』在中國的傳播」, 『中國現代文學研究叢刊』 2011年 第11期. 168쪽.

45) 모리 가이난森槐南(1863~1911년)은 메이지 시기 일본의 한시인漢詩人이자 관료官僚이다. 나고야 출생으로 아버지 모리 슌도森春濤(1819~1889년) 역시 한시인이고, 어머니인 모리 기요코森清子(1833~1872년)는 여류 가인이었다. 와시즈 기도鷲津毅堂(1825~1882년)와 미시마 츄슈三島中洲(1831~1919년)에게 사사했고, 추밀원樞密院 소속 도서료편집관図書寮編集官, 식부관式部官 등을 역임했다. 도쿄제국대학에서 문과대학 강사로 중국문학을 가르치기도 했다. 메이지 시대 한문학의 중심적인 존재였다. 산죠 사네토미三條実美, 이토 히로부미伊藤博文 등 메이지정부의 요인들과 친밀하게 지냈다. 1909년 10월 안중근의 이토 히로부미 암살 사건 때 비서관으로 동행했다가 총탄에 맞아 경상을 입었다. 약 1년 반 뒤에 49세의 나이로 사망했다.

시오노야가 자신의 저작에서 말했던 '가이 옹槐翁'이 바로 그 사람이다. 쑨량궁의 번역에서는 이 점이 아주 명확하게 반영되어 있으나, 궈시펀의 번역에는 한 글자도 언급되지 않았다.[46] 루쉰도 이 점을 지적한 바 있다. "당대 소설의 분류를 그는 모리 가이난森槐南의 것에 근거했지만 나는 내 방법을 사용했다. 육조 소설을 그는 『한위총서』에 근거했는데 나는 다른 책과 나 자신의 편집본에 의거했다."[47] 이것으로 알 수 있는 것은 루쉰 역시 시오노야의 저서를 잘 알고 있었고, 그 나름대로 깊이 있는 분석을 했다는 사실이다. 그렇다면 두 사람 사이에서 직접적인 학술 교류는 어떻게 진행되었던 것일까?

4. 루쉰과 시오노야 온의 학술 교류

루쉰 일기에 기록된 시오노야 온에 대한 내용은 다음과 같이 정리할 수 있다.

우선 가장 먼저 언급된 내용은 "9일 흐림.……오후에 마오천이 와서 시오노야 세츠잔鹽穀節山의 편지와 서목 1부를 건네주었다.……"(1926년 8월 9일)[48]이다. 그리고 며칠 뒤인 1926년 8월 17일 가라시마 다케시辛島驍가 루쉰을 방문했다.[49]

"17일 맑음. 오전에 시오노야 세츠잔, 장시전章錫箴, 옌쭝린闇宗臨에게 서

---

46) 머우리펑牟利鋒, 「鹽穀溫『支那文學槪論講話』在中國的傳播」, 『中國現代文學研究叢刊』 2011年 第11期. 168쪽.
47) 루쉰(박자영 역), 「편지가 아니다」, 『루쉰전집』 제4권, 그린비출판사, 2014년. 297쪽.
48) 루쉰(이주노 역), 『루쉰전집』 제17권, 그린비출판사, 2018년. 773쪽.
49) 루쉰(이주노 역), 『루쉰전집』 제17권, 그린비출판사, 2018년. 775쪽.

적을 나누어 부쳤다.……가라시마 다케시辛島驍가 와서 시오노야 세츠잔이 준 『전상평화삼국지』全相平話三國志 1부를 보내 주었다.…….”

당시 도쿄제국대학 학생이었던 가라시마는 스승의 부탁으로 『전상평화삼국지全相平話三國志』 한 부50)를 가지고 왔고, 루쉰은 배인본 『서양기西洋記』, 『성세인연醒世因緣』 각 한 부를 답례로 주었다. 이때 가라시마는 또 두 가지 희귀한 서목書目을 가져 왔는데, 하나는 『나이가쿠분코 서목內閣文庫書目』51)이고 또 하나는 일본 고대의 수입서 장부인 『하쿠사이 서목舶載書目』이다.52) 이것은 중국소설사와 희곡사, 속문학사를 연구하는 데 중요한 자료였다. 1927년 7월 30일 루쉰은 이 두 가지 서목 가운데 전기연의류傳奇演義類와 청 첸쩡錢曾53)의 『야시원서목也是園書目』 중 소설 이단二段을 합병해 「소설 목록 두 건에 관하여關

---

50) 바로 그 해 3월에 시오노야 온은 일본 나이가쿠분코內閣文庫에서 원간元刊 '전상평화全相平話' 5종(원 지치至治 연간(1321~1323년) 신안新安의 위 씨虞氏 소간所刊 『무왕벌주서書武王伐紂書』, 『악의도제칠국춘추후집樂毅圖齊七國春秋後集』, 『진병육국秦幷六國』, 『여후참한신전한서속집呂後斬韓信前漢書續集』, 『삼국지三國志』)을 발견하여 8월에 그 가운데 일부인 사장판私藏版 '지치신간전상평화삼국지至治新刊全相平話三國志'를 영인본으로 만들어 제자인 가라시마를 통해 루쉰에게 전달했던 것이다.

51) 『나이카쿠분코 서목內閣文庫書目』은 일본 나이카쿠분코의 도서목록이다. 나이카쿠분코란 일본의 총리대신 공관의 서고를 말한다. 그 전신은 게이초慶長 7년(1603) 도쿠가와 이에야스德川家康가 세운 후지미문고富士見文庫다. 메이지 유신 후 일본 정부가 접수하여 나이카쿠분코로 개명했다. 송·원 이래 중국소설 선본이 포함되어 있다.(루쉰(김영문 역), 『루쉰전집』 제10권, 그린비출판사, 2017. 288쪽.)

52) 『魯迅年譜』第2卷, 人民文學出版社, 1984. 315쪽.

53) 첸쩡錢曾(1629~1701년)은 청나라 초기의 장서가이자 판본학가이다. 자字는 쭌왕遵王이고 호號는 예스웡也是翁 또는 관화다오런貫花道人, 수구주런述古主人이라 하였다. 위산虞山(지금의 쟝쑤江蘇 창수常熟) 사람이다.

於小說目錄兩件」라는 글로 엮어서 같은 해 8월 27일과 9월 3일의 『어사
語絲』주간 제146에서 147기에 발표했다가 나중에 『집외집습유보편集
外集拾遺補編』54)에 수록했다.

> 1928년 2월 18일, "맑음.……『당송전기집』을 시오노야鹽穀, 가라시마辛島,
> 이즈抑扈, 궁샤, 쉬안칭, 친원에게 나누어 부쳤다.……"55)
> 1928년 2월 23일 "……저녁에 우치야마서점內山書店에 가서 『문학과 혁명
> 文學と革命』 1본을 샀다.……시오노야 세츠잔鹽穀節山을 만나 『삼국지평화三
> 國誌平話』 1부部와 『잡극서유기雜劇西遊記』 5부를 선물 받았다. 또 가라시마
> 다케시辛島驍 군이 소설, 사곡詞曲 필름 74엽葉을 건네주기에 『당송전기집』
> 1부를 선물로 주었다."56)
> 1929년 2월 21일, "……오후에 시오노야 세츠잔鹽穀節山이 부쳐 증정한
> 영 명 정덕 본影明正德本 『교홍기嬌紅記』 1본을 수령했다. 우치야마서점에서
> 보내왔다.……57)
> 1929년 3월 6일, "시오노야 세츠잔鹽穀節山에게 편지를 부치다."58)
> 1930년 4월 7일, "……시오노야 온鹽穀溫 제군諸君의 기념엽서59)를 받았
> 다.……"60)
> 1931년 9월 17일, "……『중국소설사략』 개정판을 유위幼漁, 친원, 도분서
> 원 도서관에 각 1본, 시오노야 세츠잔鹽穀節山 교수에게 3본 나누어 부쳤
> 다.……"61)
> 1931년 11월 7일, "오후에 시오노야鹽穀 교수 소개로 미즈노 가츠쿠니水
> 野勝邦 군이 내방했다.……"62)

---

54) 루쉰(김영문 역), 『루쉰전집』 제10권, 그린비출판사, 2017년. 277~290쪽.
55) 루쉰(공상철 역), 『루쉰전집』 제18권, 그린비출판사, 2018년. 101쪽.
56) 루쉰(공상철 역), 『루쉰전집』 제18권, 그린비출판사, 2018년. 102쪽.
57) 루쉰(공상철 역), 『루쉰전집』 제18권, 그린비출판사, 2018년. 162쪽.
58) 루쉰(공상철 역), 『루쉰전집』 제18권, 그린비출판사, 2018년. 164쪽.
59) ──, 「鹽穀溫等人寄給魯迅的一張明信片」, 『魯迅硏究月刊』 第6期.
60) 루쉰(공상철 역), 『루쉰전집』 제18권, 그린비출판사, 2018년. 238쪽.
61) 루쉰(공상철 역), 『루쉰전집』 제18권, 그린비출판사, 2018년. 324쪽.

이상이 루쉰의 일기에 나오는 시오노야 온에 관한 기록들이다. 그런데 두 사람이 주고받은 편지와 목록의 상세한 상황은 알 길이 없다. 이때부터 1931년 11월 7일 시오노야 온의 이름이 최후로 나올 때까지 루쉰의 일기 중 상호 왕래한 서신과 기증한 서적의 기록은 모두 9차례인데, 그 내용은 대부분 소설사 문헌 자료에 관한 것들이었다.[63]

시오노야 온은 중국고대소설 연구가로서 루쉰을 존중했다. 비록 그의 『강화』가 루쉰의 『사략』에 앞서 나오긴 했지만, 『사략』의 가치를 진즉이 알아보고 적극 수용했다. 그래서 1929년 시오노야는 도쿄제국대학 문학부의 '지나문학연습支那文學演習' 강의에서 『사략』을 교재로 채택했다. 이때 채택된 『사략』은 1929년 1월 북신서국北新書局 제5판, 곧 1931년 수정본에 바로 앞선 판본이다. 그 학생 중 우치다 미츠오內田道夫는 "선생님은 인용한 서적을 반드시 원서와 한 글자 한 구절씩 대조하여 잘못이 없도록 했다"고 술회했다. 그리고 시오노야는 책 안에 꼼꼼하게 자신의 비주批注를 달았다.[64] 그 내용은 다음과 같이 정리할 수 있다.[65]

---

62) 루쉰(공상철 역), 『루쉰전집』 제18권, 그린비출판사, 2018년. 331쪽.

63) 자오징화趙京華, 「魯迅與鹽谷溫」, 『魯迅研究月刊』, 2014年 第2期. 8쪽.

64) 1982년 이토 소헤이伊藤漱平가 텐리도서관天理圖書館에서 시오노야 온이 생전에 이 도서관에 기증해 교재로 삼은 『사략』의 원본을 찾아냈다. 여기에는 시오노야가 달아놓은 대량의 비주批注가 있고, 판권 페이지에는 1년 간의 수업이 끝난 뒤 선생과 학생 7명이 기념으로 서명한 것이 있다.(이토 소헤이伊藤漱平, 「關於鹽谷溫博士注釋本『中國小說史略』─『中國小說史略』日譯史話斷章」, 원래 『咿啞』月刊 1987年 3月號에 실렸다가 『伊藤漱平著作集』 第5卷(東京:汲古書院, 2010年.)에 재수록됨). 자오징화趙京華, 「魯迅與鹽谷溫」, 『魯迅研究月刊』, 2014年 第2期. 10쪽에서 재인용.

65) 자오징화趙京華, 「魯迅與鹽谷溫」, 『魯迅研究月刊』, 2014年 第2期. 10쪽.

1. 원문의 단락 사이에 작은 표제를 덧붙였다.
2. 단구斷句에는 설명을 달았다.
3. 인용문 중의 이자異字 등에는 표주標注를 더했다.
4. 『사략』에 동의하지 않는 부분에는 의견을 주注로 달고 따로 근거를 기록했다.

이후 1935년에도 시오노야는 다시 한 번 『사략』을 교재로 삼았다. 여기서 특기할 만한 것은 시오노야와 그의 학생들이 『사략』을 정밀하게 읽어나가면서 축자 번역을 해 나중에 이것을 모아 공역共譯으로 내려고 했다는 사실이다. 그런데 이들과 별개로 시오노야의 또 다른 제자인 가라시마 다케시辛島驍 역시 독자적으로 『사략』을 번역할 계획을 세우고 있었다. 앞서 루쉰의 일기에서도 나오듯이 가라시마는 루쉰과 밀접한 관계를 맺고 있었다. 가라시마는 학문적으로 루쉰을 존경했고, 자연스럽게 그의 『사략』을 일본어로 번역할 생각을 갖게 되었던 것이다. 1928년 3월 도쿄제국대학을 졸업한 가라시마는 조선의 경성대학에 부임하고 나서 『사략』을 교재로 채택했다. 1929년 9월 8일 상하이에서 도쿄로 돌아가는 가라시마는 루쉰을 만났다.[66] "8일 일요일. 맑음. 오전에 가라시마 다케시辛島驍가 왔다." 이때 가라시마는 루쉰으로부터 이 책의 일역본을 내는 데 동의를 얻었다고 했다.[67] 나중에 시오노야는 가라시마가 이 책의 번역을 반 넘게 했다는 말을 듣고 자신들의 계획을 작파했다고 한다.

그런데 여기서 또 다른 반전이 이루어지게 된다. 곧 1931년 시오노

66) 루쉰(공상철 역), 『루쉰전집』 제18권, 그린비출판사, 2018년. 194쪽.
67) 가라시마 다케시辛島驍(任鈞 譯), 「魯迅回憶」, 『魯迅研究資料』第13輯, 天津人民出版社, 1984年.(趙京華, 「魯迅與鹽穀溫」, 『魯迅研究月刊』, 2014年 第2期. 11쪽에서 재인용.)

야의 또 다른 제자인 마스다 와타루增田涉가 상하이에 와서 루쉰과 함께 『사략』을 강독하면서 번역을 시작했던 것이다. 이 기간에 마스다는 가라시마에게 편지를 보내 『사략』의 번역 출판권을 자신에게 넘겨달라고 부탁했다.[68]

> "『소설사』 번역으로 말하자면, 일찍이 도쿄와 규슈九州의 동학들이 공동으로 번역을 준비했었다. 하지만 중요한 지위를 점하고 있던 나는 그런 작업에 대한 것보다는 목전의 조선 민족 문제에 대해 더 많은 관심을 갖고 있었다. 그렇게 머뭇대는 사이 상하이에 머물면서 루쉰과 아주 친근한 관계를 맺고 있던 동학 마스다 와타루가 편지를 보내 자기에게 이 일을 넘기는 게 어떻겠냐고 상의해 왔다. 마스다 군은 나하고 관계가 아주 원만한 친구라 이 일로 나와 도쿄의 동학들은 진퇴양난에 빠졌다. 하지만 나는 아무 소리 않고 그에게 넘겨주고 열심히 하라고 했다. 이것은 도쿄의 동학들에게는 아주 미안한 일이었다. 그렇지만 나는 루쉰이 마스다 군이 번역하는 것을 좋아할 거라 생각했다."

결과적으로 『사략』의 일본어 번역은 1935년 마스다 와타루에 의해서 완결되게 된다.[69]

이후 『사략』의 일역본이 속속 출간되었다.

1963년에는 마스다 와타루가 『사략』 신 역본 상권을 마치고 갑자기 사망해 그의 제자인 이토 소헤이伊藤漱平[70]가 이어서 번역을 완성했다.

---

68) 가라시마 다케시辛島驍(任鈞 譯), 「魯迅回憶」, 『魯迅硏究資料』第13輯, 天津人民出版社, 1984年.(趙京華, 「魯迅與鹽穀溫」, 『魯迅硏究月刊』, 2014年 第2期. 21쪽에서 재인용.)

69) 루쉰魯迅(增田涉 譯), 『支那小說史』, サイレン社, 1935年. 번역이 이루어지기까지의 자세한 상황은 조관희, 「루쉰의 중국 고대소설 연구 3—일본 학자 마스다 와타루增田涉와의 학문적 교류」(『중국소설논총』 제61집, 한국중국소설학회, 2020년 8월)를 참고할 것.

1986년에는 일역본 『루쉰 전집』이 가쿠슈겐큐샤學習硏究社에서 나올 때71) 이마무라 요시오今村與志雄72)가 『사략』의 번역을 맡았다. 이것은 1997년에 도쿄의 치쿠마쇼보築摩書房에서 상하 양책의 수정본73)으로 다시 출간되었다. 그리고 같은 해에 나카지마 오사후미中島長文74)의

---

70) 이토 소헤이伊藤漱平(1925~2009년)는 일본의 중국문학자이다. 아이치 현愛知縣 헤키가이 군碧海郡에서 태어났다. 도쿄제국대학東京帝國大學 지나철문학과支那哲文學科를 졸업하고 대학원에 진학하였으나 1949년 홋카이도대학北海道大學 조수助手가 되어 중도 퇴학하였다. 1955년 시마네대학島根大學 강사講師를 지내고 1960년 오사카시립대학大阪市立大學 조교수가 되었다가 1970년 홋카이도대학北海道大學 중국문학과 교수, 1977년 도쿄대학東京大學 중국문학과 교수를 역임하였다. 주로 『홍루몽』을 연구하여 일본의 대표적인 『홍루몽』 연구가로 알려져 있다.

71) 루쉰魯迅(今村與志雄 訳), 『中國小説史略·漢文學史綱要』, 『魯迅全集』 11卷, 東京: 學習硏究社, 1986.

72) 이마무라 요시오今村與志雄(1925~2007년)는 도쿄에서 태어났다. 도쿄대학 중국문학과를 졸업하고 도쿄도립대학東京都立大學 조교수로 근무하다가 학원 분쟁으로 사직했다. 루쉰 연구를 전문으로 하면서 고전 작품도 간행했다. 저서로 『루쉰과 전통魯迅と傳統』(勁草書房, 1967), 『이지와 정감, 중국 근대 지식인의 궤적理智と情感, 中國近代知識人の軌跡』(築摩書房, 1976), 『루쉰과 1930년대魯迅と一九三〇年代』(硏文出版, 1982), 『루쉰 노트魯迅ノート』(築摩書房, 1987), 『루쉰의 생애와 시대魯迅の生涯と時代』(第三文明社〈レグルス文庫〉, 1990) 등이 있고, 저우샤서우周遐壽(松枝茂夫 共訳), 『루쉰의 옛집魯迅の故家』(築摩書房, 1955), 박지원樸趾源, 『열하일기 조선 지식인의 중국 기행熱河日記 朝鮮知識人の中國紀行』(平凡社 東洋文庫 全2卷, 1978), 돤청스段成式, 『유양잡조酉陽雜俎』(平凡社 東洋文庫 全5卷, 1980) 등이 있다.

73) 루쉰魯迅(今村與志雄 訳), 『中國小説史略』上下, ちくま學芸文庫, 築摩書房, 1997年.

74) 나카지마 오사후미는 1938년 생으로 교토대학京都大學 문학부文學部를 졸업했으며, 전 고베 시神戶市 외국어대학外國語大學 교수였다. 전공은 중국문학으로 『올빼미의 소리, 루쉰의 근대ふくろうの聲, 魯迅の近代』(平凡社, 2001) 등의 저서가 있고, 『저우쭤런 독서 잡기周作人読書雜記』(全5卷, 平凡社, 2018) 등의 역서가 있다.

헤본샤平凡社 동양문고東洋文庫 본75)도 나왔다.

5. 맺음말

중국에서 아직 제대로 된 중국문학사와 중국소설사가 나오지 않았던 시절에 시오노야 온의 『강화』가 출간된 것은 중국인들에게는 조금은 자존심이 상하는 일이었다. 그러나 당시는 산업혁명 이후 앞선 문명을 이룩한 서구의 영향 하에 근대화가 진행되었던 시기로 동아시아에서는 유일하게 그런 세계사적 조류에 편승한 일본이 지적 담론을 이끌어갈 수밖에 없었다.

> "일본은 메이지유신을 거치면서 1880년 전후에 현대 국가의 제도 건설의 기본 틀이 잡혔고, 이에 따라 징병과 교육 등 일계열의 현대 제도가 확립되고, 언문일치 운동이 전개되어 국민 시대의 학술문화가 크게 발전했다."76)

시오노야 온이 대학을 졸업하고 독일로 유학을 간 것 역시 이러한 시대적 분위기에 따른 것이다. 이에 그는 중국문학을 전공하겠다는 뜻을 세운 뒤에도 단순히 중국의 전통적인 학문에 매몰되지 않고 서구학문의 세례를 받고 새로운 시각으로 중국문학사와 중국소설사의 틀을 세울 수 있었다. 이를테면, 시오노야의 선생인 모리 가이난森槐南의 경우 소설을 다음의 세 부류로 나누었다.77)

---

75) 루쉰魯迅(中島長文 訳), 『中國小說史略』上下, 東洋文庫 618, 619, 平凡社, 1997年.

76) 자오징화趙京華, 「魯迅與鹽穀溫」, 『魯迅研究月刊』, 2014年 第2期. 5쪽

77) 황린黃霖, 구웨顧越, 「鹽穀溫對於中國小說史的研究」, 『復旦學報』, 1999年 第6期. 109쪽.

1. 일인 일사에 관한 일사와 기문을 달리 전하는 것(전기)別傳關於一人一事
   的逸事奇聞(傳奇)
2. 이문쇄어異聞瑣語와 허구적인 괴담진설架空的怪談珍說
3. 잡사雜事나 역사 외적인 여담史外的餘談, 허구와 사실이 서로 반씩 섞여
   虛實相半 실록의 부족한 부분을 보충하는 것以補實錄所缺的

이것은 중국의 후잉린胡應麟의 『소실산방필총少室山房筆叢』78)이나
『사고전서총목제요四庫全書總目提要』79) 등에서 분류한 전통적인 소설
의 범주를 약간 조정한 것으로 약간의 진보가 있기는 하나 전체적으로
볼 때 서구의 소설관과는 큰 거리가 있다고 할 수 있다.

이에 비해 시오노야는 동서양의 소설관을 겸용하여 선진先秦 제자諸
子 중의 신화 전설로부터 한위漢魏, 육조六朝 시기의 이문쇄어異聞瑣語
등을 모두 소설사에 넣었다. 그리고 서구의 소설관에 근거해 모리 가
이난이 말한 잡사 류의 작품들은 소설이 되기에 부족하고, 이문쇄어異
聞瑣語 류는 단지 소설의 재료를 약간 가지고 있을 뿐이며, 전기야말로
소설 가운데 정화라고 할 수 있다고 보았다.80) 하지만 결국 그의 주장
의 핵심을 이루는 것은 "진정한 국민문학의 의미로서의 소설은 송대
에 이르러야 흥기한다는 것"이었다.

> "원명 이래 희곡 소설이 발흥하여 국민문학에 대해 불후의 걸작을 낳았
> 다.……실제 작가의 숫자나 작품의 양, 또 오랜 기간과 풍부한 종류라는

---

78) 후잉린은 소설을 '지괴志怪', '전기傳奇', '잡록雜錄', '총담叢談', '변정辨訂', '잠규
箴規' 등으로 분류했다.
79) 『사고전서총목제요』에서는 소설을 크게 '서술잡사敍述雜事', '기록이문記錄異
聞', '철집쇄어綴輯瑣語'로 줄이고 '전기'는 배척했다.
80) 황린黃霖, 구웨顧越, 「鹽穀溫對於中國小說史的硏究」, 『復旦學報』, 1999年 第6
期. 110쪽.

측면에서 세계 문학에서 비견할 만한 것이 없었다."[81]

이러한 주장은 백여 년이 지난 현재의 관점으로 볼 때 너무나 상식이 되어 버려 별다른 감흥을 불러일으키지 못하는 진부한 것이라 할 수 있지만, 당시로서는 대담하다 못해 무모할 정도로 급진적인 것이었다. 한 마디로 중국소설사 연구에서 시오노야의 저작이 갖고 있는 가장 큰 의의는 그때까지 제대로 된 대접을 받지 못했던 소설의 의의를 천명하고, 여기서 한 걸음 더 나아가 중국소설사의 시기 구분과 서술 체례를 개괄한 데 있다고 할 수 있다.

그러나 1930년대 이후 시오노야 온은 짙어가는 전쟁의 분위기 속에 일본제국주의의 식민지 개척을 옹호하고 유교 복고주의에 빠져 들어 갔다. 여기에서 주목할 것은 '유교 복고주의'이다. 이것은 사실상 근대국가로 넘어가는 일본의 국가 이데올로기로 천황제를 선양하는 '충군애국' 사상의 고갱이를 이루는 것이었다. 이러한 '유교 복고주의'가 확립됨에 따라 일본의 학문 역시 일종의 '관학官學'의 성격을 띠게 되었는데, 이를테면 '교수'가 아닌 '교관敎官'이라는 명칭을 쓰고, '퇴임'이라는 말보다는 '퇴관退官'이라는 용어를 쓰는 데서 그 일단을 엿볼 수 있다. 결국 시오노야 온이 '유교 복고주의'를 견지했던 것은 도쿄제국대학의 교수가 아닌 '교관'으로서 1930년대 이후 군국주의로 치닫다가 결국에는 제국주의로 빠져 들어갔던 당시 세태에 부응했던 것이다.[82]

---

81) 시오노야 온鹽穀溫, 「『中國文學槪論講話』 1928年 2月 10日 序」,『中國文學槪論』, 講談社, 1983. 5쪽.(중역본은 시오노야 온鹽穀溫, (쑨량궁孫俍工 역), 「『中國文學槪論講話』 1928年 2月 10日 序」(開明書店, 1929년 6月 版), 5쪽.)

82) "물론 이것은 일본 근대의 한학漢學/지나학支那學의 복잡성을 반영한 것으로 좀더 세밀한 분석이 요구된다." (자오징화趙京華, 「魯迅與鹽穀溫」,『魯迅硏究月刊』, 2014年 第2期. 15쪽.)

이러한 태도는 그가 죽을 때까지도 이어졌다.[83]

결국 1930년대 이후 루쉰과 시오노야 온의 관계 역시 자연스럽게 단절되어갔다. 루쉰은 1932년 5월 9일 마스다 와타루增田涉에게 보낸 편지에서 시오노야 온이 "만주국"이 공맹의 도孔孟之道로 입국立國을 도모하는 것을 선양宣揚하는 것을 비판했다.

> "세츠잔節山 선생은 확실히 세츠잔 선생답습니다. 일본인이 중국에 중독되면 저는 어떻게 해서 이렇게 되어 버렸는가 하고 생각한답니다. 그러나 만주국에도 공맹孔孟의 도는 없답니다. 푸이溥儀 집정도 왕의 인정仁政을 행하는 분이 아닙니다. 저는 일찍이 그 사람의 백화 작품을 읽어 본 적이 있습니다만 조금도 훌륭하지 않다고 느꼈습니다."[84]

시오노야 역시 루쉰에 대해 냉담하기는 마찬가지였다. 루쉰은 말년에 폐병이 심해져 주위에서 요양을 권유했을 때 일본으로 가는 것도 고려했었다. 특히 그의 제자라 할 수 있는 마스다 와타루增田涉의 경우는 구체적으로 그 일을 도모하기도 했다.

> "우리 학교 후배인 모군이 상하이로 여행하고 왔을 때 규슈대학에 중국 문학을 강의할 교수가 없어서 사람을 찾고 있다는 말을 했던 터라 나는 루쉰 선생이 갔다 오면 좋겠다고 생각해 그의 의향을 물으니 일 년 정도면 가는 것도 괜찮겠다고 말했다. 그래서 나는 도쿄의 시오노야 온鹽穀溫 박사

---

83) 시오노야는 만년에 자신의 일생을 회고하면서 다음과 같이 술회했다. 곧 자신의 삶은 요행히도 "조상의 은덕을 입고, 메이지明治, 다이쇼大正, 쇼와昭和의 성세를 거치며 고위직에 올라 국가를 위해 미력이나마 다할 수 있었다." (시오노야 온鹽穀溫, 『天馬行空』, 東京: 日本加除出版社, 1956年. 136~138쪽. (자오징화趙京華, 「魯迅與鹽穀溫」, 『魯迅研究月刊』, 2014年 第2期. 16쪽에서 재인용.)
84) 루쉰(천진 역), 『루쉰전집』 제16권, 그린비출판사, 2018년. 250쪽.

(나의 학생 시절 은사)에게 편지를 써서 그에게 알선을 부탁했다. 시오노야 박사는 루쉰과 일면식도 있고, 또『중국소설사략』을 통해 루쉰이 이쪽 방면의 권위자라는 것도 알고 있었기에, 나는 아마도 실현될 거라 생각했다. 하지만 시오노야 박사는 결국 아무런 회답을 보내지 않았고, 계획 역시 흐지부지 되었다. 지금까지도 나는 이것을 여전히 안타깝게 여기고 있다."[85]

불의 앞에서는 자신의 목숨조차도 돌보지 않았던 '당찬 사내硬骨漢'가 바로 루쉰이었다. 국민당 독재 정권과 일본 제국주의 침략에 맞서 붓을 무기삼아 치열한 싸움을 벌여나갔던 루쉰과 일본의 만주 침략과 만주국 수립을 옹호했던 시오노야 온의 사이는 점차 멀어져갔다. 루쉰 사후 그리고 종전 이후에도 시오노야 온의 유교 복고주의에 대한 맹종은 도를 더해갔다. 중국 고대소설 연구라는 공통의 학문적 관심사로 만난 두 사람은 결국 각자가 처한 시대적 상황에 따라, 곧 두 나라 사이의 정복자와 피 정복자, 식민과 피 식민의 관계 속에서 서로 다른 길을 걸었던 것이다.[86]

85) 마스다 와타루增田涉, 『魯迅の印象』, 角川書店, 1970. 140~141쪽.
86) 이에 대한 자세한 시말은 자오징화趙京華, 「魯迅與鹽穀溫」, 『魯迅研究月刊』, 2014年 第2期. 15~18쪽을 참고할 것.

참고문헌

『魯迅年譜』第2卷, 人民文學出版社, 1984.

──, 「鹽穀溫等人寄給魯迅的一張明信片」, 『魯迅硏究月刊』 第6期.

가라시마 다케시辛島驍(任鈞 譯), 「魯迅回憶」, 『魯迅硏究資料』第13輯, 天津人
　　民出版社, 1984年.

루쉰魯迅(增田涉 譯), 『支那小說史』, サイレン社, 1935年.

루쉰(박자영 역), 「편지가 아니다」, 『루쉰전집』 제4권, 그린비출판사, 2014년.

루쉰(공상철 역), 『루쉰전집』 제18권, 그린비출판사, 2018년.

루쉰(김영문 역), 『루쉰전집』 제10권, 그린비출판사, 2017년.

루쉰(천진 역), 『루쉰전집』 제16권, 그린비출판사, 2018년.

루쉰(이주노 역), 『루쉰전집』 제17권, 그린비출판사, 2018년.

루쉰魯迅(今村與志雄 訳), 『中國小説史略』上下, ちくま學芸文庫, 築摩書房,
　　1997年.

루쉰魯迅(今村與志雄 訳), 『中國小説史略·漢文學史綱要』, 『魯迅全集』 11卷,
　　東京: 學習研究社, 1986.

루쉰魯迅(中島長文 訳), 『中國小説史略』上下, 東洋文庫 618, 619, 平凡社, 1997年.

루쉰(조관희 역), 『중국소설사』소명출판, 2004.

마스다 와타루增田涉, 『魯迅の印象』, 角川書店, 1970.

머우리펑牟利鋒, 「鹽穀溫『支那文學槪論講話』在中國的傳播」, 『中國現代文學
　　研究叢刊』 2011年 第11期. 정전둬鄭振鐸, 『中國文學研究』 下冊, 作家出
　　版社, 1957.

바오궈화鮑國華, 「魯迅『中國小說史略』與」鹽穀溫『中國文學槪論講話』, 『魯迅
　　研究月刊』, 2008年. 第5期.

스샤오옌施曉燕, 「魯迅『中國小說史略』與鹽穀溫『中國文學槪論講話』的文本
　　比對」, 『中國現代作家手稿及文獻國際學術研討會論文集』, 2014年 8月
　　14日.

시오노야 온鹽穀溫 저(쑨량궁孫俍工 역), 『中國文學槪論講話』, 1928年 2月 10
　　日 序(開明書店, 1929년 6月 版)

시오노야 온鹽穀溫, 『中國文學槪論』, 講談社, 1983.

시오노야 온鹽穀溫, 『天馬行空』, 東京: 日本加除出版社, 1956年.

우에다 아쯔오植田渥雄, 「試論鹽穀溫著『支那文學槪論講話』與周樹人著『中
    國小說史略』之關係」, 『外國問題硏究』, 1995年 第2期.

이등연, 「주요 중국문학사의 소설 장르 서술관점 분석」, 『中國語文論叢』
    第15輯, 서울; 中國語文學會, 1999.

이토 소헤이伊藤漱平, 「關於鹽穀溫博士注釋本『中國小說史略』—『中國小說
    史略』日譯史話斷章」, 『伊藤漱平著作集』 第5卷, 東京:汲古書院, 2010年.

자오징선趙景深, 『中國小說史略旁證』, 西安;陝西人民出版社, 1987.

자오징화趙京華, 「魯迅與鹽穀溫」, 『魯迅硏究月刊』, 2014年 第2期.

조관희, 「루쉰의 중국 고대소설 연구 3—일본 학자 마스다 와타루增田涉와의
    학문적 교류」, 『중국소설논총』 제61집, 한국중국소설학회, 2020년 8월.

황린黃霖, 구웨顧越, 「鹽穀溫對於中國小說史的硏究」, 『復旦學報』, 1999年 第
    6期.

황스중黃仕忠, 『宋元戲曲史·導讀』, 鳳凰出版社, 2010.

| 지은이 소개 |

시오노야 온鹽谷溫(1878~1962년)
호가 세츠잔節山으로 일본의 저명한 중국학자이자 중국 속문학 연구의 개창자
가운데 한 사람이다. 조상 3대가 한학가인 가문에서 태어나 5살부터 사서오경을
배송背誦하기 시작하는 등 어린 시절부터 엄격한 전통 유학 교육을 받았다. 1902
년에 도쿄제국대학 문과대학 한학과를 졸업하고, 학교에 남아 대학원에서 공부
를 하다가 1905년에 도쿄제국대학 대학원의 강사가 되었고, 1906년에는 중국문
학과 조교수가 되었다. 주로 중국 희곡 방면의 연구를 진행했으며, 다른 한편으
로 원대의 「전상평화全相平話」와 명대의 백화소설집 『고금소설古今小說』을 재발
견하는 등 중국 근대의 소설, 희곡 연구와 소개에도 큰 업적을 남겼다. 주요
저작으로 『지나문학개론강화支那文學槪論講話』, 『원곡 한문강좌元曲 漢文講座』,
『한시와 일본 정신漢詩と日本精神』, 『천마행공天馬行空』 등이 있다.

| 옮긴이 소개 |

조관희(trotzdem@sinology.org)
연세대학교 중어중문학과를 졸업하고, 같은 학교 대학원에서 공부했다(문학박
사). 상명대학교에서 학생들을 가르치고 있다(교수). 한국중국소설학회 회장을
역임했다. 주요 저작으로는 『조관희 교수의 중국사』(청아), 『조관희 교수의 중
국현대사』(청아), 『소설로 읽는 중국사 1, 2』(돌베개), 『청년들을 위한 사다리
루쉰』(마리북스). 『후통, 베이징 뒷골목을 걷다』(청아), 『베이징, 800년을 걷다』
(푸른역사), 『교토, 천년의 시간을 걷다』(컬쳐그라퍼) 등이 있고, 루쉰(魯迅)의
『중국소설사(中國小說史)』(소명출판)와 데이비드 롤스톤(David Rolston)의 『중국
고대소설과 소설 평점』(소명출판)을 비롯한 몇 권의 역서가 있으며, 다수의 연
구 논문이 있다. 옮긴이에 대한 상세한 정보는 홈페이지(www. amormundi.net)
로 가면 얻을 수 있다.

중국문학 개론

초판 인쇄 2023년 2월 21일
초판 발행 2023년 2월 28일

지 은 이 | 시오노야 온
옮 긴 이 | 조관희
펴 낸 이 | 하운근
펴 낸 곳 | 學古房

주   소 | 경기도 고양시 덕양구 통일로 140 삼송테크노밸리 A동 B224
전   화 | (02)353-9908 편집부(02)356-9903
팩   스 | (02)6959-8234
홈페이지 | http://hakgobang.co.kr/
전자우편 | hakgobang@naver.com, hakgobang@chol.com
등록번호 | 제311-1994-000001호

ISBN 979-11-6995-196-8 93820

값 : 21,000원